Joachim Braun

# HASENSTAB

Roman

Wiesenburg Verlag

Der vorliegende Roman
ist eine Phantasie des Autors
und beansprucht keinerlei historische Gültigkeit.

Bibliographische Information der Deutschen Nationalbibliothek:

Die Deutsche Nationalbibliothek verzeichnet diese Publikation
in der Deutschen Nationalbibliographie;
detaillierte bibliographische Daten sind im Internet
über http://dnb.d-nb.de abrufbar.

1. Auflage 2013
Wiesenburg Verlag
Postfach 4410 · 97412 Schweinfurt
www.wiesenburgverlag.de



Umschlaggestaltung und Layout:
Media-Print-Service Luff · 97456 Dittelbrunn
Bildquelle: Rainer Sturm/pixelio.de



ISBN 978-3-943528-82-4

*Meiner Frau Gisela*
*für Inspiration und Geduld*
*und meinen Töchtern*
*Anna und Sonja*
*für ihre ansteckende Fröhlichkeit.*

## 1. Teil: Der Wanderer

Steinig, heiß und steil ist dieser Weg, über dem senkrecht die Sonne steht. Senkrecht! In welche Weltgegend hat es ihn verschlagen, wo seltsame Vögel von den Bäumen lachen und dickfleischige und staubverkrustete Blätter von den Stämmen hängen? Adam stapft unverdrossen und lutscht an einem glatten Kiesel, den ihm der kleine, gelbe Mann unten am braunen Fluss gegeben hat, lutscht gegen den Durst an dem Stein und schaut auf seine Füße, die ihre Arbeit verrichten. Dort irgendwo im Nordwesten liegt der Spessart, wohin er unbedingt will, auch wenn ihn sowohl die Schritte, die er sich jetzt abzwingt, als auch die Summe aller seiner Schritte heute, gestern und aller folgender Tage kaum vorwärts bringen, höchstens so viel, wie ein Windhauch das Schiff der Arafura – See näher brachte, das Sklavenschiff, auf dem er mit anderen armen Kerlen zusammen als Gefangener bis zum Umfallen schuften musste. Aber so wie er dorthin, in dieses dunstige, schwüle Meer gelangte, soll ihm auch die Rückkehr gelingen, und er verbietet sich, darüber nachzudenken, ob ihm die Mühen des Aufsteigens wirklich nützen. Er lebt, seine Knochen sind heil, die Muskeln spannen sich, ansonsten vertraut er auf Gott; falls es den in diesem heißen, absonderlichen Land geben sollte.
Eine schiefergraue Schlange liegt wie tot vor ihm im Staub. Als er sie aber mit einem dürren Zweig berührt, schnellt sie davon. Ja, so schnell stirbt man nicht. Auch er ist nicht gestorben, trotz des faulen Wassers und der Hiebe, die auf ihn niederprasselten, ist nicht gestorben und nicht verzweifelt, wie viele andere, die nicht mehr daran glaubten, der Hölle des Sklavenschiffs zu entrinnen. In der Schlange, die wie ein Ast in der Sonne dorrte, wohnte noch das Leben; auch ihn hat es nicht geflohen, er will es halten, für den nächsten Schritt, für die nächsten drei Schritte. Er saugt an dem Stein und der kümmerliche Speichel, der seinen Mund befeuchtet, dringt nicht aus dem Kiesel, sondern quillt unter seiner Zunge hervor. Er lebt, er geht, er spendet sich

Feuchtigkeit; er hat es ausgehalten und neigt demütig seinen Kopf vor Gott, der ihm sicherlich zusieht und darauf achtet, dass er sich nicht gegen Ihn erhebt. Dennoch hat Adam gelernt, sich nur auf sich selbst zu verlassen; er fühlt sich wohl in seiner Haut, so sehr ihm auch die heiße Weltgegend, die seltsamen Kreaturen und die verschlossenen, manchmal feindlichen Menschen zusetzen; mit sich ist er im Reinen. Und ob er von den Hunden des Fürstbischofs gehetzt wird oder vom Durst oder den Schergen des holländischen Kapitäns, dem er entflohen ist, macht für ihn keinen großen Unterschied. Man jagt ihn und er flüchtet, so wie seit vielleicht zehn Jahren schon.

Noch ein Schritt, noch drei, noch vier weitere. Hinter der Hügelkette wird er wieder auf das Meer treffen, das ihm verhasst ist, sein fauliger Geruch, seine verwaschene Flüchtigkeit, aber mit dessen Hilfe er wieder nach Hause gelangen kann. Zu Fuß wird er es niemals schaffen, er muss auf ein Schiff gelangen, das ihn zurück in die Heimat trägt. Also zum Meer, und dann Gott befohlen.

Die Sonne verbrennt ihm die Haut, aber seine Seele, wo das Leben sitzt, bleibt heil; auch die Sonne wird ihn nicht umbringen können. Er reißt ein paar Früchte von den Zweigen, die über seinem Weg baumeln, bricht sie auf und beschnuppert das gelbe Fleisch. Es riecht frisch und appetitlich. Er überlegt nicht lange, nimmt den Kieselstein aus dem Mund, steckt ihn in seine Hosentasche und beißt in das Fruchtfleisch, schlürft begierig den süßen Saft in sich hinein, darauf vertrauend, dass sich Wohlgeschmack mit Gift nicht vertragen kann. Belebt und erfrischt zieht er weiter, mit dem trotzigen Bewusstsein, sein Leben befestigt zu haben, das manche so schnell verlässt, als habe es sich nur vorübergehend, wie ein Schmetterling auf einer Blüte, auf den Leib eines Menschen niedergelassen; seines sitzt fest in seinem Fleisch, ist kräftig und behauptet sich. Er holt wieder den Stein hervor und beginnt erneut zu lutschen, obwohl sein Durst gelöscht ist, bemüht sich Kraft aus einem toten Mineral zu sau-

gen. Ein grüner Vogel schreit auf und flattert in die Sonne hinein, sodass er ihm mit den Augen nicht folgen kann. Wie lange hat er kein Tier mehr erlegt? Wie lange nicht mehr die entsetzten Augen eines tödlich getroffenen Wilds gesehen? Ist er deshalb so stark, weil er so viel Blut vergossen hat? Er will es weiterhin tun; aber nicht hier in diesem fremden Wald, sondern in den hellgrünen Wäldern seiner Heimat, die hinter diesem Hügel und dem anschließenden Meer liegen, hinter dem Land Indien, von dem er raunen hörte sowie den arabischen Wüsten und dem Heiligen Land, auf das hin die kleine Kirche aus Sandstein in seinem Dorf ausgerichtet ist, wie ihm der Pfarrer erklärte. Er will wieder einen feisten Rehbock erlegen und sein Blut trinken, in der Abenddämmerung eines kalten, nebligen Novembertags. Und er wird diese Anhöhe bezwingen und die Meere dahinter befahren und die Wüsten durchqueren, weil sein Leben stark ist, kein schwacher Schmetterling, sondern ein sturer Krebs, der sich in ihm festgekrallt hat.
Polternd kommt Adam ein Fuhrwerk entgegen. Die Zugochsen strecken die tropfenden Zungen heraus und glotzen mit blutunterlaufenen Augen in den Staub des Weges. Ein alter Mann und ein Junge sitzen auf dem Bock, jeder einen grünen Halm im Mund. Sie starren den sonderbaren Fremden an, ohne ein Wort zu sprechen oder das Gesicht zu verziehen. Diese gelbbraunen Menschen mit ihren verschlossenen Gesichtern sind Adam unbegreiflich, aber er versteht ohnehin nicht viel von Menschen, hält sich lieber an das Getier in den Wäldern.
Da er stehen bleibt, dreht sich der Junge nun doch nach ihm um, nimmt den Stängel aus dem Mund und deutet mit einer rätselhaften Geste zur Seite in den Wald, der hier wie überall entlang des Weges, eine grüne, undurchdringliche Wand bildet. Will er sagen, dass ein wilder Mensch wie Adam dort hinein gehört und auf der Straße der Menschen nichts verloren hat? Adam droht ihm mit der Faust, und der Junge sieht ihn stumm an, bis der schaukelnde Wagen hinter einer Wölbung des Weges verschwunden ist.

Adam stapft weiter. Sie sollen ihn in Ruhe lassen, er will nichts von ihnen, war schon immer allein, obwohl er zu Hause eine Frau hat, ein süßes Weib, mit der er aber kaum redet; am liebsten spricht er mit sich, brummelt einfach vor sich hin wie ein alter, eigensinniger Fuchs. Füchse mag er besonders, ihr aufgewecktes, schnell umspringendes Wesen, ihre Gier, ihre Verschlagenheit; so will er sein. Mein Rotfuchs, so nannte ihn sein Weib, als er nachts bei ihr einstieg. Er vermisst sie nicht einmal so sehr, vielleicht, weil er weiß, dass er auf alle Fälle zu ihr zurückkehren wird, trotz der Wüsten und Meere, die sie voneinander trennen. Denn Füchse haben ein zähes Leben, kein zerbrechliches, überzartes wie die gaukelnden Hautflügler, die ihn gerade umschweben. Er schlägt mit der offenen Hand nach ihnen und haut gleich etliche zu Tode. Nur ein wenig Feuchtigkeit in seiner Handfläche ist von ihnen geblieben. Nicht viel mehr als nichts und lebt doch und fliegt und frisst und begattet sich; wie viel mehr an Leben muss dann er haben, wenn er seine knotigen Arme betrachtet und die sehnigen Beine, die ihn ohne zu ermüden durch die Wälder tragen. Er wird es nicht hergeben, sein Leben, weder Durst, noch Hunger, noch Krankheit können es ihm rauben, er bewacht es eifersüchtig und rauft eine weitere Frucht von einem Zweig, isst im Gehen und wirft die Schalen in hohem Bogen hinter sich, zuckt kurz zusammen, weil ihm die Wunden am Rücken schmerzen, die die unbarmherzige Peitsche in sein Fleisch geschnitten hat; aber die Verletzungen heilen und werden ihn ebenfalls nicht umbringen. Das Gesicht des Antreibers und Peitschenschwingers jedoch hat er sich eingeprägt, und falls sich noch einmal ihre Wege kreuzen sollten, wird er ihn töten.
Der Hang wird steiler, einzelne Felsen treten aus dem Waldboden und der Weg wendet sich nach links; Adam ist es gleich, er wird nicht von ihm weichen, bis er auf der anderen Seite ans Meer gelangt ist. Er setzt Fuß vor Fuß, sieht den nebligen Spessartwald vor sich und den äsenden Rehbock, in dessen rotbraunes Fell sich das Sonnenlicht des Vortages gesammelt zu

haben scheint, sieht seine Liese, ihr zerdrücktes, aschblondes Haar; auf diese beiden geht er zu. Vor ihm tanzt sein Schatten her, ein unruhiger, schwarzer Fleck, eine Spinne, eine Ratte. So zäh wie eine Ratte will er sein, will diesen Berg schaffen, und wenn er den überwunden hat, so glaubt er, dann gelingt ihm auch die Rückkehr. Als er am Morgen unten im Tal aufbrach, war der Staub rot, was ihn erschreckte, hier nun ist er gelb geworden, wölkt bei jedem Schritt auf und brennt in den Lungen, Rattenlungen, denen es nichts ausmacht. Er ist zu einer Ratte geworden, erst zu einer Schiffsratte und nun zu einer Landstraßenratte und muss wieder zu einer Schiffsratte werden. Aber Ratten, so hat er gehört, wandern um die ganze Erde. Er kaut auf dem Stein und zwingt sich wieder etwas Mundfeuchtigkeit ab, oder kann er sogar aus Steinen Wasser pressen? Er wird überleben!

Der flimmernde Staub des Weges verschleiert die Sonne und lagert sich auf den Blättern der Büsche und Bäume ab. Auch der Staub wird ihn nicht töten und nicht die Hitze und die kleinen, schwarzen Fliegen, die sich in seine Nase und seine Augen setzen. Er schüttelt sich und hat für ein paar Augenblicke die Plagegeister los. Wer die Hölle auf dem Sklavenschiff überlebt hat, kann über solche Belästigungen nur lachen. Gegen den Durst helfen ihm der Stein und die Früchte des Waldes und gegen die Hitze sein dickes Fell, dem selbst die Peitschenhiebe nicht viel anhaben konnten, und für den Fall, dass ihn Räuber überfallen sollten, hat er zwei harte Fäuste und ein gut geschärftes Eisen, das er bei seiner Flucht vom Schiff stahl. Er lacht kurz hämisch zur Sonne hinauf, die ihn nicht verbrennen kann und bemerkt eine Herde Wasserbüffel, die von einem Hirten angeführt, den Berg herabkommt. Die Tiere wackeln beim Gehen mit ihren wulstigen Hörnern, die auf blöden Köpfen sitzen, aus den Mäulern tropft Speichel, ein Schwarm böse summender Insekten folgt ihnen. Der Hirte, ein lederner, gelbschwarzer Mensch, trägt nur ein buntes Tuch um die Hüften geschlungen und mustert Adam aus verengten Augen. Adam bleibt stehen – warum soll er es nicht versuchen? – führt eine Hand zum Mund und ahmt die Bewegung des Essens nach. Der Hirte hält an und betrachtet ihn ausdruckslos, während die Tiere an ihnen vorbei den Hang hinunter trotten. In den Augen des Menschen spiegeln sich weder Angst, noch Neugierde, weder Überraschung, noch Abneigung wider, er steht und sieht Adam an, bis der die Geduld verliert, mit den Achseln zuckt und sich wieder in Bewegung setzt. Adam hat seit zwei Tagen nichts Richtiges gegessen, und er wird es auch noch zwei weitere Tage aushalten, er wird vieles aushalten, muss nur über diesen Berg gelangen, der irgendwann einmal zu Ende sein wird, und vom Gipfel wird er das Meer sehen oder die Wüste oder einen Urwald, jedenfalls die nächste Etappe, die er ebenfalls bezwingen wird. Und diese fremden, undurchsichtigen Leute können ihm gestohlen bleiben, er braucht sie nicht und dreht sich trotzdem noch einmal zu dem Menschen um. Aber der ist bereits, samt seiner Herde, verschwunden, nur der aufgewirbelte Staub zeigt, dass sich vor kurzem eine größere Viehherde vorbei bewegte. In der Nähe muss sich der Wald zu einem Seitenpfad geöffnet haben, den Adam übersehen hat, vielleicht dort, wo einige grüngelbe Wedel schwanken. Was soll´s, es geht ihn nichts an, ihn geht nur der Spessart etwas an, der sich hinter dem Berg und der halben Welt befindet, die er auf dem Sklavenschiff gezwungen war zu durchfahren. Ein, zwei Bissen von irgendwas wären nicht schlecht gewesen, aber es geht auch so, weil es immer auch so und irgendwie geht. Das hat er gelernt. Er wird hinaufkommen.

Einige der großen Fliegen, die über der Herde sirrten, stürzen sich nun auf ihn und versuchen alle Körperteile, die nicht von Kleidung bedeckt sind, zu attackieren. Immer und überall wird man angegriffen, und sei es von lästigem Ungeziefer! Kämpfen, sich wehren, einen Stein kauen, das ist das Leben. Er fuchtelt mit den Armen, und da dies wenig hilft, bricht er einen Zweig ab und schlägt das Geschmeiß mit wütenden Schlägen in die Flucht. Wieder einen Feind besiegt. Gerade will er seinen

Weg fortsetzen, als er Rufe und Gelächter vernimmt, Lachen und Kichern wie plätscherndes Wasser, von dort, wo er den Pfad vermutet, der Herde und Hirt aufgenommen hat. Und da er lauscht und schaut, sieht er auch schon Kinder und Frauen auf ihn zu laufen, die Kinder halb nackt, die Frauen in bunte Tücher gehüllt. Sie winken ihm und rufen ihm unverständliche Worte zu. Er starrt sie betroffen an. Ist er gemeint? Die fröhliche Menge bildet, in sicherem Abstand, einen Halbkreis um ihn. Eine Frau, nicht mehr die jüngste, mit großen, klimpernden Ohrringen, tritt einen Schritt vor, sagt einige Worte und deutet hinter sich in den Wald, die anderen nicken und machen mit den Händen die Geste des Essens. Sie laden ihn ein. Adam steht trotzig vor ihnen, die Faust in der Hosentasche um das Eisen geklammert, begreift nur langsam, dass ihm niemand etwas zu Leide tun will, zumindest nicht gleich. Ein Kleiner mit rotziger Nase tapst auf ihn zu und zupft ihm unter dem schallenden Gelächter der anderen am Ärmel. Er soll unbedingt mitkommen. Was hat Adam zu verlieren außer seinem Leben? Und das wird er sich nicht nehmen lassen. Irgendwann muss er essen und das gut gelaunte Volk scheint nichts Böses im Schilde zu führen. Er geht also los und sofort bricht die Schar in gellendes Jubelgeschrei aus. Das Wundertier geht mit ihnen; er versteht sie schon. Der Kleine hält seine Hand fest und zieht ihn mit sich. Jetzt trauen sich auch die anderen Kinder, hängen sich an seine Hosenbeine und an seinen Hemdzipfel, jauchzen und quietschen, als hätten sie einen besonders bunten Fastnachtsnarren eingefangen. Adam lässt sie gewähren, ohne sein Misstrauen aufzugeben; das Messer hat er losgelassen, doch kann er es jederzeit mit einem schnellen Griff aus der Hosentasche holen. Denn noch hat sich kein Mann gezeigt. Vielleicht hocken sie zwischen den Bäumen und beobachten die Szene. Auf dem Pfad riecht es dumpf nach Fäulnis und schwerem Blütenduft, das harte Licht der Sonne ist angenehm abgemildert. Nach wenigen Metern schon verbreitert sich der Weg zu einer weiten Lichtung, Büffel grasen in einer Umfriedung, aus Zweig- und Laubhütten

steigt Rauch. Eine Gruppe von Männern steht vor der ersten Hütte und schaut stumm dem herannahenden Zug entgegen; ein Narbengesichtiger mit strengem Blick und einem gewickelten Tuch auf dem Kopf scheint der Anführer zu sein. Sein Blick ist abweisend und argwöhnisch; er hat Adam erkannt. Als er die Hand hebt und etwas in einer schnatternden Sprache verkündet, wird die Menge stumm. Alle Augen richten sich auf Adam. Sie warten darauf, dass ich zu ihnen spreche, denkt er. Plötzlich sieht es für ihn brenzlig aus. Er muss etwas tun, weil er überleben und auch diese Situation bestehen will. Irgendetwas. Der kleine Junge mit der Rotznase steht vor ihm und kratzt sich den Bauch. Adam schnappt sich den Kleinen, wirft ihn in die Luft, fängt ihn auf und kitzelt ihn unter den Armen, dass der Junge vor Vergnügen quietscht. Erleichtertes Grinsen und heitere Blicke sind die Belohnung. Der Häuptling aber blickt stumm zu Boden und verweigert sich der allgemeinen Fröhlichkeit, der sich auch die übrigen Männer nicht mehr entziehen können. Eine junge Frau, die Mutter des Jungen, nimmt Adam das Kind ab, tätschelt den rauen Arm des Schiffssträflings und bedeutet ihm, mitzukommen, dorthin, zu der runden Hütte am Rande des Dorfes. Sie stopft sich die Hand in den Mund, es gibt Essen, will sie sagen. Adam versucht zu lächeln und weiß nicht, ob sein verhärtetes Gesicht zu so einem milden Ausdruck überhaupt noch in der Lage ist.
Unter Johlen und Gelächter folgt er, das fremdartige Wesen, der Frau, kleine Hände streicheln seine Hosenbeine, eine zahnlose Alte schreit ihn mit sich überschlagender Stimme an, woraufhin alle wie toll jubeln und kreischen. Ihm soll es recht sein, er braucht etwas in den Magen, hat nichts gegen diese schwarzgelben, sonnenverbrannten, mageren Leute, sie sind ihm genauso gleichgültig wie seine Leidensgenossen auf dem Schiff, die dieselbe bleiche Haut wie er trugen und dieselben schmerzhaften Schläge erhielten. Ihn interessiert nur sein Ziel, dort hinter dem Kamm des Hügels. Die Frau nimmt seine Hand in die ihre, eine weiche Frauenhand, die seiner von unmenschlicher

Arbeit versehrten Pranke wohl tut und führt ihn in das Innere der Hütte. Holzrauch und der Dampf eines über dem Feuer kochenden Kessel beißen in seinen Augen. Die Menge bleibt draußen, schaut aber neugierig herein, die Kinder legen sich auf den Bauch und lassen ihn nicht aus den Augen. Die Dunkelheit in der Hütte lässt Adam schwanken, bis ihn wieder die Frau an der Hand nimmt und neben das Feuer niederzieht. Die Hütte und der Essensgeruch machen Adam benommen, er schließt die Augen, will sich schon seiner Müdigkeit hingeben. Aber darauf warten sie vielleicht nur und fallen über ihn her, reißen ihn in Stücke und werfen die Brocken in den schwarzen Topf. Nicht nachgeben, keinen Augenblick nachlassen. So überlebte er auf dem Schiff. Die Frau rührt mit einem Stück Holz in dem Kessel und lächelt ihn viel sagend an. Ein Säugling beginnt zu wimmern, sodass sie hinter sich greift, ein zappelndes Menschenbündel aus dem Halbdunkel der Hütte herausholt und es sich an die Brust legt; mit der freien Hand rührt sie weiterhin fleißig in dem Topf. Die auf dem Bauch liegenden Kinder feixen und glucksen. Adam hat kein Kind. Lieses Bauch war flach, als sie ihn gefangen nahmen und an die Holländer verkauften. Er würde, wenn er zurückkommen sollte, mit einem Kindchen auch nicht viel anfangen können, dafür umso mehr mit Rehböcken und Wildschweinen. Er träumt; er träumt wieder einmal von seinem Spessartwald, wie er es so häufig auf der Galeere tat; so konnte er überleben.

Die Frau hält ihm ein grünes Blatt hin, auf der eine weißliche Pampe zittert. Adam kostet vorsichtig, schmeckt einen stärkeartigen, scharf gewürzten Brei und unbekannte Kräuter. Einen Augenblick zögert er noch, aus Angst, dass sie ihn vergiften, aber die Frau, sein Zaudern richtig deutend, nimmt ein Weniges von dem Brei und isst es lächelnd auf. Adam fallen ihre dunkelbraunen, mandelförmigen Augen auf, Augen, denen man sich hingeben könnte, aber er hat keine Zeit, er muss diesen klebrigen Brei in sich schlingen, um Kraft für den Berg zu bekommen, würgt und schluckt gierig, schnaufend – die Frau und die Menge draußen sehen ihm schweigend zu – futtert das Blatt leer und verlangt ungeduldig nach einem zweiten Schlag und dann nach einem dritten, hört die Ausrufe des Erstaunens und sinkt nun doch müde um, wehrlos und unfähig, sich noch weiter dem Schlaf zu widersetzen, versinkt in einen süßen, nachtschwarzen Schwindel, endlich.

Als er erwacht, wird es gerade hell, draußen lärmen die Hühner geradeso wie in seinem Heimatort im Spessart. Im Dämmerlicht des anbrechenden Tages erkennt er mehrere schlafende Personen, die Frau, drei Kinder und zwei Alte, die mit geöffneten Mündern schnarchen. Er erhebt sich geräuschlos, sein Bauch ist voll, was will er noch hier? Vorsichtig schlägt er die Matte am Eingang zur Seite und tritt hinaus. Vor ihm auf dem fest getretenen Lehm sitzt der misstrauische, vernarbte Häuptling auf verknoteten Beinen, sieht ihn einen Augenblick schweigsam an, steht dann auf und geht in Richtung Wald davon; Adam folgt ihm, weil er versteht, dass der Mann ihm etwas zeigen will, und weil er ahnt, dass er, falls sich Adam weigern sollte, mit einem Händeklatschen das ganze Dorf auf die Beine bringen wird.

In der Nacht hat es geregnet, der Wald dampft und der Boden ist weich und morastig; erste Vogelrufe erschallen und Insekten fangen zu schrillen an. Nach wenigen Metern erreichen sie eine Lichtung, in deren Mitte eine Hütte steht. Die gelbe Erde ringsum ist von vielen Füßen fest getreten. Der Anführer hebt den Finger zum Zeichen, dass Adam jetzt etwas Besonderes zu sehen bekommt. Mit kleinen Trippelschritten nähert er sich der Hütte und winkt Adam, ihm zu folgen. Am Eingang kniet er nieder, auch Adam sinkt auf seine Knie und betrachtet, durch das sonderbare Gebaren des Mannes neugierig geworden, das Innere der Hütte. Auf einem hölzernen Gestell hockt ein feistes Männchen, über seinem pausbäckigen Kindergesicht ringelt sich wolliges Haar, zum dicken Oberkörper wollen die dünnen, schlaffen Arme, die an den Seiten herab hängen, nicht passen, die ebenfalls kümmerlichen Beine hat es wie der Häuptling vorhin unter den Leib verschränkt. Obst, Teigwaren und Blumen liegen, von ihm verschmäht, von Fliegen und anderem Ungeziefer aber gerne angenommen, umher. Das Narbengesicht weist auf den kleinen Mann, der ist es, will er sagen, und verneigt sich, bis seine Stirn die Erde berührt. Welch ein hässlicher Gott, denkt Adam, da kann er mit dem Gekreuzigten, der häufig an den Feldrainen oder manchmal im Wald des Spessarts aufgestellt ist, schon weit mehr anfangen; denn immerhin sieht der wie ein Mensch aus und ist keine bleiche, fette Spukgestalt, wie sie ihm hier gegenüber sitzt. Plötzlich spürt er die Kralle des Häuptlings im Genick, der versucht seinen Kopf auf den Boden zu drücken, und will ihm schon den Arm weg schlagen, da besinnt er sich doch, dass es vielleicht klüger ist, es geschehen zu lassen, denn auf einen Ruf des Anführers hin kommen zwanzig, dreißig Krieger angerannt, die ihn, so gastfreundlich sie ihn auch aufgenommen haben, unbarmherzig massakrieren würden, wie er fürchtet. Also neigt er sich mit der Stirn gegen die gelbe, fettige Erde und lässt es zu, dass die Hand ihn fester als notwendig auf den Boden zwingt und ihn aus dieser gebückten, schmerzhaften Stellung nicht sogleich wieder frei gibt. Endlich darf er sich wieder aufrichten. Der Häuptling verzieht seine schmalen Lippen zu einem säuerlichen Lächeln; er ist nicht restlos zufrieden, wahrscheinlich ist er es nie. Aber mehr zu geben ist Adam nicht bereit und springt auf; der Mann hat nun seinen Willen gehabt, jetzt will Adam weiter ziehen. Das Narbengesicht verneigt sich noch einmal vor dem Götzen. Adam bedenkt noch mit einem schnellen, oberflächlichen Blick das aufgeschwemmte Gesicht und die rötlichen, verfilzten Haare, dann wendet er sich ab.

Inzwischen ist der Wald vollends erwacht und erfüllt von Vogellärmen und Insektenschwärmen. In dieser Weltgegend, so erscheint es Adam, vollzieht sich alles heftiger und lautstärker als in seinem Spessartwald; dorthin will er jetzt gehen und keiner soll ihn mehr aufhalten. Ohne den Häuptling noch einmal anzusehen, geht er mit raschen Schritten davon, heilfroh diese Leute bald los zu sein, auch wenn sie ihn mit Essen versorgt

haben, und heilfroh nicht länger dem Anblick des ekelhaften Götzen ausgesetzt zu sein.
Rasch findet er wieder den Weg und eilt ihn weiter hinauf, dem Kamm des Hügels zu, von dem aus er hofft, das Meer zu sehen; das Meer, das letztlich auch an die Küsten der Niederlande spült, wo vor Monaten seine Höllenfahrt begann, über das er aber auch wieder nach Hause gelangen kann. Er hasst das Meer, dieses Grenzen- und Haltlose. Verrückte, die es freiwillig befahren. Er liebt den festen Boden und den Wald, nicht diesen verschlungenen, den Menschen erdrückenden, gierig treibenden Wildwuchs, wie zu beiden Seiten seines Weges, sondern den freundlichen Spessartwald, der ihm immer wie seine eigentliche Wohnstatt erschien. Nur weg von hier, jeder einzelne Schritt bringt ihn seiner Heimat näher. Dennoch muss er an die Frau denken, die ihm das Essen reichte, an ihre großen, schönen Augen, an das Kind an ihrer Brust, ja, an diese Brust vor allem muss er denken und er sieht sie deutlich vor sich, deutlicher als den Schlamm des Weges und die Sonne, die hinter ihm, den Einschnitt des Weges im Wald ausfüllt; bald wird sie wieder brennen. Aber mit diesen fremden Leuten hat er so wenig zu schaffen wie mit dem grün glänzenden Käfer, der auf dünnen Beinen über die feuchte Erde kriecht, oder mit den rot blühenden, fast mannshohen Disteln, die inselhaft am Wegesrand wachsen. Er will diese Gegend hinter sich bringen, die schnell wachsende Glut im Rücken, die ihn den Hang hinauf schiebt zusammen mit dem leichten Talwind, der ihn zusätzlich antreibt. Weiter und weg! Er hat so viel gegessen, dass er sich erst am Abend wieder um Nahrung kümmern muss, und wenn er nichts findet, hält er es noch drei weitere Tage aus. Fast alles hält er aus, hat er gelernt. Er lebt und sieht einem Vogel zu, der sich mit heftigem Flügelschlag in den Himmel schnellt; so müsste man vorwärts kommen, so mühelos, ohne von der Zähigkeit eines klebrigen Pfades behindert zu werden. Ein Vogel sollte man sein. Er ist aber Johann Adam Hasenstab, den sie zum Tode verurteilt haben, – denn davon gingen sie natürlich aus, dass er

entweder an der Schinderei auf dem Schiff oder spätestens an der Fron bei der Erschließung des grausamen Erdteils Australien sterben würde - weil er die Jagd als sein Recht ansieht, weil er sich nicht geringer fühlt als die Herren aus Mainz, weil es sein Wild ist und sein Wald, weil er dort jeden Fleck und jeden Winkel kennt, zu jeder Tages- und Nachtzeit draußen ist, bei jeder Wetterlage und nicht nur bei Sonnenschein wie die hohen Herren mit ihren gelockten Bärten und feinen Kleidern. Nur deshalb haben sie ihn zum Tode verurteilt; er aber hat sich das Leben nicht nehmen lassen, hat es festgehalten, ist weder an Durst, noch an Hunger oder Krankheit oder Erschöpfung gestorben; er hat sich nicht aufgegeben und ist, als seine Bewacher wegen der schwülen Hitze im Hafen nachlässig wurden und schlaff herumhingen, ihre sonstige Grausamkeit vergaßen, einfach abgehauen. Wahrscheinlich dachten sie, so nachlässig sie ihre Aufgabe verrichteten, dass keiner der Gefangenen mehr dazu in der Lage sei zu fliehen, gebrochen von den Schlägen, der Entbehrung und der unmenschlichen Hitze. Doch in Adam regte sich nach wie vor quicklebendig das Leben, und seine Fähigkeit tagelang zu laufen, zu hungern und zu dürsten, hatte nicht gelitten.

Daher trabt er jetzt wie eine junge Hirschkuh dicht am Waldrand entlang, um den Schatten der Bäume zu genießen, denn die Sonne hat inzwischen ihre volle Kraft entfaltet. Die Feuchtigkeit des Weges löst sich in Dunstschwaden auf, die in der heißen Luft aber schnell wieder vergehen. Aber auch der Hitze des herauf ziehenden Tages wird er standhalten. Er wird den Kamm des Hügels erreichen, vielleicht schon in ein paar Stunden, vielleicht auch erst morgen; wie auch immer, er wird oben ankommen und das Meer sehen, die See, die erst sein Unheil bedeutete und ihn jetzt retten soll.

Insekten fliegen überall auf und prallen gegen seinen Körper, Vögel schreien und quarren mit fremden Stimmen; er befindet sich in einem fremden Land und wünscht sich die vertraute Landschaft des Spessarts herbei, wo ihm jeder Vogelruf bekannt

ist, jedes krabbelnde Tierlein, jedes Kraut und jeder Pilz; hier ist ihm alles fremd und widerwärtig und bedrohlich; obwohl er sich nicht fürchtet, fast nicht fürchtet, weil er entschlossen ist, den Spieß umzudrehen, sodass sich die anderen vor ihm fürchten sollen, sowohl die Menschen als auch die Tiere. Denn mit dem Töten kennt er sich aus, und einen Menschen zur Strecke zu bringen ist nicht viel schwieriger als einen ausgewachsenen Hirschen. Zwar hat er keine richtige Waffe, aber immerhin das scharfe Eisen, das er vom Schiff mitgenommen hat. Sie sollen sich vorsehen vor ihm!
Aus der Tiefe des Waldes hört er menschliche Stimmen, Lachen, Schreien, Grölen, aber weit entfernt, so weit, dass sie ihn nichts angehen. Es zieht ihn nicht zu den Menschen hin, nicht zu diesen Menschen, trotz der schönen Brüste der Frau und ihren Augen. Er will seine Liese sehen und seine alten Kumpane; mit den Schwarzgelben will er nichts zu tun haben und beginnt zu laufen, bis er schweißdurchnässt stehen bleiben muss. Die für ihn bedeutungslosen Stimmen aus dem Wald sind im Geschrei der Vögel untergegangen. Langsam geht er weiter, den Blick auf den Boden gerichtet, auf den klebrigen Schlamm, den vom Wind abgerissenen Blättern und den sonderbaren Kreaturen, die dort kriechen und hüpfen. Manchmal ist er versucht eine von ihnen in die Hand zu nehmen, um sie genauer zu betrachten, aber dann drängt es ihn doch weiter seinem Ziel zu, dem Gipfel des Höhenzuges und dem Meer, das hoffentlich dahinter liegt. So viel Erde unter seinen Füßen, so viel Erde zwischen hier und seinem Spessart, und so viel Wasser, vor allem viel Wasser. Er hat es kaum gesehen, da er die meiste Zeit mit einigen anderen zusammen gefesselt im Bauch des Schiffes lag, weil sie sich hartnäckig widersetzten und ihre Peiniger angriffen, aber er hörte es schaben und gurgeln und manchmal konnte er durch eine Luke hinaus schauen auf das graue oder grüne oder blaue Meer, das sie monatelang – wie lange genau vermag er nicht zu sagen – befuhren, ein quälende Ewigkeit, in der so viele neben ihm verreckten, die das Leben wie aufge-

scheuchte Fledermäuse verließ. Irgendwann merkte er dann am Geruch, dass sie sich Land näherten, und dies weckte seinen Trotz und seinen Lebensmut, die wie sein ganzer Körper in Siechtum gelegen hatten, wieder auf; bei der ersten Gelegenheit entwischte er schließlich. Das Meer, das ihm so viel Übel bereitete, muss er jetzt erneut überwinden; ihm graut, wenn er daran denkt. Aber er hat keine Wahl. Und, falls es wirklich einen Landweg bis in den Spessart gäbe, was er nicht weiß, bräuchte er so viele Jahre, das sie seine Lebenszeit wohl überschritten. Er ist also auf das Meer angewiesen. Um es zu erreichen, muss er diesen Schritt tun und den nächsten und den übernächsten und so weiter, darf nicht zu oft über die vor ihm liegende Wegstrecke hinaus denken, sich nicht in Gedanken übereilen, muss bedächtig bleiben, trotz der Anspannung all seiner Kräfte; so.

Weiße Wolkentürmchen ziehen über den Himmel; ob sie gutes oder böses Wetter ankündigen, kann er nicht beurteilen, alles ist ihm unbekannt und seltsam. Auf dem südlichen Meer hat er schreckliche Unwetter erlebt, wie er sie von zu Hause nicht kennt. Große Vögel schweben über ihm und schreien mit hässlichen Stimmen auf ihn, den Fremdling, herab. Rechts von ihm poltert ein mächtiges Tier durch den Wald davon, mehr als ein graubraunes Fell kann er nicht mehr erkennen. Plötzlich fühlt er, dass er allein ist, und dass ihn nicht nur die kreisenden Vögel beobachten, sondern auch die Krabbeltiere und die großen Blätter der Bäume; alles sieht ihn an. Der graue Schatten, auf den er tritt, verwandelt sich zu einer sich aufbäumenden, züngelnden Schlange, die nach ihm stößt. Er prallt noch rechtzeitig zurück und rennt davon, die Hände auf die Ohren gepresst, um das Getöse des Waldes nicht mehr hören zu müssen, die Augen starr nach vorne gerichtet, damit er nicht mehr die ihn beäugende Welt wahrnehmen muss, rennt und hetzt, bis er zu Boden sinkt und den Angriff des Unbekannten erwartet, zusammengekrümmt wie ein Neugeborenes, Schutz suchend im feuchten Schoß der Erde. Die unbarmherzige Sonne aber wird er so nicht los, genauso wenig wie das Brüllen des Urwaldes und das

Sirren der Insekten. Es gibt kein Entrinnen. Er öffnet die Augen, der Wald summt und schwärmt wie zuvor, der Weg ist leer, kein Ungeheuer, das ihn zu verspeisen sucht; die großen, über ihm schwebenden Vögel sind verschwunden. Fasse dich, Adam, spricht er sich Mut zu, fasse dich, wappne dich, mache dich stark. Zögernd erhebt er sich und geht langsam weiter, die Füße vorsichtig setzend, da ihn jeder Schritt seiner Heimat näher bringt. Auch das hat er im Bauch des Schiffes erfahren, dass manche von Gespenstern geholt werden können, gesund am Leib, aber Opfer dunkler Mächte, die ihnen den Kopf verrücken, sodass sie toll werden, sich in schäumende und winselnde Unwesen wandeln und andere anfallen, dass man gezwungen ist, sie zu erschießen; andere wiederum bringen sich selbst um, indem sie sich ihre Schädel an den Dielen einrennen. Diese Gespenster fürchtet Adam stärker als wilde Tiere oder giftige Schlangen. Daher muss er sich zwingen, nur geradeaus zu blicken, nicht nur mit den Augen, sondern auch den inneren Blick stur auf sein Ziel zu richten, den Spessartwald, dort jenseits des Kammes und jenseits des Meeres, das dahinter liegen muss, seine Gedanken auf seine Liese und den Rehbock am nebligen Herbstmorgen zu versammeln, auf den lustigen Holzfeuerrauch aus den Kaminen der Hütten und die kalte, klare Winterluft. Dorthin will er gelangen. Und Halt findet er außerdem an dem zuverlässigen Eisen in seiner Hosentasche, da er es jetzt mit der Hand fest umschließt. Auf diese Weise kann er sich befestigen, auch wenn sich grün und blau schillerndes Geschmeiß auf ihn stürzt; sein Schweißgeruch lockt Fliegen an. Er muss weiter, darf sich nicht ausruhen, weiter, bis er an sein Ziel gelangt ist, zunächst den Gipfel des Hügels und später, irgendwann, den Spessart. Wenn er zu lange an einer Stelle verharrt, wird er geschwächt, verfault, verfällt.

Er schlägt wild nach dem Ungeziefer und marschiert drauflos, weg von den Fliegen, weg von diesem Land, das aber noch zäh wie der Schlamm des Weges an seinen Sohlen klebt. So schnell

wird er ihm nicht entkommen, er muss sich gedulden, braucht die gleiche Geduld wie beim Ansitzen auf das Wild.
Ein heiseres Stöhnen lässt ihn aufhorchen. Eines der Ungeheuer des strotzenden Waldes? Er greift nach seinem Eisen. Auf einem, in den Weg einmündenden Pfad bewegt sich etwas Großes, schwerfällig und langsam. Adam duckt sich in ein Gesträuch am Wegrand und hält den Atem an. Er wird kämpfen. Doch zu seiner Überraschung und Erleichterung ist es nur ein Ochse, wenn auch einer mit zwei leierförmigen, riesigen Hörnern, der da aus dem Wald tritt auf seinem Rücken sitzt ein alter Mann mit einem weißen Tuch um die Hüften. Adam springt aus seiner Deckung, sodass der verblüffte Ochse, die Beine in den Schlamm stemmend, stehen bleibt. Der Alte, durch den Wiegegang des Ochsen, in eine Art Dämmerzustand versetzt, wird nach vorne geschleudert, kann sich aber noch rechtzeitig am Fell des Tieres festhalten und den Sturz vermeiden. Wieder ein strenger Mann wie der aus dem Dorf, denkt Adam, winkt und will seines Weges gehen. Der Alte aber spricht ihn an, hebt seinen dürren Arm und streckt ihn nach Adam aus, der mit einer unwilligen Gebärde antwortet, da ihn das Gekrächze des Alten nichts angeht, er hat anderes zu tun und gibt dem Ochsen einen Klaps auf die Kruppe, dass er ein paar Schritte zur Seite weicht, und setzt dann seinen Weg fort. Mit diesem Alten, der offensichtlich allein unterwegs ist, braucht er sich nicht lange aufzuhalten. Schon hat er einen beträchtlichen Vorsprung, dreht sich aber noch einmal um und sieht den Mann zusammengesunken auf seinem Reittier sitzen, das Adam langsam hinterher schreitet. Diese Menschen hier sind für Adam undurchschaubar, nicht nur, weil er ihre Sprache nicht versteht, auch ihre Blicke, Gesten, sogar ihr Schweigen ist für ihn rätselhaft. Er mag mit ihnen nichts zu tun haben.
Die weißen Wolken sind inzwischen gewachsen und segeln wie Schneegebirge über den Himmel, ein Wolkenschatten legt sich über den Weg, spendet für wenige Augenblicke Kühle und zieht weiter, wieder dem blendenden Sonnenlicht Raum gebend.

Adam versucht mit dem wandernden Schatten Schritt zu halten, aber der ist zu schnell für ihn, schwebt von keiner Schwere oder Rauhigkeit aufgehalten, vor ihm davon. Eine Wolke oder ein Vogel, denkt Adam, der zurücksteckt und seine Schritte verlangsamt. Sein eigener Schatten, der noch vor kurzem schlacksig und lang gezogen vor ihm her tanzte, ist geschrumpft und nach rechts gewandert; bald wird er sich unter seinen Füßen zu einem schwarzen Fleck zusammenkrümmen – dann ist es Mittag und die richtige Zeit für eine Rast; noch aber hat er zu laufen, hat er diesen langen Weg mit Hilfe von hunderten und tausenden Schritten klein zu arbeiten, mit der gleichen Hartnäckigkeit wie die rotbraunen Ameisen über ihren Haufen wimmeln. Er muss eine Ameise und eine Ratte sein, um nach Hause zu kommen, und wäre doch so gerne ein Vogel.

Hinter ihm wird das Schnaufen des Büffels laut, sodass Adam erschrocken herum fährt. Tatsächlich, der Ochse ist dabei, ihn einzuholen, und auf ihm hockt schwankend der Alte, seinen Arm wieder oder noch immer nach Adam ausgestreckt. Ein Verfolger? Diese Leute hängen sich wie die Kletten an ihn, beschweren ihn, wollen ihn nicht aus ihrem klebrigen Land entkommen lassen. Ja, klebrig. Auch das Sonnenlicht klebt wie eine dünne, goldene, versengende Schicht auf seiner geröteten Haut. Er zappelt wie eine Fliege im Spinnennetz, und weiß nicht, ob er die Kraft besitzt, sich loszureißen. Da hört er schon die schnarrende, ungeduldige Stimme des klapprigen Männchens, der sich wohl nicht vorstellen kann, dass einer seine Sprache nicht versteht. Und selbst wenn sie sich verständigen könnten, will Adam nicht aufgehalten werden, hat keine Lust auf keifende Greise, ließe sich höchstens für eine Weile eine nackte Frauenbrust gefallen, aber nur für ein paar selige Augenblicke, damit seine Flucht nach Hause nicht zu lange unterbrochen wird. Schon schieben sich die langen Hörner des Büffels neben ihn, die Ausdünstungen des Tieres beginnen ihn einzunebeln und der Fliegenschwarm, der um das geifernde

Maul des Ochsen sirrt, geht auf ihn über. Und was er jetzt auf seinem Nacken spürt, ist die kalte Hand des Alten, der ihn aber nicht wie der andere am Morgen beugen will, sondern ihn seltsam sanft berührt. Fürsorglich beinahe ist diese Hand wie die einer Mutter oder Ehefrau, muss Adam denken. Das will er sich aber noch weit weniger gefallen lassen; mit Härte und Grausamkeit hat er gelernt umzugehen, aber damit nicht. Zornig schüttelt er die Hand ab. Der Alte bringt den Ochsen zum Halten, auch Adam bleibt stehen. Sie sehen sich an. Jeder forscht im Gesicht des anderen und versucht zu erkennen, mit wem er es zu tun hat. Der Alte lächelt und sagt etwas in seiner unbekannten Sprache, dann macht er eine einladende Handbewegung. Adam versteht, der Mann will ihn mitnehmen, er soll hinten auf den Ochsen aufspringen und sich den Weg hinauf tragen lassen. Getragen werden! Adam stellt es sich köstlich vor, überlegt nicht lang und klettert auf den warmen Tierkörper hinauf. Der Alte schnalzt mit der Zunge und der Büffel setzt sich in Bewegung, schwankend wie ein Schiff in einer starken Dünung. Adam muss sich an den eckigen Schultern seines Vordermannes festhalten, um nicht herunter zu fallen. Kaum hat das Tier seinen Weg wieder aufgenommen, beginnt der Alte mit seiner schnarrenden, unangenehmen Stimme lebhaft zu reden, deutet nach links und rechts, hinauf und auf den Boden, fuchtelt und bildet mit langen, fleischlosen Fingern unverständliche Zeichen. Adam lässt ihn gewähren, ihm ist es gleich, solange er auf dem runden Rücken des Ochsen mitreiten darf. Was der Alte von sich gibt, würde Adam nicht einmal interessieren, selbst wenn er die Sprache und Gesten verstünde, daher schaut er teilnahmslos den Kreisen oder Monden oder Sonnen zu, die die spilllerigen Finger vor ihm in die Luft zeichnen sowie den streuenden Handbewegungen, die an aussäende Bauern erinnern. Das gleichförmige Schaukeln macht Adam allmählich müde und die warme, feuchte Luft tut das Ihrige. Ein paar Mal noch reißt er sich zusammen, schließlich aber sinkt er gegen den Rücken des Alten und überlässt sich dem Schlaf.

Immer wieder dringt ein hässliches Wort an sein Ohr, bis er erwacht. Der Ochse ist stehen geblieben, der Alte hat sich zu Adam umgedreht und wiederholt noch einmal das Wort, dabei zeigt er nach vorne. Vor und unter ihnen liegt das Meer, an dessen anderem Ende die Niederlande liegen, welch unendliche Strecken Wasser und Land sich auch dazwischen ausdehnen mögen. Die ungeheuere, glitzernde Fläche verschwimmt am Horizont mit dem Himmelsdunst. Adam ist oben, die erste Etappe hat er geschafft. Die Sonne ist bereits ein beträchtliches Stück über den Mittag hinausgewandert; er muss lange geschlafen haben. Der Alte betrachtet ihn lächelnd und wiegt den Kopf. „Da hinunter muss ich“, sagt Adam zu dem Mann, der ihn nicht versteht, dahinunter und dann mit einem Schiff weiter. Adam stellt sich auf den Rücken des Ochsen, um noch mehr von der See zu sehen, die noch vor kurzem für ihn der Inbegriff allen Leids war, nun stellt sie das Verbindungsstück zu seinem Spessartwald dar. Und dieser Bergrücken, so will er es verstehen, von dem aus er jetzt auf die Weite des Meeres blickt, war seine Prüfung, ob er in der Lage ist, die ungeheuere Strecke bis in seine Heimat zu überwinden. Nachdem er es nun bis auf den Kamm dieses Höhenzuges geschafft hat, erfasst ihn Zuversicht, dass er es auch irgendwann bis in seine Heimat schaffen wird. Der Alte berührt seine Waden, er will ihm etwas mitteilen; wahrscheinlich ist ihm Adams Aufregung nicht verborgen geblieben. Im Grunde, so erscheint es Adam, ist er ein freundlicher Mensch, trotz seiner unangenehmen Stimme, immerhin nimmt er Adam auf seinem Reitochsen mit. Mit wilder Armbewegung fordert Adam ihn nun auf, das Tier wieder anzutreiben, den Berg hinunter, auf das Meer zu. Doch der Alte schüttelt den Kopf, zu müde sei das Tier, zeigt er mit den Händen, es brauche Wasser und Futter. Wahrscheinlich hat er Recht, aber Adams Ungeduld ist so grenzenlos wie das gegen Westen zu in Farbschlieren verschwimmende Meer. Soll er, überlegt Adam, den Mann herunter stoßen und allein weiter reiten, solange, bis das Tier zusammenbricht, das bedächtig wiederkäuend gerade den Kopf

nach ihm wendet? Es ist nicht Mitleid, das ihn daran hindert, sondern die Befürchtung, dass hinter der grünen Wand des Waldes Leute wohnen, die auf das Wehgeschrei des Alten hin herbei eilen und Adam den Garaus bereiten. Gefährlicher als wilde Tiere sind feindselige Menschen, die sich hinter dem dichten Grün verbergen mögen, oder die anderen, die mit den Lederpeitschen oder jene, die ihn auf die Galeere verkauften, nur weil er ein paar Rehböcke wegschoss. Die Tiere, er muss sich nur den friedlich mampfenden Büffel ansehen, sind weit argloser als die Menschen.
Der Blick des Alten ist ernst geworden, er scheint verstanden zu haben, welch finstere Gedanken Adam gerade wälzt; mit steifen Beinen klettert er über den Hals des Ochsen auf den Boden und führt das Tier an seiner Mähne unter die ersten Bäume in den Schatten. Auf einem winzigen Pfad, den Adam erneut übersehen hat, dringen sie in den Wald vor und kommen an einen munter sprudelnden Bach, an den sich eine, von dichtem Gras bewachsene Lichtung anschließt. Adam gleitet vom Rücken des Tieres, kniet nieder, betastet die weichen Halme und streckt sich in dem weichen Wiesenbett aus. Es ist nicht dasselbe Gras wie in seiner Heimat, aber es duftet so ähnlich und es fühlt sich genauso an. Sein Körper, der seit Monaten nur noch die harten Planken des Schiffes gewohnt war, atmet auf, so ist es menschlich zu liegen, und wenn ihm die Flucht gelingt, muss er nie mehr schmerzhaft verzogen auf rohen Brettern kauern.
Der Ochse schlürft mit großen Zügen das Wasser und beginnt danach in aller Ruhe zu grasen. Glückliches Tier, das einen milden Herrn wie den Alten gefunden hat. Der redet schon wieder zu Adam, vielleicht spricht er auch zu sich selber, da er Finger und Hände ruhen lässt; vielleicht braucht er auch keine Zuhörer, sondern erzählt sich selbst eine Geschichte.
Ein Ort, denkt Adam, indem er sich umsieht, an dem man bleiben könnte; nach einigen Monaten hätte er die Sprache der Menschen hier erlernt und wäre in der Lage, den Alten sowie die Frau mit den nackten Brüsten zu verstehen. Er könnte es sich

vorstellen, würde sich an die fremdartigen Rufe der Vögel gewöhnen und an die brennende Sonne, an die herumliegenden Äste, die sich unversehens in Schlangen verwandeln. Auch ist hier auf dem Kamm der Anhöhe die Luft frischer, ein leichter Wind weht, dazu plätschert eifrig der Bach. Wenn Adam die Hand über die Augen legt, könnte er sich in den Spessart versetzt fühlen. Neben ihm hantiert der muntere Greis, packt aus einem Ledersack sein Abendessen sowie eine Decke aus. Adam schließt die Augen und sogleich stellen sich die Bilder seiner Heimat ein und erweisen sich sofort stärker als die Wirklichkeit ringsum; der lärmende Bach wird zur Hafenlohr und das Säuseln des Windes in den Urwaldbäumen zum Rauschen der Spessartbuchen. Sein Tagtraum ist stärker als die Gegenwart des fremden Landes, stärker und lebendiger. Nein, er wird hier nicht leben können, obwohl es ihm im Augenblick gut geht, so gut wie noch nie, seitdem die Schergen des Bischofs ihn vor einem Jahr ergriffen. Niemand schlägt ihn und sein Bauch ist noch vom reichlichen Essen des Vortages voll, süßes Wasser quillt reichlich über die Wiese, sodass er sich zum Trinken nur zur Seite beugen muss. Die Wirklichkeit kann sich also durchaus sehen lassen, sein Traum aber ist bunter und anziehender.

Der Alte zupft Adam am Ärmel und reicht ihm einige Früchte. Adam nickt und isst sie unverzüglich auf, sie schmecken unglaublich süß, noch nie hat er dergleichen gekostet. Der Alte schmunzelt zufrieden über Adams erstaunte Augen und fängt wieder zu sprechen und zu gestikulieren an, wirft bedeutende Blicke umher. Schließlich bückt er sich, liest vom Rande des Baches ein verlassenes Schneckenhaus auf, zeigt auf seine verschlungene Form und sagt leise, aber eindringlich ein bestimmtes Wort. Adam grinst und hebt die Schultern. Noch einmal wiederholt der Alte das Wort und drückt dann Adam das Schneckenhaus in die Hand, umfasst noch kurz mit seinen dünnen Fingern Adams Faust, so als wolle er sich versichern, dass der Fremde das Geschenk auch wirklich annimmt. Adam legt sich wieder auf den Rücken und betrachtet das in sich gekrümmte Horn, hält es gegen die tief stehende Sonne, lässt das Licht spiegeln und aufblitzen und beginnt sich wirklich über die seltsame Form des Schneckenhauses zu wundern, das sich allerdings kaum von denen unterscheidet, die er aus dem Spessart kennt, eine aus sich selbst heraus treibende Bewegung, eingefroren in schillerndem Kalk. Der Alte hat Recht, man kann seine Zeit damit verbringen, das Gehäuse einer schleimigen Schnecke zu betrachten. Und diese Stelle am Bachufer hat etwas Wunderbares.

Der Alte schweigt nun, setzt sich mit eigenartig untergeschlagenen Beinen an den Bachrand, schließt die Augen und schiebt die Hände auf besondere Weise ineinander; in dieser Stellung verharrt er regungslos. Die höher und höher wachsenden Wolken ziehen lautlos über ihn hinweg, ab und zu, gedämpft durch den weichen Boden, stampft der Büffel, das Sirren des Ungeziefers und das Rupfen des grasenden Tieres bilden ansonsten das einzige Geräusch, da die Vögel verstummt sind. Adam sieht den Wolken zu und dem schimmernden Schneckenhaus, das er in seinen Fingern dreht und hat es nicht mehr eilig; fast wünscht er sich, möglichst lange an diesem Ort zu bleiben. Es mag an der Bedächtigkeit des Ochsen liegen, aber vor allem an der gelassenen Art des alten Mannes, der Eile nicht zu kennen scheint. Adam lässt sich das Schneckengehäuse auf die Brust fallen, schließt erneut die Augen und hofft, dass sich die Bilder aus dem Spessart wieder einstellen. Er muss nicht lange warten, sogleich erglänzt die Hafenlohr vor ihm, mit ihrem im Wasser treibenden Girlanden flutenden Hahnenfußes und er erblickt die dunklen Schatten der gegen die Strömung stehenden Forellen, sieht sie davon zucken und blitzende Wellen werfend und riecht den aufregenden Duft des Mädesüß, das an den Ufern hinwächst, lauscht dem Flöten einer Amsel oder dem Schlagen eines Buchfinks und ist unversehens wieder der Waldmensch, der er war und wieder sein wird; nicht hier in diesem ihm unbekannten Wald mit seinen sonderbaren Geschöpfen, sondern zu Hause im Spessart. Doch will er nicht einfach zurückkehren,

sondern er will sich rächen an denen, die ihn von allem, was ihm lieb war, fortrissen, von seiner Frau, dem Wald mit seinen Tieren, von den Menschen, mit denen er aufgewachsen war; er wird sich rächen und es mit der Wilderei noch ärger treiben als zuvor. Nein, nicht hier ist sein Ort. Er öffnet die Augen, so lieblich Wiese, Bach, Tier und Bäume auch sind, so freundlich der Alte auch zu ihm ist. Noch immer sitzt dieser regungslos, den Blick ins Nichts gerichtet, auf seinen welken Lippen liegt ein mattes Lächeln. Was geschieht mit ihm? Betet er? Oder hat ihn eine plötzliche Krankheit angefasst? Die Sonne schickt sich an, hinter die Bäume des Waldes zu sinken, einzelne Vogelstimmen werden laut, über den Himmel zieht ein eiliger Schwarm in Richtung Meer. Ein Vogel mag in drei, vier Stunden die Küste erreicht haben, für Adam sind es mühsame Tagesmärsche, das zähe Land lässt sich nicht so rasch abstreifen wie die schwerelose Luft.
Der Büffel fällt stöhnend auf die Knie, blickt sich mit mahlenden Kiefern nach den zwei Menschen um und wedelt mit dem Schweif die lästigen Fliegen fort. Nach wie vor unbeweglich sitzt der Alte und scheint von der hereinbrechenden Nacht nichts zu bemerken. Nur drei Armlängen von Adam entfernt hockt er und ist doch nicht zu erreichen, aber der Traumort, zu dem er sich hinweg begeben hat, ist ganz offensichtlich ein erfreulicher, friedlicher.
Schnell wird es nun dunkel, der halbe Mond wird immer wieder von Wolken bedeckt und nach wenigen Augenblicken ist es vollkommen finster. Adam legt sich auf die Seite und starrt in die Schwärze. Man hat ihn ans Ende der Welt geschleppt, die ersten Schritte auf seinem Heimweg aber hat er zurückgelegt. Wie winzig aber mag die Strecke sein, die er im Vergleich zu seinem Gesamtweg erst überwunden hat? Nicht mehr als zwei Tage ist er auf der Flucht und hat möglicherweise noch seine Verfolger im Nacken – der holländische Kapitän, den er nur ein paar Mal zu Gesicht bekam, wirkte so, als würde er einen entflohenen Sträfling unbarmherzig verfolgen lassen; er wird ihm

also bestimmt einige seiner Leute nachgeschickt haben, wahrscheinlich diese undurchsichtigen, gelben Asiaten, die er mit an Bord hatte. Aber Adam hat keine Angst vor ihnen, Angst hat er nur davor, es nicht zu schaffen, nicht mehr um die halbe Erde herum zu kommen, sondern unterwegs zu stranden, zu verdursten, sich zu verirren oder zu verzweifeln, den unbedingten Willen, nach Hause zu kommen, zu verlieren. Wie soll er die ungeheuere Strecke, für die ein Schiff fast ein ganzes Jahr braucht, bezwingen? Seine Füße schmerzen jetzt schon von nur zwei Tagen Marsch. Davor hat er Angst.
Der Ochse, das gute Tier, schnaubt in der Dunkelheit; er hat die zwei Menschen brav getragen und trotzdem würde wohl sein ganzes Leben nicht ausreichen, um Adam in den Spessartwald zurückzubringen. Die Wolken geben den Mond frei, der hier in der Fremde dasselbe Gesicht zeigt wie zu Hause, immerhin ein Vertrauter, in dieser absonderlichen Welt. Doch Adam fühlt, dass diese Nacht, die gerade erst angebrochen ist, dabei ist, sich zu einer jener schrecklichen zu entwickeln, wie er sie auf dem Schiff erlebt hat, wo er, zwar völlig zerschlagen und erschöpft, dennoch nicht in den Schlaf fand und feststellen musste, dass die eigentlichen Schrecken aus der Seele kriechen und schlimmere Fratzen tragen als der Peitschen schwingende Antreiber oder die sterbenden, von Geschwüren aufgefressenen Kameraden in ihren Fesseln, Dämonen, die ihm einflüstern, dass er aufgeben solle, dass es sinnlos sei, weiter zu kämpfen. Er springt auf und taucht seinen Kopf in das kühle Wasser des Bachs, um die Spukgestalten, die ihn in der Dunkelheit umschweben, zu vertreiben und tastet in der Finsternis nach dem Büffel, riecht schon die dampfende Wärme des mächtigen Leibes und spürt endlich das Fell. „Gutes Tier“, flüstert er und schmiegt sich an das gelassen und kraftvoll pulsende Leben; so beschützt kann er vielleicht einschlafen. Das Gurgeln und Murren im Bauch des Ochsen übertönt nach einiger Zeit wahrhaftig das Kichern und Wispern der bösen Geister und Adam schläft ein.

Von einem Druck auf seinem Bauch erwacht Adam. Ein närrisches Kindergesicht sieht ihn an, blinzelt unter buschigen Augenbrauen, bleckt seine gelben Zähne und stößt ein blechernes Kecken hervor. Adam schnellt hoch, da er sich von einem Waldteufel, einem Baumgeist bedrängt fühlt. Das Wesen trollt sich, eigenartig auf allen Vieren hopsend. Der Alte lacht laut auf und sagt in seiner Sprache den Namen des unerklärlichen Wesens. Nach der guten Laune des Alten zu schließen, scheint es sich um ein harmloses, lustiges Tier zu handeln, doch Adam zittert am ganzen Leib. Der Ochse steht unbeweglich wie ein Felsblock, seine Kiefern mahlen bedächtig das Gras. Der Alte, wieder ernst geworden, greift in seinen Leinensack und holt für sich und Adam das Frühstück heraus, das aus getrockneten, süßen Früchten besteht. Während sie essen, redet der Alte unablässig auf Adam ein und betrachtet ihn mit seinen lebhaften, hellbraunen Augen, als hege er die Hoffnung, dass ihn Adam doch irgendwann verstehen könne. Adam schlingt seine Mahlzeit schnell hinunter, weil er weiter kommen will, auf dem Rücken des Büffels den Berg hinunter, dem Meer und einem Schiff entgegen, das er unten an der Küste zu finden glaubt, und das ihn über die See nach den Niederlanden bringen wird; einmal dort angelangt, ist Adam zuversichtlich, sich bis in den Spessart durchschlagen zu können; den Weg bis zum Meer und auf ein Schiff, mehr muss ihm nicht gelingen; doch das ist wahrlich viel genug.

Nun ist auch der Alte mit seinem Frühstück fertig, erhebt sich, dabei fortwährend redend und mit den Händen fuchtelnd, packt seine wenigen Habseligkeiten ein und klettert auf den Ochsen, der ungerührt wie ein Holzstoß steht. Da Adam dem Alten nicht sofort folgt, dreht sich der zu ihm um und winkt ihm mit seinem rutendürren Arm. Gerade will es ihm Adam gleich tun, da turnt das sonderbare Geschöpf, das ihm vorhin auf dem Bauch hockte, von einem Baum herunter, springt ihm auf die Schulter und von dort auf die Kruppe des Büffels. Von seinem erhöhten Standpunkt aus, beäugt es frech den überraschten Menschen.

Der Alte hebt beide Arme und trägt einen feierlichen Singsang vor, gerade wie ein Priester in der Kirche, bricht unvermittelt ab und fordert mit Gebärden Adam dringlich auf, den Ochsen zu besteigen. Adam folgt seiner Aufforderung zögernd, denn der Kauz auf dem Hinterteil des Büffels ist ihm unheimlich. Immerhin rückt er jetzt weiter nach vorne, sodass er zwischen dem Alten und Adam zu sitzen kommt; Platz ist auf dem Rücken des Ochsen genug für alle drei vorhanden. Während sich Adam zurecht setzt, um einen guten Halt zu haben, blinzelt ihn das närrische Tier frech an und ringelt seinen Schwanz fest um Adams, vom Rudern zerschundenen Arm. Vergeblich versucht der sich mit einer unentschlossenen Bewegung zu befreien, da er ahnt, den seltsamen Gesellen nicht mehr so schnell los zu werden; andererseits, so denkt er, ist es vielleicht nicht einmal so schlecht, für seine lange Reise einen Begleiter zu haben, wenn auch einen unverfrorenen Zeitgenossen, der vor Freude quiekt, da der Ochse jetzt drauflos trampelt und seine Passagiere gemächlich von links nach rechts wiegt; ein sich bedächtig bewegendes Fleischgebirge. Der kleine Wicht aber runzelt die Stirn, zeigt seine Zähne und grapscht vor Begeisterung nach Adams strähnigen Bart und scheint über das Vorwärtskommen vollkommen begeistert.
Sobald sie wieder auf dem breiten Weg sind, greift der Büffel weiter aus, sodass sich seine Mitreisenden an seinem Fell festhalten müssen, während Adams neuer Freund den Griff seines Kletterschwanzes verstärkt. Allerlei Menschen und Tiere sind an diesem Tag unterwegs; Rinder werden getrieben und Geflügel in großen Kästen geschleppt, Getreide und Früchte in Körben getragen; vermutlich findet in der Nähe ein Markt statt. Die Menschen starren den fremden, weißen Mann an, der verkrampft auf dem Rücken des Ochsen sitzt und ein grimassierendes Teufelchen auf seinem Bein kauern hat. Sie betrachten ihn stumm und senken die Blicke, wenn ihnen Adam in die dunklen Augen schaut, nur die Kinder sehen sich mit offenen Mündern an ihm fest. Doch nach und nach bleiben die Leute zurück,

da der Büffel kräftig ausschreitet; die lange Rast, das fette Gras und das frische Wasser haben ihn gestärkt. Adam mag Tiere, er mag es aber auch, sie zu töten, liebt es, ihre Todeszuckungen zu betrachten, das hellrote, hervorquellende Blut zu sehen, fühlt sich, wenn er einem verendenden Wild zuschaut, lebendiger. Das zappelnde Kerlchen aber, das ihm nun auf die Schulter klettert, wird er nicht töten, denn er braucht einen Freund, war ein ganzes Jahr lang allein, hatte es nur mit brutalen Aufsehern und armen, verzweifelten Teufeln zu tun, die, genauso wie er, ausschließlich um ihr Überleben kämpften. Er wird sich für die Kreatur einen Namen ausdenken müssen; noch aber weiß er gar nicht, ob das Kerlchen überhaupt bei ihm bleiben wird.

Das Meer, auf das ihr Weg hinabsteigt, wird von hohen Bäumen verdeckt, ganz deutlich aber sieht Adam den Spessart vor sich, sobald er die Augen schließt, sieht sogar das in Gärung und Fäulnis übergehende, abgefallene Herbstlaub sowie die feucht glänzenden Hüte der Pilze. Er lebt wirklich zugleich in zwei Welten, in der heißen, lauten, tropischen, durch die ihn der Büffel trägt und in der heimeligen, grünbraunen des Spessarts; hinzu kommen noch die wirren Bilder seiner Nachtträume. Wo ist er eigentlich zu Hause? Und wohin war gestern Abend der Alte abgereist, als er in seiner ungemütlichen Körperhaltung versunken vor ihm saß? Seinen Redestrom hat er inzwischen unterbrochen, dafür wirft er kleine Stücke des Trockenobstes über seine Schulter, die der zappelige Kobold mit sicherem Griff herunter fängt und sofort verzehrt.

Der Ochse schreitet in gleichmäßigem Tempo und mit tief gebeugtem Kopf, hat sich in sein Schicksal ergeben, ein Leben lang über die Landstraßen zu wandern. Nicht so Adam, er begehrt auf und er begehrte schon gegen das Jagdverbot auf, das die prächtigen Rehe und Hirsche nur den feinen Herren vorsieht, wollte es sich nicht gefallen lassen, wollte sich nicht mit Roggenschrot und Mehlsuppe abspeisen lassen, während die Jagdgesellschaften des Erzbischofs sich an den feisten Brocken die Bäuche rund fraßen. Nein, ein Adam Hasenstab ist kein

Ochse, der demütig sein Haupt senkt, er steht aufrecht, er handelt, er muckt auf. Deshalb ist ihm der Kauz auf seiner Schulter lieber, sein freches, unbotmäßiges Wesen zeugt von geistiger Verwandtschaft. Aber noch hat er ihn nicht ganz für sich gewonnen, solche Charaktere schließen sich nur denen an, die ihnen etwas zu bieten haben, und im Augenblick liegen die Vorteile eindeutig bei dem Alten, der freigebig von seinem Vorrat austeilt. Adam muss sich etwas einfallen lassen, packt daher die Kreatur am Genick, drückt sie an seinen Bauch, hascht selber nach den durch die Luft fliegenden Süßigkeiten und füttert sie seinen Kumpanen, der ihn aus gelben Augen anschielt; so wird das vielleicht etwas mit ihrer Freundschaft werden. Der Alte hat die Veränderung in seinem Rücken bemerkt und bedenkt die beiden, sich umwendend, mit einem langen Blick und ihm scheint zu gefallen, was er da sieht, denn er nickt und murmelt in seinen schütteren Bart, ohne das Auswerfen der Leckereien zu unterbrechen. Der Kleine stopft sich seinen Bauch voll und quarrt vor Vergnügen. Vielleicht kann ich ihm sogar das Sprechen beibringen, überlegt Adam, sodass ich einen echten Freund habe, mit dem ich mich unterhalten kann.

Schließlich ist das Obst aufgebraucht und der Alte muntert den Büffel mit Zurufen auf, die Schritte zu beschleunigen. Der Kleine schmiegt sich an Adam und schläft ein. Wie langsam die Bäume an ihnen vorbeiziehen, wie hartnäckig sich der Schlamm an die Hufe des Ochsen klebt; und das Meer ist hinter dem dichten Grün des Waldes versunken. Aber Adam muss sich gedulden, diesen Tag und viele folgende, muss sich ganz dem trägen Koloss überlassen. Oder sollte er nicht lieber auf eigenen Beinen der Küste zueilen, auf seine eigenen Muskel vertrauen? Je höher die Sonne steigt, desto langsamer wird der Trott des Tieres, der Alte scheint eingeschlummert, die Fliegen summen, auch der Wind ist völlig eingeschlafen. Dafür steigt in Adam die Unruhe, er möchte über die Bäume hinab zum Meer schweben wie der große storchähnliche Vogel, der ohne Flügelschlag davon streicht; doch er ist an die Erde gefesselt, an den zähen

Schlamm, muss sich von dem plumpen Tier schleppen lassen oder sich zu Fuß mühen. Diese Ruhe ringsum, diese summende Stille, während es in Adam kocht und gärt! Der Alte seufzt im Schlaf, den Kopf tief auf die hagere Brust gebeugt; ihm ist die Langsamkeit des Ochsen recht, er ist einverstanden, wie es gerade geht. Ein paar schreiend bunte Vögel hopsen über den Weg, rot, gelb, weiß, vielleicht sind sie schön, aber Adam will sich nicht auf sie einlassen, will sie gar nicht sehen, will nur weiter und immer weiter. Ihm sind die zudringlichen, prangenden Farben der dunkelroten Blüten auf den Baumästen so gleichgültig wie die anderen senfgelben am Wegesrand, und der Gesang eines finkenähnlichen Vogel ist ihm wie grässliches Gebrüll. Nur fort von hier! Doch der Büffel hat inzwischen schwere Beine und sieht sich immer öfter nach dem Gras um, das üppig unter den Bäumen wächst; bald wird er stehen bleiben. Den Tieren fehlt die menschliche Willenskraft. Adam hofft, dass seine Entschlossenheit unerschütterlich ist, dass er vielleicht scheitern wird, weil ihn die See frisst oder ein Schlangenbiss vergiftet, aber nicht, weil er aufgibt oder verzweifelt. Er wird es durchstehen, es sei denn, er gerät an einen Stärkeren oder Böseren: Bis jetzt meinen es die Kreaturen dieses fremden Landes gut mit ihm, sowohl die Menschen, als auch die Tiere, doch wer weiß, was hinter der nächsten Wegbiegung wartet? Seine Reise dauert noch lange.

Endlich erwacht der Alte und stemmt dem Büffel die Fersen in die Seiten, damit der seine Schritte noch einmal beschleunigt. Weiter vorne werden menschliche Gestalten sichtbar. Der Alte wird aufmerksam und kratzt sich nervös am Schädel. Scheinbar steht ihnen eine unangenehme Begegnung bevor. Aber Adam ist nicht willens, sich von irgendjemandem an seinem Fortkommen hindern zu lassen; von keinem. Es sind vier junge Männer, gehüllt in grüne Gewänder, jeder trägt einen langen Speer, sie grinsen, als sie den Ochsen mit seinen drei Passagieren heran wanken sehen. Dieses Grinsen kommt Adam bekannt vor, es speist sich an der Lust an Händel und Streit; es handelt

sich um Verwandte, die da auf ihn zukommen. Mit einem gepressten Laut bringen die vier den Büffel zum Halten und weiden sich schweigend und feixend an der Unsicherheit des Alten, der unruhig auf dem Rücken seines Reittieres hin- und herrutscht und auf sie einredet. Schließlich unterbindet einer der jungen Männer seinen Redestrom, indem er ihm mit dem stumpfen Ende seines Speeres gegen die Brust stochert und ihm einen Befehl ins Gesicht bellt. Ihr Interesse gilt aber weniger dem Alten, als dem Fremden, der hinter ihm sitzt. Adam weiß, dass er wird kämpfen müssen, und einen Augenblick lang durchströmt ihn heiße Freude, auch wenn er es mit vier Gegnern zu tun hat; Büttel irgendeines Herrn, den es hier nicht anders als im Spessart geben wird, der seine Schergen hat, die den krummen Buckel der Bauern und Tagelöhner noch tiefer beugen; solche waren es, die ihn vor etwa einem Jahr ergriffen, als er nach einer durchjagten Nacht eingeschlafen war, und sie ihn mühelos umzingeln konnten. Adam hat mit jenen noch eine Rechnung offen, desgleichen mit diesen hier, die er für die anderen aus dem Spessart nimmt; vorerst, denn er wird zurückkehren, auch um sich die anderen vorzuknöpfen.
Jetzt klopft der Speerschaft gegen seine Brust und die Kerle bauen sich vor ihm auf, blinzeln gegen das Sonnenlicht, das ihnen in die Augen scheint und verschieben eine grünliche Kaumasse, die ihre Zähne verfärbt, von einer Backe in die andere. Trotz ihrer dunklen Hautfarbe und ihrer fremdartigen Kleidung erkennt Adam die gleichen Burschen, wie sie sich dem Fürstbischof verdingen; die Welt muss voller solcher Kerle sein, und wenn Adam schon nicht unmittelbar gegen die feinen Herren selber kämpfen kann, dann will er sich wenigstens mit ihren Knechten raufen. Er tastet nach seinem Messer. Der kleine Waldkauz, der auf seinen Knien geschlafen hat, ist erwacht und drängt sich ängstlich an Adams Körper; Tiere haben ein sicheres Gespür für Gefahr. Adam braucht dieses Gespür schon lange nicht mehr, weil die Gefahr sein ständiger, sein treuester Begleiter geworden ist, früher als

Wilderer und Sträfling auf dem Schiff und jetzt als Flüchtling. Der Messergriff liegt nun fest in seiner Hand. Der Alte, so scheint es Adam, sagt den Kerlen einige erklärende Worte über den Fremden, was die vier mit blöden Blicken quittieren. Einen Augenblick lang werden sie unsicher, und das harte Holz des Speeres, das Adam an das unbarmherzige Ruder der Galeere erinnert, auf der er anfangs schuften musste, wandert von seiner Brust weg. Aber dann macht einer der Burschen eine Bemerkung und die frühere Selbstsicherheit kehrt in die Gesichter zurück. Adam wird um einen Kampf nicht herum kommen, und er erinnert sich: Er war noch ein kleiner Junge, als er den Fuchs stellte, der in ihren Hühnerstall eingedrungen war, das Gezeter der Vögel hatte ihn geweckt, Sommermorgen, die Wiesen taunass, die Luft erfüllt vom Gesang der Waldvögel. Hinter dem Zaun aus Weidengerten liegen verstreute, blutige, zerfetzte Federn und ein staubbedeckter, zerfleischter Balg, das panische Federvieh zusammengedrängt neben dem Hühnerstall aus dünnen Leisten, und dort windet sich der Fuchs, sitzt in der Falle, kann weder das Weidengeflecht überwinden noch durch das Pförtchen hinaus, das jemand leichtsinnigerweise offen ließ, weil dort Adam steht, einen Stecken in der Hand, bereit das Raubtier zu töten, zum ersten Mal entschlossen zu töten, den bösen Hühnermörder zu erschlagen, wie es sein Vater schon mehrmals tat, geht ein paar Schritte auf den greinenden und raunzenden Fuchs zu, holt weit aus, visiert den flachen Schädel des Roten an – er ist rot, weil er gefährlich ist, hatte Adams Vater ihm erklärt – das Tier duckt sich, als nehme es den Hieb demütig hin, dann aber zu Adams Überraschung und zu seinem höchsten Erschrecken, kreischt es in schrillstem Ton auf, dass Adam die Haare stehen und fährt ihm wie der leibhaftige Teufel gegen die Brust, dass der Junge den Stecken fallen lässt und zur Seite springt, und der Fuchs saust wie der Blitz durch die Pforte hinaus und lässt den perplexen Jungen auf seinem Hosenboden sitzend zurück. So also, denkt Adam, wie jener Fuchs, muss ich diese Burschen attackieren, die ihre Überlegenheit einem anderen verdanken, vor dem sie buckeln, um sich schadlos an den Menschen zu halten, die ihr Brot mit ehrlicher Arbeit verdienen. Und überdies ist sein Haar, wenn auch durch die Tropensonne gebleicht, durchaus rot. Adam muss nur den richtigen Augenblick erwarten.

Sein kleiner Freund, der sich bisher zwischen Adams Knien verkroch, spitzt hervor, bleckt seine Zähne und wirft plötzlich mit einem Obstkern nach den Vieren, die daraufhin in schallendes Gelächter ausbrechen. Das ist der richtige Augenblick! Mitten in ihr dummes Lachen hinein platzt Adams Schrei, den er dem trockenen Husten der Rehböcke abgelauscht hat, und mitten in sie hinein springt er, sein Messer gezückt, haut nach links und rechts, trifft weiches Menschenfleisch, schneidet, reißt, durchtrennt und schnellt zurück, lehnt sich an die Kruppe des Ochsen, der unerschütterlich steht, ein fester Berg aus Fleisch. Zwei wälzen sich am Boden, einer hält sich mit entsetzenstarren Blick den Arm, der vierte Unverletzte weicht schon, und da ihn Adam nun mit Urgewalt anbrüllt, rennt er, gefolgt von dem Verwundeten, davon.

Adam springt auf den Büffel, den der Alte sogleich antreibt, aber schon nach wenigen Metern auf einen engen Waldpfad lenkt. Dort bringt er den Ochsen zum Stehen und sieht Adam an, erschrocken, aber ohne Angst, auch neugierig. Wen habe ich mir da auf mein Reittier geladen, drücken seine Augen aus. Einen Mörder und Halsabschneider? Adam hebt die Arme, was hätte er tun sollen? Die Kerle hätten ihn nicht in Frieden ziehen lassen. Er wischt das Messer an seiner Hose ab und streichelt seinem kleinen Kumpan den weichen Scheitel. Da beugt sich der Alte vor und streicht mit den Fingern über Adams Stirn, so als wolle er dort etwas beseitigen, dazu murmelt er unverständlich. Adam lässt es sich gefallen, denn der Alte meint es gut mit ihm und mit seiner Geste versucht er offensichtlich das Böse, das in dem Fremden wohnt, zu vertreiben. Aber Adam ist nicht böse, er handelt nur entschlossen und hat keine Angst, andere, die sich ihm in den Weg stellen, zu töten. Ob die zwei am Boden

liegenden Schergen wirklich tot sind, kann er nicht beurteilen, doch jedenfalls haben sie genug, und der Weg zum Meer, den sie sich anschickten, ihm zu versperren, ist wieder frei. Allerdings werden sie ihn verfolgen; aber auch das ist für ihn nichts Neues. Der Büffel trottet auf einen kurzen Ruf des Alten hin tiefer in den Wald hinein. Bunte Vögel turnen durch die Zweige der Bäume und begleiten ihren Weg mit melodischen Rufen. Adam betrachtet seine Hand, sie zittert nicht; so ist es recht. Niemand soll ihn aufhalten! Doch führt dieser Pfad auch zum Meer hinunter, oder sind sie gerade dabei, sich in dem unendlichen Wald zu verlieren? Aber der Alte hat keine andere Wahl, er muss ihn von der großen Straße wegbringen, weil es nicht mehr lange dauern wird, bis ein Trupp Verfolger aufkreuzen wird. Versucht also der Alte Adam zu helfen, obwohl er sich damit selbst in Gefahr bringt? Hasst auch er die unverschämten Büttel? Oder hat er noch andere Gründe? Jetzt bedauert es Adam, sich nicht mit ihm verständigen zu können. Er kann nur seinem eintönigen Gemurmel zuhören und die Rippen zählen, die deutlich aus seinem Rücken heraustreten.
Der Pfad, auf dem sie in den Wald eindringen, wird schmaler und verwachsen, und der Alte muss den Büffel mit energischen Tritten in die Seite antreiben, damit sich der durch das dichter werdende Gesträuch drängt. Nein, dieser Weg wird nicht zum Meer führen. Aber Adam ist sich bewusst, dass er auf seiner langen Reise auch Umwege in Kauf nehmen muss. Nur mit zäher Geduld wird er es schaffen, so wie aus der einmal ausgekeimten Eichel unweigerlich ein gewaltiger Baum wächst, so wird Adam, mit der gleichen Hartnäckigkeit und Kraft, seine Heimkehr betreiben, und da soll ihm ein Umweg von ein paar Stunden oder Tagen nicht stören.
Sein kleiner Freund wird immer munterer, beginnt an Adam hochzuklettern und nach vorbeiwischenden Blättern oder Blüten zu haschen. Adam wird ihn auf seiner langen Fahrt zum Spessart mitnehmen, da er einen gut gelaunten Begleiter braucht, einen, der ihn zum Lachen bringt und der die trüben Gedanken,

die Gespenster und Traumgesichte vertreibt; diese sind es, die Adam wirklich fürchtet. Dass er in der Lage ist, mit feindseligen Menschen fertig zu werden, hat er gerade unter Beweis gestellt. Also wird er das drollige Kerlchen auf keinen Fall mehr hergeben.
Der Büffel ist stehen geblieben und ist weder durch aufmunterndes Schnalzen noch durch derbe Fußtritte zum Weitergehen zu bewegen. Zwei fastnachtsbunte Vögel beäugen von einem Gebüsch aus die Szene. Der Alte dreht sich zu Adam um, lächelt, klettert auf den Boden hinunter und führt den Ochsen, an seiner Mähne ziehend, mit sich. Weiche Blätter streifen über Adam, streicheln sein Gesicht, kleine Vögel mit bunt schillernden Gefieder flattern umher wie dicke Hummeln, in der Tiefe des Waldes lärmen unbekannte Tiere, schwerer Blütenduft hängt in dem Pfad, der inzwischen nicht viel mehr als ein schmaler Wildwechsel ist. Der Alte aber scheint genau zu wissen, wohin er will. Ein dicht mit Blüten bewachsener, modernder Baumstamm liegt quer, dem Schwärme von Fliegen entsteigen, und der Ochse weigert sich, darüber zu steigen. Der Alte reckt sich zum Ohr des Büffels hoch und flüstert ihm beschwörende Worte zu, die Adam an das Gebetsgemurmel der alten Frauen in der Rothenbucher Kirche erinnern. Nach einer Weile und unter heftigem Schnauben steigt das Tier tatsächlich über den faulenden Stamm, unerachtet der stechenden Plagegeister, die sowohl über den Büffel als auch die Menschen herfallen. Immer dichter schließt sich der Wald um sie und Adam wird sich mit jedem Schritt, den sie vordringen, sicherer, dass sie in diesem fremden Wald kein Verfolger mehr finden wird, nicht viel anders als in seinem Spessart, wo er sich so häufig vor den Schergen des Fürstbischofs verbarg. Doch wie fremd ist dieser Wald hier, keiner, in dem er sich geborgen fühlen könnte. Zu bedrohlich sind die Pflanzen, die dickfleischigen Blätter, das Gewürge der Kletterranken, die sumpfige Luft, die sich schwer auf die Lungen legt und der vermischte Geruch aus Fäulnis und Kot und Blütennecktar; der Büffel hatte durchaus recht mit seinem Zögern,

weiter zu stapfen. Aber der Alte geht unbeirrt vorweg und der dumpfe Atem des Waldes scheint ihm nichts auszumachen. Immer wieder spricht er und untermalt seine Rede mit lebhaften Gesten. Allmählich begreift Adam, das der Mann meistens gar nicht ihn meint, sondern sich selber erzählt, so als erkläre er sich alles, was ihm begegnet. Sonderbar wie der Wald und seine tierischen Bewohner sind auch die Menschen hier. Adams drolliger, rotbraun bepelzter Freund, auch ein Wesen wie es nur dieses seltsame Land hervorbringen kann, hockt vor ihm und beobachtet ihn aufmerksam, die buschigen Augenbrauen hoch gezogen; das Tier, so glaubt Adam, ist dabei, seinen neuen Herren kennen zu lernen.

Inzwischen kann nicht einmal mehr von einem Wildwechsel die Rede mehr sein, und der Alte geht auch nicht mehr vor dem Büffel, sondern neben ihm, da das mächtige Haupt des Ochsen wie eine Pflugschar durch die üppig wuchernden Pflanzen bricht; Falter und Vögel flattern erschreckt über die plötzliche Störung auf und ein runder, kleiner Hirsch flüchtet mit weiten Sprüngen zur Seite davon. Die Stimmen, mit denen der Wald auf sie einschreit, singt, flötet, kreischt und surrt, werden immer lauter, handtellergroße Insekten mit rotgeäderten Hautflügeln stehen in der Luft und attackieren mit plötzlichem Schwung und giftigem Sirren die drei Eindringlinge. Der Alte leitet sie immer tiefer in diese rätselhafte Waldwildnis hinein, und Adam fragt sich beklommen, ob er jemals wieder allein aus ihr heraus und zur Straße zurück finden würde. Vielleicht hätte er sich nicht dem Alten anvertrauen sollen.

Gerade überlegt er, ob er nicht abspringen und auf der Fährte des Büffels zur Straße zurück eilen und den Alten mitsamt seinem geduldigen Reittier ihrer Wege ziehen lassen soll, da mischen sich in den schrillen Chor des Waldes neue, beunruhigende Töne, ein Wispern, Flüstern, Kichern und unterdrücktes Lachen wie von ungezogenen Kindern. Auch der Alte legt horchend die Hand ans Ohr. Doch statt den Ochsen anzuhalten, zerrt er ihn, die Mähne umkrallend, ungestüm nach vorne.

Schaut da von einem Urwaldbaum ein menschliches Augenpaar auf sie herunter? Oder war es nur das in der Sonne aufleuchtende Gefieder eines Vogels? Und dort, ein brauner, beweglicher Fleck, die Haut eines rotbraunen Menschen? Oder nur ein Stück Baumrinde, oder wieder der kleine Hirsch, der vorhin vor ihnen floh? Dieser dünne, zerbrechliche Ruf, von einem Menschen ausgestoßen oder von einem unbekannten Tier? Was zupfte da an Adams Hemd, eine kleine, aus dem Gebüsch vorschnellende Hand oder eine haarige Klette, die sich kurz im Stoff verhakte? Adams Besorgnis wächst. Nehmen seine Traumgesichte und Einbildungen nun Überhand oder hat durch die Qual der Gefangenschaft sein Verstand gelitten? Doch nein, ganz aus der Nähe schauen ihn jetzt zwei Menschenaugen an, dunkelbraun wie Kastanien, doch als er sie genauer betrachten will, schaukeln an der gleichen Stelle nur zwei Blätter. Der Alte aber ist zufrieden. Er spricht nun in einem besänftigenden Ton nach rechts und links in den Wald und wedelt mit seiner freien Hand, als winke er jemandem zu. Sie sind umzingelt, versteht Adam und richtet sich auf, ohne noch eindeutig ein menschliches Wesen entdeckt zu haben, umringt, umstellt, sie sitzen in der Falle; und der Alte hat sie mitten hinein geführt! Will er sie umbringen?
Aber da sind sie schon, wimmeln aus den Zweigen und hinter den fleischigen Blättern des Waldes hervor, manche springen wie Eichhörnchen von den Ästen, kleine, dünne, dunkelbraune Menschen, fast nackt, bis auf einen Lederschurz um die Scham, mit hellen Kinderstimmen plaudern sie durcheinander, ihre Münder zu einem breiten Grinsen verzogen, einer hopst vor Adam ohne weiteres auf den Rücken des Büffels, setzt sich dicht an ihn heran und betrachtet neugierig den Fremden aus nächster Nähe, lächelt, wiegt den runden Kopf mit den geraden, dicken Haaren, scheint gut gelaunt und glücklich einen so gänzlich anderen Menschen getroffen zu haben. Die anderen laufen wie eine muntere Kinderschar neben dem Alten her, den sie zu kennen scheinen und wie einen Vertrauten begrüßen. Ihre gluck-

sende Sprache dringt wie das Plätschern von Wasser zu Adam herauf. Er weiß nicht, was er von diesen Menschen halten soll; wenigstens wirken sie ungefährlich und eher arglos und verspielt wie Kinder. Manche tragen immerhin kurze Speere, andere Pfeil und Bogen. Adam nimmt sich vor, sein Misstrauen aufrecht zu halten. Der vor ihm sitzende Waldmensch beugt sich nun zu ihm und betastet, unter entzücktem Seufzen und Quieken, Adams Gesicht, seine Haare, seine Kleidung. Adam lässt es sich gefallen, solange ihm der andere nicht weh tut. Seine Hand aber liegt auf der Hosentasche, auf seinem Messer, an dem noch das Blut der von ihm gemetzelten Büttel klebt; auch diese kindlichen Menschen sollen ihn auf seinem Weg zum Meer nicht aufhalten, wenn auch ihr unbeschwertes Geschnatter auf keinerlei Gefahr hindeutet.
Jetzt springt ein zweiter, dann ein dritter auf den dahin trottenden Büffel, sie schauen Adam aus großen Augen an, flüstern sich zu, kichern und stoßen sich an. Wahrscheinlich betrachten sie ihn als eine Art Fabelwesen, das ihnen der Alte als Geschenk mitgebracht hat.
Unversehens bleibt der Ochse stehen, auch Adam erhebt sich, um nach vorne sehen zu können. Auf einer Waldlichtung stehen, um ein qualmendes Feuer gruppiert, einige aus Zweigen und Blättern errichtete Unterstände oder Windschirme, eine Schar Frauen und Kinder eilt ihnen juchzend entgegen, und ehe sich Adam versieht, ist er umringt von plappernden Mündern, neugierigen Augen sowie ihn betastenden Händen. Wie in einem Triumphzug wird er sodann in die Mitte des Platzes geführt, wo ihn ein würdiger Alter mit verhutzeltem Gesicht erwartet; in seinen starr abstehenden Haaren stecken bunte Vogelfedern. Er und der andere Alte, der Adam hierher gebracht hat, begrüßen sich mit einer langwierigen Zeremonie aus Handgeben, Kopfneigen und einer schnellen Folge von Berührungen mit Stirn und Schultern. Der Häuptling der kindlichen Menschen richtet nun seinen Blick auf Adam, der, den Messergriff in der Hosentasche fest umfasst, von dem Ochsen heruntersteigt

und vor die beiden Alten hintritt. Mit grimmig zusammengezogenem Gesicht wird er von dem federgeschmückten Alten gemustert. Die Prüfung aber scheint für Adam gut auszufallen, obwohl es der Mann mit einem Mörder, einem Schlächter zu tun hat, denn die Krähenfüße in den Augenwinkeln des Häuptlings vertiefen sich und der dünnlippige Mund deutet ein Lächeln an. Auch der andere Alte grinst; der immerhin weiß, dass mit Adam nicht gut Kirschen essen ist, was ihn aber nicht zu stören scheint.

Ein paar Kinder fassen Adams Hand und ziehen ihn mit sich, was er, sich benommen durch das übermütige Lärmen der Waldmenschen, gefallen lässt, laufen nebenher, schneiden Grimassen und bringen mit heftigen Körperbewegungen ihre Freude über das Wunderwesen zum Ausdruck. Adam muss sich am Feuer niedersetzen, und ihm wird sogleich ein auf einem grünen Zweig aufgespießtes Stück Fleisch gereicht; mit eindeutigen Gesten fordern sie ihn zum Essen auf. Adam verspürt durchaus einen ordentlichen Hunger; Menschen umzubringen macht offenbar Appetit. Nein, er verbietet sich über seine Tat nachzudenken. Um die zwei von ihm Gemeuchelten ist es wahrscheinlich nicht schade, da sie ihre Freiheit irgendeinem Herren verkauft haben; außerdem stellten sie sich ihm in den Weg, ihm, der wild entschlossen ist, sich von keinem aufhalten zu lassen; in einem oder in zwei oder in fünf Jahren wird er auf alle Fälle wieder durch den Spessart streifen.

Auch sein närrischer, kleiner Freund, der sich furchtsam auf seiner Schulter zusammen gekauert hat, wird nicht vergessen. Eine Frau wirft ihm beerenartige Früchte zu, die der Kleine gierig verzehrt. Beherzt beißt Adam in das Fleisch, es ist weich und erinnert ihn an den Geschmack von Hasenbraten; allerdings scheinen seine Gastgeber kein Salz zu kennen. Nun, was soll´s, Adam ist auch mit ungewürzten Speisen zufrieden, Hauptsache, sie füllen den Bauch. Er kaut und sieht in die auf ihn gerichteten Augen der Waldmenschen, sie sind freundlich und ohne Arg, daher kann er sein Messer, das er noch immer mit einer Hand umklammert hält, loslassen; sogar der verwitterte Häuptling winkt ihm wohlwollend zu. Und da Adam das Fleisch alsbald aufgegessen hat, wird ihm, unter beifälligem Gemurmel seiner Zuschauer, ein weiterer Braten gereicht. Und Adam macht sich augenblicklich auch über dieses Fleisch her, da man nie wissen kann, wenn es wieder etwas zu beißen geben wird. Ein Kind bringt ihm in einer ausgehöhlten Frucht Wasser, er trinkt es, obgleich es warm und brackig ist, in gierigen Zügen. Fleisch und Wasser, kein übles Gericht, wenn er es mit dem Fraß auf dem Schiff vergleicht: eine dünne Suppe und ein Brei aus zerkochten Graupen, manchmal ein Stück steinharter Käse. Er hat auch diese Zumutung überlebt und wird sich in gleicher Weise von den kommenden, ihm bevorstehenden nicht aus der Bahn werfen lassen. Jetzt lächelt auch er zufrieden in die Gesichter dieser harmlosen Menschen hinein, die ihm, je länger er es mit ihnen zu tun hat, wahrhaftig wie Kinder vorkommen, zu Späßen und Unfug aufgelegte Kinder. Gerade versuchen sie seinem auf dem hart getretenen Boden herum hopsenden Kumpan eine aus Pflanzenfasern geflochtene Kappe aufzusetzen, wogegen aber der Kleine sich mit wütendem Keckern und fuchtelnden Fäustchen zu wehren versucht, begleitet vom Lachen und Schenkelklatschen der fröhlichen Leute.

Sprach nicht der Pfarrer in der Kirche von Rothenbuch von den „Kindern Gottes“? Ein Wort, das Adam nie verstand, doch hier in diesem Urwald, auf der anderen Seite der Erde, ist er tatsächlich auf diese „Kinder Gottes“ getroffen, so könnte er meinen, will aber trotzdem nicht sofort jegliche Vorsicht fahren lassen, sondern die Burschen mit ihren Spielzeugspeeren und Pfeilen noch eine Weile beobachten, bis er ein endgültiges Urteil fällt.

Sein kleiner Freund, der noch immer auf einen Namen wartet, flüchtet sich zu ihm, hat genug von den gutmütigen Späßen der Waldmenschen und kuschelt sich unter Adams Achsel. Da gehen der Häuptling sowie der Alte, der ihn zu diesen Menschen führte, auf ihn zu. Der Häuptling räuspert sich umständlich und beginnt feierlich auf Adam einzureden und begleitet seine Ansprache mit lebhaften Gesten. Der andere Alte steht lächelnd und schweigsam daneben. Wie soll sich Adam verhalten? Sie meinen es ganz offensichtlich gut mit ihm, daher nickt er heftig und leckt das Bratenfett von dem grünen Zweig. Das ist es, was er braucht, Fett, später ein paar Stunden Schlaf und an einem der nächsten Tage einen sicheren Weg zum Meer. Doch, Adam wird aufmerksam, redet der Häuptling nicht etwa, in seinem unverständlichen Kauderwelsch, gerade von der See, von der schrecklichen, aber auch nach Hause führenden? Ahmen nicht seine Lippen das Geräusch der ewigen Brandung und des scharfen Windes nach, und bewegen sich seine Arme nicht im Rhythmus der Wogen. Ja, der Mann spricht vom Meer, und dann zerrt er einen mageren Kerl am Arm herbei, der feixend und verlegen zu Boden blickt, und schubst ihn auf Adam. Soll dieser Mann vielleicht sein Führer hinunter zur Küste sein? Adam tätschelt ihm vorsorglich die Schultern, möchte sich mit dem Burschen gut stellen, falls der tatsächlich sein Kundschafter und Begleiter werden sollte. Warum sind diese Leute so freundlich zu ihm? Sie kennen ihn nicht, nur der Alte mit dem Ochsen hat einige Erfahrungen mit ihm gesammelt, hat ihn auf der Straße als abgerissenen Herumtreiber aufgelesen und hat erlebt, wie er sein Messer gebrauchte und zwei Männer tötete. Was konnte er schon den Waldkindern Gutes über Adam berichten? Oder sind diese Menschen von Grund auf gut, so wie die Peitschenschwinger auf der Galeere und die Büttel des Fürstbischofs einfach von Geburt an böse und grausam sind? Musste Adam erst ans Ende der Welt verschleppt werden, um solchen wohlmeinenden Menschen zu begegnen? Er starrt sie an, ihre lachenden Gesichter und ihre dicken Haare. An wen ist er da auf seiner Flucht geraten? Wohl leben sie auch mit der übrigen Kreatur in Frieden, denn zwischen ihnen laufen kleine Hunde herum, die beiläufig gestreichelt werden, mit denen sich die Kinder spielerisch im Staub wälzen, und auch Erwachsene ziehen sich für kurze Zeit einen der Schwanz wedelnden Kläffer an die Knie, um ihnen freundlich das Fell zu zausen. Zwei niedrige Schweine liegen in einer Pfütze hinter der Menschenschar und zahme Vögel hocken auf den Windschirmen oder werden auf den Schultern spazieren getragen. Auffallend ist außerdem, dass sich die summenden und stechenden Plagegeister des Urwaldes nicht blicken lassen; vielleicht liegt es an dem eigentümlichen, nicht einmal unangenehmen Geruch, der von den Menschen ausgeht; vermutlich reiben sie sich ihre nackten Leiber mit bestimmten Pflanzen ein, deren Duft das Ungeziefer vertreibt. Adam beginnt zu staunen.

Der Häuptling hat seine Rede beendet und zieht sich zurück, das Zeichen, dass sich auch der Haufen von Adams neuen Freunden zerstreut; nur der ihm zugewiesene Begleiter und der Alte mit dem Ochsen bleiben bei ihm. Was soll Adam jetzt tun? Er hat gegessen, neben ihm steht ein Gefäß mit Trinkwasser, an dem er sich noch einmal gütlich tut, er ist eben von gastfreundlichen Menschen aufgenommen worden. Was will er mehr? Schlafen. Die Sonne ist ohnehin schon dabei, hinter den Bäumen unterzugehen. Auch der kleine Waldkobold an seiner Seite reibt sich die Augen. Nach einem Bett wird er sich hier vergeblich umschauen, so legt er sich einfach auf den Rücken und sein Freund mit dem weichen Fell krabbelt ihm auf den Bauch. Sogleich holt ihn der Schlaf, aber nicht nur, weil er wie sonst sich völlig zerschlagen und erschöpft fühlt, sondern weil er sich geborgen und in Sicherheit weiß. So schläft er und träumt von seinem Spessartwald, einem maigrünen und sonnenblitzenden, einen von Vogelstimmen durchhallten, und er sieht den kräftigen Rehbock mit der breiten Brust, dessen Ohren spielen und dessen Nüstern misstrauisch die Luft einschniefen, aber den geduckten Mann, der gegen den leichten Wind im Gras kauert, kann er nicht wahrnehmen; der Mann hebt langsam sein Gewehr.

Adam erwacht. Gerade wird es hell, doch das Dorf ist schon unruhig. Menschen laufen durcheinander, Kinder greinen, Frauen lachen leise; Aufbruchstimmung. Alle Männer, soweit es Adam in der Morgendämmerung erkennen kann, tragen Speere sowie

Pfeil und Bogen. Auch Adams Begleiter hat sich bewaffnet, hockt aber regungslos neben ihm. Vermutlich haben sich die Männer zu einem Kriegszug oder zur Jagd gerüstet; wahrscheinlicher ist das letztere, denn Adam blickt in lauter gut gelaunte Gesichter. Nach und nach versammeln sich die Männer an einem dürren Baum, am Rande des Dorfplatzes, auch der alte Häuptling ist dabei, streicht jedem seiner Leute mit einem Büschel Blätter über Gesicht und Brust und spricht beschwörende Worte. Kurz entschlossen steht Adam auf und mischt sich unter die Jäger. Die Männer sehen ihn verblüfft, aber nicht unfreundlich an.

Allmählich kommt in das launige Hin und Her und Durcheinander der Schar eine gewisse Richtung und Ordnung, die Jäger fassen ihre Waffen fester, bilden eine lockere Reihe und beginnen in einem bestimmten Rhythmus Worte auszustoßen. Adam begreift, dass der Aufbruch zur Jagd unmittelbar bevorsteht, und sofort wird ihm heiß und sein Herz schlägt bis zum Hals. Jagen, hetzen, lähmendes Warten, Geruch nach bitterem Gras und dampfender Erde und dem süßen Blut der erlegten Tiere. Er will mit, er muss mit und drängt sich einfach in die Reihe der Eingeborenen, stampft wie sie mit den Füßen und brummt in der gleichen Weise vor sich hin, Liese brummt er und Emmerich Josef, die beiden Personen, denen seine ganze Liebe und sein ganzer Hass gehören, die ihn auf der Galeere und dem Schiff am Leben gehalten haben, Hass und Liebe, aber auch sein unverwüstlicher Leib, der wie der eines wilden Schweins unempfindlich gegen Kälte und Hitze, Nässe und Dürre ist und den die Schläge der Peitschenschwinger nicht brechen konnten. Seine Liese will er lieben und dem Fürstbischof würde er, wenn er an ihn heran käme, den Hals abschneiden, aber noch stärker ist sein Verlangen, wieder auf die Jagd zu gehen, nicht irgendwo, sondern im Spessart, den er deutlich wie in seinem nächtlichen Traumbild vor sich sieht.

Die Männer setzen sich, nachdem sie Adam mit einem raschen Blick gestreift haben, in Bewegung; dass er sie begleitet, scheint sie nicht zu stören. Der Häuptling betrachtet ihn zwar streng, unternimmt aber keinerlei Anstalten, ihn zurückzuhalten.

Schon nach wenigen Schritten schließt sich der dichte Wald um sie und sogleich verwandeln sich die Jäger aus aufrecht gehenden Menschen in geduckte, sich an den Boden schmiegende Wesen, die Gesichter möglichst nahe an der Erde, die sie zu beriechen und zu belauschen scheinen, während ihre nackten Füße jede Unebenheit, jeden abgerissenen Zweig oder abgefallene Baumfrucht betasten. Gleichzeitig zieht sich ihre Reihe zu einem weit gespannten Fächer auseinander, ohne dass die Jäger untereinander einer Absprache oder Anweisung bedürften, wie ein vielgliedriges Lebewesen, das sich ausdehnt und seine Fangarme ausbreitet. Und Adam ist ein Teil dieser Kreatur, ganz draußen am rechten Ende, schlüpft wie die Männer neben ihm über umgestürzte Baumstämme, atmet den Brodem der Fäulnis wie den Duft der grellbunten Blüten ein, kriecht eng an die Erde gepresst, der aromatische Wellen entströmen, nach allen Seiten hin witternd und auf die unbekannten Geräusche des fremden Waldes horchend. Er schleicht und hastet, springt und schnellt wie im Fieber, bemüht den schlanken, braunen Leib seines Nachbarn nicht aus den Augen zu verlieren, der wahrscheinlich nicht zufällig der ihm vom Häuptling zugeordnete Begleiter ist. Zwischen den Jägern schallen Tierrufe hin und her, Vogelrufe und Froschquaken, deren Bedeutung für Adam dunkel ist. Schweiß tropft ihm von der Stirn, helles Salzwasser, endlich nicht mehr von der Qual der Sklavenarbeit und des Eingesperrtseins ausgepresst, sondern von der Lust an der Jagd; er leckt sich begeistert die Lippen. Und mit dabei ist sein kleiner Freund, springt von seiner Schulter auf den Boden, hopst vor ihm her, turnt durch die Äste und landet erneut auf seiner Achsel, vom gleichen Fieber wie sein Herr erfasst, von derselben Krankheit angesteckt, zwischen den riemenartigen Lippen ein heiseres Röcheln hervorstoßend. Das Gezwitscher und Gebelfer der Jäger wird immer erregter, offenbar haben sie ein Wild aufgespürt, drüben auf der linken Seite, zu Adams Leidwesen, weit von ihm entfernt. Und jetzt splittern Äste und mit dumpfem Fall stürzt ein schwerer Körper, begleitet vom Triumphgeheul der erfolgreichen Jäger. Sie haben ein Wild erlegt und sofort strömt der menschliche Fächer nach links zusammen, und Adam rennt hinterher, fängt seinen, neben ihn dahin humpelnden Freund am Schwanz ein, der noch nicht begriffen hat, dass die Jagd zu Ende ist und setzt ihn sich auf die Schulter. So sehr sich Adam auch bemüht, derart behände und katzengleich wie die dünnen, braunen Kerle vor ihm durch das Dickicht wischen und ihm auch bald aus den Augen geraten, kommt er nicht voran, obwohl er den Jagdaufsehern im Spessart ohne Mühe ein ums andere Mal entschlüpfte; diese Waldmenschen bewegen sich mit einer Leichtigkeit, als wären ihre Körper schwerelos; zum Glück weist ihm ihr Siegesgeschrei den Weg.

Endlich erreicht er die Gruppe der hüpfenden und tanzenden Männer. Zwischen ihnen liegt einer der kleinen Hirsche, wie ihn Adam schon einmal zu Gesicht bekam, im Hals steckt ihm ein kleiner Pfeil, nur ein dünnes befiedertes Stäbchen, eigentlich ein Kinderspielzeug; erschrocken begreift Adam, dass seine neuen Freunde mit Giftpfeilen jagen; die Burschen sind also nicht zu unterschätzen und als Gegner zu beachten. Im Augenblick aber sind sie bester Stimmung und Adam droht keine Gefahr. Die umher tanzenden Männer schlagen ihm, begeistert über ihre Jagdglück, auf die Schulter und überschütten ihn mit einer Flut unverständlicher, freudetrunkener Wörter, als wäre er einer von ihnen. Oder entdecken sie gerade die Seelenverwandtschaft, die zwischen ihnen besteht? Haben sie ihn als ihresgleichen erkannt?

Die Augen des toten Hirsches blicken starr und entsetzt, spiegeln die Grausamkeit des Giftes wieder. Nun packen zwei der Jäger das Tier und wuchten es sich auf den Rücken. Begleitet vom Händeklatschen und Johlen der anderen, macht sich die Horde auf den Rückweg.

Der junge Mann, Adams Begleiter, ist ganz außer sich vor Begeisterung, hängt sich an den Arm seines Schützlings und plappert unentwegt mit verzückt verdrehten Augen. Und tatsächlich, Adam kann es nachvollziehen, nichts belohnt die Anstrengung eines Menschen mehr als ein erlegtes Wild, das Fleisch bedeutet, Fest und Fülle. Und wird die Lebendigkeit einer Kreatur nicht dann am deutlichsten, wenn sie sich im Todeskampf windet, wenn sie das Leben zu verlieren droht und noch einmal mit aller Kraft gegen den Tod aufbegehrt? Deshalb bedeutet die Jagd ein Glück, auf das Menschen nicht verzichten können, ganz gleich, was darüber bestimmte hohe Herren denken, die außerdem bequem aus dem Sitzen heraus schießen und sich das Wild von ihren Bütteln zutreiben lassen. Ein Büttel ist Adam nicht und wird es nie sein. Dann lieber die Sklaverei und wenn es sein muss, den Tod. Aber noch hat er das Leben und ist nicht gewillt, es herzugeben oder es sich nehmen zu lassen. Und hier bei den freundlichen Waldmenschen ist er auch nicht in Gefahr, wenn auch sein Respekt vor ihnen gewachsen ist, er muß nur an ihre Giftpfeile denken und sich ihre unvergleichliche Art zu jagen vor Augen führen. Es sind Kinder Gottes, aber gewitzte und lebenstüchtige; und fröhliche obendrein. Ihr Gelächter und ihr unbeschwertes Plaudern nimmt schier kein Ende und der Wald hallt wieder von ihrem übermütigen Geschnatter. Und plötzlich fühlt sich Adam, noch ist er keinen ganzen Tag bei den Kindern Gottes, als einer von ihnen; das Einzige, was sie trennt, ist die Sprache, aber vielleicht könnte er die irgendwann erlernen. Dennoch, er muss weiter - hat einen Tag verloren - morgen unbedingt, hinunter zum Meer und auf das erste Schiff, das er dort zu finden hofft, vielleicht sogar ein holländisches, denn so schnell kann sich seine Flucht nicht herumgesprochen haben, und er muss nicht fürchten, dass sie ihn fassen und er-neut zur Zwangsarbeit verurteilen. Morgen also, geht es weiter, zusammen mit seinem Begleiter, der ihm gerade eine Geschichte erzählt, ein Jagderlebnis wahrscheinlich, die Adam nicht verstehen kann, aber mit einem Lächeln

quittiert. Sie meinen es gut mit ihm, weil er wie sie ein Jäger ist. Die beiden Männer, die den Hirsch tragen, laufen unter ihrer Last genauso leichtfüßig wie die anderen. Glückliche Menschen, die die Mühen des Lebens ohne Anstrengungen zu meistern scheinen. Adam wird diese Waldmenschen und Gotteskinder, wenn er sie am nächsten Tag verlässt, nie mehr sehen, doch vergessen wird er sie nie.
Durch die Bäume schallt ihnen nun das Gelächter des Dorfs, der Frauen und der Kinder entgegen; überall schlüpfen die Heranwachsenden aus dem Dickicht, umringen und betasten die Beute, die Frauen eilen, ihre Säuglinge an die wippenden Brüste gepresst, hinzu. Frauen und Kinder! Wie gut tut es Adam, sie zu sehen, der ein Jahr lang nur mit schwitzenden und gepeinigten Männern zusammengepfercht leben musste und von anderen, prügelnden gequält wurde. Manche Kinder klammern sich an seine Beine oder versuchen mit seinem kauzigen Freund zu spielen, der aber ängstlich zusammengekauert nicht von Adams Schulter weichen will. Die Frauen betrachten den fremden Mann scheu, aber freundlich, während er vor ihrer Nacktheit die Augen niederschlägt.
Jetzt aber sind sie im Dorf, wo sogar der Alte ihnen mit dem mampfenden Büffel entgegenkommt, und der strenge Häuptling vor seine Behausung tritt und ein grimmiges Lächeln aufsetzt. Die beiden Träger werfen den erlegten Hirschen neben dem Feuer auf den Boden, machen sich sogleich mit Steinklingen über die Beute her und zerlegen sie. Unter ihren flinken, geschickten Händen ist das Fleisch im Nu zerteilt. Die Kinder und Frauen bringen grüne Zweige und stellen sich im Kreis um das Feuer auf. Das Bild, das sie Adam bieten, erfreut und erwärmt sein Herz. Ein Jahr lang wurde er wie ein Tier behandelt, schlechter als ein Tier, war den Launen der unmenschlichen Aufseher ausgesetzt, und nun diese Schar nackter Frauen und Kinder mit ihren grünen Wedeln in den Händen, die sich mit leuchtenden Augen auf die üppige Mahlzeit freuen. Und nachdem die beiden Jäger aufgestanden sind und ihre Steinwerk-

zeuge beiseite gelegt haben, steckt sich jeder aus der friedlichen Menge ein Stück Fleisch auf seinen Zweig und hält ihn über das auflodernde Feuer, begleitet von unbeschwertem Lachen und Schwatzen. So ist es gut, denkt Adam und nimmt das ihm wie selbstverständlich gewährte Fleisch entgegen, so stellt er sich das Leben vor, jagen, essen, plaudern, lachende Menschen um sich haben, Frauen vor allem. Hier in diesem Wald ließe es sich aushalten, leider ist es nicht der ihm vertraute, er riecht anders, die Stimmen der Tiere sind fremd, und letztlich sind es auch die glücklichen Gesichter, die sich nun um das Feuer drängen. Er muss fort, am liebsten noch an diesem Tag. Doch zunächst einmal will er essen, sich den Bauch voll schlagen, das Leben, das sich in ihm festgekrallt hat, mästen, denn so fett wie im Augenblick wird es nicht weitergehen.

Adams Begleiter kauert sich neben ihm und streckt ebenfalls einen rohen Fleischlappen in die Flammen, dass Fett und Blut des Hirschen zischen und platzen, das Beste am Tier. Adam wischt über den eindickenden Bratensaft und leckt ihn von den Fingern; die richtige Nahrung für seine weite Reise; sein Nachbar lacht und tut es ihm gleich. So schnell also, denkt Adam, gewinnt man hier Freunde. Nur der Häuptling wirkt plötzlich schlecht gelaunt, steht hoch aufgerichtet mit verschränkten Armen über der am Feuer sitzenden Menge und beobachtet Adam misstrauisch. Hat Adam doch einen Gegner in ihm? Und vorsichtshalber befühlt er sein Messer in der Hosentasche; er würde auch diesen Mann und auch die anderen, die ungeduldig auf ihr schmorendes Fleisch starren, aus dem Weg räumen, bedenkenlos, wenn sie ihn aufhalten sollten, und er spürt, dass sie, so geschickte Jäger sie auch sind, seiner Entschlossenheit nichts entgegen zu setzen hätten. Weil er rücksichtslos ist, ist er ihnen überlegen und daher schaut er den Häuptling genauso trotzig an wie der ihn.

Der Alte mit dem Ochsen ist verschwunden, wahrscheinlich hat er seine Reise fortgesetzt, vermutet Adam, will noch über diesen seltsamen Menschen, der sich so unerklärlich freundlich gegen ihn verhielt, nachdenken – wie einer, der es sich zur Aufgabe gemacht hat, anderen zu helfen, so sonderbar und befremdlich sie ihm auch erscheinen mögen – aber dann wird er von seinem dampfenden Stück Fleisch in Anspruch genommen, das mit Vorsicht gedreht werden will, ohne vom Zweig zu rutschen, und auch der Abstand zum Feuer muss genau stimmen, denn das Fleisch soll garen und nicht verbrennen, und der Zweig darf durch die Hitze nicht spröde und brüchig werden. Morgen vielleicht, wenn er wieder allein vor sich hin stapft, dem Meer zu oder wenn er in ein, zwei Jahren zu Hause mit seiner Liese im Arm vor dem Kaminfeuer sitzt und ihr von seiner abenteuerlichen Rückkehr erzählt. Heute jedoch geht es darum, sein liebes Leben zu päppeln und zu füttern und Augen und Ohren offen zu halten.

Sein pelziger, noch immer namenloser Freund wagt sich allmählich hinter Adams Rücken hervor, wo er sich aus Angst vor dem Feuer verbarg, guckt mit panischen Augen in die Flammen und flüchtet sich gleich wieder, sein Gesicht mit den Pfoten bedeckend in den Schoß seines Herren. Einige Kinder, die dem Vorgang zugesehen haben, kreischen auf vor Vergnügen. Sein Begleiter gibt Adam einen zweiten, zugespitzten Zweig und deutet auf den furchtsamen Kobold, den er sich wohl ebenfalls gut als Braten vorstellen kann. Nein, der nicht, Adam hält seine vernarbte Hand über das Köpfchen seines Freundes. Der soll mit ihm auf große Fahrt gehen, den will er mit in den Spessart nehmen, und unterwegs soll er ihm die düsteren Gedanken vertreiben, die Adam mehr fürchtet als Stürme oder feindselige Menschen. Der Mann wackelt verunsichert mit dem Kopf und wendet dann seine Aufmerksamkeit wieder seinem Braten zu. Adam muss auf seiner langen Reise nicht nur für einen vollen Magen sorgen, sondern auch für ein fröhliches, starkes Herz, und dazu soll ihm das in sich verkrochene Fellbündel auf seinen Knien dienen. So hat er es vor, und so wird er es durchführen, und mit Gottes Hilfe, und wenn es sein muss, auch mit Teufels Hilfe – darauf soll es ihm nicht ankommen –

wird er irgendwann zu seinem Spessartwald zurückkehren. Eine Frau, die sich neben ihm über ihren Braten beugt, um zu prüfen, ob das Fleisch schon gar ist, prallt vor Adams wildem Blick zurück. Er versucht zu lächeln, um die Frau zu beruhigen, doch scheint es ihm nicht recht zu glücken, denn sie schlägt die Augen nieder und drückt ihr Kind, das zwischen ihren Beinen spielt, fest an sich. Vielleicht hat sie noch mehr gesehen, immerhin hat er zwei Menschen auf dem Gewissen. Sein Messer drang so leicht in ihre Körper, wie die Steinklingen der Jäger in das Fleisch des Hirsches. Welcher Unterschied besteht darin, einen Menschen oder ein Tier zu schlachten? Beide bestehen aus Fleisch und rotem Blut, das die Messer färbt. Der Mensch, sagt der Pfarrer aus Rothenbuch, hat eine Seele, ein Tier nicht. Die Seele, so hat es sich Adam gemerkt, kann nicht sterben und ist auf eine dunkle Weise ein Stück von Gott. Schwierige Gedanken, wenn man vor einem duftenden Braten sitzt. Auch darüber wird er nachzudenken haben, sobald er wieder allein unterwegs ist oder endlose Wochen auf einem Schiff zubringt.

Jetzt aber ist sein Essen fertig. Mit seinem von Menschenblut befleckten Messer schneidet er sich ein ordentliches Stück ab, bläst es, bis es abgekühlt ist und beißt hungrig hinein. Es ist ein Hirschbraten wie er ihn kennt, natürlich wieder ohne Salz, aber immerhin lässt sich das Fleisch essen und es füllt den leeren Bauch. Von den anderen werden seine Vorbehalte nicht geteilt, sie schlingen konzentriert und kauen mit außerordentlicher Gier, und während sich Adam nach seinem ersten Stück Braten ermattet zurücksinken lässt, stopfen die braunen Männer, Frauen und Kinder mit nicht nachlassendem Heißhunger das gesamte Fleisch in sich hinein, bis von dem Hirsch nur noch abgeschabte Knochen übrig sind, doch auch die werden zuletzt aufgebrochen, und nimmersatte Münder schlürfen das fette Mark; erst jetzt sind die Waldmenschen zufrieden, und einer nach dem anderen legt sich zum Schlummer nieder, bis das ganze Dorf schläft.

Nur Adam schläft nicht. Jetzt, da sein Hunger gestillt ist, gewinnt das andere Bedürfnis, sein eigentliches, wieder die Überhand: die Sehnsucht nach dem Spessart. Die große Straße muss er meiden, dort suchen sie nach ihm, aber solange er sich mit Hilfe seines Begleiters im dichten Wald bewegt, könnte er unbehelligt zur Küste hinunter kommen; allein würde er sich verirren, daher ist er auf den spindeldürren Kerl angewiesen, der neben ihm mit offenem Mund lauthals schnarcht. Heute ist von den erschöpften Essern nichts mehr zu erwarten, morgen früh aber will Adam zeitig aufbrechen. Die Sonne jedoch lässt sich auf ihrem Weg viel Zeit, steht nur ein Weniges über dem Zenit, brennt fast senkrecht auf die Waldlichtung herab. Gerne würde Adam sie anschieben und gerne würde er sich wie jener bunte gefleckte Vogel dort aus dem Baumwipfel erheben und sich in die Lüfte werfen, die widerspenstige Erde sowie das düstere Meer hinter und unter sich lassen.
Er steht auf, um seine Beine zu bewegen und zu kräftigen, die in dem Jahr auf der Galeere und dem Schiff gelitten und ihre Schnellkraft zum Teil eingebüßt haben. Ein Jäger, der nicht gut zu Fuß ist, ist kein Jäger mehr. Doch jede Stunde, die er nicht mehr gefesselt im stinkenden Unterdeck des Schiffes zubringen muss, bringt ihm seine frühere Behändigkeit wieder zurück. Er schlendert durch das Dorf, wirft einen Blick in eine der leeren Hütten, geht zur nächsten weiter und wird durch einen seltsamen Laut, der aus dieser Behausung dringt, aufmerksam, ein weinerliches, vorwurfsvolles Schniefen, wie von einem unerzogenen Kind, das sich ungerecht behandelt fühlt. Was er vorfindet, ist aber kein Kind, sondern eine alte, offenbar schwer kranke, wenn nicht sogar todkranke Frau, die mit glasigen Augen ziellos umherblickt, während ihre welken Hände sinnlos über den Boden tasten. Draußen schlafen friedlich die übersatten Esser und hier kriecht eine Sterbende hilflos über den fest getretenen Lehm. Was sind das für Menschen, die ihre Alten sich selbst überlassen und sich die Bäuche voll schlagen? Sind sie zu Mitleid nicht in der Lage? Kämpft jeder alleine gegen

den nahenden Tod? Achselzuckend zieht sich Adam aus der Hütte zurück. Er kann es nicht ändern, außerdem hat er anderes vor.

Mit dem Rücken stößt er an etwas Weiches und gleichzeitig Gewaltiges. Erschrocken dreht er sich um. Hinter ihm steht der Büffel, auf dessen Rücken der Alte sitzt, er lächelt und deutet auf die Schlafenden, dann auf die kranke Frau in der Hütte, verbindet sie mit dieser Handbewegung. Der Ochse glotzt ins Leere, kaut mit schief mahlenden Kiefern, aus seinen Nüstern tropft Wasser. Mit einem rauen Kehllaut setzt ihn der Alte in Bewegung und winkt Adam, ihm zu folgen. Ohne sich weiter um ihn zu kümmern, lässt sich der Alte von seinem mächtigen Reittier gemächlich davon schaukeln. Adam zögert, doch dann geht er dem Alten langsam nach, weil er sonst nichts zu tun hat und sich die zähe Zeit bis zum nächsten Morgen vertreiben muss.

Der Mann ist ihm nicht geheuer, irgendetwas in Adam wehrt sich gegen den seltsamen Menschen, auch wenn der sich scheinbar mit nichts anderem beschäftigt, als ihm zu helfen. Er erinnert Adam an den Pfarrer von Rothenbuch, der nicht müde wurde, den Leuten Erklärungen zu geben, sie auf etwas hinzuweisen, was niemand verstand, weil sich keiner dafür interessierte und er letztlich allen auf die Nerven fiel; doch er war der Pfarrer, und daher taten alle aus Höflichkeit so, als würden sie ihm zuhören. Höflich kann Adam auch sein; deshalb nimmt er jetzt den gleichen Pfad wie der Alte, weicht einem frischen Dunghaufen des Büffels aus und beobachtet das unermüdliche Treiben der Waldvögel.

Unter einem ausladenden Urwaldriesen auf verknoteten Beinen sitzend, erwartet ihn der Alte; der Büffel weidet das Laub niedriger Büsche ab. Mit einer Geste wird Adam eingeladen sich ebenfalls zu setzen. „Amhar“, sagt der Alte und weist mit dem Finger auf sich; dann zeigt er auf Adam, und Adam nennt seinen Namen. Mit steifen Lippen wiederholt der Alte das für ihn ungewohnte Wort, lächelt zufrieden und betrachtet Adam schweigend. Was will er von mir, überlegt Adam, von mir Fremden, dem er sich nicht verständlich machen kann? Warum hilft er mir? Statt auf eine Frage, die nicht gestellt wurde eine Antwort zu geben, und die Adam auch nicht verstanden hätte, pflückt sich Amhar eine Raupe vom Knie und setzt sie behutsam auf das Blatt eines Gesträuchs, und die Fliege, die ihm in den Mund kriechen will, schlägt er nicht tot, sondern pustet sie von seinen Lippen. In diesem Augenblick wendet ihnen der Ochse sein Haupt zu und blinzelt treuherzig; Amhar bedenkt das Tier mit einem milden Blick. Vom Baum schaukelt ein Blatt nieder und landet sanft auf Adams Bein; zunächst will er es mit der Hand fortwedeln, aber dann besinnt er sich und lässt auch ein heuschreckenähnliches Insekt über seinen Fuß krabbeln, ohne es zu zertreten.

Amhar hat die Augen geschlossen und die Hände mit den hellen Innenseiten nach oben auf seine mageren Schenkel gelegt, ein Lächeln sitzt fest in seinem tiefdunklen Gesicht wie eingemeißelt. So unverrückbar, denkt Adam, hockt in mir das Leben. Er schlägt gleichfalls die Augen zu, spürt die haarigen Beine einer Spinne im Gesicht und das Winden eines Wurms im Gras unter seinem Hintern, lässt sich beides gefallen wie Amhar, und in der Tat, keines der Tiere fügt ihm Schaden zu, sie tippeln und kriechen über und unter ihm davon, ohne zu stechen oder zu beißen. Liegt es an der Anwesenheit Amhars, dass die Kreaturen so friedlich geworden sind, oder liegt es an seinem versunkenen Sitzen, und daran, dass er vergaß, wenn auch nur für kurze Zeit, was er eigentlich vorhat, die Rückkehr in den Spessart. Doch da ihm diese wieder einfällt, wird er sofort unruhig, reißt die Augen auf und starrt in Amhars, wie aus schwarzem Holz geschnitztes Gesicht. Seine Gelassenheit, denkt Adam, ist dem Wald geschuldet, der sein Zuhause ist, das Wetter ist seines und all die wimmelnden Lebewesen sind ihm von Kindheit an vertraut; daher ist er so ruhig. Ich bin der Fremde, mich treibt es um. Er erhebt sich langsam, um nicht zu stören und schleicht sich auf Zehenspitzen fort, vom Büffel gleichmütig beobachtet.

Die von den Hufen des Tieres aufgewühlte, rötliche Erde ist für ihn genauso absonderlich wie die strotzenden, fleischigen Blätter der Pflanzen und wie die hellgrüne Echse mit zerfetzter Haut, die sich vor ihm davon ringelt. Er muss fort; hier wird er niemals heimisch werden, weil sein Platz der Spessart ist, ein paar tausend Seemeilen weiter im Nordosten und er muss alles daran setzen, um wieder dorthin zu kommen. Diesen Tag noch abwarten, der sich nun doch dem Abend zuneigt, und die darauf folgende Nacht, dann wird er aufbrechen und sich, falls sein Begleiter die Lust verliert, ihn zu führen, allein zur Küste durchschlagen.

Ein dreieckiger Kopf blickt ihn aus verschleierten Augen an, zwei Handbreit von seiner Nase entfernt, die gespaltene Zunge schlüpft wie ein eigenständiges Lebewesen aus einer Spalte zwischen den Kiefern und gleitet über Adams Gesicht. Jetzt ist er zur gleichen Unbeweglichkeit wie Amhar verurteilt, wozu er vorhin nicht in der Lage war, weil ihn die Sehnsucht nach zu Hause packte; jetzt aber muss er beweisen, dass er dazu trotzdem fähig ist. Die Schlange prüft seine Haut, schmeckt ihn und seinen Schweiß, der ihm von der Stirne rinnt. Er soll möglichst bitter sein, betet er, und ekelhaft, damit die Schlange ihn verschmäht. Ihre Augen blinken nun tückisch und gnadenlos, da ein Sonnenstrahl auf sie fällt, ein Biss mit den keilförmigen Kiefern würde Adams Schädel zerquetschen. Die Probe, die die Schlange von seinem Gesicht nimmt, zieht sich in die Länge; aber mit der gleichen steinernen Geduld, mit der Adam auf ein Stück Wild wartet und die Schläge auf dem Schiff hinnahm, erträgt er die Untersuchung des Reptils. Stein, denkt er, ich bin aus Stein, und stellt sich sowohl den roten Sandstein des Spessarts vor, als auch den schwarz glimmenden Schiefer entlang des Rheintales, den er vom Deck des Lastkahns aus betrachtete, als sie ihn nach Holland verschifften. Er denkt sich einfach weg, auf den trägen Kahn, der den Rhein hinunter schwamm, um ihn seinem Verhängnis entgegen zu führen, denkt an die Burgen und die leuchtenden Städte, die er sah, und die ihn in seinem Elend verspotteten. Das müde, eintönige Plätschern der Rheinwellen ist ihm heute noch im Ohr. Es war September, eine milde Sonne schien und das Laub der Uferwälder begann sich zu verfärben. Die Zunge schlüpft zurück in den hammerförmigen Kopf, die Augen der Schlange überziehen sich mit einer durchsichtigen Haut, und der Blick, der ihn minutenlang fixierte, irrt ins Leere ab. Adam hat es überstanden, hat sein Leben behalten, wieder einmal, hat nicht einmal Schaden genommen. Mit langsamen Windungen ihres muskulösen Körpers ringelt sich die Schlange ins dichte Grün des Waldes davon.

Amhar ist unbemerkt an Adam herangetreten und legt ihm die Hand auf die Schulter, so sanft, dass Adam nicht erschrickt. Hat er sich wirklich in einen Stein verwandelt? Amhar liest in seinem Gesicht, nickt zufrieden, murmelt, wie es seine Art ist, leise vor sich hin, so als hätte Adam eine Prüfung bestanden. In diesem Augenblick aber fühlt Adam einen Widerwillen gegen diesen alten Mann in sich aufsteigen. Was will der von ihm? Unwirsch drängt er sich an ihm vorbei und reißt eine grünklebrige Knospe von einem Strauch, und trotz ihres süßen und schweren Duftes, schleudert er sie unter die Bäume. Und nun steigt Adam außerdem die Wut auf die verfluchte Schlange zu Kopf, deren Zunge er sich gefallen lassen musste, fährt sich mit beiden Händen übers Gesicht, um alle Spuren der ekligen Berührung zu tilgen, rennt los, springt über einen umgestürzten Baum, stößt mit dem Fuß eine Reihe roter Pilze um, bekommt Lust zu zerstören, zu zerreißen, drischt im Laufen mit bloßen Händen auf ein Gebüsch ein und zerschlägt zu guter Letzt einen dürren Ast an einem Baumstamm.

Aber da ist schon das Dorf und die um das Feuer liegenden Schläfer; zwei Kleine sind wach und spielen mit den Knochen des Hirschs. Das Feuer ist fast erloschen, nur eine dünne Rauchsäule steigt in den Himmel. Auch Adam ist nun müde und setzt sich an die verlöschende Glut. Wenigstens der Holzrauch riecht wie zu Hause. Wie viele Tage, wie viele Strapazen mag er noch vor sich haben? Das Beste wird sein, nicht darüber nachzuden-

ken, sondern die Augen zu schließen und bis zum Morgen durchzuschlafen; heute wird ohnehin nichts mehr passieren.
Am Waldrand erscheint der Alte, gefolgt von seinem Büffel, der ihm wie ein treuer Hund nachläuft. Adam lässt sich auf den Boden gleiten und tut so, als schlafe er, um vor dem Alten seine Ruhe zu haben. Er will nicht belehrt und mit dürren Händen fortwährend auf etwas hingewiesen werden, und er will Ungeziefer tot treten und Rehe und Hirsche erlegen, und wenn ihm ein Reittier zu lahm ist, dann möchte er ihm die Sporen geben oder die Peitsche schmecken lassen. Und am wenigsten will er wie der Alte steif herumsitzen und in die Gegend starren; er muss laufen und dem Wild nachstellen, muss es hetzen, es zerteilen und zerfleischen und abends am Feuer liegen und eine Riesenmenge gebratenes Fleisch vertilgen. So ist sein Leben, und irgendwann wird er dieses Leben auch wieder aufnehmen. Sein Atem geht regelmäßig und sein Herz klopft kräftig und ruhig. Die Schinderei auf dem Schiff hat ihn nicht gebrochen, weder seinen Leib noch seine Seele, er ist stark und wer ihn aufhalten oder von seinem Weg abbringen will, soll es zu spüren bekommen.
Adam hört noch, dass sich der Alte auf der anderen Seite der Feuerstelle niederlässt, und schläft ein.
Am Morgen erwacht er, da ihm jemand eine Hand auf den Arm legt. In der Morgendämmerung steht sein Begleiter vor ihm, unter die Achsel hat er einen dünnen Stecken geklemmt; im Hintergrund erahnt Adam den Alten, der aufgerichtet neben der Asche des Feuers sitzt; der Begleiter dreht sich noch einmal nach dem Alten um, dann winkt er Adam. Es geht los, endlich geht es los. Adam streckt sich, um seine Muskeln geschmeidig zu machen, und steht auf, dem Alten schenkt er so wenig einen Blick wie dem Dorf mit seinen freundlichen Menschen. Nun ist er bereit und nickt seinem Führer zu, der sich sofort umwendet und auf seinen knabenhaft schlanken Beinen davon trabt. Adam setzt ihm nach, will ihm zeigen, dass er mithalten kann, dass er so ausdauernd ist wie ein Wolf, der einen ganzen Tag lang läuft,

drei Stunden schläft und einen weiteren Tag durch eilt. Kaum im Wald aber, wird es für Adam schwerer an dem braunen, mickrigen Menschen dran zu bleiben; der wie eine Schlange gleitet und wie ein Reh springt, wie eine Eichkatze klettert und wie ein Eber durch dichtes Gestrüpp pflügt. Adams pelzigem Freund dagegen macht die wilde Jagd durch den Wald Freude, er raunzt und pfeift vor Vergnügen und ist seinem Herrn immer eine Armlänge voraus; diese zwei sind Adam überlegen. Zurück peitschende Zweige ziehen ihm blutige Striemen über Gesicht und Brust, nicht unähnlich jenen, die ihm die Aufseher auf dem Schiff zufügten. Der süße Geschmack des Blutes aber, der ihm in den Mund rinnt, erfüllt ihn mit wilder Freude, er ist gesund und voller Leben und wird diese Reise bewältigen.
Nach einer Weile bleibt der braune Mensch endlich stehen, lächelt, da er Adams Wunden und seinen Schweiß sieht, lauscht, mustert die Blätter der Bäume und rennt wieder los. Adam lässt sich nicht abschütteln, zu Hilfe kommt ihm seine Wut, die Wut auf diesen Weg voller Hindernisse, auf den Berg an Zeit, der ihn von zu Hause trennt, auf die Zähigkeit der Entfernung zum Spessartwald, die er nur mit winzigen Schrittchen abarbeiten kann, und dazu ein blanker Zorn auf den Alten mit dem Ochsen, der ihn an den mahnenden und strafenden Pfarrer von Rothenbuch erinnert. Sünde, sagte er zu all dem, was dem wilden Jungen Adam Spaß und Freude bereitete. Bald schon scherte er sich einen Dreck um den schwarz gekleideten Mann; und heute erst recht. Er wird beide nicht wieder sehen, da er diese Gegend für immer verlässt und der Rothenbucher Pfarrer nicht mehr leben wird.
Ja, so ist es gut, rennen, in Schlamm spritzende Pfützen springen, Wild aufscheuchen, das in Panik flieht, den rauen Kuss schlagender Zweige im Gesicht spüren, Schweiß und Blut im Mund. So hat er im Spessart gelebt und so wird er dort wieder leben, so wahr er Johann Adam Hasenstab heißt.
Inzwischen hat er jegliche Orientierung verloren, das einzige, was er feststellen kann, ist, dass es immer bergab geht, mal

mehr, mal weniger steil, also dem Meer zu, einem Schiff zu, das irgendwo an der Küste liegen und ihn zurück nach Europa bringen wird. Sein närrischer Kumpan hockt mittlerweile auf Adams Schulter, da er die Lust an dem ungestümen Lauf verloren hat, nur manchmal lässt er ein leises Grunzen hören. Ganz anders Adam! Der magere Kerl vor ihm soll ihm nicht entkommen, auch wenn es ihm Gesicht und Brust völlig zerschindet und ihm die Zunge wie ein Stein im Gaumen liegt.

Endlich legt der Waldmensch eine Pause ein, steht auf einem Bein, das andere hält er abgewinkelt wie ein Fischreiher, und lächelt, sagt etwas in seiner Schnattersprache und hält Adam einen Büschel Laub hin, an dem er bereits eifrig geknabbert hat. Adam greift zu und stopft sich einige Blätter in den Mund. Sie schmecken wie Minze und entfalten einen belebenden Geschmack, nicht anders als hätte er aus einer frischen Waldquelle getrunken. Dennoch wären ihm einige Schlucke Wasser ganz recht, doch gibt es nirgends einen Hinweis auf einen Bach oder einen Teich; sie müssen mit den Blättern Vorlieb nehmen. Und wenn schon, auf dem Schiff hat er noch ärgeren Durst gelitten. Über den Wipfeln der Bäume zieht ein Gewitter herauf, eine erste Bö erfasst die Zweige und schüttelt das Laub. Gleich werden wir von oben getränkt, denkt Adam. Aber sein Begleiter winkt ihm und trabt davon; Adam hinterher, stur und versessen auf den braunen Rücken blickend, an nichts denkend, nur hier und da auf das näher rückende Gewittergrollen lauschend und auf Regen hoffend, doch die Anspannung von Körper und Geist gehört ganz dem Lauf, dem Ducken und Schnellen, aber auch dem Ausweichen und Zurückprallen vor plötzlichen Hindernissen. Ein praller, geballter Muskel sein, sich in das Gezweig rammen und über eine Schlammlache setzen. Abwärts geht es, mal steiler, mal flacher, doch stetig der Küste zu, dem Meer zu, das ihn mit dem Spessart verbindet.

Und da ist das Wasser, aber es ist nicht der Ozean, sondern der Gewitterregen, der sich nun über den Wald ergießt, mit großen, aufklatschenden Tropfen und bald in einem grauen, alles einhüllenden Wolkenbruch. Adam reißt den Mund auf und trinkt im Rennen, da der schmale, bräunliche Schatten vor ihm nicht stehen bleibt, säuft das warme Wasser, das über sein Gesicht rinnt und ihm den Schweiß abspült, brackiges, schales Wasser, das doch den Durst löscht. Der Wald verwandelt sich unter dem Regenguss, die großen Blätter glänzen auf und der Boden wird zu einem schlüpfrigen Morast. Tiere rasen erschrocken vorüber, das unaufhörliche Trommeln der Regentropfen aber, verschluckt ihre Schreie.

Adam gleitet aus, stürzt, schrammt sich den Arm an einem abgebrochenen Ast, lacht auf, als er sein rotes Blut aus der Wunde sickern sieht, das sofort vom Regen weggeschwemmt wird, ein Kratzer, der ihn nicht aufhalten kann. Bevor er wieder aufspringt und weiter hetzt, leckt er über die Wunde, um das süßliche, klebrige Blut nicht zu vergeuden, um sein Leben zu kosten, das so breit und unzerstörbar in ihm sitzt. „Ich gebe dich nicht her", ruft er in den rauschenden Regen hinein, und ist schon wieder auf den Beinen und seinem dürren Freund hinterher, der keinen Weg braucht, dem der gesamte Wald ein Weg ist und scheinbar ohne je zu ermüden wie ein Reh vor Adam hertrabt. Sein kleiner Freund, den es von Adams Schulter schleuderte, hopst ihm mit verzerrter Grimasse nach.

Der Regen schwillt noch einmal an, bevor er nachlässt und dann ganz abebbt; die Stimmen der Tiere werden wieder laut und erste Falter gaukeln über eine grasige Lichtung. Adam hat sich satt getrunken, am Regen und an seinem Blut. Die Wunde schmerzt zwar, aber auf dem Schiff erlitt er weit schwerere und starb nicht daran. Nein, er ist nicht gestorben und ist sogar geflohen und zu einem prallen Muskel geworden, der den Wald hinunter rollt wie ein wuchtiger Stein, unaufhaltsam. Er bricht sich im Laufen einen Ast ab, den er wie einen Schild vor sich hält, um sein Gesicht vor den scharfen Zweigen der Büsche zu schützen.

Da steht sein brauner Freund an einen Baumstamm gelehnt, lächelnd wie ein Mädchen, rote Beeren kauend und ihm eine

Handvoll anbietend. Überall finden diese Menschen Nahrung und Erfrischung, und dieser Wald ist für sie ein reich gedeckter Tisch. Dennoch ist es nicht Adams Wald, seine Heimat ist und bleibt der Spessart. Die Beeren schmecken süß und scharf zugleich und lassen das Blut schneller durch die Adern fließen. Sie kauen und schauen sich schweigend an.

Mit matten Sprüngen erreicht sie jetzt auch Adams närrischer, kleiner Kumpan, das Fell klatschnass, der Schwanz kläglich um den Leib gewickelt, ein Häufchen erschöpftes Elend. Mit bekümmerter Miene liest er die Beeren vom Boden auf, die ihm Adam hinstreut, verzieht das kleine, fratzenhafte Gesicht, frisst aber eifrig und erinnert Adam in diesem Augenblick an einen winzigen, verwachsenen Menschen aus seinem Spessartdorf Rothenbuch, an den krummen Hannes, wie sie ihn nannten, ein armes, von Gott gestraftes Geschöpf, derart missgestaltet von Geburt, dass keiner etwas mit ihm zu tun haben wollte. Von allen gemieden zog er in eine Hütte mitten im Wald, wo er sein trauriges Leben fristete. Nur Adam kam manchmal auf seinen Streifzügen dort vorbei und schenkte ihm einen Hasen oder einen Frischling, den er erbeutet hatte. Der krumme Hannes! Adams Kumpan ist zwar nicht so verwachsen wie der arme Kerl im Spessart, sein Gesicht aber erinnert an das weinerlich verzogene des geplagten Menschen. „Hannes“, sagt Adam und schüttelt den Kleinen, wiederholt noch mehrere Male den Namen und traktiert seinen Freund mit Knüffen und Stößen, um in den flachen Schädel den neuen Namen hineinzubringen. Der kauernde Waldmensch beobachtet es mit Verwunderung; diesen Fremden wird er nicht verstehen.

Hannes krallt sich, nachdem er seine Mahlzeit beendet hat, an Adams Schulter fest, so als wolle er von diesem Ort nie mehr weichen. „Hannes“, sagt Adam noch einmal und deutet auf das Tier.

Inzwischen sticht die Sonne wieder vom Himmel und löst das Wasser in wallende Dampfschwaden auf. Adams Führer hat es plötzlich nicht mehr eilig, er rutscht sogar auf seine Hacken und blinzelt schläfrig in die Sonne, die aber noch hoch am Himmel steht; drei, vier Stunden Licht hat dieser Tag auf alle Fälle noch. Ist er etwa mit der zurückgelegten Strecke schon zufrieden? Genug gelaufen für heute? Der Mann ahnt nicht, was Adam vor hat, welch eine unendliche Strecke noch vor ihm liegt, da er nur diesen Wald kennt und nicht das unermessliche Meer. Nein, Adam hat keine Zeit zu verlieren, kann es sich nicht leisten, einen halben Nachmittag mit Beerensuchen zu vertun, nimmt daher den Mann am Arm und zieht ihn hoch und schubst ihn weiter, was der überrascht, aber doch bereitwillig sich gefallen lässt; und ein paar Augenblicke später sind sie wieder flott unterwegs, nicht mehr so schnell wie zuvor, aber mit beachtlichem Tempo. Hannes reitet auf Adams Rücken und feuert sie mit scharfen Pfiffen an.

Eine Weile begleitet sie ein kunterbunter Vogel, der einige Meter voraus flattert, sich auf einem niedrigen Ast niederlässt, wartet, bis sie auf wenige Schritte herankommen und dann erneut auffliegt. Manchmal wünscht sich Adam, einfach stehen zu bleiben und diesem Vogel oder anderen Tieren nachzuschauen, den dicken Stamm eines Baumes zu bewundern oder in eine der trichterförmigen Blüten zu blicken, aber er will sich nicht aufhalten und zerstreuen lassen; später auf dem Schiff, das er hofft an der Küste zu finden, wird er Zeit genug haben, über den Wald mit seinen seltsamen Lebewesen nachzudenken; doch jetzt nicht, jetzt muss er sich zusammennehmen, denn seine Kräfte schwinden und er droht hinter seinem Führer zurückzufallen, der sich immer wieder umdreht und Anstalten macht, sich auf den Boden zu setzen. Aber auch wenn Adams Körper allmählich ermüdet, sein Wille hat sich in einen vorwärts drängenden Muskel verwandelt und schleift den schlaffen Leib mit sich. „Weiter!“, schreit Adam jedes Mal, wenn der andere eine Bewegung in Richtung Erdboden macht, und der Eingeborene gehorcht, spürt offenbar den unbedingten Willen des Fremden. Adam wankt und stapft und hangelt sich an armdicken Waldreben entlang. Nach und nach ersterben Hannes´ Pfiffe, schließ-

lich hängt er als stummes, feuchtes Bündel auf Adams Schulter. Noch ein Schritt, noch zehn, noch hundert, noch ein „Weiter!“ in den Rücken des braunen Kerls gebrüllt, noch ein lahmer Sprung über eine sumpfige Stelle.
Die Sonne ist tiefer gerutscht und eine moosige Dämmerung breitet sich im Wald aus. Ein weiterer Schritt, ein zweiter, ein dritter, nun ist es genug. Adam sinkt auf die Erde, sogleich kauert sich auch sein Führer nieder. Hannes dagegen wird wieder munter und erklimmt einen Baum, um sich mit Früchten einzudecken. Adam sieht ihm mit schwimmenden Augen zu, vergräbt dann den Kopf in der Armbeuge und fällt augenblicklich in einen schwarzen, traumlosen Schlaf, einen finsteren Block, aus dem er erst am nächsten Morgen hochschreckt. Er ist allein, wie er sofort erkennt. Hannes hockt neben ihm und betrachtet ihn bekümmert, der braune Waldmensch ist verschwunden, der Fremde ist ihm wahrscheinlich unheimlich geworden.
Adam sieht an sich herunter. Seine Kleidung hängt in Fetzen, die nackten Schienbeine sind blutverkrustet und in seinem struppigen Bart hängen Blätter und Halme. Mühsam, da ihm alle Knochen schmerzen, erhebt er sich und beginnt langsam vorwärts zu taumeln, bergab natürlich; über die Richtung muss er sich keine Gedanken machen, abwärts zum Meer, das ihn zurück an die Nordseeküste tragen soll. Der krumme Hannes will ihm auf den Rücken springen, doch Adam wehrt ihn ab, hat heute genug mit sich selber zu tun und kann keinen Passagier gebrauchen.
Der Regen des Vortages hat sich über Nacht in weißen Dampf verwandelt, der zwischen den Bäumen wabert, und das Geschrei der Vögel und der anderen Waldtiere zum Verstummen gebracht. Adam bewegt sich wie durch einen wattigen Traum, greift Halt suchend in das üppige Laub, das seine Tropfenlast auf ihn entläd; er lässt es demütig geschehen, will nur weiter, will die Wogen rauschen hören und ein Schiff liegen sehen, eines mit Menschen weißer Hautfarbe, die seine Sprache sprechen, oder wenigstens niederländisch, eine Sprache, von der er

sich auf dem Schiff immerhin einige Brocken angeeignet hat, um sich einigermaßen verständlich machen zu können. Die dunklen, verschlossenen Gesichter der Eingeborenen kann er nicht mehr sehen. Er muss fort.

Hannes grapscht nach ein paar Früchten und auch Adam pflückt sich eine Handvoll. Was dem Tier nicht schadet, wird auch ihn nicht umbringen. Unter der lederartigen Haut des Obstes, verbirgt sich gelbgrünes Fruchtfleisch, das angenehm süßsauer schmeckt und wunderbar erfrischt. Und schon fällt Adam das Laufen leichter, nicht zuletzt geht es ja hinunter und seine Beine gewinnen allmählich die frühere Geschmeidigkeit des Jägers zurück, der er immer noch ist, hier im Wald wieder geworden ist. Ja, obwohl es ihm zum Meer drängt, eigentlich zu Hause fühlt er sich nur hier unter den Bäumen, die nicht seine vertrauten Buchen sind, aber zweifelsfrei Bäume, und das Dämmerlicht in diesem Wald ist nicht sehr verschieden von dem des Spessarts, die Gerüche hier sind zwar aufdringlicher und schärfer, letzten Endes aber mit denen seines Heimatwalds verwandt. Er wird sein altes Wildererdasein wieder aufnehmen, wenn er nicht vorher zugrunde geht, und gegen letzteres steht, dass das Leben fest in ihm steckt wie der Stiel in einer Axt und daher wird er nicht nur aus diesem Wald herauskommen, sondern auch das Meer überwinden. Noch hat er mit dem Sterben nichts zu tun.

Der Nebel beginnt sich aufzulösen, denn die Kraft der Sonne ist in diesem Landstrich ungeheuerlich, aber auch die seine. Er lacht heiser in den sich rasch aufhellenden Wald hinein und erhält eine vielstimmige Antwort aus den Kehlen der Vögel und der vielen anderen seltsamen Kreaturen, die ihn bewohnen. Zu Hause wird er davon erzählen, seiner Liese, den Holzknechten, die nachts um ein Feuer sitzen und allen, die es hören wollen, die ihren Spessart noch nie verlassen haben und es auch niemals werden. Und auch er wird von dort nie mehr fortgehen und sich auch mit Gewalt nicht mehr wegbringen lassen; lieber sterben. Ja, sie haben Recht, dort zu verharren, der Mensch soll an dem Ort bleiben, wo ihn Gott oder der Zufall hingesetzt hat,

dort gehört er hin. Aber noch liegt ein unvorstellbar weiter Weg vor Adam.
Zwischen den ziehenden Nebelschwaden blitzt nun immer häufiger die Sonne hindurch, sticht mit gleißenden Lanzen nach Adam, doch er weicht ihnen aus, wie er lange Jahre den Bütteln des Fürstbischofs auswich, versucht sich im milden Dämmerschein der Baumschatten zu bewegen, der ihm lieber ist als der grelle Sonnenschein, torkelt, tapst, schwankt, aber kommt vorwärts, Meter für Meter, und hat die Ohren gespitzt, weil er auf das Rauschen der Brandung wartet, auf das Aufleben des Windes oder das Geschrei der Möwen. Noch aber umschließt ihn das grüne Kleid des Waldes; und er wird alles daran setzen, sein eigentliches, ihm angemessenes Gewand, Buchen- und Eichenlaub, Rinde und Farn, bald wieder zu tragen. Er taumelt, da er für Augenblicke sich in den lichten Wald am Tannenkopf hinweg geträumt hat, an dessen Fuß der Kropfbach murmelt, unter den Bäumen liegen bemooste Sandsteinblöcke wie gestrandete Meerestiere, ein Schwarzspecht schreit und aus einer Dickung dringt der brenzlige Geruch der Wildschweine. Für kurze Zeit ist Adam wieder zu Hause gewesen, hat im Geiste Wald, Meer und Wüsten überschritten, und nun sitzt er, nachdem er mehr zu Boden geglitten als gestürzt ist, auf dem weichen Waldboden, Hannes hopst um ihn herum und versteht es als besonderen Spaß, dass sich sein Herr zu ihm herunter begeben hat. Nein, noch ist es nicht so weit, noch befindet sich Adam in diesem fremden, feuchtheißen Wald und Hannes ist kein Wildschwein, sondern ein närrisches Abbild des Menschen, ein Zähne bleckendes und keckerndes Zerrbild, das an Adams Bart zupft und in tollen Sprüngen über ihn hinweg setzt. Adam reißt ein weiches Blatt ab und wischt sich sein Gesicht, um die süßen, aber zwecklosen und schwächenden Träume los zu werden; sie mögen ihn des Nachts besuchen, am Tage aber geht es nur um das Vorwärtskommen.
So rafft er sich also wieder auf und geht weiter, ohne zu schwanken und ohne Gedanken an seine Heimat zu verschwenden, die

noch in allzu weiter Ferne liegt. Doch von dieser Ferne beißt er mit jedem Schritt und mit jedem Augenblick, der verrinnt, ein Stückchen ab, auch indem er über eine faulende Baumleiche steigt und einen starren Ast, der ihm den Weg versperrt, abbricht. Nichts soll ihn aufhalten.

Große Falter dringen wie eine Fontäne aus einer rostrot gefärbten Stelle im Boden und umgaukeln den Menschen wie schwebende Blüten. Adam nimmt sich nicht die Zeit, ihnen nachzuschauen, da er Wichtigeres vorhat; doch fehlt es ihm nicht nur an der Zeit, sondern auch an der Bereitschaft; er ist für diese Welt weder bereit, noch ist er willens, sich auf sie einzulassen, denn seine Welt liegt über tausende von Seemeilen entfernt hinter dem Meer, das er noch gar nicht erreicht hat. Aber er kommt näher.

Ein weiterer Fruchtbaum ragt vor ihm auf, und Hannes klettert sofort hinauf und stopft sich die Backen voll, auch Adam reißt fleißig das bräunliche, handtellergroße Obst herunter, isst aber im Gegensatz zu seinem Freund, der sich unter dem Baum nieder gekauert hat, im Gehen weiter. Heute will er an das Meer gelangen, ohne einschätzen zu können, ob dies überhaupt möglich ist. Die kühlen Früchte sind eine Wohltat, da die Sonne den Nebel inzwischen aufgezehrt hat und nun unbarmherzig auf den Wald niederbrennt; dort wo sich eine Lücke im Laubdach auftut, stürzen Hitze und grelles Licht vom Himmel. Die Sonne in diesen Breiten ist nicht die gleiche, freundliche wie über dem Spessart, man muss sie fliehen.

Ein kleines Tier starrt Adam aus großen, verwunderten Augen an, mit feingliedrigen Händchen klammert es sich an einen Aststrunk, nicht größer als ein Eichkätzchen ist es, mit hellbraunem Pelz und wirkt wie eine Mischform aus einem kleinen Menschen und einer Ratte. Adam bleibt stehen und schaut eine Weile in diese übergroßen, staunenden Augen. Hannes nutzt den Augenblick und huscht ihm auf die Schulter. Noch geraume Zeit währt das stumme Hin- und Herblicken, dann klettert das Wesen kopfschüttelnd, wie es scheint, in den Baum hinauf und verschwindet im Laubwerk. Adam schließt die Augen und fragt sich, an wie viel Wunderbarem er auf seiner Flucht wohl schon vorbei gehetzt ist, ohne zu sehen. Aber eigentlich will er doch nur weg von hier, will sich von diesem Wald nicht verzaubern lassen, sondern zurück in seinen Spessart. Dennoch genießt er die kurze Rast, die ihm das sonderliche Tier beschert hat und lehnt sich an den Baum, dessen Krone das Tier erklommen hat. Warum rast er überhaupt so? Wäre es nicht klüger, die ungeheuere Strecke, die vor ihm liegt, gelassener anzugehen, sie unverdrossen und gemächlich abzuarbeiten und sich nicht in einer wilden Kraftanstrengung zu verbrauchen? Was hat ihm der vergangene Tag gebracht? Zerschundene Glieder, Erschöpfung und den Verlust seines Führers. Nur mit Muskelkraft allein, wird er sein Ziel nicht erreichen, er muss auch seinen Verstand einsetzen.

Er öffnet die Augen und blickt in Hannes´ Fratze, die sich zu einem schiefen Grinsen auseinander zieht, da Adam aus seiner Nachdenklichkeit erwacht. „Gehen wir ruhig weiter“, sagt Adam zu seinem Freund, bricht sich einen dünnen Ast als Wanderstab ab und schreitet seinen Weg weiter, dem Meer zu. Tiere kreischen und brummen, sirren und zirpen, unbekannte Blüten baumeln von den Zweigen. Auf engsten Raum zusammengedrängt leben so viele verschiedene Arten von Insekten, Vögeln, Bäumen, Sträuchern und Blüten wie wohl nirgends auf der Welt sonst. Ich sehe es, denkt Adam, aber wenn ich mich dem hingebe, komme ich aus diesem Wald nicht mehr heraus. Er will mich aufsaugen. Dasselbe aber hat Adam schon einmal erlebt, in den Wäldern des Spessarts, als er, noch ein junger Bursche, als Treiber bei den fürstbischöflichen Jagden mithelfen durfte. Zunächst war da ein Gefühl der Verlorenheit, aber durchaus nicht als eine bedrohliche Empfindung, sondern im Gegenteil, als ein süßer, schwebender Zustand, allein im Wald, die Rufe der anderen Treiber verklungen, verstummt das Jaulen und Bellen der Meute, irgendwo im grünen Waldmeer, an einer Stelle, die niemand kannte, wo ihn keiner finden würde; allein im

Wald. Und er duckte sich tief in das seidig glänzende Gras und lauschte den im Wind rauschenden Wipfeln und dem einsamen Ruf des Schwarzspechts, und plötzlich gehörte er dazu, zu den blinkenden Steinen am Boden, zu dem knorrigen Geäst einer alten Eiche und zu den sprießenden, hellgrünen Buchenschösslingen. Eine knisternde Libelle zog vorbei und erneut rief der Schwarzspecht. Adam vergaß die Jagd und die Jagd vergaß ihn – was zählt schon ein halbwüchsiger Bursche? An diesem Tag aber erkannte Adam seine Zugehörigkeit, erfuhr, wohin er gehörte.

Dort also, nicht hier. Jeden Schritt, den er nun gelassen geht, rückt ihn näher an den Spessart heran und so ist er ganz bei seinem Vorwärtskommen und achtet nicht auf das, was um ihn herum quakt und lispelt, fliegt und kriecht oder mächtig aufbraust. Man muss wissen, wo sein Zuhause ist.

Dorthin, wo der Wald nicht ist, in seine Lücken und Durchschlüpfe, richtet Adam seine Blicke, er sucht den Weg hindurch und nicht den Wald selbst mit seinem vielfältigen Leben. Das Lied, das ihm Hannes knarrt und quarrt, ist rau, aber es beflügelt Adam und seine Beine greifen immer weiter aus. Im Gehen beobachtet er den Weg der Sonne und das Schrumpfen der Schatten sowie ihr darauf folgendes Wachsen. Er geht, rupft Früchte von den Bäumen, isst, was ihm vor der Nase hängt, schöpft Wasser aus becherförmigen Blättern, oder leckt den Tau ab, der sich im Schatten noch gehalten hat und noch nicht von der Sonne aufgezehrt wurde. Seine Beine bekommen allmählich ihre alte Spannkraft wieder, und als die nachmittäglichen Schatten bereits lang geworden sind und die Sonne im Sinken begriffen ist, fühlt er sich wieder wie zu seinen besten Zeiten im Spessart und stimmt in Hannes′ misstöniges Lied ein. Zum Glück trifft ihr unschönes Lied nur auf die Ohren wilder Tiere und nicht zivilisierter Menschen.

Da sie erneut auf einen der fruchttragenden Bäume treffen, unterbrechen sie ihren Gesang und stopfen sich die Bäuche mit dem wohlschmeckenden Obst voll. Heute ist gut leben, denkt

Adam, während er kaut. Was die nächsten Tage bringen, muss er auf sich zukommen lassen, aber jetzt im Augenblick, wo ihm der süße Saft in den Mund spritzt, geht es ihm ausgezeichnet; zumindest solange er nicht an den weiten Weg denkt, der noch vor ihm liegt. Er wird so fröhlich, dass er ernsthaft darüber nachdenkt, sich auf den Boden zu einem Nickerchen zu legen, so wie er es im Spessart immer tat, wenn er lange genug durch die Wälder gezogen war. Aber dann will er es sich doch nicht zugestehen und schüttelt den Gedanken an eine Pause von sich ab, auch weil ihm nun das Gehen so leicht fällt und er den Eindruck hat, tagelang marschieren zu können, seinen Freund auf der Schulter und sich von den Früchten des Waldes zu ernähren und mit dem in den Pflanzen gespeicherten Wasser zu tränken. Noch ein, zwei Stunden wird das Tageslicht währen. Bei Einbruch der Nacht wird er sich irgendwo auf dem Waldboden zusammenkauern wie ein Tier und schlafen. Sein Leben hier unterscheidet sich nicht besonders von dem im Spessart und fast wünscht er sich, dass sich dieser Wald bis an den Main dehnte, die gesamte unermessliche Strecke überzöge, sodass er nur immer laufen müsste, bis er wieder zu Hause wäre; er könnte, so ist er überzeugt, monatelang durchhalten; auch deshalb durchhalten, weil sich das Leben in ihm eingenistet hat wie eine Krebswucherung in einen Baumstamm. Noch ist Adam nichts begegnet, was das Leben in ihm gefährden könnte. Erst recht nicht die braune Schlange, die sich ihm wie ein gespannter Bogen entgegenstreckt. Er duckt sich einfach zur Seite weg und überlässt das starre Reptil sich selber. Hannes allerdings verstummt, wahrscheinlich weiß er um die Gefahr, die von einer Schlange ausgeht und ahnt obendrein, dass sich das Leben nur flüchtig auf ihn niedergelassen hat, wie ein Falter auf einer Blume, die der nächste Luftzug davon fegt.

Aber, woher hat Adam sein fest eingefügtes Leben? Hat er es seiner Mutter zu verdanken, einer schwächlichen, abgearbeiteten Frau, die vor acht Jahren starb? Oder doch wohl eher dem Fleisch der Wildtiere, das er verzehrte, obwohl es einfachen

Leuten wie ihm eigentlich verboten ist? Vielleicht auch daher sein Drang zum Jagen und Wildern, weil sich sein Leib am Wildbret satt fressen, das schiere Leben in sich schlingen will. Und so plünderte er die Hirsch- und Rehbestände seines Fürstbischofs, um sich ein zähes, robustes Leben anzumästen und kann daher diesen feuchtheißen Wald genauso unbeschadet überleben wie die Hiebe und das Elend im Bauch der Galeere. So wird es sein; er braucht Fleisch, um seine Stärke zu erhalten und nicht nur diese Früchte, von denen er an diesem Tag übergenug gegessen hat. Aber er besitzt keine Waffe, und nur mit seinen Händen wird er kein Tier erlegen können. Die Waldmenschen hätten ihn lehren können, wie man Pfeil und Bogen sowie das tödliche Gift herstellt und wie man diese Waffe gebraucht, doch hätte dies von ihm verlangt, bei ihnen heimisch zu werden, sich mit den Gesetzen des fremden Waldes vertraut zu machen und sich mit den sonderbaren Menschen anzufreunden, was nichts anderes bedeutet hätte, als dass er für eine Weile seinen Spessart hätte hintan stellen, wenn nicht sogar vergessen müssen; und das darf nicht geschehen.
Daher vertreibt er solche Gedanken gleich wieder aus seinem Kopf und geht unbeirrt weiter, hört seinem glucksenden Bauch zu, der mit Fruchtsaft prall gefüllt ist und späht nach den Lücken im fast undurchdringlichen Wald, aber nicht nach jagdbarem Getier. Gehen, sonst nichts. Hannes schmiegt sich, müde geworden, an seinen Hals. „Nicht mehr lange“, sagt Adam zu seinem Freund. „Bald ist das Tageslicht erloschen.“ Auf dem Waldboden sammeln sich bereits tiefe Schatten, und Adam kommt es vor, als wate er durch eine riesige, schwarze Pfütze. „Bald werden wir uns ausruhen“, spricht er zu Hannes und findet mehr und mehr Gefallen daran, sich mit seinem Kumpan zu unterhalten; vielleicht liegt es auch daran, dass es schön ist, inmitten der tierischen Laute und dem verdrossenen Schweigen der Pflanzen, seine eigene Stimme, oder überhaupt eine menschliche Stimme, zu vernehmen, erzählt ihm daher ein wenig von seiner Heimat, den feisten Rehböcken und dem Ge-

prassel der Eicheln und Bucheckern im Herbst, und schildert ihm endlich in leuchtenden Farben Lieses Schönheit. „Sei geduldig“, sagt er schließlich in das kleine, faltige Ohr neben seinem Kinn, denn Hannes ist eingenickt, baumelt von Adams Brust, nur durch den um seine Schulter geschlungenen Kletterschwanz vor dem Abstürzen bewahrt. Doch auch Adam denkt an das Schlafen, da er in dem schwarzen Sumpf, der um die Wurzeln und Baumstämme schwappt, weder den Boden noch seine Füße zu sehen vermag, immer öfter auf Unebenheiten tritt und schmerzhaft umknickt. „Es reicht“, stellt er fest, tastet nach einer leidlich trockenen Stelle und kauert sich, die Knie wie ein Kleinkind an den Bauch gezogen, zusammen. Hannes vergräbt sich zwischen seinen verschlungenen Armen. Schlafen und schlafen dürfen, denkt Adam noch, und nicht wie auf dem Schiff durch die erbarmungslose Peitsche oder durch das Wehgeschrei der bedauernswerten Mitgefangenen um die Nachtruhe gebracht, wochen- und monatelang ohne richtigen Schlaf, obwohl sie bis zur völligen Erschöpfung schuften mussten oder so eng gefesselt lagen, dass ihnen Arme und Beine taub wurden. Er hat es überlebt; doch jetzt kann er schlafen, so lange er will; getrieben wird er nur noch von seiner Sehnsucht nach dem heimatlichen Spessart. Nun schläft er und fühlt dennoch den ungeheueren Wald über sich und spürt die Anwesenheit der vieltausendfältigen Tierwelt, spürt sie und schläft schon, endlich, seinen verdienten Schlaf.

Erst als ihm die grelle Sonne ins Gesicht strahlt, erwacht er; es ist heller Tag. Hannes ist schon emsig damit beschäftigt, sich das Frühstück zusammen zu suchen; Früchte und ein paar Nüsse; auch Adam wird sich wieder davon ernähren müssen. Aber noch verspürt er keinen Hunger, dafür umso stärker das Bedürfnis, rasch weiter zu ziehen, um an das Meer zu gelangen, das ihn zurück an die Nordseeküste befördern soll. Beherzt rammt er seinen Wanderstab in den weichen Boden und geht den ersten Schritt; sofort jagt Hannes heran und klettert an ihm hoch. Der erste von unzählig vielen, denkt Adam und ist schon beim vierten und fünften und eilt weiter und immer weiter, den Berg hinunter, dem großen Wasser zu, das es wie ihn immer nach unten drängt. Einfach dem Wasser müsste er folgen, überlegt er. Aber so feucht der Wald auch ist, nirgends ist ein Wasserlauf oder Bach zu finden; dennoch kann er über die Richtung nicht irre werden. Wie viele Tage mag er von der Küste noch entfernt sein? Einen, zwei, eine Woche, drei Wochen? Er hat keine Ahnung, kann nicht einmal sagen, wo er sich befindet, wie dieses Land heißt, ob es sich um ein Festland oder eine Insel handelt. Er kann nichts weiter tun als laufen und darauf vertrauen, dass seine Kraft nicht nachlässt.

Bunte Vögel schwirren vom Boden auf und flattern in die Sonne hinein, ein plumpes Tier entfernt sich mit drolligen Bewegungen; einen Augenblick lang überlegt Adam, ob er ihm nacheilen und versuchen soll, es mit bloßen Händen zu töten, aber dann verwirft er diesen Gedanken, da es ihm zu viel Kraft kosten würde, falls er überhaupt in der Lage wäre, das Tier zu erlegen – und darüber hinaus könnte die Kreatur möglicherweise gefährlicher sein, als es auf die Entfernung hin den Anschein hatte. „Da läuft unser Braten", sagt Adam zu Hannes, der dem dicklichen Wesen ungerührt hinterher sieht. Jetzt aber meldet sich mit Macht Adams Hunger; mit einer Handvoll Früchte stillt er ihn notdürftig. Wenn nur alles so leicht zu befriedigen wäre, wie der Bauch, der sich sogar das verschimmelte Brot auf dem Schiff halbwegs gefallen ließ!

Und noch immer ist das Meer nicht zu sehen! Die dicht stehenden Bäume mit dem üppigen Unterwuchs lassen Adams Blick nicht schweifen, er ist umzingelt und gefangen in diesem endlosen Wald. Doch nicht verzweifeln, geht es ihm durch den Kopf. Sein viehisch geschundener Körper allein wird ihm nichts nützen, wenn seine Seele angefressen wird; er muss innen und außen stark sein. Einfach weiter gehen, nichts mehr denken, am wenigsten an seinen Spessart und seine Liese, denn beide sind so außerordentlich weit entfernt, dass er verrückt werden würde, wenn er sich den unmenschlich langen Weg vor Augen hält. Er

tut besser daran, sich über den nächsten geglückten Schritt zu freuen, über die nächste Frucht, die er findet und über den mit Regenwasser gefüllten Blütenkelch einer schwarz und violett schillernden Pflanze. Vor ein paar Wochen noch war er froh, wenn er wieder einen Tag überlebt hatte, und nun glaubt er die Hoffnung fahren lassen zu müssen, nur weil er noch kein Anzeichen des Meeres entdecken kann. Laufen, pflücken, was ihm der Zufall liefert und den Kopf frei von schädlichen Gedanken halten, sich freuen über den trockenen Boden, der sein Vorwärtskommen erleichtert und über eine linde Brise, die durch den Wald geht und ihm die verschwitzte Haut kühlt. Ist sie bereits ein Gruß des Ozeans? Nein, nicht darüber nachdenken, nicht hoffen, nur weiter vorwärts dringen, Zweige zur Seite schieben und einige aufdringliche Insekten mit den Händen verscheuchen. In Hannes´, seines treuen Kumpans und Mitreisenden, Gesang einstimmen, in sein trockenes Husten und Röcheln. Obwohl es Adam nicht zulassen will, drängt sich ihm doch das Bild des Alten mit dem Büffel auf, sein Lächeln, mit dem er ihn betrachtete, das milde Lächeln eines Vaters, der auf seinen uneinsichtigen Sohn sieht. Der Mann geht ihm nach, so sehr er sich auch dagegen sträubt; aber er soll ihn in Ruhe lassen; Adam braucht keinen Vater – an den eigenen kann er sich nicht erinnern, da der schon in seiner frühen Kindheit gestorben ist – Adam weiß selbst, wo sein Weg verläuft und wird auch auf seine Weise aus dem Wald heraus finden.
Die Brise verstärkt sich, manche Baumwipfel rauschen und beugen sich. Sollte doch…? Jedenfalls wachsen Adam neue Kräfte zu, er beschleunigt, und die harten, abgehackten Rufe seines Hannes feuern ihn außerdem an. Unruhe ist in den Wald eingekehrt, die Vögel flattern aufgeregter als zuvor und steigen in die Lüfte auf, um gleich wieder im Geäst zu landen und fliegen erneut auf. Das anhaltende Summen der Insekten ist leiser geworden. Und es geht steiler hinab als sonst. Der Boden wird fester und steinig. „Heute schon sehen wir das Meer“, sagt Adam zu seinem Freund. „Da wirst du staunen. Es ist schreck-

lich groß. Man geht in die Knie, wenn man es zum ersten Mal sieht." Damals lag er auf den Knien an Deck des Schiffes, da, nach Wochen der Gefangenschaft im Laderaum, er mit anderen an Deck geschleppt wurde, weil man fürchtete, dass sie alle krepieren würden. Und krank, der Ohnmacht nahe, mit schmerzenden Wunden, blickte er auf das Meer, verwundert erst, staunend dann, nicht wissend, ob ihm das Fieber eine Täuschung vorgaukelte. Ein stahlblauer Ozean, durchsetzt von weißen Schaumkronen, der unvorstellbar weit hinten mit dem Horizont zusammenstieß, eine harte Linie mit ihm bildete, ein ungeheuerer Raum, unter dem er sich noch enger zusammen kroch und der ihm die Gewissheit eingab, dass er verloren war, nicht nur auf dem dreimal verfluchten Schiff, sondern überhaupt, dass es für ihn nirgends eine Zuflucht oder eine Rettung gab, dass er, Johann Adam Hasenstab, ausgesetzt war, herausgerissen und hingeworfen und ohne Hoffnung verloren war, und obwohl ihm die Seeluft gut tat; flehte er seine Peiniger an, ihn wieder unter das Deck zu bringen, hinunter ins finstere, stinkende Loch, in dem er sich wenigstens nicht derart ausgeliefert und hilflos preisgegeben fühlte wie hier oben. Natürlich verlachten sie ihn und schlugen nach seinen bittend erhobenen Händen. Und nun nähert er sich wieder der See. Dieses Mal wird er es besser verkraften, hat das Meer später noch öfter gesehen, hat versucht sich daran zu gewöhnen, ohne dass es seinen Schrecken vollkommen verloren hätte.
Jetzt fährt eine regelrechte Bö in die Bäume und scheucht einen Schwarm schwarzer Vögel auf. Die Luft riecht plötzlich nach Salz und Fäulnis und Frische. Das ist das Meer! „Hannes!", ruft Adam und deutet nach vorne, wo aber nach wie vor der dichte Wald jede Aussicht versperrt. Doch der Boden spricht eine deutliche Sprache, besteht aus hellem, körnigem Material, auf dem nur eine dünne Blätterschicht liegt. Es kann nicht mehr weit sein. Adam läuft los, und nach wenigen Metern wird der Wald schon lichter, der niedrige Unterwuchs geht zurück, die Lücken zwischen den Bäumen sind ausgefüllt mit sattem Sonnenlicht.

Und da, tief unter ihm und bis in eine grenzenlose, dunstig verschwommene Ferne sich erstreckend, das Meer. Adam kniet nieder. Er hat den ersten Schritt geschafft. Dieses Meer spült auch an den Nordseestrand, wenn auch die halbe Erde dazwischen liegt. Hier rollt es mit starker Brandung gegen weiße, verwitterte Klippen, die vom Wald steil zur See abfallen. Nirgends eine menschliche Ansiedlung oder das Anzeichen der Anwesenheit von Menschen, nur Möwen kreisen in der Luft.
Hannes ist auf den Boden gesprungen und zerrt mit beiden Pfoten an Adams Hosenbein; sein Gesicht zeigt den Ausdruck größten Erschreckens; er will wieder zurück in den schützenden Wald und erträgt den Anblick des endlosen Meeres nicht. Aber Adam lässt sich nicht erweichen, die See wird ihn nach Hause bringen, so unmenschlich sie auch wirkt. Er reißt sich aus seiner Betrachtung und beginnt am Rand der Klippe entlang zu wandern, nach links zu, denn irgendwo muss die große Straße, die er vor drei Tagen auf der Flucht vor den Bütteln verließ, auf die Küste treffen; den widerstrebenden Hannes schleppt er, ihn am Genick packend, mit sich. Sein einziger Freund soll ihm nicht durchgehen. Wenn ich mein erstes Ziel erreicht habe, so überlegt und hofft Adam, dann wird es auch weiterhin gut gehen, dann werde ich auf ein Schiff gelangen, das diese Unendlichkeit dort draußen durchqueren und mich zurück zu einem europäischen Hafen bringen wird. Er nimmt das Auftauchen des Meeres als gutes Zeichen und freut sich über das mühelose Fortkommen auf dem blank gefegten Fels, der allerdings stark zerfurcht ist, sodass er über kleine Risse springen muss, größere zwingen ihn zu einem landseitigen Umweg; dennoch läuft es sich hier fast spielend leicht im Vergleich zu dem verschlungenen Urwald. Allmählich gibt auch der verzweifelte Hannes seinen Widerstand auf und klettert schließlich auf Adams Schulter.
Brüllend und Furcht einflößend wirft sich unten das Meer gegen die Klippen, sodass Adams Zuversicht schnell zunichte wird, wenn er zudem bedenkt, dass er sich bald dieser wütenden Ge-

walt ausliefern muss, um nach Hause zurückzukehren. Aber er hat keine andere Wahl.
Hannes' kleine Fäustchen umklammern Adams Haarsträhnen, das einfältige Tier hat vielleicht besser als Adam erfasst, welchen Gefahren sie sich auszuliefern unterwegs sind. „Dort unten ist unser Weg", sagt Adam zu seinem Freund. „Ich wollte, er läge schon hinter uns." Hannes schweigt, und Adam blickt nach vorne oder nach links, wo der Urwald, den er durchquerte, in lichten Hainen und Waldinseln endet und vermeidet den Blick in die Tiefe; irgendwann muss er hier an der Küste auf eine Ansiedlung oder gar eine Stadt treffen, vielleicht sogar auf ein europäisches Schiff. Nun, von außen gesehen, wirkt der Wald einladend und anziehend, und Adam spürt, wie es ihn wieder unter die Bäume, in seine eigentliche Heimat, drängt, aber er muss sich dem Meer und seiner Unerbittlichkeit ausliefern und geht daher mit festem Schritt weiter, passiert einen mit Felsgeröll gefüllten Felsspalt, klettert jenseits über kantige Blöcke nach oben, sieht für einen Augenblick unter sich eine Schaum spritzende Brandung und gewinnt wieder eine Sonnen beschienene Felsfläche, die sich zu einem größeren Tal hin abdacht. In diesem stößt der Wald weiter zum Meer vor, ein Fluss scheint sich dort ins Meer zu ergießen, und Adam vermutet, dass dort auch die Straße, der er zwei Tage lang folgte, verläuft. Und wo eine Straße die Küste erreicht, gibt es auch einen Hafen.
„Wir werden sehen", sagt Adam zu Hannes, der stumm und mit weit aufgerissenen Augen auf Adams Nacken sitzt. Auf der Straße aber, so fällt es Adam jetzt ein, werden sie möglicherweise nach ihm suchen; an seinem Messer klebt noch immer das Blut der beiden Büttel, und deutlich sieht er noch immer ihre erstaunten Augen, als der Stahl in ihre Eingeweide schnitt. Zwei Menschen, wahrscheinlich tot, von ihm getötet. Allerdings zwangen sie ihn, sich zu wehren. Dennoch, Menschen sind keine Rehe oder Hirsche, die er schon zu Hunderten erlegte. Er wischt sich betroffen übers Gesicht, da er diese beiden nicht mehr los werden wird, weder diese, noch den Alten mit dem

Büffel, noch die Waldmenschen. Er wird, wenn es ihm wirklich gelingen sollte, in den Spessart zurückzukehren, nicht mehr der Adam Hasenstab von früher sein, auch wenn er in der Lage sein sollte, sein früheres Leben wieder aufzunehmen, er wird ein anderer sein, und alles wird anders sein. Man hat ihm sein Dasein geraubt, und das, welches er zurück zu gewinnen versucht, wird ein neues und unbekanntes sein. Er zuckt mit der Schulter und geht schneller weiter, will sich in die Gefahren der Straße und des Hafens stürzen, will kämpfen und sich verstecken, um seine bösen Gedanken abzuschütteln, springt über zersplitterte Steine und verdorrtes Buschwerk, hat es eilig, den nächsten großen Schritt zu tun: ein Schiff nach Europa zu finden.
Der Seewind zerfetzt das Geschrei der Möwen und der anderen Seevögel, vom Wald her aber weht eine andere Brise, die nach Blüten und vermodernden Pflanzen riecht. Der Boden bedeckt sich wieder langsam mit Gras und niederem Buschwerk, da er in das Tal hinunter steigt, und schon erreicht er den Schatten einzeln stehender Bäume, die sich bald zu einem Wald zusammenschließen. Und das hell leuchtende Band unter dem Grün ist die Straße! Noch ein paar Schritte und Adam hat ihren Rand erreicht, duckt sich hinter einem Büschel mannshohen Grases, späht die Straße hinauf und hinunter. Kein Mensch ist zu sehen. Daher wagt er es, sein Versteck zu verlassen und auf den fest getretenen und von der Sonne hart gebrannten Lehm hinaus zu gehen. Mückenschwärme tanzen darüber, da hier im Tal Windstille herrscht, auch das Geschrei der Möwen ist nicht mehr zu hören, dafür erfüllen die Stimmen der Waldvögel die Luft und besänftigen Adams aufgewühlte Seele. Auch Hannes löst seine verkrampften Hände aus Adams Haar und krabbelt lebhaft auf seinem Rücken herum. „Wir sind zwei Waldkinder“, sagt Adam zu ihm. Aber es hilft nichts, nur über das Meer geht der Weg zurück in den Spessart.
Was Adam zunächst wie die misstönende Stimme eines Tieres erscheint, erkennt er nach kurzer Zeit als die quietschende Achse eines ihm entgegen kommenden Wagens. Er zögert. Soll

er weitergehen oder sich verbergen. Bestimmt suchen sie noch nach dem Mörder der zwei Schergen; zwei Männer, die den Tod verdient haben, doch diese Tatsache wird ihm nichts nützen; und außerdem belastet dieser Mord auch noch sein Gewissen. Nur nicht daran denken, einfach zulaufen, auf das hässliche Geräusch zu, das sich hinter einer Wegbiegung nähert. Es können harmlose Bauern sein, die vom Markt zurückkehren oder arglose Händler. Nichts denken, den unruhigen Hannes fest an sich drücken und ihm solange über das Köpfchen streicheln, bis er zufrieden schnurrt.

Die schaukelnden Köpfe zweier Zugochsen tauchen vor Adam auf, das Gehörn fleischrot angemalt; hinter ihnen sitzt ein dürrer Mann auf dem Bock eines schwankenden Karrens. Der Mann wird auf Adam aufmerksam, fährt aber ungerührt weiter und setzt ein freundliches Lächeln auf. Die Menschen in diesem Land, so scheint es Adam, sind von einer angenehmen Sanftheit; aber dann fallen ihm die Büttel ein; vielleicht kann man diesen gutmütigen Gesichtern nicht trauen. Vorsicht also, noch dazu, wo der Mann seinen Karren anhält. Doch kaum, dass er das Gefährt zum Stehen gebracht hat, springt er auch schon herunter und reicht Adam eine eigenartig geformte Flasche, die der auch, ohne lange nachzudenken, ansetzt und einen großen Schluck herrlich kühlen Wassers nimmt, denn sein Durst ist schlimm. Der Mann beobachtet ihn fröhlich und bedeutet ihm mit Gesten, die Flasche ruhig leer zu trinken; und Adam zögert nicht, ihm Folge zu leisten. Einen letzten Rest schüttet er in seine hohle Hand und lässt Hannes daraus saufen. Das scheint dem ausgemergelten Mann noch besser zu gefallen und er klatscht vor Vergnügen in die Hände. Adam will ihm dankbar auf die Schulter klopfen, doch der Mann weicht ihm aus, als fürchte er einen Schlag zu erhalten und klettert flink auf den Bock seines Karrens zurück. Eine Weile blicken sich beide an, Adam, erschrocken über die Wirkung seiner unschuldigen Bewegung, der andere erschrocken über die von ihm unterstellte Bedrohung. „Ich will dir nichts tun“, sagt schließlich Adam, hebt beide Hände und versucht ebenfalls ein Lächeln, obwohl er nicht weiß, ob sein Gesicht nach einem Jahr Gefangenschaft auf dem Schiff noch dazu in der Lage ist. Der Mann senkt den Kopf, schnalzt mit der Zunge und die Ochsen setzen sich in Bewegung. Immerhin, denkt Adam, habe ich meinen Durst gelöscht. Er sieht dem davon schaukelnden Fuhrwerk bekümmert nach, weil er den freundlichen Mann in Angst versetzte, dann aber schüttelt er sich frei, macht kehrt und strebt der Küste und der Hafenstadt zu, die er demnächst zu erreichen hofft.

Der Mann hatte Gemüse und Feldfrüchte geladen, kam also wirklich vom Markt; und wo ein Markt ist, gibt es auch eine Stadt, und eine Stadt am Meer hat einen Hafen, und da außerdem Engländer, Holländer und Portugiesen sich inzwischen auf allen Weltmeeren tummeln, könnte Adam dort wirklich ein Schiff antreffen. „Bald schon“, sagt er zu seinem auf der Schulter kauernden Freund.

Hier im Tal nistet wieder die dumpfe Luft des Urwaldes, große, schillernde Fliegen stehen in der Luft. Doch Adam beeilt sich, jetzt will er den rauen Atem der See spüren, weil der den Beginn seiner Seefahrt nach Hause markiert, achtet nicht mehr auf die bunten, langschwänzigen Vögel, die ihn von den Bäumen herunter anrufen, genauso wenig wie auf die Geräusche eines sich entfernenden starken Tieres. Der Wald geht ihn ab heute nichts mehr an, und dort vorne, wo der Weg nach links knickt, kommt der Seewind. Die Wipfel der Bäume biegen sich und der Straßenstaub wirbelt auf. Adam bleibt stehen und bläht die Nasenflügel, weil er die Meeresluft einatmen will, Schrecken und Vorfreude zugleich packt ihn, und er lässt sich von der ungestümen Bö anfassen, riecht das Salz und den Fisch und den Tang und ist wieder auf dem Schiff, wo der Sturm in der Takelage pfiff und die Gefangenen ächzten und starben; nur er nicht, er steht hier und hält dem Wind stand und sein Herz hüpft vor Freude und Todesfurcht zugleich.

Aber nur weiter, das Ungeheuer will bezwungen werden, die Straße also hinunter, die unweigerlich zu der Hafenstadt führt.

Menschen kommen ihm jetzt entgegen, die Ziegen und Rinder treiben, gebeugte, scheue Gestalten, die ihn kaum ansehen; gebeugt, wie Adam vermutet, von der harten Hand des Herren, dem er zwei seiner Büttel schlachtete. Er muss sich vorsehen, so einer wie er fällt auf. Die Kühe glotzen blöde und verstellen ihm den Weg. Ihr scharfer Dunggeruch ruft erneut die Erinnerung an das Schiff in ihm wach. Soll er sich nicht doch lieber wieder in die Wälder davon machen? Die Waldmenschen würden ihn bestimmt aufnehmen, und er könnte es sich gut vorstellen, mit ihnen zu leben; würde sich auch irgendwann an den feuchtheißen Wald gewöhnen, könnte jagen wie früher und müsste nicht einmal die Verfolgung durch die Jagdaufseher fürchten. Aber nein, er gehört in den Spessart, verscheucht eine Kuh, indem er ihr einen Schlag auf die Kruppe gibt und schreitet kraftvoll aus, hinein in die Gefahr, die die Rettung bedeuten soll. Und schon hört er vor sich das Summen und die menschlichen Stimmen einer Stadt.

Der Wald weicht bewässerten Feldern und Fruchtgärten, in denen Bauern ihrer Arbeit nachgehen; in sumpfigen Wiesen wächst eine unbekannte Getreideart, Büffel schreiten vor dem Pflug und gebückte Frauen und Kinder schneiden mit Sicheln goldgelbes Gras. Die friedliche Geschäftigkeit der Menschen tut Adams Seele gut, sodass er den Leuten plötzlich voller Übermut zuwinkt; doch kaum einer hebt den Kopf und sieht sich nach dem seltsamen Fremden um. Erste flache Hütten tauchen auf, Kleinkinder hocken in der Sonne, Hühner und Hunde streunen am Straßenrand entlang. Und da vorne erhebt sich die Stadt, Häuser aus getrocknetem Lehm mit Stroh gedeckten Dächern, überragt von einem europäisch wirkenden Gebäude; rechts auf einem Hügel ein wunderliches Bauwerk aus verziertem Holz, dahinter aber das Meer, dunstig, blau, und höher als alle Dächer, die Rahen eines Seglers. „Das ist unser Schiff“, flüstert Adam und deutet auf die zerbrechlich wirkende Takelage. Aber Hannes hat anders zu tun, als sich um das Schiff zu kümmern, er zetert und keift gegen die Hunde, die sich ihnen schnüffelnd

nähern. Mit ein paar Fußtritten verscheucht sie Adam. Nichts und niemand soll sich ihm mehr in den Weg stellen.
Bald befindet er sich in einer schnatternden Menschenmenge, die die engen Straße der Stadt bevölkert. Ochsengespanne bahnen sich mühsam ihren Weg, Händler schreien ihre Waren aus, sonderbare Gerüche wehen Adam an, dass ihn schwindelt; Hände zupfen ihm flüchtig am Bart und an den langen Haarsträhnen. Adam hält Ausschau nach europäischen Gesichtern, nach den blonden Schöpfen der Holländer oder den bunten Uniformen der Marinesoldaten; mit seinen wenigen Brocken holländisch hofft er sich ihnen verständlich machen zu können. Er entdeckt aber nur dunkle Gesichter, die ihn neugierig, aber leer ansehen; den meisten scheint ein weißes Gesicht nichts mehr Besonderes zu sein. Er muss zum Hafen, in der Nähe des Schiffes wird er auf Europäer treffen.
So leicht ist es jedoch nicht für ihn, sein Ziel zu erreichen, stechende Augen blicken ihn an, ein alter Mann, der hinter einem Haufen seltsam gefärbten Pulvers sitzt, winkt ihm, als habe er nur auf ihn gewartet, schreiende Kinder zerren an seinen Hosenbeinen und nehmen, sobald er sich ihnen zuwendet, Reißaus, eine Ziegenherde blockiert seinen Weg, in den geweiteten Augen der Tiere sitzt blanke Panik. Mit all seiner Kraft drängt sich Adam nach rechts in eine stillere Gasse, da ihn das wirre Treiben schwindelig macht und sieht sich einem Jungen mit rundem Gesicht und kahl geschorenen Schädel gegenüber, der ihn entschlossen bei der Hand nimmt und vom Lärm der Stadt in stillere Bereiche führt, wo es Gärten und kleinere in der Sonne blitzende Teiche gibt. Adam lässt es sich gefallen, da er fühlt, dass er dem Anblick der Stadt nicht gewachsen ist, weder dieser fremdartigen, noch irgendeiner.
Der Junge blickt ihn immer wieder von der Seite mit lächelnden Augen an, sonst aber ist sein Gesicht unbewegt, nur manchmal zucken seine Mundwinkel, wenn Hannes seine erbosten Rufe hören lässt. Vor einer leeren Hütte bleibt der Junge stehen und bittet mit einer höflichen Geste Adam einzutreten, der zögert

unsicher und versucht angestrengt unter dem Stroh gedeckten Dach etwas zu erkennen, doch außer dem fest gestampften Boden und den aus Weiden und Lehm bestehenden Wänden gibt es nichts zu entdecken. Adam tritt ein. Der Junge nimmt wieder seine Hand und zieht ihn auf den Boden nieder, sodass er den Rücken dem Eingang zuwendet, mit dem Gesicht aber zur eintönig erdverschmierten Rückwand schaut. Der Junge lächelt und setzt sich neben Adam, schlägt in gleicher Weise wie der Alte mit dem Reitochsen die Beine unter dem Körper zusammen, verengt die Augen und starrt unbewegt gegen die Wand.
Was für eine Posse geschieht hier, fragt sich Adam; immerhin ist es angenehm still und es riecht gut nach Stroh, auch der Schatten tut seinen Augen wohl, und eine Weile auszuruhen kann nach seinem langen Marsch nicht schaden. Der Junge scheint, kaum dass er seine besondere Körperhaltung eingenommen hat, nicht mehr bei sich zu sein, sein Leib ist zwar noch anwesend, Adam kann sogar seinen Geruch wahrnehmen, ein seltsam scharfer Pfefferminzduft, er selber aber hat sich entfernt; nicht viel anders, als Adam sich während der ärgsten Qual auf dem Schiff zu seinem Spessart zurück träumte und manchmal das Rauschen der Wellen für das Rauschen der Buchen nahm. Warum soll er es jetzt, neben dem stillen Jungen, nicht noch einmal versuchen? Das Stroh des Daches riecht ähnlich wie jenes auf den abgeernteten, mageren Roggenfeldern, die sich in dem schmalen Saum zwischen den Häusern von Rothenbuch und dem Wald erstrecken, und das Lied eines Vogels in dem angrenzenden Garten ähnelt dem Flöten einer Amsel. Und ohne weiteres fällt ihm Lieses Gesicht ein, erhitzt vom Laufen, die braunen Locken in der Stirn, ihre nackten Arme, ihre weiche Haut, ihre Brüste. Denkt der Junge ebenfalls an seine Liebste? Er wirkt eher wie ein Mönch, und trotz des beständigen Lächelns, liegt über seinem Gesicht eine gewisse Strenge. Nein, er sieht nicht aus wie einer, der sich nach einer Frau sehnt, er ist woandershin gereist. Sein Blick geht zu der nichts sagenden Rückwand der Hütte, ohne sie zu sehen. Adam versteht, nur

wenn man die schiere Langeweile vor sich hat, kann die Seele wandern, so wie er jetzt in den grünenden Buchenwald, mit seinen Nestern weißer Anemonen am Waldboden und dem ersten Bienensummen, April ist es, und er liegt mit seiner Liese auf einer Waldlichtung, den Kopf in ihren Schoß gebettet, über ihm schweben ihre Brüste, ein Schwarzspecht lässt seinen klagenden Ruf ertönen und neben ihm liegt noch das ausgeweitete, dampfende Rehwild, das er vor einer Stunde erlegte; seine Hände, mit denen er Liese umfasste, riechen noch nach dem süßen Blut des Tieres. Dorthin ist Adam gereist, und die Lehmwand vor seinen Augen löst sich in einen anderen Tag auf, in das Geflirre des von der Sommersonne beschienen Laubes, über das ein warmer Wind hingeht, Bussarde sind in der Luft und auf dem Rücken spürt Adam den harten, schmalen Körper seiner Büchse, er eilt durch ein Bach durchströmtes Tal und jenseits die mit Hainbuchen bestandene Höhe hinauf. Dort oben will er sich an die krummen Stämme der niederen Bäume schmiegen und auf Rotwild warten; ein Warten ohne Ungeduld, da er ja draußen ist und drinnen in seinem Wald und er jeden Augenblick genießt, und irgendwann an diesem Tag oder in der folgenden Nacht werden die Hirsche aus der Dickung treten und er wird abdrücken und aufspringen und dem zuckenden, tödlich getroffenen Leben mit dem Messer ein Ende bereiten.
All dies sieht er auf der graubraunen, glatt gestrichenen Wand, die eintöniger nicht sein könnte. Adam schließt die Augen, aber die Bilder bleiben ihm treu, das silbern sprudelnde Wasser eines Baches, das friedlich äsende Rehrudel, das schwere, gelbe Licht der tief stehenden Sonne in den sich verfärbenden Bäumen, und sein wilder Drang nach den Tieren, sie aufschrecken und davon springen oder unter der Wucht des Schusses taumeln zu sehen, zusammenbrechen und klagen, und das rote Mal der Schusswunde, und dann sein Hochschnellen, vielleicht ist sogar genau dieses das Wertvollste, das aus der Ruhe Hochfahren, eingegraben in dürres Laub und Gras, der Erde entspringen, wie ein suhlender Eber und hinüber zu dem um sich schlagenden Reh-

bock rennen, im Laufen das Messer ziehen und es in das warme Leben jagen. Ja, genau das ist es! Und das lässt er sich von den Jagdaufsehern nicht verbieten, da müssen sie ihn schon in Ketten schließen oder umbringen. Und dorthin, in diesen Wald, zu diesen Tieren, will er wieder mit aller Gewalt und wird sich von keinem aufhalten lassen.

Nun wird Adam unruhig und will aufstehen, wird aber von dem Jungen zurückgehalten, indem er ihm die Hand auf den Arm legt. Noch nicht, will er ihm sagen, gehe noch nicht zurück in die laute Stadt, bleibe hier draußen und bei deinen Bildern, bei dem Sonnen gefleckten Waldboden, eine Handbreit hoch mit rotem und gelbem Herbstlaub überschüttet, in das er bei jedem Schritt einsinkt und aus dem ihm der Geruch der modernden Blätter entgegen schlägt. Seit wann ist er unterwegs? Er hat es vergessen, seit einem oder drei Tagen, immer laufend, gebückt, um nahe der Erde zu sein und den Spuren der Tiere, die er zu lesen versteht wie kein zweiter: Hier ging der Eber, erst wenige Stunden ist es her und dort saß ein Habicht auf einem niedrigen Ast und da wälzte sich der Dachs. Adam ist zu Hause und spürt weder Müdigkeit noch Hunger noch Durst. Er ist reich, da er aufs Geratewohl durch den Wald streift, ein Raubtier, das seine Schritte lenkt, wie es ihm gerade einfällt und das sich nichts verbieten lässt; eher geht es zugrunde. Aber sein Leben ist zäh und wird nicht so schnell aus ihm weichen; er muss es erst gar nicht halten, da es sich in ihn hinein gekrallt hat und sich nicht vertreiben lassen will, sie sind Verbündete, er und sein Leben, unlösbar zusammengeschweißt.

Schweißgebadet erwacht Adam, der Junge ist verschwunden. Unvermindert lärmt in der Ferne die Stadt. Benommen erhebt sich Adam, Hannes hockt in einer Ecke der Hütte und schaut ihn schlecht gelaunt an. Adam streckt sich, um die Müdigkeit aus seinen Gliedern zu vertreiben. Er hat geträumt und wähnte sich wirklich in seinem Spessart, doch jetzt gilt es ein Schiff für sie ausfindig zu machen. Ein kurzer Pfiff lässt Hannes auf seine Schulter springen und gemeinsam verlassen sie die leere, aber mit Träumen angefüllte Hütte, die ihm für einige Stunden die Heimat schenkte. Oder wurde sie ihm von dem schweigsamen Jungen eingegeben? Deutlich sieht Adam dessen Gesichtsausdruck vor sich, den unbeweglichen Mund und die verengten Augen. Dieser Knabe hat Adam gelehrt, dass manchmal mit geschlossenen Augen besser zu sehen ist als mit offenen; zumindest sieht man das, was einem beschäftigt, wohin es einen zieht, in einem helleren Licht.

Adam muss zurück in das Menschengewühl, in die aufdringlichen Gerüche, in die Hitze und den Staub, in das Geschrei von Menschen und Tieren. Über der Menge der zusammengedrängten Menschen stehen klar die Masten und Rahen des Segelschiffes, seines Fahrzeuges für die Heimat. Entschlossen kämpft er sich durch die Massen, benutzt auch seine Fäuste und Ellenbogen, und von seiner Schulter schimpft und spottet Hannes herunter. Die meisten Blicke, die Adam begegnen, sind gleichgültig, da ein Europäer in dieser Stadt nichts mehr Ungewohntes darstellt, manche Augen aber weiten sich vor Schreck, ob seinetwegen oder wegen des keifenden Koboldes kann Adam nicht entscheiden.

Schließlich steht er am Pier und vor ihm liegt im grauen Wasser des Hafens das Schiff. Noch nie hat er eine vergleichbare Schönheit gesehen, ein nach vorne geschwungener Körper, der sich aus dem Wasser zu heben scheint, die Goldverzierungen am Heck, die Schnitzereien auf der Brücke und die Gallionsfigur, einen springenden Hirschen darstellend. Dieses Schiff muss es sein, das soll ihn übers Meer nach Europa und in den Spessart zurückführen. Im Augenblick ist das Deck leer, nur aus dem Bauch des Schiffes sind Geräusche zu hören, als würden Fässer oder große Kisten bewegt. Hinter dem Großmast aber, wölkt Tabaksrauch hervor, dort steht die Schiffswache und schaut aufs Meer hinaus; vielleicht einer, den genauso wie Adam das Heimweh plagt. Der Flagge nach, die schlaff am Bugspriet hängt, ist es ein britisches Schiff.

Adam will es versuchen, am besten jetzt gleich. Worauf soll er warten? Nach einem Sprung über den Reling landet er mit einem dumpfen Schlag an Deck. Der Wachsoldat fährt erschrocken herum, richtet sofort die Flinte auf Adam und schreit ihn auf Englisch an. Was hat Adam da getan? Haben sie ihm auf dem Schiff den Verstand aus dem Schädel geprügelt, dass er so plump auf das Schiff stürzt, ein verwahrloster Streuner, mit einem zeternden Vieh auf dem Rücken? Was anderes konnte ihm passieren, als in die Mündung eines Gewehres und in den schreienden Schlund eines wütenden und gleichzeitig verängstigten Soldaten zu blicken? Entschuldigend hebt er die Hand, so als hätte er sich vertan, langt sich noch an den Kopf, wie konnte er nur auf dieses Schiff geraten, war nicht ganz klar im Oberstübchen und eigentlich unterwegs zu einer Hafenkneipe, macht kehrt und trollt sich, die giftigen Blicke der Wache sowie den auf ihn zielenden Gewehrlauf in seinem Rücken spürend, taucht in der Menge unter und schlägt sich in eine Seitengasse, wo der Lärm besonders groß ist. Er muss es anders anpacken, heimlicher und klüger.
Aus einem aus Brettern erbauten Schuppen tönen die verzerrten, wimmernden Klänge einer absonderlichen Musik. Im Eingang lungern Einheimische und einige der Matrosen des Schiffes, Becher in den Händen, aus denen sie immerfort trinken, Frauen, nur mit einem um den Körper gewickelten Tuch bekleidet, klettern über sie hinweg und sorgen dafür, dass ihnen die Getränke nicht ausgehen. Zwei völlig betrunkene Männer liegen am Boden inmitten ihres Erbrochenen. Hier bin ich richtig, denkt Adam und nähert sich. Es sind englische Matrosen, die, kaum dass sie seiner ansichtig werden, ihn angrölen und ihre Becher erheben. In ihrem Stimmengewirr aber, und Adam durchfährt ein freudiger Schreck, sind auch deutsche Sprachfetzen zu hören: „Was ist das für ein Gespenst?“ „Wer hat diesen Kerl ausgespuckt?“ Rechts, die beiden Kerle, die sich etwas abseits halten, mit den Rücken an der Wand lehnen und Adam mit leeren Blicken ansehen. Die sind´s, denkt Adam, an die will er sich

halten, an ihnen will er wie eine Klette hängen, durch sie ist er, trotz der unendlichen Entfernung mit dem Spessart verbunden. Allerdings sind sie im Augenblick rettungslos besoffen. Dennoch geht er zu ihnen hinüber, kauert sich neben sie auf den Boden und versucht ihren irrlichternden Augen zu begegnen, doch können ihre Blicke keinen Halt mehr finden. Sie schreien nach Schnaps und werden sofort bedient. „Ich bin ein Deutscher wie ihr", sagt Adam in ihre geröteten Gesichter, die ihnen immer wieder auf die Brust zu kippen drohen. „Ich will weg von hier", fügt er noch an. Das wenigstens hat der eine verstanden. „Du willst weg?", er lacht. „Jeder will weg, keiner kann es. Der da…" Er deutet auf seinen Zechkumpanen, „…spricht von nichts anderem. Aber es geht nicht", er knöpf sein verschlissenes Hemd auf und zeigt Adam einen blutigen Striemen, der sich über Hals und Schulter zieht. „Deshalb saufen wir", der Mann lacht blöde. „Saufen und vergessen, und Weiber", er versucht eine der Frauen am Arm zu erwischen, aber die ist flinker als er und entzieht sich ihm. Adam hat sich vorgenommen, sich nicht mehr schlagen zu lassen, von keinem, lieber will er sterben, lieber das in ihm so fest eingefügte Leben verlieren; dieses Opfer wird er für seine Heimkehr nicht bringen. „Hast du gesehen, die will mich nicht", keucht der Mann, Tränen rinnen ihm über die Wangen. Adam hat es mit einem Schwächling zu tun; auch der andere scheint ihm nicht viel zu taugen, zwei Memmen, die sich betrinken und weinen, weil sich die Hure vor ihnen ekelt. Adam ist kein Schwächling, er ist ihnen überlegen, doch vielleicht können sie im dennoch und gerade deshalb helfen. Er muss es klug anstellen, er braucht eine Idee.
Hannes erregt die Aufmerksamkeit der anderen Seeleute, sie werfen ihm Brot und Nüsse zu, und Hannes fängt alles geschickt auf und stopft es in sein gieriges Mäulchen. Einer versucht ihn aus seinem Becher trinken zu lassen, aber da pfeift Adam seinen kleinen Freund zurück, da er nicht will, dass ihn der Schnaps zugrunde richtet. Die Männer lachen. Eine der Frauen schlüpft neben Adam und setzt sich Hannes auf den Schoß, streichelt

und herzt ihn, als wäre er ihr Kind. Die Szene lässt einen bärtigen Matrosen schwankend aufstehen, auf die Frau deuten und etwas in einer für Adam unverständlichen Sprache gurgeln, sofort bricht die Menge der Seeleute in johlendes Gelächter aus. Jetzt wankt der Matrose auf Hannes zu, lässt sich auf die Knie herunter und hält ihm seine beiden Hände hin, in einer liegt eine Nuss, die andere ist leer. Schnell versteckt er sodann seine Hände hinter dem Rücken, lässt die Nuss mehrmals hin und her wandern, und stupst Hannes schließlich die beiden geschlossenen Fäuste vor die Schnauze. Hannes betrachtet die beiden klobigen Pranken genauestens, endlich versucht er die Finger der linken Hand aufzubiegen, und tatsächlich, dort befindet sich die Nuss. Die Männer, die zugesehen haben, klatschen Beifall und feuern den Matrosen an, das Spiel zu wiederholen. Erneut wählt Hannes die richtige Hand aus. Nun rücken auch die übrigen Seeleute heran und bilden um Hannes einen Kreis, auch die Frauen sind neugierig geworden und sehen, an die Männer geschmiegt, dem Schauspiel zu. Und Hannes findet auch beim dritten und vierten Mal die richtige Hand, sodass Adam über seinen kleinen Freund zu staunen beginnt, und sich fragt, da das Tierchen, so oft ihm auch die braun gebrannten Pratzen hingestreckt werden, immer die Nuss ausfindig macht, wen er da im Urwald aufgelesen hat. Der Seeleute dagegen bemächtigt sich allmählich ein abergläubiges Staunen.
Einer der deutschen Matrosen hat sich Adams Arm umklammernd aufgerichtet und glotzt mit offenem Mund auf das Wundertier. „Der kleine König“, flüstert ihn Adam ins Ohr. Der Mann schluckt. Und wieder zupft Hannes die Finger der Hand auseinander, die die Nuss umschließt. „Der kleine Urwaldkönig“, sagt Adam noch einmal, sagt es und weiß noch nicht genau, worauf es hinauslaufen soll, hat nicht mehr als eine ungewisse Vorstellung, eine Ahnung. „The little king“, lallt der deutsche Seemann auf den vom Nüssefressen schon völlig erschöpften Hannes weisend. „The little king“, läuft es raunend durch die Runde. Der „König“ aber kann nicht mehr, fällt auf

seinen Hintern und stiert blicklos in die Menge; sein Bäuchlein steht spitz ab. Gelächter und Gebrüll; manche aber sind still und nachdenklich. Die Hure, die Hannes auf ihren Schoß nahm, flüstert mit bebenden Lippen vor sich hin; vielleicht spricht sie ein Gebet. Eine andere reicht dem Tier eine Schale mit Wasser, und sogleich beugt sich das possierliche Kerlchen darüber, taucht fast wie ein Mensch, Gesicht und Pfoten hinein und wäscht sich mit tapsigen Bewegungen. Jetzt sind fast alle still.
Adam pfeift, augenblicklich lässt der „König“ die Schale stehen und springt ihm auf die Schulter. Adam hat einen Plan und geht durch die ihm bereitwillig Platz machenden Seeleute hindurch in Richtung Hafen; er weiß, dass er nicht lange allein bleiben wird. Und wirklich, noch bevor er auch nur in die Nähe des Schiffes gekommen ist, wird ihm schon auf den Rücken geklopft. Drei Seemänner sind ihm gefolgt, die einen der sinnlos betrunkenen deutschen Matrosen mit sich schleppen. Sie richten den Mann auf, der Mühe hat, sich auf den Beinen zu halten, und reden eindringlich auf ihn ein. Dann schieben sie ihn vor Adam und fordern ihn auf zu sprechen. „Die wollen“, stöhnt der Mann, „das Vieh da auf deinem Buckel haben. Wie viel Geld verlangst du?“ Wen interessiert Geld? Adam will etwas anderes, aber er muss sich als Geschäftsmann zeigen, als einer, der verhandeln kann. „Welches Geld?“, lässt er fragen. „Was du dir wünscht“, wird ihm gesagt, Duplonen, Souvereigns, Dukaten, er müsse nur angeben, wie viel. Adam tut, als überlege und rechne er, zählt seine Finger ab und schüttelt schließlich den Kopf. „Nichts zu machen“, sagt er. „Der König ist gegen Geld nicht zu haben!“ Er wartet, bis seine Antwort übersetzt ist. „Was willst du denn für ihn?“, der Mann muss von zwei Matrosen gestützt werden. „Etwas, das kein Geld kostet“, antwortet Adam. „Was ist das? Mach zu, damit wir handelseinig werden. Ich kann nicht mehr stehen“, keucht der Betrunkene. „Ich will, dass ihr mich aufs Schiff schmuggelt und mich als blinden Passagier nach Europa bringt.“ Der Deutsche glotzt ihn verständnislos an, bis die anderen ungeduldig auf ihn einbrüllen, was denn der Besitzer

des „Königs“ gesagt hätte. Nachdem ihnen Adams Antwort übersetzt wurde, sehen ihn die Seeleute betreten an. Hannes bleckt die Zähne und zieht, als verstehe er die Situation, eine hämische Grimasse. Die Matrosen tuscheln, gestikulieren wild, deuten auf Adam und auf Hannes, bald wird ihre Unterredung lauter und ungestümer, schließlich streiten zwei heftig und lautstark.

Adam krallt seine schwitzenden Hände ineinander, es muss gelingen, mehr als seinen Kumpan aus dem Urwald kann er ihnen nicht anbieten. Der Besoffene schwankt wie ein Brunnenschwengel und brummt eine Melodie vor sich hin; ihn geht das Ganze nichts an. Jetzt schiebt ihn einer der englischen Matrosen zur Seite, sodass er zu Boden stürzt. „Yes“, sagt der Mann. „We are…“ Adam blickt in die Gesichter der Männer. Auch wenn er die Worte nicht versteht, so scheint ihm, dass sie auf seinen Handel eingehen. Aber er will sicher gehen, packt den am Boden liegenden Landsmann und zerrt ihn hoch. „Was hat er gesagt?“, schreit er. „Die machen`s, die nehmen dich mit“, kommt die gurgelnde Antwort. Adam lässt den Betrunkenen wieder auf den Boden sinken. Er muss lachen, so lauthals und übermütig wie seit Jahren nicht, diesem Kerlchen mit der beweglichen Fratze, dieser seltsamen Waldkreatur hat er es zu verdanken, dass er tatsächlich, wenn alles gut geht, auf dieses Schiff gelangt, er, der nur Fetzen auf dem Leib trägt, ja, dessen Leib selbst sogar in Fetzen ist, weil ihn die Peiniger auf dem Schiff zerdroschen haben, ihn rettet dieses närrische Vieh. Einer der Matrosen streckt die Hände nach Hannes aus, doch der weicht mit allen Anzeichen des Entsetzens zurück; auch Adam kann das nicht zulassen, da solange die Gegenleistung nicht erbracht ist, nämlich die heimliche Verbringung auf das Schiff, das Tier ihm gehört. Daher tritt er nahe an den Seemann heran, und der spürt auch gleich Adams Entschlossenheit und lässt die Arme sinken. „Sag` ihnen“, noch einmal hievt Adam den Betrunkenen hoch, „dass das Vieh noch immer mir gehört, und dass es ihnen nur dann dient, wenn ich es ihm befehle. Ohne meine Order wird ihnen der „König“ nichts nützen.“ Und da dem Mann die Stimme zu versagen droht, verabreicht er ihm zwei schallende Ohrfeigen. „Schlafe nicht ein und sage es ihnen!“ Die Backschellen haben ihre Wirkung nicht verfehlt, da der Deutsche mit sabbernden Mund mitteilt, was ihm Adam aufgetragen hat. Die Männer nicken und schweigen und bedeuten Adam mit Zeichen, dass es so sein soll. Dann fordern sie ihn auf, mit ihnen zu kommen, und Adam setzt sich in Bewegung. Er wird ihnen nicht trauen können, denn wenn sie in der Lage sind, ihn unbemerkt auf das Schiff zu bringen, dann können sie ihn genauso gut heimlich verschwinden lassen; letztlich ist er ihnen ausgeliefert. Doch ist er wehrhafter als sie möglicherweise denken. Sie sollen sich vorsehen

In dieser Stunde aber will sich Adam nur freuen, und während er neben den anderen einher trottet, werden ihm die Augen nass, dieses Schiff dort, von dem er nicht mehr als das zarte Gezweig der Takelage sieht, könnte ihn tatsächlich nach Hause bringen. Schnell wischt er sich mit seinem zerrissenen Ärmel über die Augen, damit keiner seine Tränen sieht. Er darf seinem Gefühl nicht nachgeben, muss wachsam sein, muss bis zuletzt kämpfen; denn diese Leute sind nicht seine Freunde; die zähe Geduld und die Aufmerksamkeit eines Jägers wird ihm dabei zugute kommen. Doch erst einmal freuen!

Sie erreichen wieder die Kneipe, wo sie mit tierischem Gebrüll empfangen werden. Die Huren kommen gleich gelaufen, um Hannes zu liebkosen, was der sich von den behutsamen Frauenhänden gefallen lässt. Adam wird ein Becher in die Hand gedrückt und zugeprostet. Es ist ein starker Schnaps, den er sich da in den Schlund stürzt; sofort breitet sich das angenehme Brennen in seinem Körper aus, gefolgt von einer süßen Benommenheit, dennoch bleibt Adam klar genug, um den nächsten Schnaps, der ihm sofort angeboten wird, abzulehnen. Er will seinen Verstand behalten und setzt sich an der Wand der Schenke nieder. Eine der Huren drückt sich an seine Knie. Adam betrachtet die Frau, das Gesicht unter der dicken

Schminke ist nicht mehr ganz jung, aber freundlich. Mit gespitzten Lippen lockt sie Hannes so lange, bis der in ihren Schoß klettert, sich dort wie in einem weichen Bett zur Ruhe legt und sein prall gefülltes Bäuchlein in die Höhe streckt. Eine zweite Frau kommt gelaufen und setzt dem feisten Kerlchen eine Blumengirlande auf das Haupt; nun sieht er wahrhaftig wie ein kleiner König aus. Die beiden Frauen betrachten mit scheuen Blicken das Tierchen, werden aber von einer zornigen Stimme aus dem Inneren der Schenke abberufen. Hannes krabbelt nun auf Adams Beine und rollt sich zu einem Fellbündel zusammen. Der Schnaps macht Adam schwer zu schaffen, außerdem spürt er jetzt die Anstrengungen des langen Marschs durch den Urwald. Ein wenig Schlaf, denkt er, könnte er sich schon gönnen, und schließt die Augen und schläft, trotz der lärmenden Zecher und kreischenden Huren, sogleich ein.
Als er erwacht, wird es gerade dunkel. Von den Matrosen und den Frauen ist nichts mehr zu sehen; offenbar haben sie sich in das Gasthaus verzogen, und Adam fragt sich, ob er die Geschichte vom „kleinen König“ und seinem Verkauf an die Seeleute nicht bloß geträumt hat; auch seine mögliche Rettung ist vielleicht nur eine Täuschung. Doch da sieht er die Blumenkrone auf Hannes´ Schädel und meint aus der offenen Tür die sich überschlagende Stimme des deutschen Matrosen zu hören. Adams Kopf schmerzt, da er keinen Schnaps mehr gewohnt ist. Eine alte, gebeugte Frau schlurft vorbei, wahrscheinlich eine Nachzüglerin vom längst beendeten Markt, in einem Korb trägt sie kräftig bunte Blumen aus dem Wald, in dem Adam drei Tage lang gelebt hat; ein Schwall schwülen Blütenduftes weht ihn an. Als in diesem Augenblick die alte Frau ihn anblickt, schrickt Adam auf, da er glaubt, ihr Gesicht als eines aus dem Dorf der Waldmenschen wieder zu erkennen. Die Alte lächelt und geht weiter, und Adam entdeckt auf ihrer Schulter einen Kobold ähnlich seinem Hannes sitzen, nur viel kleiner, der eifrig an einer roten Frucht knabbert. Adam hebt die Hand und winkt der Frau, aber vergebens, sie dreht sich nicht mehr nach ihm um. Soll er

hinterher laufen? Soll er das Schiff nach Europa fahren lassen und hier bleiben? Hat er nicht oben am Berg einen unermesslichen Wald, viel einsamer und unberührter als der Spessart, mit einer Handvoll verstreuter Menschen, die ihm wohl gesonnen sind und in ihre Gemeinschaft aufnehmen würden, und sind die Kreaturen aus diesem Wald nicht viel aufregender als die aus dem Spessart? Was treibt ihn fort von hier und hinein in ein stinkendes Schiff? Er steht tatsächlich schon, bereit der Frau hinterher zu laufen, um im üppigen Wald sein Jägerleben wieder aufzunehmen und sein Messer das Blut der hiesigen Tiere vergießen zulassen. Einige Augenblicke erscheint es ihm wie schieres Glück, in den Urwald zu tauchen. Dennoch rührt er sich nicht vom Fleck, etwas hält ihn davon ab, der Frau nachzurennen, und er setzt sich wieder hin, in dem Bewusstsein, einen Fehler zu begehen. Wie um ihn zu bestätigen, schwillt in diesem Moment das tierische Gebrüll der Seeleute in der Schenke an. Er zieht also die Gesellschaft solcher Menschen die jener sanften Waldbewohner vor? Warum? Er versucht sich trotz seines brummenden Schädels zu sammeln. Er gehört nicht hierher, obwohl er in diesem Land, nicht in dieser Stadt, aber oben im Wald gut leben könnte, vielleicht sogar besser als in seinem Spessart, doch der ist eben seine Heimat, auch wenn die Büttel des Fürstbischofs versuchten, sie ihm zu verderben, indem sie ihm nachstellten und letztlich sogar festnahmen, aber der Spessart ist der Ort, wohin er gehört. So ist es, und jedes Nachdenken und Kopfzermartern führt zu keinem anderen Ergebnis. Er muss die monatelange und zermürbende Schifffahrt auf sich nehmen, es bleibt ihm keine andere Wahl, und er hofft die notwendige Geduld und Kraft dazu aufbringen zu können, und außerdem muss er sich noch vor den Nachstellungen der Matrosen in Acht nehmen. Soll er beten? Aber Gott hat sich ihm nicht gezeigt, als sie neben ihm unter Deck verreckten, arme Hunde wie er, die ihren Zehnt nicht zahlen konnten oder wilderten wie er. Gott kam auf jenem Schiff nicht vor. Der Teufel schon eher, der starrte den Aufsehern aus ihren verzerrten Gesichtern oder den Gestorbe-

nen aus ihren entstellten. Nein, er betet nicht, er sitzt und wartet die Nacht und den Morgen ab, bis er mit den ernüchterten Matrosen wieder reden kann. Noch ist ihm nicht klar, wie sie ihn heimlich aufs Schiff bringen und was sie auf der Fahrt mit Hannes anstellen wollen.
Inzwischen ist es vollkommen finster geworden. Während es in der Stadt immer stiller wird, schwillt das Getöse im Gasthaus weiter an. Gerne würde Adam mitsaufen und mitbrüllen, doch dann würden sie ihm das Fell über die Ohren ziehen und ihm den Hannes einfach mit Gewalt abnehmen, darauf vertrauend, dass das Tier ihnen schon irgendwie gehorchen wird.
Ein Hund schnürt heran, weicht vor Adam auf die andere Straßenseite, verhält, seine hechelnde, rosa Zunge leuchtet in der Dunkelheit, der Schwanz geht unruhig hin und her, dann trippelt er ein paar Schritte nach vorne und hebt witternd die Schnauze. Da regt sich Hannes, und der Hund schnellt erschrocken davon. Der „kleine König“ macht offenbar nicht nur auf Menschen Eindruck, und vielleicht wird er sogar zu Adams Retter. Wer hätte es gedacht? Umso mehr, als sich das Tier Adam als seinen Herren ausgedacht, und nicht umgekehrt, er den pelzigen Kobold zu seinem Begleiter erwählt hat.
Fast lautlos huscht eine der Huren an Adams Seite; es ist dieselbe, die Hannes vor ein paar Stunden auf den Schoß nahm. Sie hat für den „König“ eine Schale mit Obst und Hühnerfleisch mitgebracht, doch ist der Beschenkte bereits wieder eingeschlafen, noch übersatt von den zahlreichen Nüssen, und stößt pfeifende Schnarchlaute aus. Die Frau sagt ein Wort in ihrer Sprache und stellt die Schale auf den Boden. Der Lichtschein aus der offenen Tür beleuchtet sie von der Seite, sodass Adam sie in Ruhe betrachten kann. Sie ist wirklich nicht mehr jung, doch, und auch trotz ihrer fremdartigen Erscheinung und ihrer dunklen Haut ist sie noch immer schön; aber sie ist eine Hure, aber sie ist auch eine Frau. Sie lächelt, da sie dem schlafenden Hannes zusieht. Vielleicht, denkt Adam, lächelt sie heute seit langer Zeit wieder zum ersten Mal. Eine Frau. Liese. Wie er sich

nach ihr sehnt, nach Frauenbrüsten, nach langen Haaren und weichen Schenkeln. Doch die vor ihm kniende Frau ist nicht seinetwegen gekommen, sondern wegen des voll gefressenen Viehs, das fortwährend im Schlaf furzt. Adam legt der Hure die Hand auf den Arm, doch sie scheint diese Berührung gar nicht zu merken.

Ein kleiner, drahtiger Mann springt aus der Türe der Schenke auf die Straße, und kaum dass er die kauernde Frau erblickt, packt er sie bei den Haaren und zerrt sie unter Gezeter und Rippenpüffen in die Gaststube hinein. Mit einem Hieb könnte ihn Adam erledigen, aber er darf nichts riskieren. Außerdem ist die Frau eine Hure und an eine solche Behandlung gewöhnt. Adam wird sie morgen schon vergessen haben. Am liebsten würde er sich davon trollen, aber er muss an den Seeleuten dran bleiben und sich in Erinnerung bringen, falls sie ihn am nächsten Tag, wenn ihr Rausch abgeklungen ist, vergessen haben sollten. Möglicherweise liegt das Schiff noch wochen- oder monatelang fest, und er muss sich die drei Kerle warm und gewogen halten, mit denen er verhandelt hat, muss sich ihnen täglich zeigen. Noch hat er nicht viel gewonnen, noch kann im letzten Augenblick alles schief gehen, noch kann ihm der Teufel, der sich ihm auf dem Schiff zeigte, in die Suppe spucken.

Hannes strampelt im Schlaf mit den Beinen. Was für ein schlechter Witz, dass Adams Geschick von diesem furzenden Waldschrat abhängt.

Der Hund kehrt zurück, schnüffelt in einem Haufen Unrat, hebt ein Bein, blickt herüber, blickt weg. Angst und Gier halten sich die Waage. Adam versteht, das Tier ist scharf auf die Schale, die die Frau dem „kleinen König" hingestellt hat. „Gut, dass du gekommen bist", spricht Adam den Hund an. „So wie du dich an mich hängst, werde ich an den Matrosen kleben, werde mich nicht abschütteln lassen. Du bist gierig auf das Fleisch, ich auf meinen Spessart. Unsere Gier macht uns stark, stärker als die anderen!" Adam langt in die Schale und stopft sich Fleisch und Obst in den Mund und wirft auch dem Hund ein paar Brocken zu; beide verschlingen sie ausgehungert, was eigentlich für Hannes gedacht war. Sobald die Schale leer ist, schubst Adam sie dem Köter zu, der sie sauber ausleckt und dann eilends das Weite sucht.

Adam muss bleiben, bis irgendwann in dieser Nacht die Matrosen genug haben und zu ihrem Schiff zurück taumeln, muss sich an sie heranmachen und sie an ihren Handel erinnern; und morgen und übermorgen muss er dasselbe tun, bis sie ihn endlich auf das Schiff schmuggeln und es eines glücklichen Tages in See sticht. Er schließt die Augen zu einem leichten Schlummer, aus dem er bei jedem An- oder Abschwellen des anhaltenden Kneipenlärm hochfährt.

„Zeit zum Aufstehen“, sagt der Pfarrer. „Es ist schon lange Tag.“ „Woher weißt du das?“, fragt Adam grämlich. „In den Ritzen deines Verschlags nistet graues Licht, also ist es Tag. Sitzt dort Schwärze, ist es Nacht. Und tagsüber meidet jeder anständige Mensch den Schlaf.“ „Schlafend vergeht die Zeit viel schneller.“ „Du versündigst dich. Die Zeit ist dir von Gott geschenkt.“ „Gott gibt es nicht, und wenn es ihn gibt, ist er kein lieber Gott, sondern einer, der uns Menschen beim Verrecken zusieht.“ „Bist du sicher, dass du genug erlebt hast, um das beurteilen zu können?“. Adam winkt müde mit der Hand ab und wälzt sich auf die andere Seite. Der Pfarrer hat Recht, es scheint Tag zu sein, bei starkem Wellengang, denn die Wogen schrammen und klirren an der Bordwand entlang; und wenn Adam das Ohr an die Bretter legt, spürt er das Erzittern der Schiffsdielen unter dem Wellenschlag. Aufstehen hat der Pfarrer gesagt und sich lustig über ihn gemacht, denn von Stehen kann keine Rede sein, bestenfalls zu einer tief gebückten Haltung vermag er sich aufzurichten, so eng und niedrig ist das Brettergeviert, in dem auf der Hinfahrt zwei Schweine transportiert wurden; jetzt auf der Rückfahrt haben sie hier Adam versteckt. Der Geruch der Schweine nahm ihm am Anfang den Atem, inzwischen nimmt er ihn nicht mehr wahr, ist unterdessen selbst zu einem Schwein geworden, auch frisst er wie ein Schwein, da er den Napf, den sie ihm einmal am Tag bringen, mit den Fingern auskratzt, überdies liegen seine Exkremente neben ihm, bis sie am darauf folgenden Tag abgeholt werden; er lebt als Schwein im Schweinestall.

Der Pfarrer fordert, dass er sich zusammenreißen soll, er sei immerhin noch Gottes Kind, und in ihm wohne nach wie vor eine unsterbliche Seele, ein Stück vom lieben Gott. Manchmal hört ihm Adam längere Zeit zu, um sich die Langeweile zu vertreiben, oft aber unterbricht er ihn auch und streitet mit ihm, und wenn es ihm zu arg wird, dann wirft er ihm den Fressnapf an den Kopf oder bespuckt ihn, und der Pfarrer lässt sich alles ungerührt gefallen; er ist Adam ausgeliefert.

„Nun, was ist mit dir?“, fragt der Pfarrer. „Willst du wieder einen Tag wegwerfen? Dich wälzen, dich Träumen hingeben? Draußen ist heller Tag. Nütze ihn!“ „Halt′ dein Maul!“, schreit Adam. „Lass` mich träumen, was soll ich sonst tun?“ „Beten.“ „Ich kenne keine Gebete. Außerdem, an wen soll ich die Gebete richten? Beten ist Zeitverschwendung, ist etwas für alte Weiber, denen nur noch wenige Tage bis zum Sterben bleiben. Ich habe noch ein ganzes Leben, auch wenn ich hier in meinem eigenen Schmutz liegen muss wie eine Wildsau; mein Leben hockt noch fest in mir. Deshalb träume ich mich hinweg aus diesem Loch, aus diesem ewigen Geschaukel, der Dunkelheit und dieser ungenauen Dämmerung, die mir noch mehr auf die Nerven geht als die Nacht; weil ihre Düsternis mir alles grau und eklig malt; mir graust es vorm Tage – was heißt hier herunten schon Tag? – stärker als vor der vollkommenen Dunkelheit. Das Träumen lässt mir mein hiesiges Leben ertragen.“ Der Pfarrer schweigt, aber Adam weiß, dass er sein Verstummen nicht lange durchhält, anders als Hofmann, der manchmal ganze Tage nichts spricht.

Zu Beginn seiner Reise schlief Adam Tag und Nacht und freute sich, wie die Zeit verflog, wie die Strecke, die ihn von Hamburg trennt, denn dorthin soll das Schiff gehen, nach dem was ihm der deutsche Matrose mitteilte, eilends zerrann, dann aber fand er irgendwann nicht mehr in den Schlaf, wurde unruhig, litt unter Schweißausbrüchen und Muskelkrämpfen in den Beinen, die das Laufen gewöhnt waren und nun untätig aus ihm heraus hingen. Damals begann er sich im Rhythmus der Schiffsbewegungen hin- und her zu wälzen, umher zu rollen wie die dicken unbeweglichen Maden im Totholz, und mehr und mehr fühlte er sich auch nicht mehr als Mensch, sondern als Raupe, die in einer engen Kammer in einem Baum eingeschlossen leben muss.

„Du solltest deinen Körper ertüchtigen“, sagt da der Pfarrer. „Da du glaubst, dass dir das Leben treu bleibt, musst du deinen Leib gesund erhalten, er ist dir von Gott als Geschenk gereicht worden und ein solches Geschenk wirft man nicht einfach weg.“ Adam weiß, dass er mit Gott nichts zu tun hat und spart sich daher eine Antwort. Sich wälzen, aufstehen, mit dem Nacken die Bretter berühren, mit den Händen die Pfosten seines Verschlags umklammern, um die Armmuskel zu kräftigen, mehr kann er nicht tun. Irgendwann wenn diese lange Nacht, in der er leben muss, beendet sein wird, will er wieder ein Jäger sein, will das Wild hetzen und erlegen und auf der Schulter nach Hause tragen. Der Pfosten ist unter seinem Griff schon ganz locker geworden und knirscht in seiner Verankerung.
„Ich lass´ dir deinen Gott“, sagt er zu dem Pfarrer, „dafür habe ich meinen Wald und meine Liese“ – mit den Händen formt er ihre Brüste in die Luft. Noch fasst er ins Leere, aber in zwei, drei Monaten wieder ins volle, warme Leben, er sieht das Wild laufen und hat den Geschmack von gebratenem Fleisch auf der Zunge, riecht den Holzrauch und das bittere Gras und betastet die raue Borke der Eichen und die glatten, grauen Schäfte der Buchen. „Wie du siehst“, redet er weiter, „ich brauche keinen Gott. Wenn man mich jagen, mich mein Leben so führen lässt, wie es mir gefällt, habe ich keinen Gott nötig.“ Er packt wieder den Pfosten und drückt ihn nach hinten, könnte ihn ohne große Mühe abbrechen, könnte aus seinem Gefängnis entfliehen, hinaus und hinauf ins Licht und an die frische Luft; aber er weiß, dass mit den Kapitänen nicht zu spaßen ist, die werfen blinde Passagiere schon einmal über Bord. Er muss sich gedulden; wie oft hat er sich diesen Satz bereits vorgesagt, seitdem sie ihn einfingen und nach Holland verkauften? Trotzdem ist und bleibt dieser Satz richtig; also lässt er den Pfosten los, stemmt sich noch eine Weile gegen die Bretter in seinem Nacken und sinkt dann wieder auf den Boden nieder.
„So geht es den Menschen“, sagt der Pfarrer; er spricht zu Adam, als hielte er ihm von der Kanzel herab eine Sonntags-

predigt. „Erst erhebt er sein Haupt, fühlt sich stark, begehrt auf, dann aber erkennt er seine Schwäche und muss sich auf den Boden ducken. Demut, mein Freund, lerne Demut, ertrage stumm dein Schicksal.“ Adam schlägt ihm den Hut vom Kopf, sodass er es mit Hofmann, dem Jagdaufseher zu tun hat, dem Mann, von dem er jahrelang gejagt wurde, mit dem er sein Spiel trieb und den er zum Narren hielt, bis sie ihn dann doch erwischten, weil er, nach einer langen, ermüdenden Jagd, Wein getrunken hatte, zu viel Wein, und eingeschlafen war, nein, es war kein Schlaf gewesen, sondern eine Betäubung, aus der er nicht einmal richtig erwachte, nachdem sie ihm bereits das Eisen angelegt hatten. Mit ihm spricht Adam am liebsten. „Du siehst mich auf dem Weg zurück in den Spessart“, sagt er zu ihm. „Das hättest du nicht gedacht, hast geglaubt, den Johann Adam Hasenstab ein für allemal los zu sein. Doch ich komme wieder und komme über dich, werde nicht nur auf Rehe und Hasen gehen, sondern auch auf dich. Und wenn du dich noch so vorsiehst, im Wald bin ich besser zu Hause als du und deine Helfer.“ „Du bist ein Verbrecher, sonst nichts“, antwortet Hofmann. „Mach` nicht so viel Wind um dich. Wir haben dich einmal gefangen und werden es ein zweites Mal tun.“ „Obwohl ich hier im Kot liege“, gibt Adam zurück, „so bist du doch viel elender als ich, denn ich bin in diesem Loch viel freier als du jemals in deinem armseligen Leben sein wirst, da du es aus der Hand gegeben hast und dich von anderen bestimmen lässt. Du bist eine Puppe, mit der der Fürstbischof spielt. Ich dagegen bin ein Mann, dreckig wie ein Schwein – ich hause sogar in einem Schweinestall – aber ich bin ein ganzer Kerl.“ Hofmann lacht. „Ein ganzer Kerl und Hosenscheißer. Du solltest dich sehen, aber wahrscheinlich hat dir die Dunkelheit in deinem Loch bereits das Augenlicht geraubt. Vor dir fürchtet sich niemand mehr, dafür ekelt man sich vor dir wie vor einer grausen Spinne oder Ratte. Es ist vorbei mit dem Johann Adam Hasenstab. Selbst wenn du aus deinem Gefängnis noch einmal lebend herauskommen solltest, wird von dir nicht mehr viel übrig sein; aus dem stolzen Jäger ist ein Wrack geworden, das in den Straßen von Hamburg betteln muss. So wird es mit dir weitergehen. Noch ein paar Jahre im Straßenstaub, dann krepierst du an Hunger oder an Krankheiten oder ein Kutschpferd tritt dich tot, ohne es überhaupt zu spüren, da in den abgerissenen Lumpen nicht mehr viel Leben steckt, ein bisschen Haut über einigen kümmerlichen Knochen. Man wird dich zusammenkehren und mit dem übrigen Kehricht in den Fluss werfen. So ist es um dich bestellt."

Adam weiß, dass sich Hofmann täuscht; zwar ist er elend genug und wird während der langen, vor ihm liegenden Wochen noch elender werden, aber sein Leben wird nicht erlöschen, es wird flackern und lodern und rauchen und niemals ausgehen. Adam ballt die Fäuste und schlägt gegen die Fichtenbretter seines Verschlags. Von draußen wirft sich mit Wucht das Meer dagegen. „Auch das Meer wäre etwas für mich", murmelt er vor sich hin. „ Aber ich bräuchte Zeit, um mich daran zu gewöhnen." „Zeit hast du genug", höhnt Hofmann, „mehr ist dir nicht geblieben als eine Riesenmenge an leerer Zeit, Zeit, mit der du nichts anfangen kannst. Du bist gezwungen, dich mit deinem schäbigen Leben zu beschäftigen und den Bedürfnissen und Unpässlichkeiten deines Leibes, auf den du so stolz bist, doch wirst du sehen, wie der allmählich schwächer und fauler wird. Du bist nicht nur in einem lichtlosen Loch gefangen, sondern und eigentlich in dir selbst, du kommst dir nicht mehr aus, atmest deine eigene schale Luft ein, riechst die greulichen Ausdünstungen deines Körpers, spürst, wie er sich gegen sich selbst wendet, da er nichts zu tun hat, kein Dahineilen durch die Buchenwälder mehr, kein Hetzen und Aufspringen und kein Eintauchen des Messers in das zuckende Wild. Er wird sich selbst zerstören und du musst hilflos zusehen. Aber es wird nicht schnell gehen, sondern quälend langsam, manchmal wirst du sogar den Eindruck haben, dass du dir die Gesundheit erhalten kannst, doch wird sie schleichend aufgebraucht werden. Von der Gesundheit deines Verstandes will ich jetzt gar nicht reden."

Adam setzt sich auf und lehnt sich mit dem Rücken gegen die Bordwand, gegen das große Meer, dessen Gewicht auf das Holz drückt, ein Meer, dessen Namen er nicht einmal kennt. Er weiß nur, dass draußen Tag ist, und dass, nach dem Schwanken des Schiffes zu schließen, der Seegang nicht außergewöhnlich ist. Wie sehr er sich nach einem freien Himmel sehnt, nach Wind auf der Haut, nach Sonnenlicht, danach, endlich sein und wieder und wieder verschwitztes Hemd wechseln, und laufen zu können, über Stock und Stein, am liebsten durch einen Herbstwald, dessen gelbe Blätter vom scharfen Ostwind über den Boden geschüttet werden, laufen über den Hügel und in das Tal hinunter und den nächsten Hang wieder hinauf, dass es eine Lust ist, alles abzustreifen und hinter sich zu lassen, wieder der Wilderer Hasenstab sein, dem man nicht beikommt, weil er mit dem Rotwild um die Wette rennen kann, der so schnell verschwindet und woanders wieder auftaucht, dass es von ihm heißt, er könne an zwei Orten zugleich sein. Endlich wieder so laufen zu können.
„Du träumst!“, ruft Hofmann, „einen kindischen Tagtraum. So war es einst vielleicht, aber so wird es nicht mehr sein, die Beine werden dir verfaulen und die Lunge wird dir verdorren. Nichts wird mehr sein wie zuvor, den Jäger und Wilderer Hasenstab wird es nicht mehr geben. Ein Jahr Sklavenarbeit auf dem Schiff und ein halbes oder länger in diesem Loch machen dich kaputt, mein Lieber. Das ist das Ende. Das, was in Hamburg vom Schiff krabbelt, ist nicht mehr der Adam Hasenstab, sondern ein beschädigtes Insekt, das sich anständigen Menschen nicht mehr unter die Augen trauen kann. Deine Liese, falls sie dich überhaupt noch einmal zu sehen bekommt, wird dich verabscheuen und dich mit dem Besen aus dem Haus scheuchen, nicht anders, wie sie es mit einem ekelhaften Ohrenhöhler tun würde. So sieht es mit dir aus, Adam Hasenstab.“
So sieht es mit ihm aus. Adam hockt zusammen gekauert, die spitzen Knie vor der Brust, ein Haufen Elend; und da sprach vorhin der Pfarrer von Gott. Gott ist etwas für die Gesunden

und Gewaschenen oder für die Reichen, Adam ist weder das eine noch das andere noch das dritte, er ist nur elend und verlassen, auch von Gott, oder, und das wird ihm mit jedem Tag deutlicher, Gott hat ihn nicht etwa verlassen, sondern, er war noch nie bei ihm gewesen, entweder, weil es ihn gar nicht gibt, oder – und da kann sich Adam nicht entscheiden – weil er ihm kalt und teilnahmslos zusieht, wie manche Kinder einer sterbenden Hornisse, oder sich sogar an seinem Leiden weidet. Vielleicht ist es ein böser Gott.
„He, Pfarrer, wo bist du?“, ruft Adam und wirft der Puppe aus Tauresten, Salz zerfressenen Brettern und dem löchrigen Ölzeug, das ihm die eingeweihten Matrosen gegeben haben, wieder den Hut auf den Kopf. „Ich bin immer in deiner Nähe“, predigt da schon der Pfarrer. „Ich bin immer bei den Kindern meiner Gemeinde.“ „Woher weißt du, Pfaffe, dass Gott gut ist. Schau mich an, schau die anderen tausend an, die elend verrecken oder jene, denen im Handumdrehen das Lebenslicht ausgeblasen wird, noch bevor sie sich dessen überhaupt erfreuen konnten. Wie sollte man sich ihn da gut vorstellen, oder gar lieb? Alles spricht dagegen.“ „Adam, du siehst nicht weit genug, überschaust nur dein beschränktes Leben, doch Gott sieht mehr, er blickt in die Vergangenheit wie in die Zukunft. Dein Blickwinkel ist wie der einer Maus, der man den Bau verschüttet hat und die deshalb über die Verderbnis der ganzen Welt klagt. Hüte dich vor Hoffahrt und trage dein Schicksal.“
Adam will sein Schicksal nicht tragen, sondern er will sich wehren, so wie er sich gegen die Jagdaufseher gewehrt hat, gegen die von ihnen auferlegten Zumutungen, das Wild für den Fürstbischof zu reservieren, und damit begehrt er auch gegen diesen auf, der wohl noch niemals in seinem Leben etwas von Adam Hasenstab gehört hat; wie auch immer, aber Adam hat ihm den Krieg erklärt, hat sich das Recht zurückgeholt, das ihn der Fürst genommen hat, weil es dem so gefiel; weil es ihm gefiel, die armen Spessarter hart anzufassen, sie hungern zu lassen, während im Wald das Wild springt, weil er ihnen die Freude an der

Jagd nicht gönnt, das wilde, süße Leben verderben will, damit sie gebeugt in die Kirche nach Rothenbuch oder Schollbrunn schleichen und in schlechter Luft eintönige Gebete murmeln. Mit ihm hat sich Adam angelegt; und jetzt legt er sich mit der Zwangsläufigkeit an, hier in seinem Loch vor die Hunde zu gehen, zu verderben, erst am Leib, dann an der Seele. Er wird es nicht mit sich machen lassen. Und letztendlich legt er sich auch mit dem grausamen, gleichgültigen Gott an, der ihm zuschaut, wie er droht zu Schanden zu gehen, versucht ihm ein Schnippchen zu schlagen, indem er eben nicht zugrunde geht, sondern dieses Schiff quicklebendig wieder verlässt; und ganz zuletzt, falls es Gott gar nicht geben sollte, wird Adam die dadurch entstandene Leere attackieren und sich aus Verzweiflung darüber nicht aufgeben oder gar selbst aus dem Leben schaffen, sondern eben dieses Leben am Brummen und Flackern halten, so lange es geht, trotzig der Leere die Stirn bieten, im Nichts ein Feuer entzünden. Immerhin.
„Immerhin", sagt er zum Pfarrer, „so schlecht ist es nicht um mich gestellt, der Docht glimmt noch." „Wie es auch sei, er glimmt oder verlöscht, trage es mit Demut." „Nein, Demut ist nichts für mich. Nur wenn ich mich wehre, fühle ich mich lebendig. Und was dein Pech ist, Pfarrer, ich habe keine Angst, anders als die Leute, die zu dir in die Kirche kriechen, diese ungelüfteten Betschwestern und Betbrüder, die sogar vor dir Angst haben, und noch mehr vor ihrem Gott und dem Teufel, dass sie demnächst als Braten ins Feuer geschmissen werden, ohne Hoffnung in diesem Feuer sterben zu dürfen. Ich fürchte den nicht und den anderen ebenfalls nicht. Ich recke und stemme mich dagegen." Adam erhebt sich wieder und presst seinen gekrümmten Rücken an die Holzdecke, dass die Bretter ächzen. „Siehst und hörst du, welche Kraft ich noch habe?", keucht Adam, „beinahe noch so wie früher. Ihr kriegt mich nicht unter, weder du noch der Hofmann. Hast du schon einmal gesehen – natürlich hast du es nicht, weil du ein Stubenhocker bist, der dumpfe Luft liebt und Tinte trinkt – wie ein Schmetterling

aus der Puppe kriecht? Vorher ein hässliches, graubraunes Etwas, darin es aber irgendwann zu pumpen und zu pochen beginnt, und dann plötzlich platzt die verpustelte Hülle auf und ein schöner Falter arbeitet sich heraus, der zunächst noch schlaff und farblos ist, aber kaum, dass ihn die Sonne einige Augenblicke bescheint, leuchten seine Farben auf, er schlägt ein paar Mal mit den Flügeln und fliegt dann davon, wohin es ihm beliebt. Genauso werde ich aus diesem Schweinekoben steigen, du wirst es sehen, irgendwann, in einem Monat oder in einem Jahr." Adam lacht und bewirft den Pfarrer mit einer Käserinde, die von seiner letzten Mahlzeit übrig geblieben ist. „Und außerdem kann ich dich", schreit Adam, „mit einem Wisch zum Verstummen bringen", und wischt ihm den Hut vom Kopf, sodass es nicht mehr der Pfarrer ist, sondern Hofmann; aber auf den hat er keine Lust; Lust hätte er auf Liese. Doch wie aus Hofmann seine Liese machen? Taureste liegen genügend umher, und er knüpft ein paar Enden zu zwei dicken Rollen zusammen und bringt sie der Puppe als Brüste an. „So, da bist du ja", sagt er zu Liese, „lange haben wir uns nicht mehr gesprochen. Schau mich an, was aus mir geworden ist, ein Ferkel, das in seinem eigenen Schmutz lebt. Willst du auf ein Ferkel warten?" Er sieht sie lächeln, sich die Haare aus der Stirn streifen - sie hat wunderbares, braunes, weiches Haar – und den Kopf schütteln. „Natürlich warte ich auf dich." „Und es gibt keinen, mit dem du dir das Warten verkürzt?" Sie lacht. „Es gibt immer einen und keinen. Ich warte auf dich, ich sitze hier, tue meine Arbeit, spinne und webe und dabei warte ich auf dich. Draußen geht einer, ein anderer schaut zum Fenster herein. Ich bleibe bei meiner Arbeit und meinem Warten. Das Feuer will ausgehen, ich stehe auf, entfache die Glut und lege nach. In die Tür fällt ein Schatten. Du bist nicht da, dich haben sie nach Australien verschafft, wo immer das auch liegen mag. Der Pfarrer hat gesagt, am Ende der Welt. Vielleicht bist du tot. Doch das Warten ist nicht schwer, sitzen, die Fäden verknüpfen und Holz nachlegen und nachschauen, wer ums Haus geht." „Halte die Tür gut ver-

schlossen. Ich bin nicht tot, das Leben sitzt viel zu fest in mir, ich bin nur dreckig wie ein Vieh und vielleicht würdest du mich nicht mehr erkennen, aber ich bin unterwegs zu dir. Nimm einen Besen oder noch besser, einen Schürhaken und verscheuche die Kerle von deinem Haus!“ Liese lacht ein leichtes, dahin flatterndes Lachen, das Adam nicht gefällt. „Dein Lachen mag ich nicht“, sagt er. „Ich kenne es von früher nicht. Was ist mit dir?“ „Ich bin wie immer, ich sitze und ich sehe aus dem Fenster auf den Wald, in dem die Krähen sitzen. Rauch steigt auf, die Holzknechte haben ein Feuer entzündet. Anfangs fragten sie jeden Tag nach dir, seit einem halben Jahr nicht mehr. Kann sein, dass sie dich vergessen haben.“ „Du hast mich nicht vergessen?“ „Wie könnte ich dich vergessen. Du bist mein Mann.“ Liese summt ein Lied. „Bist du traurig, dass wir so lange getrennt sind?“, fragt Adam. „Nicht mehr, weil ich nun weiß, dass du zurückkehrst. Außerdem geschieht jeden Tag etwas anderes, Schnee fällt, es taut, der Wind geht, einer geht ums Haus“, sie summt eine fröhliche Melodie. Adam reißt ihr die Brüste ab.
Welch ein schlimmer Tag! Doch was heißt schon Tag! Eine düstere Dämmerung ist in den Laderaum gekrochen, nicht mehr als der graue Schimmer, den bestimmte Pilze in Neumondnächten verbreiten. Adam starrt solange in das Aschgrau, bis er endlich seine Hand erkennen kann. Kein Trost, nicht einmal seine Liese hatte gute Worte für ihn.
Am Boden liegen die Knäuel Tau, die er ihr vom Leib riss. Er tastet danach und fügt sie wieder behutsam zusammen. Sie wartet, hat sie gesagt, und er sieht, wie der Wind ihr Haar bewegt. Nein, er muss sich keine Sorgen machen, er will sich keine Sorgen machen. Was auch geschieht, er kann sich auf seine Gesundheit und seine Frau verlassen. Aber ihr seltsames, befremdliches Lachen?
Noch einmal bringt er die hanfenen Brüste an der Gestalt an. „Dein Lachen gefällt mir nicht“, sagt er. „Ich habe es früher von dir noch nie gehört. Wenn du so lachst, bist du für mich fast wie eine Fremde.“ „Ich bin, wie ich immer war“, antwortet sie, „und

mein Lachen hat sich nicht geändert. Erinnere dich an den Tag, an dem du mich zum ersten Mal geküsst hast." „Ich erinnere mich." Wie sollte er diesen Tag vergessen. Liese war beim Heumachen, und er beobachtete sie vom Wald aus, ihr Haar flog und er belauerte sie, wie ein Stück Wild. Als sie sich auf den Heimweg machte, trat er ihr aus einem Weißdorngebüsch entgegen, warf ihr Waldblumen und zerriebene Minzeblätter über die Schultern und nahm sie, ohne ein Wort zu reden. Seit diesem Tag waren sie ein Paar. Ob sie es noch immer sind, vermag er nicht sicher zu sagen. Er fragt sie, und sie lacht ihr Lachen. „Dein Lachen", sagt er. „Es ist, wie es ist", sie wirft ihr Haar zurück. „Ich bin so, ich lache so, was willst du machen?" Machen kann er nichts, er sitzt in diesem Loch gefangen, monatelang noch, und muss ihrem Lachen, das ihm missfällt, zuhören. Ihre Finger arbeiten geschickt und schnell, Finger, die einst über sein Gesicht strichen und die ihm vielleicht nicht mehr gehören. „Das Leben ist nicht schlecht", sagt sie da, „für mich nicht. Für dich schon, doch ich lebe leicht. Ich warte auf dich, das fällt mir nicht schwer, ich muss mich nur um das Haus kümmern, Holz hacken und Wäsche waschen. Es ist ganz einfach." „Und draußen? Wer ist draußen? Schleicht einer ums Haus? Oder sind es mehrere?" Sie hebt die Schultern. „Ich sehe nicht genau hin. Es sind da welche, aber wie viele? Mach´ es doch wie ich, ich nehme es nicht so genau." „Es gibt Dinge, die muss man genau nehmen", beharrt er. Sie lächelt und widmet sich wieder ihrer Arbeit.

Er wird es nicht aus ihr heraus kriegen, er wird keine Gewissheit erlangen können und nimmt wieder die beiden Knäuel ab, müde, sich mit Liese zu unterhalten; später wieder, in der Nacht vielleicht, wenn das gespenstische Schimmelgrau einer undurchdringlichen Schwärze gewichen sein wird.

Er wälzt sich und fragt sich, ob er heute schon sein Essen bekommen hat. Doch was heißt hier unten heute oder morgen oder gestern? Die Zeit ist ein unappetitlich kriechender Brei, aschgrau und schwarz. Und Hunger verspürt er ohnehin nicht, Durst manchmal. Und größer als nach Essen aber ist sein Verlangen nach Luft und Licht, doch dieser Wunsch wird noch lange ungestillt bleiben müssen. Er kann nichts anderes tun, als sich zu wälzen; ein gestrandetes, hilfloses Meerestier, obwohl er doch ein Jäger ist, ein leichtfüßig dahin eilender Wildbeuter. Er schlägt mit den Füßen auf den Boden ein und der dumpfe Widerhall klingt ihm wie Spott. „So gefällst du mir", es ist Hofmann, der da spricht. „Das tut mir gut zu sehen, endlich ist dein Stolz gebrochen. So bist du mir sogar noch lieber als tot." „Du hast keine Ahnung", stöhnend richtet sich Adam auf. „Am ärgsten ist der Tod, solange aber noch Leben in mir wohnt, musst du mich fürchten. Meines ist zäh und geht nicht so leicht zugrunde. In einigen Monaten werde ich dich holen, mein Bester. Siehe dich vor." „Du redest wirr. Sieh` dich doch an, du bist erledigt. Mach´ es dir endlich klar." Erledigt bin ich erst, denkt Adam, wenn mein Verstand vor die Hunde geht, wenn ich in dieser Dunkelheit und diesem Gestank vollkommen verblödet bin.

Er schrickt auf, da sich jemand nähert. Es ist Jensen, der ihm das Essen bringt. Ein Lichtschein tanzt durch die graue Finsternis auf ihn zu. Jensen stolpert und flucht. „Sackdunkel hier unten! He, Hasenstab, dein Essen! Lebst du noch oder haben dich die Ratten schon aufgefressen? Viel ist ja nicht mehr an dir dran!" Der Lichtkegel beleuchtet sein gerötetes Gesicht. „Hier", der Matrose reicht Adam die Schüssel mit dem Essen. „Was macht mein Freund Hannes?", fragt Adam. „Quietschfidel wie immer, und jeden Tag frecher. Heute hat er dem Maat die Pfeife aus dem Maul geklaut." „Und das Wetter?" „ Zunehmend steifer Wind aus Südost. Kriegen bald Sturm, hat der Steuermann gemeint. Aber der siehst sowieso immer schwarz." „Und die Sonne?" „Die Sonne ist da, steht aber im Norden, weil wir auf der Südhälfte sind." „Ist mir gleich. Sie scheint hell, leuchtet?" „Wie die Lampen in der „Südseeperle" in Hamburg. Du fragst mich übrigens immer dasselbe." „Wegen meines Scheißlebens hier unten, verstehst du?" „Ich verstehe. Ein paar Wochen musst du noch durchhalten.“ „Wie viele?“ „Keine Ahnung. Wir sind irgendwo im Indischen Ozean. Einer hat gesagt, wir wären im Spätsommer zu Hause.“ „Wann ist das?“ Jensen schweigt, wahrscheinlich hat er mit den Schultern gezuckt. „Ich muss dann wieder los.“ „Vergesst mich nicht!“ „Keine Angst, dein Affe erinnert mich täglich daran, dass wir unter Deck noch einen Klabautermann sitzen haben.“ Jensen entfernt sich. Er meint es gut, auch wenn Adams erster Eindruck von dem sinnlos besoffenen und ins Leere stierenden Mann ein denkbar schlechter war; nüchtern erwies er sich dann aber als tatkräftig und verschwiegen, doch auch als abergläubisch genug, um Hannes geheimnisvolle und übernatürliche Kräfte zuzuschreiben, und daher in seinem Herrn ebenfalls einen Ehrfurcht einflößenden Menschen zu sehen.

Adam kaut am harten Käse und am harten Brot, die Flasche mit dem schalen Trinkwasser hat er sich zwischen die Knie geklemmt, damit er ja keinen Tropfen verschüttet; einmal hat er sie umgestoßen und noch bevor er sie in der Finsternis ertasten konnte, rann das gesamte Wasser aus. Der anschließende Tag, ohne die Möglichkeit, das Salz, das überall in dem Laderaum in der Luft hängt, aus dem Mund zu spülen, war eine Qual gewesen.

„Lass´ es dir schmecken, Adam!“, höhnt Hofmann. „Schmeckt bestimmt so gut wie Reh- oder Hirschbraten.“ „Du wirst lachen, es ist mit gleich, was ich esse. Hier in diesem Loch hat man keinen Appetit. Ich esse nur, damit ich am Leben bleibe und dir noch einmal das Licht ausblasen kann. Um das zu erreichen, würde ich sogar Spinnen und Asseln essen.“ Hofmann lacht. „Ich glaube, dass es umgekehrt kommt, dass bald die Spinnen und Asseln dich auffressen werden, vielleicht wird auch mal eine Ratte an dir satt, für mehr aber reicht dein dürrer Leib nicht mehr.“ „Er reicht noch für dich, glaube mir.“ Adam lutscht die Käserinde, um ihr noch ein wenig Geschmack abzugewinnen, aber seine Zunge ist taub. Und wenn schon, auch das wird ihn nicht umbringen.

Er trinkt ein paar Tropfen von dem Wasser, eine schale, brackige Brühe, doch auch sie ist er von seiner Gefangenschaft auf dem Schiff her gewohnt; dies alles kann man aushalten. Was ihm aber zu schaffen macht, ist die Dunkelheit und das Eingesperrtsein, das Nicht-in-die-Welt-sehen-können, das ihm den Schädel zusammenschnürt und er zu platzen droht. Ja, sein Kopf macht ihm Sorgen. Manchmal hört er Hofmann, den Pfarrer und Liese zugleich und durcheinander reden, und dann mischen sich auch noch andere Stimmen darunter, die ihm unbekannt sind, die weniger sprechen als kreischen und jaulen, zirpen und grollen; manchmal, nicht immer. Aber diese Stimmen werden täglich lauter und melden sich immer häufiger. Das sind Adams Sorgen, und er spuckt die Käserinde in Richtung Hofmann, nachdem er ihr jegliches Fett und jeglichen Geschmack ausgesaugt hat. Eine der Schiffsratten wird sich freuen. Er hört sie schon. Seine Ohren haben sich hier unten im Bauch des Schiffes noch weiter geschärft, da das Augenlicht keine Rolle mehr spielt; doch nicht nur zu seiner Freude, da er nun Dinge wahrnimmt, die besser im Verborgenen bleiben sollten wie das Schleichen und Huschen der Ratten, die allgegenwärtig sind und gleich ihm in der Dunkelheit weder Tag noch Nacht kennen, also niemals schlafen, und des weiteren sein Herz, wie es zuckt und pocht, langsamer, schneller, sich manchmal auch überschlägt, sich verkrampft, und sein Blut, das wallt und sich ergießt und sich staut. Er hat begonnen, sich selbst zu hören und ist darüber nicht froh. Und das Meer draußen hört er, wie es am Holz des Schiffes frisst und schabt, wie es sich gegen die Planken wirft, ein ungestümes Tier, mit weichen, aber schrecklichen Tatzen. Und es nützt Adam nichts, wenn er sich die Ohren zuhält, sein Gehör arbeitet trotzdem weiter, sodass Lieses helles, leichtsinniges Lachen erklingt und die Schritte eines sich nähernden Mannes laut werden, der schwere Stiefel wie die Jagdaufseher trägt. Manchmal hat Adam den Wunsch zu schreien, um all diese Töne und Geräusche zu überbrüllen, aber das würde der Besatzung seine Anwesenheit verraten, und man würde ihn aus seinem Versteck zerren und wer weiß was mit ihm anstellen; das Äußerste, was er sich zubilligen kann, sind die Faustschläge auf den Boden, von denen er hofft, dass sie nicht nach oben dringen oder dass sie als das Rumpeln einer nicht ausreichend befestigten Ladung durchgehen.

Noch einen Bissen Brot, den er lange kaut, damit die Zeit vergeht, und ein Schluck Wasser hinterher. Eine Ratte knabbert an der Käserinde, sie ist nur zwei Armlängen entfernt; eine hat er letzthin getötet, als er nach Gehör mit seiner Fressschale zuschlug. Den Kadaver legte er sich vor die Füße, immerhin ein Lebewesen, wenn auch ein totes, wenn auch nur eine Ratte. Dem Drang, mit ihr zu reden, gab er nicht nach. Vielleicht später, in einigen Tagen, wenn ihm die Stille noch weiter zusetzt.

Die Ratte frisst in aller Ruhe; hier unten im Laderaum sind die Ratten die eigentlichen Herren, zumindest während der Fahrt, da kaum einer von der Mannschaft nach unten kommt und blinde Passagiere ziemlich selten sind. Adam ist dabei, zum Rattenjäger zu werden. Er lacht, lacht über sich. Der stolze Wilderer Adam Hasenstab erschlägt dreckige Ratten!

Hofmann hat sein Lachen gehört und seine Gedanken gelesen. „Weidmanns heil, Adam, eine stolze Beute, reichlich Fleisch und eine prächtige Trophäe. Häng´ dir zu Hause das Gebiss der Ratte an die Wand und darunter ihren Schwanz, und wirf deine Hirschgeweihe und die Wildschweindecken und die Kette aus Wildschweinhauern fort. Da sitzt noch eine Ratte. Willst du sie nicht in deine Sammlung aufnehmen? Wenn du fleißig bist, schaffst du es bis ans Ende deiner Reise auf hundert. Hundert Ratten! Das kann sich sehen lassen. Da werden die Holzknechte an ihren Feuern noch lange von dir reden.“

Adam antwortet nicht, beißt ein großes Stück Brot ab und mampft eilig die trockene Masse in sich hinein, um sich einen Appetit vorzutäuschen, den er gar nicht hat. Im Grunde hat er auf nichts mehr Lust, will nur von den Stimmen und Geräuschen in Ruhe gelassen werden, da ihm das, was er mit Heftig-

keit begehrt, nämlich Luft, Licht, Freiheit nicht gewährt werden kann.
Die Ratte entfernt sich, ein weicher Körper streift über die Holzdielen. Bisweilen hat Adam den Eindruck, dass die Tiere nachschauen kommen, ob er noch lebt oder ob sie schon über ihn herfallen können. Aber dieses Festmahl will er ihnen verderben, indem er nicht sterben wird, weil an dem Leben, das in ihm sitzt, Krankheiten und mieses, verdorbenes Essen abprallen, ohne Schaden anzurichten.
Er trinkt einen Schluck Wasser und steht mit Bedachtsamkeit auf, um die Flasche nicht umzustoßen, dann umklammert er mit beiden Händen eines der Bretter seines Verschlags und beginnt, mit allmählich zunehmender Kraft, daran zu ziehen, bis sich, mit girrendem Laut die rostigen Nägel aus den Pfosten lösen und Adam das Brett in den Händen hält. „Hast du das gesehen, Hofmann!“, ruft er. „Ich bin noch nicht am Ende, und wenn du mir in die Hände fällst, bist du verloren, wie du siehst.“ Doch es ist nicht Hofmann, der ihm antwortet, sondern eine weiche, murmelnde Stimme, mit der er zunächst nichts anfangen kann, die einlullend und hätschelnd daher brabbelt und Adam dennoch bekannt vorkommt. „Wer bist du?“, fragt er. Doch die Stimme mümmelt einfach weiter, ohne sich unterbrechen zu lassen und erinnert Adam an die eintönigen Gebetslitaneien der alten Frauen in der Kirche von Rothenbuch. Doch jetzt erinnert er sich, so sprach der Alte mit dem Reitochsen, der sich nicht darum scherte, dass Adam seiner Sprache nicht mächtig war. Aber wie sich ein plätschernder Bach nach und nach in den Untergrund eintieft, so dringt auch die Rede des Alten langsam in Adam ein und erzeugt in ihm seltsame Bilder. Der Büffel blickt Adam an, aus seinen feuchten Nüstern fallen Tropfen und aus den großen, braunen Augen schauen Sanftheit und Ergebenheit. Ein kleiner, weißer Reiher stelzt über den Rücken des großen Tieres und stochert, wohl gelitten, im kurzen Fell nach Schmarotzern. Wie gut tut Adam der tröstende Blick des Büffels und der warme, aus seinem Maul steigende Dampf, und er be-

dauert, dass er das Tier während der drei Tage, als sie gemeinsam unterwegs waren, kaum beachtete; es hätte mehr Aufmerksamkeit verdient. Jetzt schüttelt es das mächtige Haupt, um die lästigen Fliegen abzuwehren. Der Reiher flattert kurz auf und landet gleich wieder. Wie schön die beiden sind, denkt Adam, der mächtige Büffel und der zarte, schneeweiße Vogel. Und da ist wieder der Alte, seine Lippen bewegen sich unaufhörlich, er legt den Arm um den Hals des Büffels, und das kolossale Tier neigt ihm sein Haupt entgegen. Der Alte lächelt: Und da fliegt der Reiher heran und setzt sich auf seine Schulter, berührt vorsichtig mit dem Schnabel das Ohr des Menschen und scheint ihm zuzuflüstern. Sie geben ein friedliches Bild, aber Adam stört sich an ihrer Eintracht, umso mehr, als nun der Alte belehrend den Zeigefinger erhebt und auf Adam deutet, der davon nichts wissen will und die Augen schließt, ohne dadurch das Bild zum Verschwinden bringen zu können, es bleibt und leuchtet aufdringlich in ihn hinein, der weiße Reiher, der dunkle Büffel und der lederbraune, abgezehrte Mensch.
Adam mag die unterwürfigen Tiere nicht, er liebt sie wild, fliehend oder angreifend, er liebt ihr Blut, ihre brechenden Blicke, ihre Schreie. „Weg mit euch!“, ruft er und fuchtelt so lange mit den Armen, bis das Bild endlich zu weichen beginnt und vorüber eilende Gestalten es verdecken, Rotwild und ziehende Kraniche überlagern es, und das Gemurmel des Alten geht in den metallischen Trompetenstößen der großen Vögel unter. So ist es Adam recht, ungezügelt soll das Wild sein, den Menschen meidend oder sogar verachtend, ihn herausfordernd, und er spürt die kalte, klare Herbstluft, schmeckt den Geruch der modernden Blätter auf der Zunge und ist im Wald unterwegs, über sich die Scharen der Zugvögel und vor sich die Herde der Hirsche, die er unbarmherzig verfolgt, knisterndes, gelbbraunes Laub sowie müde brechendes Holz unter seinen Füßen, und neben sich entdeckt er, geduckt laufend, eine Gruppe der Waldmenschen, nackt und Schweiß glänzend, Speere, Pfeil und Bogen in den Händen oder mit den Zähnen haltend, und Adams

Herz jubelt, da er einer von ihnen geworden ist, die Meister der Jagd haben ihn in ihren Reihen aufgenommen.
Unten im Tal aber steht eine Hütte, eine steile, graue Rauchsäule steigt aus dem Kamin auf, Liese hackt Holz, unter den Bäumen am Rande der Lichtung steht einer, und drüben neben dem Brennholzstapel wartet ein zweiter. „Liese!“, ruft Adam, aber seine Stimme reicht nicht weit genug, nur die Waldmenschen drehen sich zu ihm um und grinsen. Ich mache mich vor ihnen zum Narren, denkt Adam, sie werden mich verachten.
Doch da wird die Stimme des Alten wieder lauter, der nun auf seinem Ochsen kauert und gemächlich über die Straße durch den Urwald zieht. Er spricht mit den Leuten, die ihm begegnen, und diese hören ihm mit offenem Mund zu. „Er lügt!“, schreit Adam, doch niemand schenkt ihm Gehör. Immer mehr Leute scharen sich um den Alten, manche kommen sogar gerannt, um möglichst keines seiner kostbaren Worte zu verpassen. Erst als Hannes von einem Ast auf die Straße springt, Männchen macht und, seine Krone in die Luft werfend, keifend und spuckend auf die Menge einschimpft, zerstreuen sich die Menschen wieder. Hannes bleckt die Zähne, läuft zum stämmigen Huf des Büffels und bepinkelt ihn. „Gut so, Hannes!“, schreit Adam, und endlich scheint ihn einer zu hören, denn Hannes schwenkt seine Krone und turnt den nächsten Baum hinauf. Adam blickt seinem entschwindenden Freund nach, bis ihn ein Stöhnen aufmerksam werden lässt. Die Stimme des Alten ist zu einem Flüstern herabgesunken, dafür ist deutlich dieses Keuchen zu vernehmen, Lieses Keuchen. Ist sie krank? Stöhnt sie vor Lust? Adam versucht angestrengt zu erkennen, was in der Hütte auf der Lichtung vor sich geht und ob die beiden Männer noch am Rande der Lichtung herumlungern. Aber eine ungeheuere Rotwildherde verdeckt ihm die Sicht, dicht gedrängte, Kraft strotzende Leiber schieben sich vor seine Augen, ein gewaltiger Zug von Hirschen, der in die Eichenwälder im Süden zieht, um sich an den Eicheln zu mästen. Lieses Stöhnen hält an. Adam presst sich die Fäuste auf die Ohren, ohne Lieses Gestammel unterdrücken zu

können. Er wälzt sich, wieder einmal und rammt gegen die Flasche, die glucksend ihren Inhalt ausspeit; ihm ist es egal, soll das Wasser laufen, er will nur Liese, seine Liese, nicht mehr hören, wälzt sich weiter, schlägt mit dem Kopf gegen die Bretter, wieder und wieder, hofft, dass der Schmerz und das Blut, das ihm warm über die Stirn tropft, Lieses Stimme vertreibt, steht auf, haut um sich, in die düstergraue Luft hinein, und endlich, endlich wird es still in ihm, er hört wieder die Ratten und draußen die Wogen und aus der umgekippten Flasche fällt ein letzter Tropfen.

„Adam!", der Pfarrer ruft ihn. „Da hast du es, die Teufel holen dich, weil du Gott leugnest. Mache deinen Frieden mit ihm, knie nieder und bete, er wird dir verzeihen und dich annehmen. Er ist ein gütiger Gott, der bereit ist, auch einem Gefallenen die Hand zu reichen, ein liebender Vater. Kehre um, mein Sohn, du kannst es in jedem Augenblick deines Lebens, an jedem Ort, sogar in deinem ekligen Gefängnis, und obwohl du belastet bist mit greulichen Sünden!" „Lass′ mich!", fährt ihn Adam an. „Es ist mein Elend, ich habe es mir ausgesucht und ich brauche deinen Gott nicht, der mich auf den Knien sehen will. Ich bleibe aufrecht stehen und unterwerfe mich weder ihm, noch dem Fürstbischof, noch den Jagdaufsehern. Ich bin Johann Adam Hasenstab, dem es dreckig geht, aber ich beuge mich nicht, solange ich mein Leben habe, solange mein Herz pocht, und es schlägt noch wild; nur schade, dass weder du, noch dein Gott es hören können. Mein starkes Herz würde euch erschrecken, vor allem deinen Gott, der die Menschen gerne vor sich kriechen sieht; es würde ihn erschüttern. Es gibt also, Pfaffe, keinen Grund, mich auf den Boden zu werfen, auch wenn mir das Blut von der Stirn läuft und ich meine Liese stöhnen höre, die am anderen Ende der Welt wohnt und hier überall die Ratten flitzen und huschen und die Rothirsche durch den Laderaum trampeln. Es gibt überhaupt keinen Grund, heute nicht, morgen nicht, niemals." „Armer Adam, ich werde für dich beten." „Schenke es dir, kümmere dich um die Betschwestern in der vordersten

Reihe deiner Kirche. Die tun, was du verlangst. Mich lasse in Frieden.“ „Ich sage dir, Adam, ein böses Ende voraus, da du dich versündigst, nicht unwillentlich, wie die meisten Menschen, die nicht sehen, dass sie sündigen, da sie so innig mit dem Getriebe der Welt verbunden sind, dass sie Gut und Böse, Gott und Teufel nicht mehr unterscheiden können. Nein, du erhebst dich mit Absicht und Bewusstsein gegen Gott, und er wird dir ein schlimmes Ende bereiten. Bedenke meine Worte. Den Frevler holt der Teufel in jedem Fall. Und das, was du im Augenblick leidest, sollte dir als Warnung zur Umkehr dienen. Adam, ich fürchte um dich.“ „Ach was!“, Adam lässt sich ächzend auf den Boden nieder.
Die Nacht bricht herein, denn das Grau weicht aus den Ritzen und nach und nach hüllt eine vollkommene Dunkelheit Adam in seinem Gefängnis ein. Schwarz wie meine Seele, denkt Adam und lacht grimmig. „Dein Trotz wird gebrochen werden“, flüstert der Pfarrer, „bald schon.“ „Ich werde irgendwann sterben, wenn du das meinst, wie jeder andere auch, das ist aber auch schon alles. Mich brechen kannst weder du noch dieser Gott, von dem du ständig redest.“ Adam schüttelt die Faust in Richtung der unsichtbaren Pfarrerspuppe.
Schlafen wäre jetzt gut, aber in seinem Käfig wird er nicht müde, er müsste laufen, müsste Arme und Beine gebrauchen können, bräuchte frische Luft und eine anständige Arbeit. Doch vom stumpfsinnigen Wälzen und ins Dunkle Starren wird er nicht müde, legt sich also auf den Rücken, auf den Bauch, auf die Seite, widersetzt sich dem Drang, sich sinnlos hin- und herzudrehen, bringt einige Augenblicke in einer bestimmten Lage hin, versucht seinen Atem zu beruhigen, seinen Herzschlag zu besänftigen, muss dann aber seine Stellung doch verändern, schnauft, den Mund nahe am feuchten, Salz zerfressenen Dielenboden, in die übel riechende, nach Rattenkot stinkende Luft, beherrscht sich eine Weile, bis er es nicht mehr aushält, und steht schließlich auf, macht den Rücken krumm und stemmt sich gegen die Decke. Ein Vieh in seinem Käfig.

Vor Jahren fuhren Gaukler durch den Spessart und in einem Wagen führten sie in einem Käfig einen Bären mit sich, ein mächtiges Tier, das aber reglos am Boden lag. Adam trat ganz nahe heran, ergriff die Gitterstäbe und sah dem Tier lange in die erloschenen Augen. Nie zuvor tat ihm eine Kreatur so leid wie dieser Bär. Die Gefangenschaft hatte ihn zerstört. Und Adam ist dabei, von seiner Gefangenschaft ebenfalls kaputt gemacht zu werden, wenn er nicht dagegen angeht, wenn er sich nicht zur Wehr setzt. Den Willen dazu hat er noch, und seine Kraft, so fühlt er, wird nicht so schnell nachlassen. Wenn nur nicht diese Stimmen und Töne wären, das Rufen und Blöken der Meerestiere im dunklen Meer, das Geschrei und Klappern der Treiber bei der großen herbstlichen Jagd und das eigensinnige Murmeln des Alten auf dem Ochsen. Auch deswegen kann Adam nicht schlafen, geht drei Schritte nach links und vier Schritte nach rechts; größer ist sein Heim nicht, das er bewohnt. Auf und ab geht er, stößt mit dem Fuß an die leere Flasche, umfasst mit den Händen die Bretter und betastet seinen Freund, den Wechselbalg, setzt ihm den Pfarrerhut auf, nimmt ihn wieder ab, drückt ihm die Brüste aus den Tauenden in den Leib und schmiegt seine Wange daran; aber davon werden sie nicht warm, bleiben rau und abweisend.
Schließlich legt sich Adam wieder hin und versucht aus dem Stimmengewirr seine Liese heraus zu hören, bis ihn endlich eine deutlich unterscheidbare Stimme anruft. Erst denkt er, dass es die Ratte ist, die sich an der Käserinde gütlich tat, und er erschrickt, weil dies nichts anderes bedeutete, als die Auflösung seines Verstandes, denn die Stimme spricht: „Ich habe mich an dir, mein Wald, gemästet und du hast gut gemundet." „Wer spricht so? Seltsam und doch vertraut?" „Habe mich", so fährt die Stimme fort, „satt und voll gefressen, voll gesogen, atmete dich in mich hinein." Jetzt erschrickt Adam furchtbarer als zuvor, denn wer ihn da anredet, ist er selber, er spricht zu sich, wie ein Mensch zu einem anderen, und noch bevor er über den Wahnsinn, der ihn erfasst hat, verzweifeln kann, ist er bereits

von dem gefangen, was er sich zu sagen beginnt. „An der blauen Luft über den gelben und roten Wipfeln der Buchen im Herbst, an den letzten sich auflösenden Nebelfetzen, dem springenden Wasser der Bachläufe, an den Eicheln, die ich aufknackte, um ihren bitteren Geruch zu riechen, an den Bucheckern, die ich zu hunderten sammelte und sie mit Genuss aufaß, den plötzlich nieder regnenden gelben Blättern, die der Sonnenschein vergoldete, Goldregen aus einem blauen Himmel, an den Rufen des Schwarzspechts und an dem herrischen Husten der Rehböcke, an dem blassen Lila der Herbstzeitlosen. Daran besoff ich mich und war darin zu Hause wie in den vier Wänden meiner Hütte nicht, die ich eigentlich nur aufsuchte, weil Liese darin wohnte. Auch an ihr labte ich mich, lag an ihren Brüsten und umfasste ihre Schenkel, Liese, die nach Haselnüssen roch, nach am Feuer gerösteten Haselnüssen, ein Duft, der mich bisweilen mitten im Wald, Stunden entfernt von ihr, traf, dass ich mich sogleich auf den Weg machte. Überall in diesem Spessartwald wurde ich genährt, und daher gibt es keine Macht, die mich zurückhalten kann, wieder dorthin zurückzukehren, zumindest solange mein Leben noch so quicklebendig in mir hüpft, wie mein Herz und mein Verstand keinen größeren Schaden nimmt; noch ist er heil, und wundere dich nicht, dass ich zu dir, also zu mir selber spreche. Denn es gibt hier unten keinen anderen, und selbst wenn es einen gäbe, würde es ihn nicht interessieren, wo du, also ich, seine Muttermilch sog. Dort in jenem Wald, der sowohl dicht und dunkel als auch immer wieder lichtdurchlässig ist, durchflutet von der schräg stehenden Herbstsonne, der Weitblicke ermöglicht auf die braunen Leiber der Hirsche, auf die fruchtbaren Kruppen der Hindinnen, dass mich und dich die Lust packt, ihnen nachzueilen, nicht, um sie zu töten, sondern um ihnen nahe zu sein, mit ihnen zu ziehen, ausgesöhnt mit dem Wild, dass ich schon in so großer Zahl tötete, und es mich dann doch wieder herum warf und ich das dampfende Fleisch sehen und hinein greifen und das süße Blut riechen wollte, ja, auch daran wurde ich satt, an den aufgebrochenen

Leibern der Tiere, an ihren im Todeskampf schlagenden Hufe, in denen die Erinnerung an das gerade verlorene Leben noch fortdauerte, an das spielerische Traben und Galoppieren durch die Wälder. Und so verstand ich, dass in den blöden Tieren die gleiche Lust lebte wie in mir, die Lust durch die Landschaft zu streifen, sich an ihr und an sich zu erfreuen, an der Stärke der eigenen Muskeln und der aus dem Mund brechenden Dampfsäule. Derart also bin ich, bist du, satt gefressen, daher auch meine, deine Gesundheit und unser unerbittliches, unaufhaltsames Streben zurück.
Die Stimme verstummt, und Adam starrt in die Finsternis. Das Gespräch mit sich selbst hat ihn getröstet und gestärkt und ihn auf das hingewiesen, worauf es für ihn ankommt, sodass er Dunkelheit und Ratten, das miese Essen und seine Einsamkeit wieder besser ertragen kann; zudem ist auch die Hoffnung auf etwas Schlaf ein wenig gewachsen. Zunächst einmal aber steht er auf, tastet nach der Puppe, die ihm nun Liese sein soll, fährt ihr mit der Hand über den rauen Kopf und flüstert ihr ins Ohr, was er ihr früher, wenn er von der Jagd nach Hause kam, zurief. „Lieses, Liese, ich bin kein Riese, doch komm` ich mit Wildbret, nimm mich dafür in dein Bett!“ Er wartet noch eine Weile, ob sie antwortet, da er ja täglich erlebt, wie ihn die Stimmen der entfernten Menschen erreichen, aber sie schweigt; nur das Wühlen der aufgebrachten See draußen ist zu vernehmen. Hat Jensen vorhin nicht gesagt, dass ihnen ein Sturm bevor steht? Vorhin? Gestern? Vor einer Woche? Es spielt keine Rolle, was zählt, ist, dass die Zeit vergeht und dass sie hartnäckig an der unendlichen Strecke knabbern, die ihn von seinem Spessart trennt. Viel und heftiger Wind ist ihm daher sogar lieber als eine Flaute. Und jetzt beginnt auch die Flasche hin und her zu rollen; der Seegang nimmt zu. Gegen einen wilden Tanz hat Adam nichts einzuwenden, auch wenn er hier unten im Laderaum der erste sein wird, der ersäuft, wenn das Schiff scheitern sollte. Alles besser als das eintönige Einerlei oder die ausweglose Unbeweglichkeit einer Windstille.

Das Rumpeln der Flasche auf den Dielen ist endlich einmal ein anderes Geräusch als das heimliche Huschen und Trippeln der Ratten sowie die Stimmen der abwesenden Menschen. Adam summt zu der Melodie der Flasche, zusammen, so findet er, singen sie kein schlechtes Lied. Es soll ihm ein Wiegenlied sein, denn er lässt sich nieder, wo er gerade steht, fängt die Flasche auf und schließt die Augen, spürt, wie der Schlaf kommt und hofft noch, dass der möglichst lange anhält, am besten bis zur nächsten Mahlzeit.

Als er erwacht, hält er die Augen noch einige Augenblicke geschlossen, damit seine Träume nicht so rasch von ihm weichen. Doch umsonst, es ist wie immer; seit sie ihn in diesen Verschlag verfrachtet haben, träumt er nicht mehr, vielleicht, so überlegt er, liegt es daran, dass sein Wachzustand einem Traum gleicht oder tatsächlich ein Traum ist, in dem er Gespräche mit Menschen führt, die am anderen Ende der Welt wohnen, oder wie der Pfarrer, möglicherweise gar nicht mehr am Leben sind, und dass er, wenn er dann endlich schläft, schon ausgeträumt hat. Jetzt öffnet er die Augen. Es ist Tag, einige bleiche Ritzen verraten es ihm. Der Pfarrer, von dem Adam glaubt, dass er bereits gestorben ist, denn er hat ihn seit seiner Kindheit nicht mehr gesehen, hat bereits auf ihn gewartet. „Es ist ein Tropensturm, der sich da draußen zusammengezogen hat, kein Gewitter wie du es aus dem Spessart kennst, ein Orkan, der spielend in der Lage ist, das bisschen Fichtenholz um dich herum zu Spänen zu zerschlagen. In einigen Stunden bist du vielleicht tot, Adam. Das Leben des Menschen hängt immer, auch wenn er sich in Sicherheit wähnt, an einem seidenen Faden. Bedenke das bei allem, was du tust. Der Sturm, eine Krankheit, die die Ratten über dich bringen, eine unbedachte Handlung auf Grund des von dir Besitz ergreifenden Wahnsinns, und du bist tot. Schließe das in deinem Herzen ein und bete zu Gott.“ „Immer dieselbe Leier“, Adam reibt sich die Augen. In der Tat, der Seegang hat noch einmal zugenommen, das alte Holz des Schiffes ächzt und stöhnt unter dem Anprall des Meeres. Der Pfarrer hat ihm nichts

Neues gesagt. Das Leben ist einmalig und immer in Gefahr. Wer wüsste das nicht besser als ein Jäger.
„Das macht mich nicht bange“, antwortet Adam dem Pfarrer. „Kein Grund für mich, auf die Knie zu fallen. Das Leben ist ein Spiel für die Starken und ich bin einer von ihnen“, er schüttelt seine Arme in Richtung des Pfarrers. Der lacht höhnisch. „Wie klein und nichtig du bist, Adam, wie lächerlich, wie schäbig und dürftig. Nur wenige Male noch muss sich die Welt drehen und deine starken Arme sind Erde und Staub, den der Wind verweht, Nahrung für Würmer und Asseln“, der Pfarrer lacht leise in sich hinein und schweigt schließlich.
Sein üblicher Morgengruß, denkt Adam, prüft vorsorglich die Festigkeit seiner Armmuskeln und beginnt, zufrieden mit dem Ergebnis, gebückt auf und ab zu gehen, um die Beine gesund zu erhalten.
„Wie hast du geschlafen, mein Liebster?“, fragt ihn Liese. „Gut, ohne Träume und lange genug, sodass die Nacht vorüber ist, eine Nacht bedeutet so und so viele Seemeilen, die ich dir näher gekommen bin.“ „Ich erwarte dich, es ist kalter Herbst und ich habe keinen, der mich wärmt.“ „Keinen?“ „Ich bin allein.“ „Nur jetzt? Oder immer?“ „Lass´ es gut sein.“ „Ich will nicht gut sein lassen, was nicht gut ist.“ „Ich warte auf dich, ich sehne mich nach dir. Was willst du mehr?“ Das könnte er ihr sagen, wenn es nicht so lange dauern würde. Er will sie, wie sie in der Türe steht und ihm nachsieht, sich die Haare aus dem Gesicht streichend, das Haar so braun wie die Schale der Bucheckern, und diese Bucheckern will er auf der Zunge schmecken, sie mit den Zähnen aufknacken, und den Holzrauch will er riechen und in die klare Luft steigen sehen, und den über einen Wasserlauf setzenden Sprung Rehe, deren weiße Spiegel den nahenden Winter ankündigen, und nach dem Zetern und Turnen der Meisen im Gezweig einer Birke sehnt er sich, und nach einem Stück Wildbraten auf dem von ihm zusammen gezimmerten Tisch in seiner Hütte, nach der weichen Schnauze seines Hundes Thoras, der vielleicht nicht mehr lebt, auf seinem Bein; Adam würde

nicht fertig werden, wenn er anfinge aufzuzählen. „Dein Schiff ist unterwegs, also wirst du eines Tages hier ankommen“, sagt Liese. „Alles wird wieder in Ordnung sein.“ „Die Zeit, die ich dann weg gewesen sein werde, ist zu lang“, gibt Adam zurück. „Weder du, noch ich, sind noch dieselben, nach diesen zwei Jahren. Es wird inzwischen viel geschehen sein.“ „Du bist noch Adam, und ich bin noch die Liese, und deine Hütte steht noch immer, und drüben läuft der Bach nicht anders als wie vor zwei Jahren, das Laub ist gelb und braun geworden und beginnt von den Zweigen zu fallen. Du kannst beruhigt sein.“

Aber Adam ist unruhig und wandert rastlos hin und her. Liese summt ein Lied. Ja, vielleicht liegt es daran, dass sie so fröhlich ist; sollte sie sich nicht grämen, da ihr Mann ans andere Ende der Welt verbannt wurde, sollte sie nicht ihr Schicksal beklagen? „Du bist so guter Laune“, sagt er zu ihr. „Weil ich weiß, dass du heimkehren wirst, ganz gleich, wie lange es noch dauert.“ „Wie geht es Thoras?“ „Er trauert um dich und ist alt geworden. Am liebsten liegt er neben dem Feuer und schläft. Wenn jemand zur Tür herein geht, hebt er erwartungsvoll den Kopf, sobald er aber erkennt, dass nicht du es bist, vergräbt er die Schnauze wieder unter den Pfoten.“ Thoras ist treu. Hoffentlich wird ihn Adam noch lebend antreffen! Wenigstens das Tier trauert um mich, denkt er und lehnt sich mit der Stirn gegen den Pfosten seines Verschlages. „Ich will dich spüren“, sagt er. „Ja, Liebster“, flüstert Liese. Er sieht, wie sich unter ihren halb geschlossenen Lidern die Augen verdrehen; sieht nur er dies oder auch andere? Wütend rüttelt er an dem Pfosten. „Fürchte meine Kraft!“, schreit er.

„Nicht so laut, Mann“, zischt Jensen, der plötzlich vor ihm aufgetaucht ist. „Oben ist zwar alles gut beschäftigt wegen des Sturms, aber wenn du so herumbrüllst, wird doch noch jemand auf dich aufmerksam“, er reicht Adam die Schüssel mit dem Essen sowie die Flasche Wasser. Adam tastet nach dem leeren Geschirr von gestern und gibt es Jensen. „Es hat also Sturm“, sagt er, indem er Jensen die leere Flasche und die Schale vom

Vortag zurückgibt. „Sturm und Regen und viel Arbeit. Aber das Stück Holz hier“, er stampft mit dem Fuß auf, „wird sich nicht unterkriegen lassen.“ „Ich wäre der erste, der drauf geht.“ „Einer muss der erste sein. Dafür reist du auch völlig kostenlos und musst keinen Finger krumm machen.“ „Mir wäre es lieber, ich könnte arbeiten und mich bewegen. In diesem Loch verfaule ich allmählich.“ „Tja, ich möchte nicht mit dir tauschen. Dein Affe oben ist übrigens von dem Sturm hellauf begeistert, klettert in der Takelage herum, pfeift und meckert, die Jungs amüsieren sich prächtig. Es ist wirklich ein verrücktes Vieh, das du da aus dem Wald geholt hast. Doch ich muss wieder hinauf, bei diesem Wetter kann man auf keine Hand verzichten.“ „Ja, geh´ nur, vielleicht hast du morgen ein wenig mehr Zeit. Sich zu lange mit Gespenstern zu unterhalten, kann aufs Gemüt schlagen“, Adams letzte Worte hört Jensen schon nicht mehr. Essen ist gut, denkt Adam und kauert sich mit seiner Schüssel auf den Boden, Essen vertreibt die Zeit; nur Schlafen ist besser, aber auch wenn man kaut und schluckt, ist man von den Stimmen und Gesichtern abgelenkt. Brot und Käse sind hart wie immer und schmecken wie immer, aber dass sie den Zähnen Widerstand leisten, ist Adam nur angenehm, denn so zieht sich seine Mahlzeit in die Länge. Hofmann sagt etwas, doch seine Stimme geht im Knirschen der Brotrinde unter. Allerdings zieht das Essen die Ratten an, sie scheinen es zu riechen; hinter Adams Rücken nimmt das Huschen weicher Körper zu; sie belauern ihn, warten darauf, dass er ihnen die Käserinde zuwirft; sie warten aber nicht nur auf die Reste seines Essens, sie warten auch auf ihn. Doch da sollen sie sich getäuscht haben! Adam nimmt einen Schluck Wasser. „Tue ihnen doch die Freude“, sagt plötzlich Hofmann laut und vernehmlich, dass Adam nicht mehr weghören kann. „Sie freuen sich auf dich, sie wollen ihre kleinen rosa Schnauzen in deinen Leib tauchen, denn sie haben ihre Brut zu füttern. Selbst für Ratten ist das Leben auf einem Schiff nicht einfach. Du bist ein großer, wenn auch abgemagerter Mann, das bedeutet Nahrung für Wochen. Gib nach, es hält dich

doch sowieso nicht mehr viel am Leben, nur ein kleines Nachlassen von deiner Seite, eine leichte Schwäche genügt und du kippst über die schmale Schwelle, die dich vom Tod trennt, der süß ist, Adam, da er dir die Schmerzen nimmt und die Sorgen. Dann brauchst du dich auch nicht mehr über deine fröhlich gestimmte Liese zu grämen. Alles wird sich lösen in einem warmen, sanften Versinken. Hörst du die kleinen Kerle quieken? Tue ihnen und dir den Gefallen."
Adam ist schläfrig geworden, obwohl er den Mund noch voll Brot und Käse hat. Möglicherweise hat Hofmann Recht, sterben wäre nicht das Schlechteste, dann hätte er seine Ruhe. Der Kopf sinkt ihm auf die Brust und Speisebrei quillt ihn aus den Mundwinkeln. „So ist es gut", geht Hofmann Einflüsterung weiter, „es ist nicht schwer nachzugeben, eigentlich ist es das Leichteste überhaupt. Die meisten Menschen stellen sich nur an; du bist auf einem guten Weg, Adam", er lacht leise vor sich hin. Welche Anstrengung, denkt Adam, welche übermenschliche und fortwährende Anstrengung, nur um mein bisschen Leben zu erhalten, das nicht mehr viel wert ist. Trockenes Brot und schimmeligen Käse bekomme ich zu essen und für die Ratten bin ich bereits nicht viel mehr als ein Kadaver. Wie müde er ist. Ein Jahr lang ist er auf dem Sklavenschiff um die halbe Welt gefahren, danach hat er sich durch den Urwald geschlagen und nun kämpft er Tag für Tag gegen seinen körperlichen und geistigen Verfall, und täglich rücken ihm die Ratten und Gespenster näher auf den Leib; und das Schiff ist noch weit von Hamburg entfernt. Soll ihm der Speichel nur übers Kinn laufen. Niemand sieht es. Soll es ihm nur auf sein stinkendes Hemd tropfen, das er schon seit Monaten trägt, ohne es einmal gewaschen zu haben. Sollen ihn die Ratten mit ihren Schnauzen gegen den Rücken stupsen; es ist ihm gleich. Und hui, wie das Schiff schaukelt! Soll es doch auf den Grund des Meeres sinken wie ein Stein! Ihm ist alles Recht.
„Nein, nicht so!", der Pfarrer setzt wieder zu einer Predigt an. „Du darfst dein Leben nicht einfach wegwerfen, denn Gott hat

es dir geschenkt. Reiß′ dich zusammen und trete nicht mit Füßen, was dir nicht gehört. Das Gut, das dir Gott überlassen hat, sollst du hegen und mehren. Und putz` dir den Mund ab!" Adam tut es, doch nicht, um den Pfarrer zu gehorchen, sondern weil der ihn aufbringt, und Adams Wut ist, wie er erfreut feststellt, doch weit stärker als seine Müdigkeit, wenigstens sein Zorn ist noch frisch und unverbraucht, belebt ihn und richtet ihn wieder auf. „Hast du Geschenk gesagt?", ruft er, „Von Gott an mich? Was hat der mit meinem Leben zu tun? Ich kann es dir sagen. Nichts, rein gar nichts. Ich bin es, der mich am Leben erhält, verstehst du. Ich lebe, weil ich esse und meinen Nacken gegen die Decke stemme, um meine Kraft zu erhalten, und ich lebe, weil ich gegen solche Gespenster wie dich angehe und mir außerdem die Ratten vom Hals halte." Adam greift blitzschnell hinter sich, packt ein kreischendes Fellbündel und zerquetscht es zwischen den Fingern wie einen überreifen Apfel. „Siehst du, deswegen bleibe ich am Leben." Mit einer lässigen Geste wirft er die Tierleiche über die Bretter seines Verschlages und hört am emsigen Trippeln kleiner Füße, dass die Ratten sich auf den Weg zu einer neuen Beute machen. „Hast du das gesehen?", fragt Adam. „Ich musste es leider mit ansehen", antwortet der Pfarrer, „und ich bedaure es, nicht weil mir die Ratte Leid tut, sondern weil du mir Leid tust, Adam. Wer hat dir deine Muskeln gegeben, mit deren Hilfe du die Ratte getötet hast, wer deine wachen Sinne, die dir erlauben, das Tier in der Dunkelheit zu finden? Hast du dich selbst geboren, selbst erschaffen? Dann wärest du Gott oder wie Gott. Doch das wirst du nicht behaupten." „Geschwätz, lästiges Gebrabbel eines Pfarrers. Ich bin stark, weil ich Brot zu mir nehme, weil ich ein Jäger bin, der seinen Körper bildet, und weil mir meine Mutter das Leben geschenkt hat, weil aus ihrem lebendigen Leib ein anderer lebendiger Leib schlüpfte. So ist das. Aber davon hast du keine Ahnung, da du dich von Hostien ernährst und Weihwasser säufst", Adam fuchtelt mit den Armen, um den Pfarrer zu verscheuchen, der immerhin schweigt.

Adam riecht an seiner Hand; das Rattenblut stinkt nach Abfall und Fäulnis, kein Vergleich mit dem süßlichen Duft des Reh- oder Hirschblutes; alles in diesem Schiffsbauch ist Ekel und Unflat. Er wischt, so gut es geht, seine Hand an einem Holzbrett ab und trinkt einige Schlucke aus der Wasserflasche. Der Ärger über den Pfarrer hat seine Lebensgeister wieder geweckt; vielleicht ist die Wut der stärkste Ansporn, sich nicht aufzugeben, und vielleicht sollte er, wenn er beim nächsten Mal in der Verzweiflung zu ersticken droht, den Pfarrer anrufen und ihn um eine Predigt bitten; und wenn diese Medizin zu schwach ist, gibt es ja noch den Jagdaufseher Hofmann.

Jedenfalls stachelt ihn im Augenblick der Zorn erneut auf, sodass er aufspringt und im rastlosen Auf- und Abgehen, seine restliche Mahlzeit verzehrt. Er hat nichts geschenkt bekommen und will es auch nie. Wer schenkt, will den Beschenkten nur von sich abhängig machen, will ihn unterwerfen. Deswegen predigt der Pfarrer derart, damit sich Adam in die Kirchenbank kniet und sein Haupt beugt. Nein, Adam kann keinen über sich leiden, weder Hofmann, noch den Fürstbischof, noch das Gespenst, das sie Gott nennen, das grausame Phantom, das den Menschen beim Verrecken zuschaut. Vor dem wird er auf keinen Fall in die Knie gehen! Falls es ihn überhaupt gibt. Wenn er sich schon in der Finsternis seines Gefängnisses mit Abwesenden unterhält, und im Fall des Pfarrers möglicherweise sogar mit einem Toten, was mag dann mancher wirre Kopf sich in seiner Drangsal so alles ausgedacht haben? Am Ende sogar einen Gott? Und einen Teufel. Doch den kann sich Adam schon weit eher vorstellen, und vielleicht ist eben zuletzt der Gott, von dem die Pfaffen schwafeln, nur der Teufel, der hinter einer Wolke hockt und sich am Elend der Menschen weidet, der helfen könnte, es aber nicht tut. Das könnte Gott sein. Gott könnte ein Teufel sein. Und je länger Adam auf und ab schreitet, desto mehr verdichtet sich diese Vermutung zu einer Gewissheit. Es gilt dem Teufel zu trotzen und nicht zu verzweifeln oder sogar zu sterben, denn je heftiger die Not, desto mehr käme der hinter der Wolke auf seine Kosten. Adam wird ihm in seinem Fall das grausame Spiel verderben. Er hat ihn durchschaut und ballt die Fäuste, die noch immer nach der Ratte stinken. Gott ist der Teufel und ist eine stinkende Ratte. „Ich hab´s!“, ruft Adam dem Pfarrer zu, dem Teufelspriester. Und jetzt versteht er auch, warum der immer schwarz gekleidet ist.

Wer aber antwortet, ist Hofmann. „Ich sehe dich auf bestem Wege, denn du glaubst schon nicht mehr an den Herrgott, sondern an den Teufel. Bald hat dich der Wahnsinn ganz und gar erfasst, und dann wird man dich, falls du wirklich lebendig in Hamburg ankommen solltest, dort ins Irrenhaus stecken, wo du in einem ähnlichen Gelass wie hier weiter vor dich hinfaulen kannst. Glückwunsch also zu deiner neuen Erkenntnis.“ „Wenn ich es mit dem Teufel aufnehme, dann erst recht mit dir. Dich werde ich mir als ersten holen. Hast du gesehen, wie ich vorhin die Ratte zerquetscht habe? Merke es dir gut, da du auf die gleiche Weise draufgehen wirst“, Adam lässt sich von seinem Zorn fortreißen und schlägt mit einem Tauende auf die von ihm zusammengeflickte Figur ein, bis sie zerstückt am Boden liegt. Schwer atmend beugt er sich darüber. „So mein Freund“, Adam lacht, „jetzt hast du deinen Lohn.“ Doch Hofmann Stimme schwebt unversehrt in der Dunkelheit. „Sieh´ hin, was du da erschlagen hast und begreife, dass dein Verstand ruiniert ist. Du lächerlicher Wicht hast eine Vogelscheuche erschlagen, die du selbst aufgestellt hast. Fast möchte ich dich bedauern. Was ist nur aus dem stolzen Jäger Johann Adam Hasenstab geworden?“ Adam bäumt sich auf und schlägt mit den Fäusten in die Dunkelheit, und die klebrige Luft pfeift um seine Fäuste, bis er erschöpft zu Boden fällt.

„Liese“, flüstert er, „Liese.“ Er braucht mehr als nur Wut und Zorn, um hier zu überleben. Liese lächelt ihm zu, ordnet ihr Haar und schweigt. Warum sagt sie nichts? Ist er also nicht nur gottverlassen, sondern auch von seiner Liebsten? Hat er nur noch den Spessart und seine Tiere? Kann davon ein Mensch leben? Lohnt es sich dann überhaupt noch? Eine heftige Bö

schüttelt das Schiff. Wenn er wenigstens den Himmel sehen könnte, den hellen Tag! Er versucht es noch einmal mit Liese. Aber sie dreht sich gerade zum Feuer und schaut zum Waldrand hinüber. So muss er es also wagen, muss sich aufs Deck hinauf schleichen und wenigstens einen Blick hinaus werfen, auf das Licht, den Himmel, das Meer, damit das Tageslicht ihn rettet oder er zumindest neue Hoffnung schöpft.
Unsicher tapst er durch den Laderaum, stößt an Fässer und seltsam riechende Ballen, aber endlich glänzt über ihm eine blendend weiße, haarfeine Ritze – die Klappe, die zum Oberdeck führt. Nachdem er den Griff ertastet und gedreht hat, drückt er das Brett vorsichtig einen Spalt auf. Doch das gleißende Tageslicht fährt ihm wie ein Messer in die Augen, sodass er die Ladeklappe fallen lässt. Seine Augen haben verlernt, dem Licht standzuhalten. Soll er wieder umkehren? Doch er hat das Rauschen der Wogen und das Tosen des Sturms gehört, und der Wunsch ins Freie zu gelangen, erfasst ihn mit unaufhaltsamer Wucht. Und wenn er sein Augenlicht drangibt, er muss hinaus, und selbst wenn ihn einer der Matrosen entdecken sollte! Noch einmal öffnet er behutsam die Luke und macht die Augen eng, damit sie das plötzlich über sie herein flutende Licht aushalten. Zunächst sieht er die auf das Deck prasselnden Regentropfen, dann die nackten Füße der hin und her laufenden Mannschaft, das feucht glänzende, im Wind schaukelnde Tauwerk und das schwarzgraue Gewölk, das über das Meer rollt. Das Licht, das ihm die Augen zu versehren drohte, ist eigentlich ein düsteres, Regen getränktes. Mutig geworden, reckt er sich etwas weiter aus der Luke, da die Matrosen in ihrer Not vermutlich kein Auge für ihn haben, und überblickt das aufgewühlte Meer, die Schaum gekrönten Wellen, die neben dem Schiff her laufen wie bissige Hunde. Schön ist das anzuschauen, ein im Sturm flatternder Wimpel und die auf dem Deck zerplatzenden und zerstäubenden Regentropfen sowie die trotz des Sturms gegen den Wind stehenden großen Seevögel, schneeweiße, riesige Möwen, die mit dem Wetter zu spielen scheinen und sogar Zeit haben,

das Treiben auf dem Schiff neugierig zu beobachten. Das Geschrei des Bootsmannes jagt die Mannschaft zum Heck, sodass die Füße der Männer Adam gefährlich nahe kommen. Rasch zieht er sich wieder in die Dunkelheit des Laderaums zurück.
Die weißen Vögel erschienen Adam wie schöne Frauen, gehüllt in weiche Pelzmäntel und ihre Gesichter blickten stolz auf das gegen die Wellen kämpfende Schiff. Adams Augen schmerzen, selbst die trübe Dämmerung des Sturms setzte ihnen zu. Aber er ist glücklich. Der Anblick des Meeres und des niederen Himmels, der hüpfenden Regentropfen und der wunderbaren Vögel haben ihn für Augenblicke sein Elend vergessen lassen. Die Welt außerhalb seines Gefängnisses ist noch immer so prachtvoll, wie er sie in Erinnerung hat, und es rentiert sich für ihn, die Enge, den Gestank und die Finsternis seines Verstecks zu ertragen. Irgendwann darf er wieder in diese wundervolle Natur hinaustreten.
Gerade stampfen die nackten Füße der Matrosen über seinem Kopf vorbei. Das Schiff legt sich auf die Seite, sodass sich Adam festhalten muss, um nicht zu stürzen, doch dann schwankt der Kasten wieder zurück und Adam beginnt mit seinem Rückzug durch den mit Ladung voll gestopften Bauch des Schiffes. „Dafür lohnt es sich“, sagt er zu dem Pfarrer, „da brauche ich deinen Gott nicht, für dieses Gewölk und für diese schwebenden Frauenvögel und für das alles da draußen; dafür werde ich mich ins Zeug legen, um nicht zu krepieren, werde brav das dürre Brot und den schimmeligen Käse aufessen und meine Muskeln warm halten. Ein Blick hinaus hat mir genügt, um mich wieder zu verlieben. Vielleicht ist nicht Liese meine Liebste, sondern das Wetter und das Wild, der stürmische oder der blank gefegte Himmel, die in die Luft geworfenen Vögel. Hast du die fliegenden, sanften Frauen gesehen? Darüber könnte ich fast meine Liese vergessen, die meine Abwesenheit ziemlich leicht nimmt, die sich, wie ich fürchte, allzu rasch einen Trost verschafft hat. Aber es gibt nicht nur die Liese, Pfarrer, sieh` genau hin, du kannst es, du steckst nicht in einem Loch wie ich,

du kannst aus dem Fenster schauen oder sogar vor die Tür gehen und überall hin laufen, wo du willst, kannst tagelang in der wunderbaren Welt umher streifen, deiner Nase nach, kannst dich wenden, wohin du möchtest. Und überall begegnest du Wunderbarem, kannst es riechen, schmecken, hören, sehen. Das ist es, was mich am Leben hält. Das Leben ist es, Pfaffe, darum dreht sich alles, es haben oder nicht haben. Darüber hinaus vermag keiner zu schauen, daher kratzt es mich nicht, was danach kommt; aber das Leben muss man haben, verstehst du, und ich habe es. Spüre meine Muskeln und fühle mein pochendes Herz. Ich werde durchhalten und es mich nicht verdrießen lassen, täglich eine Ratte zu zermalmen, solange der Preis das Tageslicht ist und die wimmelnde Natur."
Der Pfarrer antwortet nicht, weil er darauf nicht antworten kann, wie Adam glaubt. Er weiß nun, worauf es ankommt und erspürt mit den Fingern die ihm gut bekannten Bretter seines Verschlags, steigt hinüber und setzt sich auf den Boden. Das in manchen Winkeln kauernde Restlicht, glimmt heute noch schwächer als sonst, doch hat Adam gesehen, dass der Tag draußen nach wie vor stark leuchtet, wenn auch von den Sturmwolken beeinträchtigt. Ein Blick hat ihm genügt, und alles ist wieder gut. Fast alles, denn er kann die Wasserflasche nicht mehr finden und ein zweiter Tag ohne Wasser wäre grausam. Wahrscheinlich ist sie umgefallen und fort gerollt. Adam legt sich auf den Bauch, breitet die Arme aus und kriecht wie eine lädierte Spinne über den Boden seines Gevierts.
„Wenn du dich sehen könntest", höhnt Hofmann, „sonst hast du Wasser verachtet und nur Wein getrunken, jetzt krabbelst du auf der Suche nach etwas brackigem Wasser wie ein Insekt umher. Das bisschen Seeluft, das du aufgeschnappt hast, hat dir deinen Verstand verwirrt. Deine Lage ist nach wie vor aussichtslos, und du selbst gibst ein lächerliches Bild ab." „Und wenn schon, ich bin gerne lächerlich, solange es zum Leben reicht." Hier endlich, am Pfosten der hinteren Ecke, liegt die Flasche, ihr Korken sitzt fest, sodass kein Tropfen verloren ging. Endlich trinken,

auch wenn es nur die abgestandene Brühe aus den fauligen Fässern ist! Adam atmet tief und beruhigt durch. Seine Lage hat sich verbessert und er weiß nun, dass er sich nur einmal ins Freie wagen muss, um seinen Lebenswillen zu erneuern, und es ist ihm, als könnte er jetzt einschlafen, diesen ganzen Tag verschlafen, der ihn, angeschoben von den Sturm, wieder ein Stück näher an seine Heimat heran bringt. Warum war er eigentlich so verzweifelt, wo doch ohne sein Zutun die riesige Strecke, die er zurück zu legen hat, abgearbeitet wird? Er muss nur warten und geduldig sein hartes Brot essen und der Zeit vertrauen, die es für ihn richten wird. Gleich werde ich schlafen, denkt er wie immer, wenn der Schlaf in Anzug ist. Seine Lider werden bereits schwer, Liese steht neben ihm, ihr brauner Rock berührt sein Knie. „Schlafe, mein Liebster“; flüstert sie, doch ihre Augen flackern, so als müsse sie sich zwingen, nicht woandershin zu schauen. „Damit du“, Adam schreckt aus seinem Halbschlaf auf, „damit du…was? Spuck´ es aus!“ „Ich weiß nicht, was du hast“, Lieses Finger spielen mit Adams Haaren. „Ich bin doch bei dir.“ Wen mögen diese Finger noch liebkost haben? Adam versucht sie zu packen, greift aber nur in die leere Dunkelheit seines Gefängnisses. Liese, Liese. Er wird über sie Gericht sitzen, wenn er zurückkommt, er wird sie streng befragen und wird sich bei anderen erkundigen. „Fürchte mich!“, ruft er. Liese lächelt und wendet sich ab, wendet sich dahin, wo er sie nicht mehr sehen kann.

Wollte er nicht schlafen? Aber Lieses Auftritt hat ihn beunruhigt, der Schlaf ist ihm entflohen. Es wäre so einfach, diese lange Reise in der Dunkelheit zu ertragen: zwölf Stunden wachen und zwölf Stunden schlafen oder wenigstens acht schlafen und sechzehn wachen, dann würde ein großer Teil der Fahrt im Nu vergehen; doch so, da ihm nur für Augenblicke die Augen zufallen, wird sie zu einer fortwährenden Qual. Und noch ist es Tag, wie er an dem schimmeligen Lichtspritzern im Lagerraum erkennt, und noch kämpft das Schiff gegen den Sturm. Wenn doch auch er kämpfen könnte, draußen, die Wanten hochklet-

tern, an den Tauen zerren oder die Pumpen betätigen! Aber ihm ist es auferlegt worden, tatenlos zu warten, sich in Gesprächen mit Abwesenden zu zermürben, sich schlaflos zu wälzen und die Nähe der Ratten auszuhalten und den Gestank der eigenen Exkremente. Noch vor kurzem, als er von seinem Ausflug zurückkehrte, fühlte er sich wunderbar getröstet, aber wie schnell ist er wieder auf den Boden der Niedergeschlagenheit gesunken, sitzt, wartet auf den Schlaf, der sich nicht einstellen will, versucht vergeblich, sich aus seinem Stall in den Spessart hinweg zu denken, zerwühlt sich mit den Fingern das Haar.
„Es sind Geschenke, die du nicht erzwingen kannst“, sagt da der Pfarrer. „Der Schlaf, die Liebe einer Frau, der herbstbunte Wald, das ziehende Wild. Wenn du sie dir mit Macht zu holen versuchst, verderben sie dir, zerrinnen dir in deinen Händen. Ich sage dir, Adam, lerne Demut, sonst lehrt sie dir das Leben. Und obwohl du bereits viel erduldet hast, trägst du noch immer deinen Kopf höher, als dir gut tut. Diese Dinge, nach denen du dich sehnst, fallen dir in den Schoß oder eben nicht. Bete um sie, bitte deinen Herrn.“ „Nicht dieses Wort, Pfaffe. Ich würde dir in meiner grenzenlosen Langeweile sogar manchmal zuhören, aber dann dürftest du manche Worte nicht in den Mund nehmen. Sprich mir von keinem Herrn, sprich meinetwegen von einem Vater oder noch besser von einem Freund. Denn Herren wollen die anderen kriechen sehen, aber das werden sie von mir nicht kriegen." „Wie du willst, also Vater. Er wird dich beschenken, wenn du deinen stolzen, anmaßenden Weg verlässt, Adam.“ „Geschenke! Wie komme ich dazu, das, was mir zusteht, worauf ich ein Recht habe, als Geschenk anzusehen? Ist Liese nicht etwa meine Frau? Und gebührt nicht jedem Menschen der Schlaf? Und mir als Jäger, der ich mit Haut und Haaren bin – viel mehr als diesem aufgeblasenen Fürstbischof – der Wald und das Wild? So sieht es nämlich aus, Pfaffe, dass die Herren, ganz gleich welche, das, was uns zusteht, als gnädige Geschenke ausgeben, die sie uns gewähren, weil sie so freundlich sind. Dabei geben sie uns nur das, was uns gehört. So also verhält sich die

Sache." „Immer deine Hoffahrt, Adam. Du warst schon als Kind ein ungebärdiger Junge, der nicht folgen konnte." „Nicht folgen wollte." „Siehe, wohin es dich gebracht hat." „Noch bin ich nicht am Ende, sondern unterwegs, noch habe ich das Leben." „Solange dir das Leben bleibt, kannst du umkehren." „Diese Freude werde ich dir nicht machen. Aber ich werde heimkehren, dahin, wo ich hingehöre, und dann sollst du mal sehen." „Selbst wenn es dir gelingt, einmal wird dich der Tod holen. Hast du vor ihm keine Angst?" „Natürlich, aber deshalb will ich ja leben und endlich in den Spessart gelangen, wo ich es am besten kann. Um den Tod muss ich mich nicht kümmern, der holt mich früh genug." „Und dann?" „Nichts mehr dann." „Du könntest vielleicht weiterleben." „In eurem Weihrauchhimmel? Nein, danke. Entweder hier oder nirgends, deinen Pfaffenhimmel schenke ich dir. Ich will ihn nicht. Hier, sogar in meinem Loch, findet das Leben statt, das möchte ich haben, und sogar mein Elend ist mir lieber als das saft- und kraftlose Halleluja, das du von der Kanzel predigst." „Adam, du treibst es zu bunt. Du lästerst Gott." „Und wenn schon. Ich lasse mich nicht unterkriegen", Adam haut mit der flachen Hand nach einer Ratte, verfehlt sie aber. Wie er das hasst, ein Tier zu verfehlen, das, was er anzielt, nicht zu treffen. Es könnte ihn verrückt machen, und so drischt er mit der Faust wahllos auf dem Boden herum, obwohl sich die Ratte schon längst verkrochen hat.
So wollte er sein Leben nicht fristen, als Gefangener in einem schmutzigen Loch, von allem getrennt, was ihm wichtig ist. Er wollte und will die Freiheit der Wälder, er will Lieses weichen, duftenden Körper, er will das noch warme Fleisch des Wildbrets. Wie weit hat er daneben gezielt! Welch ein Fehlschuss! Er leckt an seiner brennenden Faust. Zwei Jahre haben sie ihm gestohlen. Wie viele werden ihm noch bleiben? Und wird er wirklich sein früheres Jägerleben wieder aufnehmen können? Werden ihn die Beine noch so tragen wie zuvor, wird sein Auge noch so scharf blicken können, seine Hand noch so ruhig sein? Er fürchtet, dass ihn die lange Gefangenschaft allmählich auf-

frisst oder bereits zum Teil aufgefressen hat. Selbst das trübe Licht des Sturmtages vorhin hat ihm schier die Augen verbrannt. Wie weit mag seine Gesundheit bereits zerstört sein?

„Wir haben dich geschafft“, sagt da Hofmann. „Ich gebe zu, bei dir hat es etwas länger gedauert. Andere gehen schon als Häftling auf einem Schiff zugrunde. Die hast du immerhin überlebt, bist sogar geflohen und hast dich auf dieses Schiff gestohlen. Aber hier holt dich der Teufel der Verzweiflung und der Hoffnungslosigkeit. Außerdem hält auch dein Körper den Zumutungen der Gefangenschaft auf die Dauer nicht stand. In diesem Loch geht der stärkste Mann vor die Hunde. Und es sind viel Stärkere als du in solchen Ställen verreckt. Du wolltest es so, du hast diesen Weg gewählt.“ „Ich beschwere mich nicht und bin sogar stolz darauf. Ein Speichellecker wie du weiß natürlich nicht, wovon ich rede. Tut dir nicht der Rücken vom ständigen Bücken weh? Auch dein Leben macht dich krank und du spürst es nur nicht, weil du dumm und blöde bist. Deine Haltung ist gebückt wie die eines Alten und dein Atem riecht faul nach dem Speichel deines Herrn. Deine Frau, alle Frauen verachten dich. Frauen mögen keine Feiglinge, keine Waschlappen. Und geschafft habt ihr mich noch lange nicht. Gerade deinetwegen werde ich noch einmal aus diesem Schiffsbauch herauskommen, und noch bevor ich irgendetwas anderes tue, werde ich dir den Hals umdrehen. Sieh dich also vor und sieh dich um, wer hinter dir geht, und vor dem Einschlafen, schaue unter dem Bett nach, und wenn du durch den Wald gehst, dann betrachte den Weißdornbusch genau, ob er sich nicht plötzlich in den Adam Hasenstab verwandelt, der dir seinen Hirschfänger in den Bauch schiebt. Es wird sich erst noch zeigen, wen von uns beiden das schlimmere Los getroffen hat.“

Adam steht auf und beginnt, die verstreuten Reste der Puppe aufzulesen, fügt sie wieder zu einer Gestalt zusammen und zieht ihr am Ende noch das alte Ölzeug über. „So, Hofmann“, sagt er, „jetzt stehen wir uns wieder gegenüber. Du bist, wie du gesehen hast, in meiner Hand, ich kann dich zerstören und dich dann wieder zusammenflicken." „Es sind nur Hanfstricke, du Narr!", Hofmann lacht. „Der Wahnsinn schüttelt dich, Adam, und du merkst es nicht einmal. Bald wirst du rohe Ratten verspeisen und dich beim Wasserlassen bespritzen. Ein Wrack, ein elendes Gestell bist du und obendrein lustig anzusehen. Schade nur, dass du keinen Spiegel hast, es wäre für dich ein Spaß, dein Gesicht, die ganze traurige Figur zu sehen, so wie es für mich eine wirkliche Gaudi ist." Soll ihn Adam gleich wieder in Stücke hauen? Er hebt die Faust, doch besinnt er sich eines Besseren, da es erträglicher ist, mit einem spottenden Feind zu kämpfen, als niemanden zu haben. Irgendjemanden haben, und wenn es Hofmann ist oder der Pfarrer; oder sogar eine Ratte.

Eine schnüffelt in seiner Nähe herum. Welch armseliges Wild es hier im Schiffsbauch zu jagen gibt! Andererseits sind diese Kreaturen klüger als jedes Rot- oder Schwarzwild, schon allein deswegen, weil es ihnen gelingt, in dieser unwirtlichen Umgebung zu überleben. Da hat er es! Die Ratten bringen ihn darauf – seltsame Lehrmeister hat er sich da ausgesucht: Hier unten am Leben zu bleiben, schärft den Verstand, macht unempfindlich, härtet ab, schafft alles in allem ein unerbittliches Lebewesen. „So also werde ich über dich kommen!", ruft Adam, „als übergroße Ratte, so zäh und verschlagen wie diese, so genügsam und fruchtbar, werde Kinder zeugen, unbeugsame wie ihr Vater, die gegen euch Höflinge und Bücklinge ausziehen werden. Diese Monate in meinem Gefängnis machen mich nicht kaputt, nein, sie machen mich stärker als zuvor. In dem Hafen, den wir irgendwann einmal erreichen werden, werde ich aus diesem Loch herausfahren wie ein Keiler aus seiner schwarzen Suhle und über euch herfallen. Ja", Adam lacht laut auf, „die Ratten haben es mir gezeigt, gerade die Ratten!" Er versucht vergebens eine mit der Hand zu fangen, aber dieser fehl geschlagene Versuch facht seine Begeisterung für diese Tiere nur noch weiter an, die in jeder Ritze, in jedem Misthaufen, an jedem Unort hausen können. So will er sein, will sich am Unrat mästen, will sich an der feuchten Dunkelheit satt trinken, will durch die hasser-

füllte Verfolgung gewitzter werden. Oh Ratten, herrliche Geschöpfe!. Noch einmal patscht er mit der Hand auf den Boden und hört sie wispern und sich verkrümeln. Adam hält Hofmann die Faust unter die Nase. „Der Schuss geht nach hinten los, mein Freund. Du hast einen Wilderer eingesperrt, aber ein Teufel wird herauskommen. Jede Stunde, die ich hier unten verbringe und die ich in der Galeere verbracht habe, macht meine Seele schwärzer; und weil ich nicht gestorben bin, worauf ihr gehofft habt, wird euch dieser Teufel bald an den Hals gehen“, Adam legt seine Hand um den Hals der Puppe. Hofmann schweigt. Angesichts des Teufels fehlen ihm die Worte.
Und wie wird erst Liese erschrecken, wenn er nachts durchs Fenster steigen wird, und sie, und wer weiß wer noch, werden aus dem Schlaf hochfahren und den Leibhaftigen vor sich sehen. Sie wird ihren Leichtsinn büßen.
Beinahe gut gelaunt schlendert Adam, wenn auch gebeugt wegen der niedrigen Decke, durch sein Gefängnis, breitet die Arme aus, um möglichst viel der schwarzen, stinkenden Luft aufnehmen zu können, um sich von ihr beizen zu lassen und brummt die grausame Melodie der Trommel vor sich hin, mit der die Einpeitscher auf dem Schiff die Gefangenen zur Arbeit antrieben. „Prump-prump-prump, prump-prump-prump.“ Dieses Lied klingt gut hier unten, findet Adam, und er glaubt zu spüren, wie die Ratten um ihn herum tanzen, meint sogar das Getrippel ihrer Pfötchen zu hören. Vielleicht täuscht er sich auch, aber sein Gemüt füllt sich mit düsterer Heiterkeit. So kann er es hier aushalten, auch deshalb, weil er in den Ratten seine Freunde und Vorbilder gefunden hat.
„Was tust du?“, ruft da Liese. „Warum lässt du dich auf die ekligen Tiere ein? Du bist doch mein Mann!“ „Bist du noch meine Frau?“, gibt Adam zurück, der nur ungern sein Lied unterbricht. „Ich bin es und werde es bleiben.“ „Schöne Worte, mehr nicht.“ „Du tust mir weh.“ „Das ist vielleicht erst der Anfang.“ „Waren wir nicht glücklich?“ „Das waren wir. Doch damals war ich bei den Ratten noch nicht in die Lehre gegangen. Damals war ich

noch ein Wilderer, der die Jagdaufseher ärgerte. Inzwischen hat man mich umgeschmiedet, unter Schmerzen, wie ich dir versichern kann, hat man mich auf dem Amboss weich geklopft und wieder hart gebrannt. Du wirst dich wundern, wenn du mich siehst." „Du machst mir Angst." „Wer das hier durchgemacht hat, kann nur noch Angst und Schrecken verbreiten. Und jetzt lass´ mich in Frieden weiter mit meinen Freunden tanzen und singen!" Weint sie? Er hat einen klagenden Laut gehört. Oder ist er nur einer Ratte auf den Schwanz getreten? Es würde ihm wirklich Leid tun. Er dreht sich im Kreis und streift mit den Händen an die Bretter seines Verschlages, sein Reich, hier wird er gerade neu geboren. Und tatsächlich, die Ratten pfeifen ihm einen wilden Ländler, und er wirbelt immer schneller um sich, bis er erschöpft zu Boden geht und in seine Armbeuge hinein lacht, weil sie sich verrechnet haben, weil sie sich einen Feind herangezüchtet haben, der ihnen überlegen ist, weil er bösartiger und härter ist, als sie sich vorstellen können.

Nachdem sein Lachen verronnen ist, wie Schmelzwasser nach einem jähen Frühlingsausbruch und Hofmann nicht antwortet, weiß Adam, dass sie den Menschen, der diesem Gefängnis entsteigen wird, wirklich fürchten werden, und er atmet begierig die Luft ein, die von den fauligen und Salz zerfressenen Dielen ausströmt, um sich weiter von Bösartigkeit durchdringen zu lassen; als Scheusal wird er diesem Loch entrinnen, und sie werden erschrecken.

Die Ratten tuscheln miteinander: „Er riecht wie wir, er frisst wie wir, er ist einer wie wir, er ist einer von uns." „Ja", sagt Adam, „ich gehöre zu euch, ich mische mit und ihr seid meine Lehrmeister, ich richte mich in euren abseitigen Winkeln ein. Nehmt mich auf und gebt mir von eurer Zähigkeit ab, von eurer Heimtücke. So wie ihr euch an den Menschen rächt, indem ihr Krankheiten unter ihnen verbreitet und euer Anblick sie mit Ekel erfüllt, so will ich in sie hineinstoßen und Vergeltung üben, für das, was sie mir angetan haben. Es ist schön, dass ihr mir nahe seid, meine Freunde, nur schade, dass ich euch nicht sehen kann. Kommt näher, ich will euch streicheln und herzen." Er streckt die Arme aus, doch keine Ratte kommt aus der Deckung. Was soll's. Er hat seinen Weg gefunden. „Was sagst du nun, Hofmann?", ruft er. Doch Hofmann bleibt eine Antwort schuldig; die Worte sind ihm im Halse stecken geblieben, wie Adam vermutet.

Jemand wimmert, vielleicht ist es Liese, vielleicht aber ist es eines der Meerstiere oder Meerwunder, von denen ihm ein Mitgefangener auf der Galeere erzählte, der ein Leben lang die See befahren hatte. Oder ist es der Gesang der Ratten, den er erst jetzt versteht, da er zu ihnen gehört. Nein es ist Liese. „Liese!", schluchzt er auf. Er hat sie wirklich geliebt, sein Mädchen, sein braunhaariges, blauäugiges Mädchen. Was wird sie sagen, wenn sie die große Ratte sieht? Will er ihr wirklich weh tun? Seiner Liese? Er ist dabei, den Verstand zu verlieren und muss dem Einhalt gebieten, muss die Raserei seines Gehirns beenden, muss wieder klar denken!

„Fasse dich", mahnt der Pfarrer. „Werde wieder menschlich und stelle dich auf den festen Boden der Vernunft. Du bist ein Mensch, gleich wie düster das Verlies ist, in dem zu hausen du gezwungen bist. In deinem Leib wohnt eine Seele, ein unsterblicher, göttlicher Funke. Wirf dich nicht weg, Adam!" Er hat Recht, auch eine Ratte sollte sich um Vernunft bemühen, und er sollte seinen menschlichen Verstand mit der Rattenniedertracht verbinden. Ja, so wird er es tun, so wird er in den Spessart zurückkehren und sich Hofmann und die anderen vorknöpfen, und sich Liese vornehmen, und sie wird, sobald sie in sein Gesicht sieht, in seine zu allem entschlossene Fratze die Wahrheit hervorwürgen, auch gegen ihren Willen. Vielleicht sollte er ihnen dankbar sein, dass sie ihn auf diese weite Reise geschickt haben, da er nur schrecklicher zurückkommen wird.

Er setzt sich auf. Eine Brotrinde, die er vermutlich in der Dunkelheit verloren hat, gerät ihm in die Hände, feucht, salzmatschig, das richtige Mahl für einen Ausgestoßenen wie ihn; er schlürft den lauen Brei und spürt, wie es ihm Feuer ins Blut sen-

det, ein Feuer, das bald Hofmann und seine Helfer zu spüren bekommen werden. Er mampft und schlägt sich vergnügt auf den Schenkel und lässt den Pfarrer klagen. „Adam, besinne dich, werde wieder zu einem Christenmenschen." Aber hier, in diesem Loch, kann man kein Christenmensch sein; und Adam will es auch nicht mehr, er will Ratte sein und salzige Pampe fressen und sich rächen, blutig rächen. Er ist kein Christenmensch, sondern Johann Adam Hasenstab. „Deshalb geht deine Rede ins Leere", sagt er zu dem Pfarrer. „Du könntest genauso zu einem Stein sprechen oder mit einer Brennnessel; so wie sie dich nicht verstehen, so verstehe ich dich nicht. Doch ich war nicht von Grund auf eine Ratte, ich bin zu einer gemacht worden, vergiss das nicht. Ein Jahr Sklavenarbeit auf dem Schiff und nun dieses finstere Gefängnis, haben mich verwandelt. Ich bin euer Werk." „Du bist nur so, weil du es willst", entgegnet der Pfarrer. „Siehe unseren Herrn, er wurde nicht zur Ratte, sondern zu einem Lamm, obwohl sie ihn unmenschlich quälten. Auch dir hätte dieser Weg offen gestanden." „Bedenke, dass ich ein Jäger bin, ein Jäger tötet und trinkt Blut, ein Jäger wird niemals zu einem Lamm, so wie eine Forelle keine Libelle werden kann." „Du verhärtest dich und willst nur das Böse sehen. Ich fürchte um dich, Adam." „Wohl nicht zu sehr. Und, mach` dir keine Sorgen, in mir pocht noch genug Leben für viele weitere Jahre. Das letzte Wort ist noch lange nicht gesprochen. Abgerechnet wird, wenn ich wieder zurückkomme, wenn ich dein Grab neben deiner Kirche in Rothenbuch besuche, und wenn ich mir Hofmann und seiner Helfer vornehme, die Bücklinge des Fürstbischofs, und wenn ich Liese streng befrage. Dann werden wir sehen." „Das letzte Wort hat Gott. Er wird dich richten." „Ich fürchte ihn nicht mehr als nassen Nebel, und viel mehr wird er auch nicht sein. Eine Ratte fürchtet sich vor nichts, sonst würde sie nicht mit diesen Segelschiffen um die ganze Welt fahren. Mache dir also klar, mit wem du es zu tun hast."
Wollte er nicht schlafen? Doch obwohl er so einsam wie nur möglich ist, wird er nicht in Ruhe gelassen, immer spricht ihn

einer an, und wenn sie endlich, wie jetzt, schweigen, hört er das aufgewühlte Meer und die Seeungeheuer über ihr trauriges Schicksal weinen und klagen, im kalten Meer ihr Dasein fristen zu müssen. Und die Rufe der weißen Riesenvögel hört er, der sanften, fliegenden Frauen, die über dem Heck des Schiffes gegen den Sturm stehen, der noch immer nicht nachgelassen hat und das alte Holz plagt. Manchmal meint er Hannes' Keckern wahrzunehmen, der wohl an dem Wetter einen Riesenspaß findet und in der Takelage herumklettert, wie früher im Geäst der Urwaldbäume. Und da sieht Adam diese Espe, die ihm mit tausend Blättern winkt, während ringsherum die Eichen still stehen. Vor drei Jahren war das, als er vom Tannenkopf nieder ins Tal stieg und oberhalb von Altenbuch aus dem Wald trat. Sie meinte ihn, wollte ihm etwas sagen, winkte und raschelte, trotz völliger Windstille.

Hat er doch geschlafen, für Augenblicke nur, und geträumt von jenem Tag? Aber er liegt unverändert auf dem fauligen Schiffsboden. Was wollte ihm der Baum damals sagen, wollte er ihn warnen vor dem Unheil, in dem er sich nun befindet? Hätte er es abwenden können? Damals gab er nicht viel auf den bewegten Baum. Falls er aber noch einmal in seinem Leben ein solches Zeichen sehen sollte, wird er sich vorsehen. Man lernt aus der Not.

Er steht auf, taumelt und stürzt nieder. Ist er überhaupt wach, oder krängt das Schiff im Sturm so stark, dass er sich nicht auf den Beinen halten kann? Er kennt sich nicht mehr aus, weiß nicht, was er noch vor kurzem gedacht, mit wem er gesprochen hat. Die Ratten! Sie fallen ihm wieder ein, und sein Ohr an das salzige Holz pressend, hört er den leise pfeifenden Atem ihrer rosa Schnauzen und wie ihre Schnurrbarthaare über den Boden wetzen. Sie sind überall, und er ist ihr König. Das war es, darüber spekulierte er vorhin. Er leckt das Salz vom Boden auf und den scharfen Kot der Ratten. Ja, er will werden wie sie und wischt sich sein unreines Maul. Bald, denkt er, schon in vier, fünf Monaten, werde ich zurück sein, und dann wehe euch.

Noch einmal unternimmt er den Versuch, sich zu erheben, und ist erfolgreich, steht schwankend und sucht nach den spärlichen Anzeichen des Tageslichts, doch vergeblich; es ist Nacht. Wieder ein Tag vorbei und einige Seemeilen näher an der Heimat. Darüber kann er aber keine rechte Freude empfinden, denn er will mit seinen Augen sehen wie und dass sie vorwärts kommen, das schäumende Kielwasser will er sehen und die geblähten Segel, und will den Steuergast ausrufen hören, wie viele Knoten sie machen; doch in seinem schwarzen Loch kriegt er nichts mit außer dem Schwanken des Schiffs und den vorbei schrappenden Wellen. Manchmal hat er das Gefühl, dass sie auf der Stelle liegen. Er beginnt wieder sein ruheloses Auf und Ab, um sich die Müdigkeit, die sich nicht einstellen will, zu erlaufen; allerdings ohne große Hoffnung. Hin und her wie ein gefangener Bär im Käfig, wie der Bär, den er einmal sah, und mit jedem Schritt, den er geht, wird er böser; der Schlaf würde ihn besänftigen, doch der meidet ihn hartnäckig. „Ja“, sagt er, „schaut mich nur an, betrachtet, was aus mir wird und bereits geworden ist. Als Menschen habt ihr mich auf die Galeere verschleppt, als wildes blutdürstiges Tier kehre ich zurück. Ihr werdet es erleben!“ Er presst die Faust gegen die Stirn. Ich werde nicht sterben, denkt er, euretwegen werde ich lebendig hier herauskommen, ich habe Nahrung und Wasser und niemand bedroht mich mehr, seitdem ich eine von den Ratten geworden bin, ich muss es nur aushalten, muss mich selbst ertragen und die Stimmen und die Geräusche, die Rufe der Seetiere und das Stöhnen der Sträflinge, das Ächzen des alten Holzes und das Sirren der gespannten Taue, und ich muss versuchen meinen Verstand klar zu halten, dies vor allem, und die Muskeln fest und geschmeidig, wegen der Jagd, der ich mich wieder hingeben möchte. Es liegt an mir, ganz allein an mir.
„An Gottes Gnade“, mischt sich der Pfarrer ein. „Gerede“, antwortet Adam, „nur Worte, feuchte Luft, nichts weiter. Gib es auf Pfaffe, mich drehst du nicht mehr herum!“ „Ich werde für dich beten.“ „Ich kann dich nicht daran hindern.“ „Du kannst

auch Gott nicht verhindern, so sehr du dich auch gegen ihn verhärtest." „Ich muss mich verhärten. Wer dieses Leben aushalten will, muss zum Stein werden oder zur Ratte oder zu einem gefühllosen Hanfstrick. Du in deiner Kirche hast davon keine Ahnung, dir bringen die Bauern ihren Speck und davon wirst du fett, sprichst am Sonntag ein paar schöne Worte und hörst dir ihre geflüsterten Sündenbekenntnisse an, von denen du nicht genug haben kannst. Ich habe fünf Mal…tuschel, tuschel… Ich weiß, dass dir das gefällt, ich habe dich durchschaut, Pfaffe. Halte mir also keine Predigten und schneide dir lieber den Speck dick aufs Brot." Da gibt der Kirchenmann Ruhe; Adam hat ihn getroffen, so wie er früher das Wild traf mit einem Schuss, der ihm glatt ins Leben drang. Er ist noch immer der Jäger, der er war, nur dass er jetzt aus seinem dunklen Verlies heraus mit Worten schießt. Und wo auch soll Gott sein, überlegt er, von dem der Pfarrer ständig schwadroniert, er ist immerhin um die halbe Welt gefahren und hat ihn nirgends entdeckt, auch in seinem Kopf existiert er nicht, Adam kann sich ihn nicht vorstellen und an wabernde Nebelfetzen will er nicht glauben.

Der Pfarrer soll ihn in Ruhe lassen! Nein, er soll es nicht. Besser ein Streitgespräch mit ihm als dieses sinnlose Auf und Ab. Aber der Pfaffe schweigt und das Schiff tanzt auf den aufgebrachten Wellen, und die Wogen schaben mit starken Schultern an der Bordwand entlang, nur eine Handbreit von Adam entfernt, scheuern das müde Holz Tag für Tag dünner, bis sie irgendwann herein schwappen und ihn und die Ratten ertränken werden. Fast wünschte Adam, dass es heute schon so weit wäre, Mund und Lunge voll Seewasser wird er sein gequältes Leben aushauchen und dann wird er nichts mehr fühlen und nichts mehr wissen, nicht einmal, dass es den Gott der Pfaffen nicht geben wird. Er legt das Ohr an die Schiffswand und spürt ihr Erzittern, mit dem sie sich gegen das wütende Meer stemmt; noch hält sie stand. Vielleicht wuchsen die Bäume, denen man das Holz für den Schiffsbau entnahm, einstmals im Spessart. Falls dies zutreffen sollte, dann halten sie noch eine Weile, und er muss sein Leben noch weiter tragen. So tappt er also von links nach rechts und von rechts nach links, die Faust an der Stirn, da ihm der Schädel zu platzen droht und bemüht sich im Strudel der Stimmen und Geräusche, die auf ihn eindringen, Liese zu hören, Liese, seine Frau, seinen Bettschatz, seinen allzu leichten, hübschen Vogel, aber das Fauchen und Bellen der Seetiere übertönt alle menschlichen Laute; und dazu reiben die Ratten ihre feisten Leiber an die Ballen und Fässer der Ladung und scharren mit den Pfoten über die aufgeweichten Dielen, dass es in seinen Ohren widerhallt. Wenigstens Liese, bittet er, aber gegen das Getöse kommt sie nicht an.

Also weiter mit seinem ewigen Hin und Her, den Kopf gebeugt, wegen der bedrückenden Decke, aber nicht Gottes wegen oder eines anderen Herren. Adam nimmt die Faust vom Schädel und hält sich die Ohren zu, ohne damit den Lärm beseitigen zu können, da sich der in seinem Schädel ereignet. Und so stürzt er sich auf den Boden, um sich zu wälzen, wie er es sich auf seiner dunklen Fahrt angewöhnt hat, die Hände auf den Ohren, im Rhythmus des schwankenden Schiffes. Auch so wird die Nacht herumgehen, denkt er, bis am Morgen, wenn sie ihn nicht vergessen haben, Jensen mit dem Essen auftaucht. Endlich aber tritt aus dem Durcheinander der Stimmen eine deutlich hervor, die des Alten mit dem Reitochsen, sein eintöniges Gemurmel, mit dem er Adam auf die Nerven fiel. Doch heute redet er in Adams Sprache, sodass der ihn verstehen kann. „Adam, Adam“, sagt er, und Adam erinnert sich, dass er ihm seinen Namen nannte, „du trampelst wie ein ungestümes Pferd alles nieder. Betrachte doch meinen Büffel, wie er auf weichen Hufen behutsam wandelt, ohne zu zertreten, mit Hufen, die erst befühlen, bevor sie auftreten. Öffne Augen und Ohren noch weiter, damit du nicht nur das Gebrüll der Ungeheuer vernimmst! Der Wind spielt im biegsamen, süß duftenden Gras und das rinnende Wasser spielt um die runden Felsen. Und deine Freunde, die Waldmenschen eilen durch die Bäume, wie ihre Freunde die Hirsche, von denen sie sich kaum unterscheiden, ohne zu beugen oder

zu schaden. Ein weißer Reiher badet in der blauen Luft. Das alles hast du gesehen, Adam, und hast es doch nicht gesehen. Drei Tage lang bewegten wir uns durch die friedliche Natur, doch deine Augen waren blind und taub deine Ohren. Deshalb spreche ich nun zu dir in deiner Sprache. Du hast die weißen Sturmvögel über den Wogen gesehen und sie mit sanften Frauen verglichen. Welch ein treffender Vergleich, es sind Tiere, die sich an die Winde schmiegen wie eine Frau an einen starken Mann, die sich mit den Orkanen vereinigen und sich von ihnen davon tragen lassen als ihre Gespielinnen. Du hast sie gut beobachtet, aber nichts gelernt, nicht anders als bei der gemeinsamen Jagd mit den Waldmenschen, die du bereits wieder vergessen hast. Du verschließt dich vor der Welt und gibst dich deinen finsteren Gedanken hin. Das Gefängnis, das dich einpfercht, besteht weniger aus den Brettern, an denen du deine Kraft übst, sondern aus dir selber. Du wühlst in dir, wo nur Kot und Unrat zu Tage treten, öffne dich, sogar in deinem dunklen Loch ist die Welt nicht ausgeschlossen. Wirf dich nicht weg!"
Das letzte hat Adam schon einmal gehört. Vom Pfaffen? Der Alte schweigt, setzt sich auf seine verknoteten Beine und starrt ins Leere. Eine Libelle setzt sich auf seine Stirn, die er nicht vertreibt, und hinter ihm erhebt der mampfende Büffel sein Haupt und schaut Adam aus feuchten, braunen Augen an.
Schöne Worte, denkt Adam, schöner als die des Pfarrers, aber genauso wertlos. Natürlich war er gerne bei den Waldmenschen und hat wirklich überlegt, ob er nicht für länger und gar für immer bei ihnen bleiben sollte, der Jäger bei den Jägern, bei den Meistern der Jagd. Doch zieht es ihn woandershin; im feuchtheißen Wald würde er auf Dauer krank werden; er würde es überall, außer in seinem Spessart. Aber die Worte des Alten haben ihn etwas beruhigt, sodass er sich nieder setzt und an einen Pfosten lehnt. Sein Kopf sinkt auf die Brust; endlich fühlt er sich schwer und bereit, den Schlaf zu empfangen. Noch einmal sieht er den gelassenen Alten mit steif aufgerichteten Oberkörper sitzen, seine Finger bilden eine Blüte, wie jene,

die auf den Ästen der Urwaldbäume wachsen, weiße, gelbe, violette…
Adam schläft und mit einem Rest an Bewusstsein glimmt in ihm die Freude über den Alten weiter. Sein Schlaf ist traumlos, und als er erwacht, nisten überall im Laderaum helle Ritzen und Flecken. Draußen muss die Sonne scheinen. Adam ist es wunderbar ums Herz zumute, ein Gefühl wie Weihnachten erfüllt ihn. Er erhebt sich, wankt wie ein Betrunkener. Gleich wird Jensen kommen und mit ihm einige Sätze wechseln, ein richtiger Mensch, kein Traum und Albtraumgesicht wie die anderen. Von den Ratten kommt kein Laut, und auch die Stimmen sind zu einem leisen, unverständlichen Gemurmel herabgesunken. So lässt es sich aushalten. Auch der Sturm scheint sich gelegt zu haben, denn das Schiff hebt und senkt sich gleichmäßig. Adam beginnt die winzigen Lichtpunkte und Lichtflecken zu zählen, die Grüße der Sonne, die er schon lange nicht mehr gesehen hat. „Heute gefällst du mir", sagt der Pfarrer. „Du lächelst sogar." „Ich habe geschlafen", antwortet Adam, „endlich wieder einmal. Außerdem wurde ich von bösen Träumen in Ruhe gelassen." „Wie dem auch sei, das Lächeln jedenfalls steht dir gut." Soll es sich Adam verkneifen, nur weil es den Beifall des Pfaffen findet? Nein, er könnte es nicht einmal, viel zu fest und stramm sitzt es auf seinen Lippen. Wie viele Seemeilen mögen sie zurückgelegt haben, während er schlief? Er hat keine Vorstellung, aber ein gutes Stück sind sie sicherlich vorwärts gekommen.
Und da ist Jensen. „Nun", fragt Adam, „ist der Sturm überstanden?" „Wie es aussieht, ja. Die See geht noch hoch, aber der Wind hat nachgelassen. Hier dein Frühstück. Ich habe dir übrigens einen Schuss Rum in das Wasser getan. Der Kapitän ließ heute Schnaps ausschenken, weil sich die Mannschaft in dem Wetter gut gehalten hat. Wundere dich also nicht über den Geschmack." „Ich erlebe hier in meinem Verlies derart seltsame Dinge, dass ich mich über nichts mehr so schnell wundern werde." Jensen nimmt das gebrauchte Geschirr entgegen. „Sieh

nur zu, dass du hier nicht durchdrehst“, sagt er. „Ich kann dich zwar nur undeutlich erkennen in der Dunkelheit, aber richtig gut schaust du nicht mehr aus. Also bis morgen.“ „Bis morgen und danke für den Schnaps. Und…wie ist der Himmel heute und das Meer?“ „Der Himmel ist rein gewaschen, blau mit ein paar Wölkchen und das Meer grünblau mit Schaumkronen.“ „Und die Vögel? Die Frauen?“ „Mann, nimm dich zusammen!“ „Die großen, weißen, weichen?“ „Ach so, du meinst die Albatrosse. Die habe ich heute noch nicht gesehen. Also dann, bis bald.“ „Bis bald.“

Adam hält den Teller mit dem Brot und dem Käse in der Hand, die Flasche hat er sich unter den Arm geklemmt. Jetzt hinhocken, jeden Bissen zwanzig Mal kauen und das Wasser mit dem Schnaps so lange im Mund behalten, bis es ganz schal ist. So vergeht die Zeit. Und gegen das Kauen und Mahlen der Kiefer haben es die Stimmen schwer. Liese würde er zwar gerne hören, aber sie geht im allgemeinen Summen unter. Er braucht Liese, er braucht eine Frau, und er wird sie auch wieder nehmen und einfach nicht nachfragen. Wenn er zurück ist, soll es wieder so sein wie früher, und die Vergangenheit, seine und Lieses soll ausgelöscht sein. Vorsichtig trinkt er einen Schluck, der Rum ist kaum zu schmecken, aber immerhin, Jensen hat es gut mit ihm gemeint. Das Brot ist heute noch härter und trockener als sonst, umso länger hat er daran zu knabbern, umso wirksamer vertreibt es die klebrige Zeit, die nicht vorwärts kommen will, die kriecht und picht und sich nicht mehr in Tag und Nacht scheiden lassen will.

„Iss und trink nur!“, es ist Hofmann, der sich meldet, „damit du noch lange durchhältst und möglichst langsam vor die Hunde gehst. Ich sehe dir dabei gerne zu. Kaue tüchtig, auf dass es dir wohl bekomme und nimm noch einen Schluck von dem gewitzten Wasser.“ „Sei versichert“, antwortet Adam, „es schmeckt mir heute wirklich, und dir wird es nicht gelingen, mir meine gute Laune zu verderben.“ „Da wette ich dagegen. Ich muss dir nur vor Augen führen, was gerade geschieht, während du dein Festmahl zu dir nimmst und es nicht verhindern kannst. Es gibt in deinem Spessart neue Jagdgehilfen, junge, kräftige Burschen, die überall durch die Wälder streifen, jeder mit einem strammen Gewehr ausgerüstet", er lacht. „Und in einer Hütte auf einer Lichtung in der Nähe des Kropfbachtales schauen zwei sehnsüchtige Augen aus der Tür. Die Burschen lachen und singen raue Lieder, drei, vier, fünf zähle ich. Sie sind nicht mehr weit." „Du erzählst nur Lügen und erfundene Geschichten, damit kannst du mich nicht beeindrucken." „Ich weiß es besser, ich weiß, wie meine Nachricht in dir das Fressen anfängt, wie eine hungrige Ratte, die nie genug kriegt. Sie sitzt dir im Herzen, nagt Löcher hinein und säuft dein Blut. Iss nur weiter, würge an deinem Brot und verschlucke dich an dem würzigen Wasser. Ich beobachte dich und habe mein Vergnügen." Weghören, an nichts denken, nein, an das Brot denken und an das Wasser und an das Wetter draußen, das ihm Jensen beschrieben hat. „Er denkt ans Wetter", höhnt Hofmann, „wie billig! Während er an seinem Brot kaut, nähern sich die Jagdgehilfen seiner Hütte und seiner Frau."

Adam schiebt Brot und Käse von sich fort, sie sind ihm unbekömmlich geworden. Nicht einmal das mit Schnaps versetzte Wasser schmeckt ihm noch. Ein paar Worte haben genügt, den Hauch von Seelenfrieden, der ihn nach dem Aufwachen umwehte, zu vernichten. Liese. Sollte sie ihm nicht Trost und Hilfe sein auf seiner schwierigen Rückreise? „Liese!", er brüllt ihren Namen, fast zu laut, denn der Sturm ist eingeschlafen und die Matrosen an Deck haben nicht mehr so viel zu tun und könnten auf seinen verzweifelten Schrei aufmerksam werden. Aber Liese antwortet ihm nicht, nur das Jaulen und Zirpen der Meerestiere schlägt an seine Ohren sowie Hofmanns Gelächter.

Er steht auf, stellt Brot, Käse und Wasser neben den Pfosten, damit sie bei seinem ruhelosen Umherwandern nicht im Wege liegen. Das Meer wallt gegen die Bordwand und der Wind saust in der Takelage und die Schritte der Jagdgehilfen rascheln im trockenen Laub. In den Gesichtern der jungen Burschen sitzt ein breites Grinsen, und sie schreiten munter aus, haben es eilig. Natürlich haben sie es eilig, und Liese wartet ungeduldig, stellt sich auf die Zehenspitzen, um tiefer in den Wald hinein sehen zu können. Adam versucht dieses Bild von sich abzuwehren, die eilenden Männer und seine zappelige Liese, indem er sich seine jagenden Freunde, die Waldmenschen, ins Gedächtnis zu rufen versucht; vergeblich. Er ist gezwungen, hinzuschauen, wie die Männer ihre wuchtigen Stiefel auf den Waldboden setzen und ihre Kraft strotzenden Leiber in die Höhe recken, und er sieht Lieses feuchte, zitternde Lippen. „Du musst dein Brot essen", flötet Hofmann. „Essen hält Leib und Seele zusammen. Oder schmeckt es dir nicht mehr?" Adam schlägt mit der Hand nach dem Gespenst, wie nach einer aufdringlichen Bremse. Aber das Insekt sticht ihn weiter, wispert und raunt, nennt ihm die Namen der Jagdgehilfen, ihr Alter, ihre Herkunft, bis Adam über die Bretter seines Verschlages klettert und versucht davon zu laufen, irgendwohin, nur weg von diesen Stimmen, am Ende sogar hinauf aufs Deck und sich lieber der Willkür und dem Zorn des Kapitäns aussetzen will als der Häme Hofmanns.

In seiner Raserei stößt er an einen eigenartig riechenden Ballen und reißt das Tuch auf, kleine, harte Beeren ergießen sich aus dem Loch und ein Schwall betörenden Duftes trifft ihn wie ein Schlag. Er taumelt, sinkt nieder und greift in die seltsame Ladung. Scharf und aromatisch riecht sie und strömt ihm fremdartig, aber auch erfrischend in die Lungen. „Endlich", stöhnt er, denn der Geruch befreit ihn von den trampelnden Stiefeln und Lieses kirschroten Mund. Das Mittel, das er aus purem Zufall gefunden hat, scheint seinen Verstand zu reinigen und zu befreien. Mit dem Kopf voran wühlt er sich in die dürren Beeren hinein und zerbeißt dabei einige, um sie sofort auszuspeien, da sie ihm den Mund zu verbrennen drohen. Noch nie kostete er eine derartige Schärfe! Aber wie sie ihm gut tun, denn sie schmecken nicht nur scharf, sondern auf eine bestimmte Weise köstlich. Nur nicht zu viel darf man davon essen, und er kann sich vorstellen, wie wunderbar Wildbret damit mundet. Die angenehmste Wirkung dieser geheimnisvollen Fracht ist aber, dass sie die Bilder und die Stimmen aus seinem Kopf vertrieben hat; ihre Kraft ist sogar so stark, dass selbst Hofmann den Mund hält und die Schritte der Jagdgehilfen verstummt sind. Rasch stopft sich Adam die rechte Hosentasche – die linke ist so löchrig geworden, dass sie nichts mehr hält – mit seiner Medizin voll, die ihm gegen seine Heimsuchungen helfen soll und tastet sich zurück in sein Gefängnis, eine Handvoll der Beeren gegen Nase und Mund drückend, um die bösen Geister von sich abzuwehren. Wenigstens ein paar Minuten, so hofft er, werden sie ihre Wirkung tun, vielleicht auch länger. Gänzlich wird er mit diesen Mittel seine Plagen nicht los, da macht er sich nichts vor, vielleicht aber flößen ihm die Beeren wenigstens angenehme Bilder ein; jedenfalls für diesen Augenblick haben sie ihn gerettet und vor einer unbedachten Handlung bewahrt.

In der Ecke seines Verschlages findet er seine Mahlzeit wieder und beginnt sie aufzuessen, zerkaut noch eine Beere zum schrecklichen Käse, der dann nicht einmal so übel schmeckt. Vielleicht, so denkt er, wird es heute doch noch ein besserer Tag als sonst. Und da spricht ihn auch schon Liese an, nicht mehr mit der ungeduldigen Stimme, die ihn so beunruhigte, sondern mitfühlend und liebevoll. „Mein armer Gatte“, sagt sie, „wie ich dich bedaure. Und da ich dich mit Händen nicht berühren kann, will ich dich mit Worten streicheln und liebkosen, dir mit den Spätsommertagen vor zwei Jahren über dein wirres Haar streichen, als wir im flüsternden, gelben Gras lagen. Über den Himmel strichen Starenschwärme und dein Kopf ruhte auf meinem Bauch und wir vergaßen alles und gehörten uns allein, für Stunden gab es nur dich und mich, deine Hand auf meiner, mein Haar in deinem Mund, dein Atem wehte warm an meine Brust, unsere Körper ineinander verschränkt. Wir lagen, und Sonne und Schatten wanderten über uns hinweg, bildeten seltsame Muster auf unserer Haut, sodass wir wie gesprenkelte oder gefleckte Tiere aussahen und uns immerfort wandelten. Dieser

Tag, Adam, löscht alle üblen Tage aus, ein Tag wie ein Jahr, der mir unauslöschlich eingeprägt, mit mir verschmolzen ist. Lehne den Kopf an den Pfosten hinter dir, ruhe aus, denke, dass es meine Brust ist, an die du dich bettest, spüre, wie sich das Schiff vorwärts bewegt, über dieses Meer und ein zweites und drittes dahin, bis es eines Tages an der Küste anlegt; von dort musst du nur noch zu Fuß weiter gehen, kannst wieder, Jäger, der du bist, laufen wie eine Hirschkuh und dein Spürsinn wird dich sicher zu mir führen. Ich bin dir nahe, mein Liebster, fühle mich."
Adam streckt die Hände aus, um seine Liese zu umarmen, greift wie ein Betrunkener in das feuchte Dunkel seiner Klause, so lebendig sind Lieses Schmeichelworte, dass er wirklich meint, sie stehe unmittelbar vor ihm. Ja, diese gelbbraunen Wiesen auf der Höhe des Tannenkopfs, wo sie sich lagerten, im September war´s, das Laub begann sich eben einzufärben, Bucheckern und Eicheln prasselten bei jedem Windstoß auf die Erde. Sie waren wie ein Mensch, lagen ineinander, im Duft des anderen, die Haut fühlte nichts weiter als den Körper der Geliebten. Wild zog vorbei, spähte herüber und trabte gelassen weiter, hoch am Himmel standen fransige Wolkenschleier, die das Sonnenlicht aber nicht verdunkelten, Vögel riefen. Doch dies alles nahmen sie nur wie im Traum wahr, da sie erfüllt voneinander waren, ganz Ohr, Auge und Gefühl für den anderen. Zwei Jahre, sagte Liese, sei es her. Und nun liegt er in seinem Elend im Bauch des Schiffes.
Aber Liese sprach eben so sanft und die Erinnerung an jene Septembertage erfüllt ihn mit Wehmut. Er lässt die Arme sinken und riecht an den würzigen Beeren, seine Medizin gegen die Traurigkeit; zum Glück hat er sie im Überfluss. „Wie reich wir damals waren", Liese setzt ihre Rede fort, „weil wir uns hatten, Mann und Frau, nichts mehr begehrte ich, als bei dir zu liegen, hatte schon Vater und Mutter verlassen wegen des schlimmen Wilderers, über den sie überall schimpften; aber nicht alle, manche auch bewunderten dich, andere fürchteten dich. Und als du mich zum ersten Mal berührtest, war mir, als betastete mich ein

gefährliches und zärtliches Raubtier, und es überlief mich unbeschreiblich, unbeschreiblich schön. Von diesem Augenblick an war ich dir verfallen, war es gerne, wollte nichts mehr anderes sein, wartete den ganzen Tag, bis du aus den Bäumen am Waldrand tratest und nach mir riefst: Hoh, Liese, ich bin´s, dein Geliebter, habe dir Wildbret mitgebracht. Und ich ließ alles liegen und stehen und rannte dir entgegen, nachdem ich seit dem Aufstehen nichts weiter getan hatte, als dich zu erwarten. So war es mit uns beiden, und so wird es wieder sein, denn du bist unterwegs. Ich werde warm, wenn ich an dich denke." Liese verstummt.

Adam lauscht angestrengt in das verbliebene, leise Stimmengewirr, aber das Platschen und Wallen der Wogen ist zu laut geworden. Es ist noch ein weiter Weg bis zu Liese, aber das Schiff pflügt durch die See und kommt ihr jeden Tag ein Stück näher, und er muss nichts anderes tun, als durchzuhalten, als weiter zu leben, bis zu jenem Tag, da dieses Schiff anlegen wird und er sich endlich aus seinem Gefängnis davon machen wird, um sich nie mehr in seinem Leben einsperren zu lassen, lieber will er tot sein als gefangen.

Wieder zieht er seine Kreise durch sein enges Verlies, fast beglückt durch Lieses Worte und voller Hoffnung auf ein gutes Ende, da sein Schiff fährt und fährt, angeschoben von dem starken, stetigen Wind, der einem Sturm folgt. Auch die Stimmung des Meeresgetiers ist heute sanfter, einige flöten angenehm und andere sprechen fast mit menschlichen Zungen, ohne dass er sie verstehen könnte. Ein freundlicher Tag, der sogar die Ratten zum Verstummen gebracht hat.

„Na also", der Pfarrer meldet sich, „du bist wieder ein Mensch geworden, nachdem du bereits ein Untier warst, ein ärgeres als eine Ratte. Es war die Sanftheit deiner Frau, die dich gerettet hat. Gott sprach aus ihrem Mund. Die Milde, die in dich drang und deine Seele glättete, ist die Milde Gottes. Dein Weib war nur ein Werkzeug, dessen sich Gott bediente, das Gefäß, aus dem die göttliche Wonne in dich floss. Gott hat dich nicht aufgegeben, obwohl du gemeinsame Sache mit dem Bösen und dem Widersacher machen wolltest. Das Glück, das du empfingst, steht dir ins Gesicht geschrieben und du siehst wieder einem Kind Gottes gleich. Ich freue mich für dich, Adam." „Gewäsch", antwortet der unwillig. „Aber nicht einmal du kannst mir heute die gute Laune verderben, auch wenn du keine Ahnung hast. Du weißt nicht einmal, was eine Frau ist, bist selber fast eine, in deinem schwarzen Kittel, und faselst von Gottes Gefäß. Ich lache dich aus, Pfaffe. So schnell biegst du mich nicht um, obwohl es mir heute gut geht. Ich bin eine gut gelaunte Ratte, ein fideler Teufel, vergiss das nicht und lass´ mich nur, meinem Gefängnis entronnen, wieder bei euch im Spessart sein, dann werdet ihr die Bösartigkeit zu kosten bekommen, die ich hier und auf der Galeere trinken musste. Seht euch vor, in einem Jahr vielleicht, oder auch früher, ich werde an deine Tür klopfen, Pfarrer!" Adam lacht auf und presst sich zugleich die Hand auf den Mund. Manche Seeleute werden an den Klabautermann denken, wenn sie sein Lachen aus dem Schiffsbauch vernehmen, die meisten aber würden Verdacht schöpfen. Schön leise sein also und lautlos die Runden drehen, so wird er die Zeit herumbringen bis zum Ende seiner Reise, zu einer heimlichen, lautlosen Ratte werden, die dennoch erzböse ist und sich Zwang antut, um still zu halten. Seine Finger spielen mit den getrockneten Beeren; er fühlt sich dank ihrer gut gerüstet, wenn ihn erneut die Verzweiflung übermannen will. Oder liegt es an dem Rum, den ihm Jensen ins Trinkwasser mischte, dass er beinahe fröhlich ist? Oder an den gleißenden Rissen im Dunkel des Laderaums? An all dem, vor allem aber an seiner Liese, die ihn betörte, so wie sie ihn am Tag zuvor Qualen bereitete. Seine Liese. Für einen Augenblick sieht er sie vor sich, sie eilt ihm, der am Waldrand stehen geblieben ist und gerufen hat, mit gerafften Röcken über die Wiesen entgegen. Nur einen Augenblick. Und nur eine Ritze Licht und ein Fingerhut Schnaps. Doch all dies wird stärker und üppiger werden. Bald schon. In einigen Monaten.

Und die Wogen rollen an dem Schiff vorbei und befördern es auf seinem Kurs in Richtung Spessart. Vor Vergnügen klatscht sich Adam auf die Schenkel. Er wird diesen Hofmann braten oder ihm die Haut abziehen, und dem Pfarrer würde er, wenn er noch lebte, nackt durchs Dorf treiben wie eine Sau, und den feinen Herren wird er die fettesten Hirsche vor der Nase wegschießen, und Liese wird er lieben, bis sie beide vor Erschöpfung umfallen. Er wird sein wildes Leben wieder aufnehmen, wilder als vorher, so wahr er Johann Adam Hasenstab heißt.

„Ja"; sagt da der Pfarrer, „sprich nur deinen Namen aus, damit du nicht vergisst, wer du bist, nämlich ein Mensch wie jeder andere, irgendeiner, mit einem Namen wie ihn viele tragen, einen, den das Schicksal, oder sollte man sagen, er selbst, elend gemacht hat. Doch wie viel Elend gibt es auf der Welt, noch viel übleres als deines, da du lebst und sogar noch die Kraft hast, dich aufzulehnen. Du bist irgendeiner, nimm dich nicht so wichtig. Wenn du in deinem Gefängnis stirbst, wirst du schnell vergessen sein; deine Liese weiß sich sehr wohl zu trösten, und Wilderer wie dich, gab es früher und wird es weiter geben. Die Ratten werden dich fressen, so wie sie schon viele andere Leichen verspeisten, und wenn das Schiff in Hamburg anlegt, werden von dir nur mehr ein paar Knochen übrig sein, die man in das Hafenwasser werfen wird. Die Hirsche im Spessart werden ungerührt von deinem Los ihrer Wege ziehen, das Laub der Buchen wird sich verfärben und die Stare und Spechte werden in der blauen Herbstluft fliegen, als sei nichts geschehen, weil nichts geschehen ist. Johann Adam Hasenstab ist tot, und die Welt zuckt mit den Achseln; niemanden geht es etwas an."

„Aber mich", unterbricht ihn Adam. „Für mich ist es wichtig. Ich bin ich, sonst ist nichts. Auch dein Herrgott ist nichts. Ich. Und daher werde ich kämpfen für mein armseliges, verhungertes Dasein, für mein Rattenleben. Wo sind meine lieben Freunde?" Er bückt sich und versucht sie mit lockenden Rufen aus ihren Verstecken zu holen. „Lieber", knirscht er, „ein Rattenleben als keines; weil eine Ratte für sich selbst sorgt, keinen Übervater braucht, der sie hätschelt. Eine Ratte wird aus nassem Schmutz geboren und wenn sie abkratzt, dann wird aus ihr wieder Dreck. Aber zwischen Schmutz und Dreck da lebt sie und wie!“ Er kriecht über den Boden und lockt und pfeift, aber seine Freunde wollen sich nicht zeigen.

Na wenn schon, Adam steht wieder auf. Inzwischen braucht er seine Lehrmeister nicht mehr, da er seine Lektionen gelernt hat. Ein kurzes, auflodernes Rattenleben will er führen, er will brennen, heiß sein; danach soll mit ihm geschehen, was die Natur vorsieht. Doch dieses Schiff muss er aushalten, noch lange Monate.

„Da siehst du“, sagt Hofmann, „deine Vorhaben haben einen Haken. Erst einmal musst du hier durch. Ein angenehmer Tag so wie heute, macht nicht viel aus, ein kleiner Lichtblick nur, bald wird es wieder um dich Nacht werden, ja sogar noch finsterer als zuvor; das ist das Unangenehme an diesen Aufhellungen, dass es hinterher noch viel weiter hinuntergeht. Du wirst schon sehen, ich freue mich darauf. Du wirst gebeugt werden, Adam, für immer gebeugt. Zwei Höllenfahrten, einmal als Sträfling auf dem Schiff, das andere Mal in diesem Verschlag im Schiffsbauch sind zu viel für einen, auch wenn sich der viel auf sich einbildet. Wie gesagt, es geht hinunter mit dir, mit dem Gesicht in den Kot der Ratten und das Leben wird schwächer und matter, bis es ganz ohne Aufregung verlöscht. Vielleicht wirst du vorher wahnsinnig und erlebst so noch einige grelle Augenblicke“, Hofmann lacht.

Adam schlägt nach ihm, nach der Puppe, und sie zerfliegt in hunderte von Stücken, die er am nächsten Tag schon, oder in ein paar Stunden bereits, wieder zusammenflicken wird, da er doch einen braucht, selbst wenn er Hofmann heißt oder ein Pfaffe ist.

Das Gebell der Seeungeheuer ist wieder lauter geworden, sie jagen einander und zerwühlen den Meeresgrund nach Nahrung oder dem Gebein ertrunkener Seeleute. Da wären ihm Hofmanns Lästerungen durchaus lieber; doch der schweigt, und auch der Pfarrer will nicht reden; auf Liese ist sowieso kein Verlass, und der Alte mit dem Büffel hockt und starrt hartnäckig ins Leere. Die Meeresströmungen rauschen, schlürfen und saugen, und beuteln das arme Schiff. Wie soll es jemals unbeschädigt den Hafen erreichen? Und die Seebestien kreisen um das alte Holz, brodeln und zischen hungrig nach dem Fleisch der Seeleute und den würzigen Beeren. Die Bretter, die sie von Adam trennen, sind nur zwei Daumen dick. Und das schabende Geräusch an der Bordwand, das Adam nun hört, kann keine Woge sein, sondern nur der geschuppte Leib einer Seeschlange oder einer anderen greulichen Kreatur.

Adam sinkt zu Boden und presst die Hände auf die Ohren. Nicht mehr hören müssen! Deswegen auch kann er nicht schlafen, weil fortwährend Geräusche und Stimmen in sein Ohr dringen. Doch kommen die bedrohlichen Laute, wie er jetzt entsetzt feststellt, nicht nur von außen, aus den Tiefen des Meeres, sondern aus seinem Inneren, aus ihm selbst, aus seinen Tiefen, die ihm abgründiger erscheinen als das Meer. Und wenn er sich die Ohren verschließt, facht er nur diese Stimmen noch weiter an. Sie sind überall, sowohl in seinem Schädel als auch eine Armlänge von ihm entfernt hinter dem altersschwachen Fichtenholz und der dünnen Blechhaut. Wie viele Tiere hat er in seinem Leben getötet? Kommen sie jetzt alle, um sich zu rächen? Sie tanzen und schlagen ihre Zähne in das aufgeweichte Holz. Bald werden sie mit dem Meer hereinbrechen. Sind deshalb auch seine Freunde, die Ratten, verstummt? Wie gerne hat er das dampfende Blut des erlegten Wildes gesehen, und wie leicht schlitzte sein Messer das hellrote Fleisch; niemals drückte ihn das Gewissen. Jetzt aber holen sie ihn.

Rasch stopft sich Adam eine Handvoll der Beeren in den Mund und zerkaut sie, damit ihr Feuer das Blöken der Bestien vertreibt, wälzt sich wieder einmal, da er nicht entfliehen kann, ausharren muss angesichts eines unerträglichen Zustands. Nein, nicht unerträglich, versucht er sich einzureden, ich nehme es

auf mich, ich halte aus, so wie das Fichtenholz nicht nachgibt und mich vor Drachen und Meereswogen beschützt.
„So gefällst du mir“, ruft der zerstückelte Hofmann. „So schaue ich dir gerne zu!“ Er soll ruhig schreien, denkt Adam, wenigstens eine menschliche Stimme im Geheul der entfesselten Horde. „Das ist nur ein milder Vorgeschmack!“, schreit nun auch der Pfarrer, „denn noch schriller jammern die Teufel, die dich bald holen werden, wenn du keinen Frieden mit Gott machst.“ Nun haben sie ihn wieder, Hofmann und der Pfarrer und die wütende See mit ihrem grausamen Schwarm tückischer Tiere.
Das Feuer der Beeren verbrennt ihm schier den Mund, richtet aber wenig gegen Adams Feinde aus. Längst hat er die Hände von den Ohren genommen, liegt jetzt starr auf dem Boden und starrt in die vage Dämmerung des Laderaums. Sich nicht mehr wehren, denkt er, das Gebrüll zulassen, bis es sich von selber erschöpft, bis es sich als das erweist, was es ist, nämlich wirkungslos. Ich bin unzerstörbar für euch, redet sich Adam vor, und scharfer Speichel läuft ihm über das Kinn. Ich selbst bin dieses Gebrüll und die Ungeheuer, ich bin Hofmann und der Pfarrer, und ich bin Liese, ich fresse mich selber auf, weil ich gefangen bin, eingekerkert in einem Viereck aus Brettern, nicht hinaus und jagen kann. Ein gefesselter Töter tötet sich selbst, zerfleischt sich, da er kein Wild mehr erreichen kann. Ich liege mit mir selbst im Krieg und es ist ein schlimmerer Kampf als mit einem wilden Tier, denn ich bin stärker als der gröbste Keiler und gefährlicher als alle Hofmanns und Pfaffen zusammen und verschlagener und gemeiner als Liese, die nur leichtsinnig ist. Wenn ich diesen Kampf bestehen sollte, welcher Mensch geht dann in Hamburg aus diesem Schiff hervor?
Mühsam kommt er auf die Beine und lehnt die Stirn gegen den Pfosten. Er ist sein eigener Gegner, und diesen Gegner wird er bis Hamburg nicht los kriegen; erst wenn er das Schiff verlässt, kann er sich wieder auf andere stürzen, bis dahin aber geht das zähe Ringen mit sich selber weiter.

„Was für Gedanken du hast“, sagt Hofmann, sagt er, „Der Wahnsinn schreitet fort, bald hat er dich ganz erfasst. Erst sprichst du mit den Ratten, danach erklärst du dir selber den Krieg. Du bist ein Wrack, Adam, dein Verstand ist ruiniert. Wie ein irre gewordener Hammel stapfst du in deinem Verschlag hin und her. Du bist erledigt.“ Das hätte Hofmann gern; aber wenn der so redet, dann bedeutet dies nichts anderes, dass auch Adam sich aufgeben will! Sich seinem Schicksal ergeben? Hier verfaulen, sich den Ratten vorwerfen und mit dem letzten Rest Vernunft, der in sein verdunkeltes Leben leuchtet, die spitzen Zähne begrüßen, die in sein morsches Fleisch schlagen? Ja, es zieht ihn nach unten. Wozu dieser Kampf, diese Mühsal, diese nicht nachlassende Anstrengung? Süße Müdigkeit und angenehme Wärme strömen in seine Glieder, er legt sich nieder, streckt die Beine aus. Wahrscheinlich ist der Tod nicht weiter schlimm, sondern eine Erlösung, ein Aufatmen, ein wohliges Verdämmern. Deutlich sieht er den herbstlich verfärbten Spessart vor sich, die schwarzen Stämme und das Goldgelb der Wipfel und das Taumeln und Tanzen der Blätter, sieht eine Herde Rothirsche äsend über eine Lichtung ziehen und am Himmel den dunklen Fleck eines Raben. All dies hat er besessen, und im Augenblick genügt es ihm, dass er es erlebte und es war. Mehr kann keiner verlangen. Und nun ist es vorbei.
„Löse dich“, sagt der Pfarrer, „ergebe dich, gib deine starre Haltung auf. Dein Leben wurde dir geschenkt und jetzt wird es dir genommen. Du hast gejagt, getötet und geliebt, wurdest geschlagen und ausgepeitscht, und hast dich noch einmal zur Wehr gesetzt, aber deine Zeit ist abgelaufen. Betrachte dein Leben. War es gut? Hast du es als ein Gerechter geführt? War es einem Christenmenschen würdig? Das Urteil fällt ein anderer als du. Nun kannst du nichts mehr tun. Du liegst und bist Gottes Schätzung ausgeliefert.“ Warum nicht. Adam schließt die Augen. Die Seebestien summen eine einschläfernde Melodie, hinter den geblähten Segeln des Schiffes schweben die weißen Frauenvögel und blicken milde auf Adam herab. So betrachtete ihn Liese,

wenn er morgens die Augen aufschlug, sanft und staunend zugleich. Was für ein Mensch, sagten ihre Augen, oder, was für ein Narr. Nun liegt er in seinem fauligen Sarg, feuriger Speichel verschmiert ihm Mund und Nase. Wie auch immer, er ist bereit, dass ihn der Tod ereilt. Sein Kampf ist zu Ende, die Versuchung sich der einlullenden Wärme hinzugeben, ist zu stark. Auch sein sonst so polterndes Herz klopft nur noch leise und schwach. Dieses Ende ist nicht, was er anstrebte, aber er ist einverstanden. Wie schön es ist, nicht mehr kämpfen zu müssen.
Etwas Rundes, Weiches hüpft auf seine Knie und fährt sein Bein hoch und hopst auf seinen Bauch; eine haarige, zitternde Schnauze schnuppert an seinem Hals. Hier pulst Adams Blut, ein Biss nur und sein Blut rinnt über die faulen Dielen. Eine Ratte bringt ihm den Tod. Sie schnüffelt an seinem Mund, an seiner Nase, widriger Geruch bricht aus ihrem Maul, widrig wie ihr elendes Leben, das sie in Schmutz und Krankheit verbringt, ihre raue Sandpapierzunge schleckt an seinen Lidern, zerreißt die empfindliche Haut. Nun steckt sie ihre spitze Schnauze in sein Ohr, sodass er ihr heiseres, gieriges Wispern hört; da bohrt sich ein stechender Schmerz  in seinen Schädel, weil die Ratte ihre Zähne an seiner Ohrmuschel probiert. Nein! Mit Gewalt kehrt der Lebenswille in seinen Leib zurück, eine heiße Stoßwelle brandet ihm durch die Adern, sodass er das Vieh, das Miststück, den Ratz mit beiden Händen packt und zu blutigem Mus zerquetscht und die feuchte, stinkende Masse auch noch an die Bretter seines Kerkers schmiert, dann aufspringt und an den Wänden seines freiwilligen Gefängnisses rüttelt, weil er zeigen muss, dass sein Leben noch wild und ungebrochen ist, und dass die Zeit für die Leichenfledderer noch nicht gekommen ist. Noch nicht. Da war er vorhin einer Täuschung unterlegen. „Eine Schwäche nur“, ruft er dem Pfaffen und sich selber zu, „eine vorübergehende Schwäche. Noch steckt in mir genügend Feuer, und allen, die sich vorzeitig an meinem Tod laben wollen, soll es ergehen wie dieser Ratte, deren Gedärm mir noch an den Fingern klebt.“ Wie konnte er sich nur so gehen lassen. Doch der

Biss der Ratte hat ihn geheilt. Es sind wahre Freunde, und es war unnötig, die eine zu töten.
Aber er hat sich von seiner Krankheit erholt, rammt noch ein paar Mal den Kopf gegen das geduldige Holz, um sich vor einem weiteren Anfall zu bewahren, klettert über die Wand des Verschlages und wischt seine Hände an einem der Ballen sauber. Die Lichtritzen sind kaum mehr zu erkennen, entweder ist der Tag bereits wieder vorüber gegangen, oder das Wetter hat sich verändert. Da an seinen Händen noch der widerliche Geruch der Ratte haftet, zerreibt er eine Handvoll der würzigen Beeren zwischen den Fingern; ihre Schärfe vertreibt endlich die Erinnerung an das Untier, das ihn gleichwohl gerettet hat; er hätte vielleicht doch schonender mit ihm verfahren sollen. Die Wunde, die sie ihm beigebracht hat, schmerzt dafür umso heftiger.
Langsam torkelt er wieder in seine Höhle zurück, die ihm nicht zum Sarg werden soll; als Käfig für eine große Ratte ist sie ihm jedoch recht. Noch einmal beriecht er seine Hände, der Geruch des Artgenossen beginnt sich zu verflüchtigen. Es war schön zu töten, das heiße Blut zu spüren, das erstickte Quieken zu vernehmen. Töten ist Adams Handwerk; etwas anderes hat er nie gelernt und bis vor eineinhalb Jahren hat er gut davon gelebt. Und wenn er nun also doch nicht in diesem Loch verrecken wird, dann wird er seine Arbeit wieder aufnehmen, und wenn ihm Hofmann oder einer der anderen Büttel in die Hände fallen sollte, wird er ihnen seine Meisterschaft in diesem Fach beweisen.
Während er über die Bretterwand in sein Gefängnis klettert, wird ihm klar, dass dieser Tag die Entscheidung brachte: Er wird nicht sterben, weil er nicht aufgibt, weil er als Ratte weiter existieren wird. Hat er damit das Schlimmste bereits hinter sich, mehrere Monate vor der Ankunft?
„Dass du dieses Spiel noch immer nicht durchschaust", sagt Hofmann, sagt Adam zu sich selbst. „Du stürzt in den Abgrund, und kurz bevor dich der Teufel holt, rettest du dich gerade noch

einmal, aber jeder Absturz geht tiefer als der vorausgehende, der Tod greift immer entschlossener und nachdrücklicher nach dir. Irgendwann, Adam, gehörst du der Katz`, wie man bei uns zu Hause sagt. Du tanzt auf Wellen, runter und rauf, was für ein lustiger Reigen, jedoch werden die Wellenberge steiler und höher und du hörst es von unten gierig saugen und schmatzen. Ein paar Tage gebe ich dir noch, nicht mehr viele. Das Schiff übrigens dümpelt nach wie vor in einem abgelegenen Meeresteil, Hamburg ist so weit entfernt wie der Mond."

Soll sich Adam noch eine Ladung der scharfen Beeren genehmigen? Sein Mund aber brennt bereits wie Feuer, und die Flasche Wasser, die ihm Jensen brachte, hat er längst ausgetrunken. „Trink an meiner Brust", hört er da Liese flüstern, sie winkt und lacht und erhebt sich in die Lüfte wie einer der riesigen, weißen Vögel, schwebt über ihm, der Wind reißt an ihren Röcken. „Du bist zu weit weg", sagt er und hebt hilflos die Arme. „Komm` und trink`", sie lächelt und löst ihre Haare. Erschöpft lässt sich Adam auf den Boden sinken.

Wie weit wird er auf dieser Reise noch auseinander fahren? Er ist viele, er ist sogar eine Frau, und er ist diese weiße Vögel, die er nur für Augenblicke gesehen hat, und er ist der Büffel des Alten und das Rotwild im herbstlichen Spessart. Er ist zersplittert und liegt mit sich im Widerstreit. Doch kann er auch sanft zu sich sein, wie Liese, die wie eine Fahne über ihm weht und ihre Brüste entblößt hat, oder wie der Alte, der ihm murmelnd seine weiche Hand entgegen streckt. Adam wälzt sich auf die Seite und bedeckt mit seinen würzig duftenden Händen die Augen, will nicht mehr den vom Sturm abgerissenen und zu einem Strauß von Spänen zersplitterten Stamm sehen, zu dem er geworden ist. Doch so wenig, wie er die Ohren vor den ihn peinigenden Stimmen, so wenig kann er die Augen vor den auf ihn eindringenden Gesichtern verschließen; er ist ihnen ausgeliefert, müsste hinauf aufs Deck, ans Tageslicht, zu den anderen, wirklichen Menschen, um endlich die Gespenster zu vertreiben, kommt wankend auf die Beine, tastet nach einem Halt und über-

steigt erneut seinen Bretterverschlag. „Tu es nicht!“, rufen einige Stimmen. „Gehe weiter, kehre nicht um, verlasse dein Gefängnis!“, die anderen.
Es ist vollkommen finster, sodass er überall anstößt und nur langsam vorwärts kommt. Es muss Nacht sein, und daher ist sein Unterfangen, das Tageslicht zu sehen, eigentlich recht sinnlos. Da er nun dennoch einen beherzten Schritt nach vorne geht, rammt er mit dem Schädel gegen einen Balken, schwankt, stürzt und bleibt liegen. Eine wattige Müdigkeit verbreitet sich wie Mehltau in seinem Schädel. So nur also, denkt er noch, kann ich Schlaf finden, wenn ich mich halb bewusstlos schlage. Und schläft schon, träumt von seiner, sich über ihn beugenden Liese sowie den feuchten Nüstern des Büffels.
Er erwacht, da unmittelbar vor seinem Gesicht ein gleißender Faden steht, der mit seinem starken Licht Adams Augenlid durchdrungen hat. Es ist Tag, er hat tatsächlich die Nacht verschlafen. Der glühende Riss läuft über seine Hand, weiter über Arm und Brust zu den prall gefüllten Säcken der Ladung und schwebt darüber als hauchdünner Staubvorhang im niederen Raum. „Siehst du, wie dich der feurige Strich durchkreuzt?“, es ist der Pfarrer, der ihn so anredet, „ein deutliches Zeichen. Der Herr hat dich markiert mit dem Höllenfeuer. Es geht hinab, Adam, wenn du dich nicht besinnst.“ „Du liegst doch in Stücke zerschlagen umher“, brummt Adam, „und kannst noch immer predigen.“ Aber dann fällt ihm ein, dass er mit sich selber spricht, dass er der fromme Mann ist, der ihn mit erhobenen Zeigefinger anspricht, dass die Puppe, die er zusammen baute und der er Leben einhauchte, nichts anderes ist als ein Teil von Johann Adam Hasenstab, der schon immer in ihm schlummerte und erst jetzt während der Fahrt hervortrat. Noch ein paar andere Lichtfäden erhellen das Dunkle des Laderaums, sodass Adam der Rückweg zu seinem Gefängnis leicht fällt. Draußen muss ein besonderes Wetter herrschen, und Adam freut sich auf Jensen und seinen kurzen Bericht über den Zustand der Welt außerhalb des Schiffsbauchs. Vielleicht, dass es ihm heute zum

zweiten Mal gelingt, einen Blick hinaus zu werfen. Wie viele Seemeilen mag das Schiff in der vergangenen Nacht zurückgelegt haben? Jensen wird es wissen. Jensen, endlich ein richtiger Mensch. Über dem Geschehen in seinem Kopf hat Adam fast vergessen, dass es noch die Wirklichkeit gibt, mit echten Menschen und Tieren und Dingen, die man anfassen, und Stimmen, vor denen man sich die Ohren zuhalten kann.
„Gehen wir“, sagt er zu sich und seinen Gespenstern, die in seinem Schädel säuseln und flüstern, denn noch ist es Morgen und er ist ausgeschlafen; im Laufe des Tages aber werden sie lauter und schriller werden. Er dreht um und tapst nach vorne, wo einige Lichtpfeile die Decke durchbrechen und er die Luke vermutet. Soll er es wagen? Am gemächlichen Schaukeln des Schiffes ist zu erkennen, dass sich das Wetter weiter beruhigt hat, und damit die Gefahr, von den Matrosen entdeckt zu werden, gestiegen ist. Aber das Erlebnis des hellen, freundlichen Tageslichts würde ihm die Kraft geben, so hofft er, die nächste Zeit besser zu überstehen, und außerdem, so seine Rechnung, wird die Sonne die wirren Geister, die ihn quälen und in die er sich zerteilt hat, verscheuchen. Der vom Sturm abgerissene und in einzelne Späne zerfledderte Fichtenstamm steht ihm wieder deutlich vor Augen; er will die Spreißel wieder zusammenfügen, indem er für ein paar Augenblicke richtigen Menschen zusieht, den Wind im Gesicht spürt und die Salzluft einatmet.
Das wenige Licht, das in den Laderaum dringt, genügt, dass er, ohne sich zu verletzen, die Luke erreicht und behutsam den Deckel lüften kann. Erneut schlägt die Flut des Sonnenlichts über ihm zusammen, dass ihm die Knie einknicken und er den Deckel fallen lässt. Außer einem weißen, aufplatzenden Gleißen vermochte er nichts wahrzunehmen. Er lauscht. An Deck bleibt es ruhig. Mit einem Zipfel seines schmutzigen Hemdes reibt er sich die schmerzenden Augen. „Vorbei, vorbei“, flüstert ihm jemand ins Ohr, es könnte Hofmann sein oder auch der Pfarrer; wie auch immer, es ist einer seiner Ich – Späne, er selbst. „Dein Augenlicht hat gelitten“, raunt noch einmal die Stimme, „und

wird nicht mehr heilen.“ Gerede! Adam verkneift die Augen zu engen Schlitzen und lupft noch einmal den schweren Deckel. Nun, da seine Augen vorbereitet sind, ist er in der Lage, zu sehen, wenn auch verschwommen. Ein mehrfach geflicktes Segel spannt sich unter dem Druck des Windes, Wanten und Takelage schwanken wie die Wedel herbstlich müder Sträucher, zwei Matrosen in verwaschenen Leinenanzügen sind damit beschäftigt ein Tau aufzuschießen, sonst ist niemand zu sehen. Jetzt erst wagt er den Blick zum Himmel. Einige honigfarbene Wolken treiben im grenzenlosen Blau, welches Adam so unvergleichlich schön erscheint, dass er darin versinken und in diesen wunderbaren blauen Abgrund entweichen möchte. Längst sollte er die Klappe wieder geschlossen haben, doch der Anblick des Himmels hat ihn verzaubert und ihm die Sinne benebelt, sodass er sich nicht lösen kann. „Betrachte mich“, Lieses Stimme, seine eigene, ist ganz dicht an seinem Ohr. „Sieh` meine Schönheit, mein Liebster, so lange hast du mir keine Beachtung mehr geschenkt.“ Begehrlich streckt er die Hand nach ihr aus. Da dreht sich einer der Matrosen in seine Richtung und ruft ein Wort, das Adam nicht versteht. Sofort zieht er die Klappe zu und kauert sich im plötzlichen Dunkel zusammen. Haben sie ihn entdeckt? Hat er sich von Liese in sein Verderben locken lassen? Mit angehaltenem Atem lauscht er. Doch außer dem gelassenen Wellengang des Meeres bleibt alles ruhig. Dabei ragte seine ungestüme Hand weit aus dem Spalt, um in dieses köstliche Blau hineinzugreifen. Er muss warten, bis Jensen kommt, erst dann kann er Gewissheit haben, dass er unbemerkt geblieben ist. Wie ihm Liese fehlt! „Du fehlst mir“, sagt er leise zu ihr, zu sich, zu sich selbst. Wann endlich darf er wieder zu wirklichen anderen Menschen sprechen und nicht nur ein paar belanglose Worte wie zu Jensen. Wann endlich hat er es wieder mit festen Gegenständen und mit von Blut durchströmten, warmen Menschen zu tun, und nicht mit eingebildeten Geistern, die an ihm nagen wie gierige Ratten? Doch hat er zumindest eine leidlich angenehme Nacht hinter sich, und da

sie an Deck nicht wild umher laufen, scheinen sie auch nicht auf ihn aufmerksam geworden zu sein.
„Gott aber hat dich gesehen", sagt der Pfarrer. „Er sieht dir immer zu, hört dir immer zu, ihm bleibt nichts verborgen, in welch finsteres Loch du dich auch verkriechst. Und deutlich sind ihm ebenfalls deine Gedanken, du bist vor ihm offen wie ein blanker, wolkenloser Himmel; er liest in dir wie in einem Buch, blättert in deinen Sünden, die unauslöschbar in diesen Seiten niedergeschrieben sind." Adam fuchtelt mit beiden Händen, wie um eine Rinderbremse zu verjagen, aber ohne Hoffnung, den Pfaffen für immer vertreiben zu können, da das lästige Insekt er selber ist; er quält sich, da er gefangen sitzt, nicht ausbrechen kann; sein Jagdtrieb wendet sich nach innen und verursacht einen giftigen Binnenkampf. Ja, er vergiftet sich selbst.
Noch bevor er seine Klause erreicht hat, hört er, dass weiter hinten Jensen in den Laderaum heruntersteigt. Rasch überwindet Adam die Bretterwand und setzt sich auf den Boden, vor Freude ganz aufgeregt, da er es gleich mit einem Menschen aus Fleisch und Blut zu tun hat. „Hoho!", ruft Jensen. „Ist jemand an Bord?"
„Hier bin ich", antwortet Adam, „wo soll ich auch sonst sein?"
„Ja, dich muss man nicht lange suchen", sagt Jensen, indem er sich an die Bretterwand lehnt. Heute sind seine Umrisse wenigstens schemenhaft zu erkennen. Wortlos reicht er Adam das Essen. „Wie geht es dir?", fragt der ihn. „Du erkundigst dich nach meinem Befinden?", wundert sich der Seemann. „Du bist ein Mensch", erklärt Adam, „einer, den man anfassen kann."
„Lass` mich bloß in Ruhe", Jensen wehrt Adams tastende Hand ab. „Keine Angst. Du musst verstehen, dass mich hier unten sonst nur Spukgestalten besuchen. Du bist herrlich festes Fleisch, daher wollte ich dich kurz anfassen." „Dein Verstand ist aber noch in Ordnung?" „Ich weiß nicht, in mir geht es, wenn ich ehrlich sein soll, seltsam zu. Aber vielleicht ist es normal, wenn man so lange allein im Dunklen sitzt und keinen zum Reden hat. Ich nehme an, dass es wieder vorbei geht, falls ich

irgendwann einmal das Schiff verlassen kann. Sind wir seit gestern gut vorangekommen?" „Ein tüchtiges Stück. Nun muss ich aber wieder hinauf, sonst merkt der Maat, dass ich Geheimnisse habe." „Noch ganz kurz. Wie geht es Hannes?" „Ausgezeichnet. Er ärgert die Seeleute, wo er nur kann, stiehlt ihnen die Pfeifen aus dem Mund und treibt fortwährend Unfug. Ich glaube, es gefällt ihm auf dem Schiff besser als in dem Wald, aus dem du ihn geholt hast. Also, ich verschwinde jetzt." Der Schatten gleitet davon. Adam hätte ihn noch vieles fragen wollen. Doch in einem Gefängnis kann man nichts wollen, man muss dulden und beständig seinen Willen unterdrücken; und von daher stammt das Gift, das ihn böse, zur Ratte und zu einem Teufel macht. Weil er nicht gestorben ist und bisher alle Torturen und Zumutungen überstanden hat, ist in ihm das Gift gestiegen. Sie werden sich wundern, wenn er über sie kommen wird.

„Ich sehe", sagt Hofmann, „dass du noch vernünftig und logisch denken kannst, mein Respekt. Nur weiter so. Wenn jemand sehenden Auges und bei vollem Bewusstsein ins Verderben läuft, leidet er nur umso heftiger. Viel Vergnügen dabei. Dein gesunder Verstand macht dein langsames Absterben noch qualvoller, als es eh´ schon ist." „Dich werde ich mir zuallererst holen", gibt Adam zurück. Doch dann wird ihm klar, dass er sich gegen sich selbst wenden müsste, dass der wirkliche Hofmann wahrscheinlich friedlich in seinem Forsthaus sitzt und den Wilderer Adam Hasenstab wohl längst vergessen hat. Sowohl seine Freunde, als auch seine Feinde, mit denen er es auf dem Schiff zu tun hat, sind seine Phantasien, er ist in sich verbissen wie ein tollwütiger Hund. Sich die Haare raufend nimmt er seinen Rundgang durch den Verschlag wieder auf, der kranke Bär im Gefängnis. Welch ein Mensch mag einst diesem Gefängnis entsteigen? Wird er noch Mensch genannt werden können? Doch die Antwort hat er sich bereits mehrmals selbst gegeben.

„So schaut es mit mir aus", sagt Adam und hofft, dass ihm Liese, dass er sich als Liese erwidert. „Dein Bild ist deutlich",

antwortet sie tatsächlich, „es steht Tag und Nacht vor mir.“ „Habe ich mich verändert?“ „Du bist wie immer.“ „Sei froh, dass du nicht in mein Inneres schauen kannst. Ein Tier hat meine Seele gefressen und nimmt nun Wohnung in Adams Hülle. Hüte dich vor ihm, wenn er über die Schwelle unserer Hütte tritt, verjage ihn wie einen tollen Hund!“ „Das werde ich nicht, ich werde ihn an mein Herz drücken, und das Tier in ihm wird vor mir, vor meiner Liebe, zurück prallen und in die Wälder verschwinden.“ „Wenn es nur so wäre.“ „Ich bin deine Frau.“ „Bist du es noch? Warten sie noch immer, oben am Waldrand?“ „Mag sein. Ich sehe nicht hin.“ „Und wenn sie zu dir herunterkommen?“ „Dann wird mir etwas einfallen.“ „Nur, was?“ „Ich kann es dir nicht sagen. Aber beeile dich, puste in die Segel, damit dein Schiff schneller übers Meer schwimmt.“ „Das Pusten hilft nichts, nichts kann ich tun, als versuchen, den Verstand zu behalten und nicht zu sterben.“ „Ich denke immer an dich.“ „Ich brauche dich.“ Sie winkt ihm und wird von ihm fort gesaugt.
Nein, einen echten Trost hat sie ihm noch nicht gespendet, Liese, seine Frau, seine Geliebte; vielmehr verwirrt und beunruhigt sie ihn.
Auf und ab, hin und her, nichts anderes bleibt ihm. Doch eines! Über seinen schweren Gedanken hätte er beinahe sein Essen vergessen, es steht nach wie vor vorne neben dem Pfosten. Er bückt sich und hebt die Schüssel mit dem Brot und dem Käse auf. Schwerfällig durch sein Verlies tapsen und dabei das harte Brot mümmeln, so ist es halbwegs erträglich; nur dass seine karge Mahlzeit schnell aufgezehrt sein wird. Das Unerträgliche schlucken, hinunter würgen, das ist sein Los. Morgen, nach einem langen Tag und einer endlosen Nacht, wird Jensen wiederkehren, bis dahin muss er wieder durch die Hölle. Aber ist er nicht ein Teufel? Sollte er sich nicht allmählich säuisch wohl fühlen in seinem Geviert? Wogegen wehrt er sich eigentlich noch? Im Grunde ist er zu Hause angekommen. Kann es nicht Freude bereiten, ein Teufel zu sein? Warum spreizt er sich dagegen? Es ist der Rückzugskampf des alten

Adam Hasenstab, den er erlebt, die letzten schmerzhaften Todeszuckungen.
Adam bewegt sich schneller durch seine Klause und achtet kaum darauf, dass er sich immer wieder den Schädel anstößt. Wenn man ihn dazu verurteilt hat, ein Teufel zu werden, nun, so will er einer sein. Am Ende macht es sogar Spaß. Und wo könnte ein Teufel trefflicher wohnen als in einem Pfuhl wie dem seinen? Jeden weiteren Tag, den er hier verbringen wird, lässt ihn schwärzer und böser werden, und es werden noch viele Tage kommen bis zu seiner Befreiung, die er dann vielleicht als solche gar nicht mehr empfinden wird.
„Adam, wohin gehst du?“, ruft ihm Liese zu; sie steht aber fern, und Dunstschleier verhüllen sie. Er geht den Weg, den man ihm aufgezwungen hat, nur dass er dabei ist, den Spieß umzudrehen. Was als Strafe gedacht war, gerät zu einer seltsamen Verwandlung. Wer an einem Todesurteil nicht stirbt – und nichts anderes war mit seiner Verbannung auf eine holländische Galeere gemeint – kehrt als ein Teufel zurück. Und besser als ein solcher weiter zu leben, als zu sterben; besser irgendein Leben, als keines.
Adam reibt sich den schmerzenden Kopf, bückt sich nach der Flasche Wasser und leert sie in einem Zug. „Hoho Pfarrer!“, ruft er sodann. „Du wolltest einen Engel aus mir machen, jetzt ist es, wie du siehst, ins Gegenteil geschlagen. Ich wurde zum Bösen bekehrt.“ Der Pfarrer bleibt eine Antwort schuldig. „Dazu fällt dir wohl nichts mehr ein“, Adam trommelt mit den Fäusten gegen die Bretter. „Meine Wandlung raubt dir die Sprache. Und übrigens beginne ich mich allmählich in meiner schmutzigen Höhle wohl zu fühlen. Höhle oder Hölle, wie auch immer!“ Adam summt eine Melodie, die ihm gerade einfällt, ein düsteres Gebrumm, das er vielleicht einst einer Hornisse abgelauscht hat. Ja, er hält, ganz ähnlich diesem gefährlichen Insekt, eine Art Winterschlaf, eingebettet in eine finstere Nische, liegt dort im eigenen Dreck. Doch eines Tages wird er daraus hervor brausen, und wem er begegnet, wird erschrecken.

So, nur so, kann er hier überleben. Doch wenn Jensen am nächsten Tag das Essen bringt, wird er nicht merken, welches Untier er da füttert, da die Dunkelheit eine vorzeitige Entdeckung verhindert.

In dieser Mauernische beachtet ihn niemand. Adam hat ein Gespür für solche Stellen entwickelt; es gibt sie überall, Orte, die keiner betritt, nicht einmal wahrnimmt; es sind die Wohnstätten der Ratten. Er hockt und lauert auf die Reste, die vom Markttag der kleinen Stadt, deren Namen er nicht einmal weiß, übrig bleiben werden. Kartoffeln und Rüben werden angeboten, Schlachtvieh, Äpfel, Töpferwaren, Stoffe und Kleider; viel ist es nicht, was die Bauern und Händler anzubieten haben. Adam wäre schon mit einer Handvoll Rüben zufrieden. Zum letzten Mal gegessen hat er am Vortag, als er gegen Mittag auf dem Abfallhaufen hinter einem Gasthaus ein paar Stücke halb verschimmelten Brotes fand, dazu noch ein Hühnerbein, an dem zwar kein Fleisch mehr hing, an dem er aber so lange lutschte, bis er ein wenig Geschmack auf die Zunge bekam. Dennoch ist er fröhlich, bei bester Stimmung, weil er seinem finsteren Gefängnis entflohen ist, weil er überlebt hat, als Ratte und als Teufel zwar, aber am Leben; und sein Hunger ist ungeheuer, nicht nur nach gebratenen Hühnchen und frisch gebackenem Brot.

Nun kauert er bereits den halben Nachmittag in seiner Ritze. Vor ihm bückt sich die Bauersfrau und klaubt die Kartoffeln zusammen, die immer wieder vom Haufen herunter auf das Pflaster rollen. Seit Stunden starrt er mit bösen, kleinen Rattenaugen auf ihre Kruppe. Ihr wird er folgen, wenn sie später nach Hause geht; vielleicht dass nicht nur Rüben und Kartoffeln herausschauen.

Er ist irgendwo, hat die Orientierung weitgehend verloren, ist einfach dem großen Fluss entlang gewandert, der weiter im Süden in einem Gebirge entspringen muss. Manchmal fragt er Leute, wo er sich befindet, aber wenn sie ihn wegen seines Aussehens nicht verjagen oder vor ihm weglaufen, kann er mit ihren Antworten nichts anfangen, die Städtenamen, die sie ihm nennen, sind ihm unbekannt. So hält er sich also an den Fluss, an sein graues Wasser. Auf dem Leinreiterpfad kommt er immerhin recht schnell vorwärts.

Bisweilen hat er den Eindruck, dass die Bauersfrau sehr wohl weiß, dass sie aus dem Schatten der Mauernische heraus beobachtet wird, zu auffällig streicht sie ihre Haare zurecht und nestelt an ihrem Mieder. Möglicherweise aber macht er sich auch nur etwas vor. Seine Einbildungskraft ist überhitzt, zu lange war er alleine, steckte er in dem übel riechenden Loch im Schiffsbauch, in einem Rattenloch, wo er sich mit Bosheit mästete.

Kinder hüpfen vorbei, treiben mit einem Stecken einen faulen Apfel vor sich her; Adam würde ihn nicht verschmähen, aber er wagt sich aus seinem Versteck nicht heraus, fürchtet Aufsehen und Geschrei, und schließlich das Hinausgeprügeltwerden aus der Stadt, wie es ihm bereits einmal widerfuhr. Er hat Geduld gelernt dort im Laderaum des Segelschiffes; in dieser Disziplin ist er unübertroffen.

Allmählich kriecht die Abenddämmerung in die Straßen; es ist Herbst, Adams Jahreszeit, wie er sie sich im Schiff tausende Male vorstellte und ausmalte. Die Nächte sind bereits empfindlich kühl, sodass er sich nach einem warmen Nest umsehen muss; und da käme ihm die Bäuerin gerade recht. Sie haucht einen Apfel ab, wischt ihn an der Schürze sauber und beißt hinein; für einen kurzen Moment hat Adam ihre kräftigen Zähne gesehen. Der Schatten, der ihn birgt, ist tiefer und schwärzer geworden, er kann endlich Arme und Beine ausstrecken, ohne entdeckt zu werden. Ja, er braucht Platz und frische Luft, mag sie auch ein kalter Oktoberwind sein; wie sehr hat er beides auf dem Schiff vermisst. Genauso wichtig ist ihm saubere Kleidung geworden. Kaum dass er in Hamburg das Schiff verließ, fetzte er sich auch schon die stinkenden Lumpen vom Leib und ließ sich von Jensen als letzten Freundschaftsdienst und als letzte Rate für Hannes reinliche Wäsche, Hemd und Hosen besorgen; seitdem stiehlt er, spätestens nach vier Tagen, von Wäscheleinen oder unbeaufsichtigten Marktständen, was er braucht, um seine Blöße zu bedecken; Hunger und Durst erträgt er leichter als

Schmutz und Enge. Keiner wird ihn mehr einsperren, eher lässt er sich umbringen.
Die Bauersfrau beginnt ihre Kartoffeln und Äpfel, von denen sie nur wenige verkaufte, in Körbe zu füllen, die sie auf einen Karren stellt. Dann spannt sie sich davor und zieht, nachdem sie noch einmal über den Platz geblickt hat, ihre schwere Last an. Kaum dass sie Adam den Rücken kehrt, verlässt der sein Versteck. Die Dämmerung ist inzwischen so weit fortgeschritten, dass er ihr unbemerkt, sich hart an den Mauern der Häuser haltend, folgen kann. Immer wieder bleibt die Frau stehen und stützt sich schwer atmend auf den Karren, um Atem zu schöpfen. Adam sieht, wie sich ihre Brust hebt und senkt. Er ist sich im Klaren, dass er dabei ist, sich in Gefahr zu begeben, aber es drängt ihn mit Macht zu dieser Frau, die er stundenlang anstarrte, die nicht einmal hübsch ist, eine Bauersfrau eben, etwas kräftig, mit dichtem, aschblonden Haar. Sie ist eine Frau. Und Liese ist noch weit; außerdem gefällt ihm Lieses Lachen nicht und ihre unruhigen Blicke, die zum Waldrand wandern.
Die Bauersfrau geht weiter, grüßt einen Vorübereilenden und stimmt plötzlich ein schwermütiges Lied an, um sich den mühseligen Heimweg erträglich zu machen. Um verlassene Mädchen, um Krieg und um in den Süden fliegende Schwäne geht der Gesang. Jeder, denkt Adam, leidet auf seine Weise, unter seinem ihm bestimmten Leben; keiner ist wirklich froh. Wie, wenn alle Gequälten zusammen kriechen und sich wärmen würden? Diese Frau, er, der einbeinige Bettler, dem er die Hälfte seiner Münzen klaute, die armen Kameraden auf dem Sklavenschiff, die der Tod vergaß zu erlösen. Aber dazu sind sie zu müde, denkt er weiter, zu selbstsüchtig, und dazu sind ihnen die anderen armen Hunde zu gleichgültig.
Die letzten Häuser der Stadt bleiben hinter ihnen zurück, freies, mittlerweile völlig dunkles Feld dehnt sich vor ihnen aus. Der Karren der Frau rumpelt über einen steinigen Weg, rechts zeichnet sich eine niedrige Hütte ab, vor der die Frau ihren Karren abstellt, ein Hund schlägt an. Adam bleibt zurück und wartet, bis

hinter einem Fenster ein schwaches Licht erscheint. Der Hund flößt ihm keine Angst ein, denn Tiere spüren sogleich, wenn ihnen einer überlegen ist, und einen Teufel fliehen sie erst recht. Behutsam nähert sich Adam. Die Frau scheint alleine in der Hütte zu wohnen; wahrscheinlich ist ihr Mann in einen der vielen Kriege gezogen, von denen sie vorhin gesungen hat und die unersättlich nach jungen, gesunden Männern sind. Der Hund ist verstummt und wird nicht wieder laut, obwohl sich Adam bereits an die Hauswand heran geschoben hat und in das Innere späht. Die Frau sitzt am Tisch und schält Kartoffeln, vor ihr auf dem Tisch steht eine rußende Kerze. Der Hund, ein großes Tier, schnürt schnüffelnd und Schwanz wedelnd an Adam heran. „Kusch“, flüstert er, packt den Hund am Genick und drückt ihn zu Boden, was sich der lautlos gefallen lässt. Adam betrachtet die Frau und die gelben Kartoffeln, tastet nach der Tür und stellt fest, dass sie nicht verschlossen ist. Langsam stößt er sie auf und ist mit zwei schnellen Schritten im Zimmer. Die Frau blickt überrascht auf, ohne aber zu erschrecken. „Wer bist du?“, fragt sie; ihre Stimme ist seltsam dunkel. „Ein Herumtreiber, der endlich auf dem Weg nach Hause ist“, antwortet Adam und setzt sich zu ihr an den Tisch. „Hast du Hunger?“, fragt die Frau. Adam nickt. Etwas würgt ihn im Hals, sodass ihm das Sprechen schwer fällt. Die Frau schält ungerührt mit geschickten Fingern ihre Kartoffeln, sieht Adam manchmal für eine Weile an und widmet sich dann wieder ihrer Arbeit. Schließlich erhebt sie sich, füllt die Kartoffeln in einen Topf und stellt ihn auf den Herd. „Jetzt müssen wir warten“, sagt sie. „Im Warten bin ich gut“, bringt Adam heiser hervor. „Woher kommst du?“, will sie wissen. „Das wirst du nicht glauben“, Adam muss husten, der Druck in seinem Hals ist noch stärker geworden. „Dann lass` es sein“, die Frau macht eine abfällige Handbewegung. „Du siehst so aus, als ob du viel mitgemacht hast“, sagt sie wie zu sich selber. „Wie einer, der noch einmal davon gekommen ist, hungrig und zerschlagen, und deine Augen schauen gehetzt wie die der Kälber im Schlachthof. Ich glaube, du bist ein armer

Hund. Auch ich bin arm dran, mein Mann ist im Krieg, schon seit neun Monaten habe ich nichts mehr von ihm gehört. Das bisschen Geld, das er mir da gelassen hat, ist aufgebraucht, ich lebe von Kartoffeln und Rüben. Nicht einmal ein Kind hat er mir gemacht." Sie blickt traurig in das Kochwasser, in dem die ersten Luftblasen aufsteigen. „Ein schlimmes Leben", sagt sie und schüttelt den Kopf. „Dabei bin ich noch jung, und schon am Ende." Sie sieht Adam an. Er atmet schwer. Das Wasser sprudelt und springt im Topf. Sie ist seinem Blick gefolgt. „Das dauert noch", sagt sie. „Außer Kartoffeln kann ich dir nichts bieten." Langsam steht Adam auf und tritt an sie heran, seine Hand umfasst ihre Schulter. Es wird geschehen, denkt er, es wird auf alle Fälle geschehen. Die grauen Augen der Frau sind auf ihn gerichtet, ihr Mund zuckt, dann dreht sie sich von ihm weg und geht hinüber zu einem Lager aus altem Heu, dort legt sie sich auf den Rücken; unter ihren Röcken wird ein nacktes Bein sichtbar. Unsicher tapst Adam hinterher und lässt sich auf sie fallen. Ein Stein im Hals presst ihm die Luft ab. Die Frau beginnt ihn zu streicheln und flüstert ihm tröstende Worte ins Ohr. „Mein Guter, mein Bester…" Und Adam drängt sich an sie, schiebt ihre Kleidung beiseite, betastet ihr wunderbares Fleisch, riecht und schmeckt es, presst sich mit aller Kraft darauf, presst sich hinein. Sie stöhnt und verdreht die Augen und auch ihn schwindelt, das Zimmer dreht sich und die Blasen des Kartoffelwassers platzen und gurgeln.

Endlich sagt sie: „Es ist gut, mein Lieber. Lass´ uns nach dem Essen sehen." Adam rollt sich auf die Seite, der Druck in seinem Hals hat sich gelöst. Die Frau steht auf, geht zum Herd, rührt im Topf und sagt über die Schulter: „Jetzt gefällst du mir besser. Vorhin hast du wie ein Gespenst ausgesehen." Wie eine Ratte, müsste sie sagen, denkt Adam, wie ein Teufel. Er zieht die Knie bis an die Brust und starrt in eine dunkle Ecke. „Was hast du eigentlich mit dem Hund gemacht?", fragt sie. „Normalerweise schlägt er an, manchmal hat er auch schon Leute gebissen." „Er hat mich erkannt. Ich kenne mich mit Tieren gut aus, weil ich schon so viele getötet habe. Wenn man sie tötet, verraten sie dir, wer du bist", sagt Adam, der wieder frei sprechen kann. „Vielleicht kriegst du jetzt ein Kind", setzt er noch hinzu. Es wäre, denkt Adam für sich, ein schreckliches Kind, ein Rattenbalg, ein kleiner Teufel. „Das glaube ich nicht. Dazu ist es wohl zu spät", die Frau sticht eine Kartoffel an, um zu prüfen, ob sie schon gar ist. „Gleich ist es soweit", meint sie. „Warum fürchtest du dich nicht vor mir?", will Adam wissen. „Was willst du mir schon tun? Wie ein Mörder siehst du nicht aus", sie betrachtet ihn prüfend. „Dafür hast etwas von Grab oder Tod oder Krankheit an dir. Kehrst wohl vom Krieg zurück?" „Nein. Aber, wie du richtig gesagt hast, einer Art Grab bin ich wirklich entstiegen. Doch lassen wir das. Was ist mit dem Essen?" „Es ist fertig."

Adam wirft sich auf den Rücken und dehnt sich wollüstig. Er hat sein Gefängnis verlassen, er hat mit einer Frau geschlafen und gleich kann er sich mit Kartoffeln voll stopfen. Was will er mehr? Beinahe fröhlich springt er auf seine Füße und setzt sich an den Tisch. Die Frau stellt den Topf mit den dampfenden Kartoffeln vor ihn. „Mehr gibt es nicht", sagt sie. Wann hat Adam seine letzte warme Mahlzeit gegessen? Vor zwei Jahren? Vor zweieinhalb? Mit zitternden Fingern holt er sich die erste Knolle aus dem Topf. „Verbrenn` dir nicht den Mund", warnt die Frau, „sie sind noch heiß." Adam zerdrückt die Kartoffel auf der Tischplatte, damit sie schneller abkühlt, bläst und pustet, und wird vor Ungeduld ganz aufgeregt. Jetzt ist es soweit! Hat er jemals etwas Köstlicheres gegessen? Er würgt und schluckt und greift bereits nach der nächsten. Die Frau beobachtet ihn und reicht ihm eine weitere Kartoffel. „Wo kriegt man einen solchen Hunger?", fragt sie, ohne eine Antwort zu erwarten. Adam ist schon mit seiner vierten Kartoffel beschäftigt. Erst nachdem er die sechste verdrückt hat, ist er befriedigt. „Das war gut", sagt er. „Das hat mich gerettet. Das und das andere." Er zwinkert mit den Augen. „Steht es so schlimm mit dir?" „Nein, nein, eine Ratte überlebt immer, um eine Ratte braucht man sich keine

Sorgen zu machen." Die Frau kratzt sich am Kopf, weil sie sich keinen Reim auf Adam machen kann und beginnt die übrig gebliebenen Kartoffeln in eine Schüssel zu geben. Adam stützt das Kinn auf die Hand und sieht ihr zu; jetzt ist er müde. „Leg` dich ruhig hin", sagt sie. „Du wirst schlafen wollen." Erst die Frau, dann das Essen und nun der Schlaf. Adam stemmt sich am Tisch hoch, schlurft zum Heulager und versinkt in dem muffig riechenden Haufen; augenblicklich schläft er ein.

Als er am Morgen erwacht, schleicht sich gerade die Dämmerung in das Zimmer, die Frau neben ihm zerbläst im Schlaf unverständliche Worte zwischen den Lippen, ihr rechter Arm liegt auf seiner Schulter. Vorsichtig macht sich Adam frei. Er muss weiter. Ein Blick noch für den roh gezimmerten Tisch, den einfachen Herd und die flatternden Lippen der Frau, dann schlüpft er hinaus. Draußen begrüßt ihn der vor Freude hechelnde Hund, der an ihm hochsteigt und an seinen Händen leckt; die braunen Augen des Tieres suchen die seinen zu gewinnen. „Bald werde ich wieder jagen", flüstert Adam in die feuchte Schnauze des Hundes hinein; und er packt den Köter am Nackenfell und hebt ihn hoch, wirbelt das winselnde Bündel einmal um sich und setzt ihn wieder ab. Der Hund duckt sich und legt den Kopf auf die Pfoten. „Damit du weißt, wer ich bin", sagt Adam leise.

Das Feld hinter dem Haus ist voller Steine und Krähen; weit hinten wachsen Büsche, dahinter muss sich der Fluss verstecken, sein Weg zurück in den Spessart. Adam beeilt sich, den Acker zu überqueren, auf offenen Flächen fühlt er sich nicht wohl, er braucht dunkle Winkel und Ecken, um sich zu verstecken, noch lieber ist ihm der Wald; doch so weit er schauen kann dehnen sich abgeerntete Ackerflächen; die einzige Unterbrechung bildet die Gebüschreihe längs des Flusses. Die Krähen fliehen vor ihm mit plumpen Sprüngen, ihre Augen blinken böse. Noch eine mir verwandte Kreatur, denkt er. Die Hütte der Frau ist schon kaum mehr zu erkennen, ist nur mehr ein brauner Fleck auf der Ackererde; lediglich eine blasse Rauchsäule markiert den Ort, wo er für eine Nacht unterkroch und seine

Stärke zurückgewann. Er wird die Frau vergessen, so wie sie ihn aus dem Gedächtnis verlieren wird. Nicht vergessen wird er hingegen den Spessart, nach dem er unterwegs ist. Jeder Schritt über das steinige Feld bringt ihn näher, und seitdem er das Schiff verlassen hat, kann er wieder auf die eigene Kraft und den eigenen Verstand vertrauen und ist nicht mehr auf das Wohlwollen anderer angewiesen oder auf die Willkür von Wind und Meeresströmungen. Er muss nur immerfort gehen, begleitet von den krächzenden Raben, die nur ein paar Meter vor ihm zurückweichen, um ihm dann in einiger Entfernung zu folgen. Ratten und Krähen, er hat sich mit den richtigen Tieren verbündet, beide sind schlau und fähig, überall zu überleben und aus jedem Unrat Nahrung zu gewinnen; außerdem sind sie ungemein fruchtbar. Diese Fähigkeit muss Adam noch unter Beweis stellen; aber vielleicht hat er der Frau ein Kind eingepflanzt, eine kleine Ratte, einen Teufel.
Graue Waldreben spinnen die Weidenbüsche am Flussufer ein. Der gepflasterte Treidelpfad liegt verlassen, der Strom schiebt und wallt nach Norden zum Meer, Laub und Äste treiben darauf. Adams Weg geht nach Süden, zu den Nebenflüssen und Quellen dieses Stroms. Ein Fisch springt, um sich mit aller Kraft des Angriffs eines Feindes zu erwehren, doch eine dunkle Kraft zieht ihn wieder nach unten, und dieselbe treibt Adam nach Süden, die Anziehungskraft seines Zuhauses. So wie ein Fisch nur im Wasser überleben kann, so er nur im Spessart, der dort irgendwo in der dunstigen Ferne liegt. Aber lange nicht mehr so fern, wie noch vor Monaten; er ist nahe schon, vielleicht trennen ihn nur noch drei, vier Wochen von seiner Heimat. Gehen, endlich wieder ungehindert ausschreiten können, die kalte Luft des Herbsttages um sich und das aufmunternde Krächzen der Raben. Ihr Lied macht Adam fröhlich.
„An seinen Freunden erkennt man einen Menschen“, sagt da der Pfarrer. Adam hat sich an seine Einwürfe gewöhnt, und dass er in mehrere Personen auseinander tritt, die mit ihm streiten, beunruhigt ihn inzwischen nicht mehr; vielmehr bereitet ihm ihr

Schweigen Sorgen, wenn es zu lange anhält. „Du hast Recht“, antwortet er sich, „zu einer Ratte gesellen sich eben die Krähen. Mich freut ihre Gesellschaft, denn ich weiß, wo ich hin gehöre.“ „Du verhärtest dich immer mehr.“ „Und ich fühle mich wohl dabei, bin an meinem Ort unter meinesgleichen.“ „Die Strafe Gottes wird dich unerbittlich treffen.“ „Warten wir es ab. Das ist noch nicht ausgemacht, wer von uns beiden in der Hölle braten wird, du oder ich, und ob überhaupt einer.“ Adam bückt sich nach einem Stein und schleudert ihn ins Wasser. Seine Beine und Arme, so scheint ihm, arbeiten wieder so kräftig wie früher, haben die Enge des Schiffladeraums offensichtlich gut überstanden. „Siehst du das, Pfaffe!“, ruft Adam. „Siehst du meine Kraft, nur darauf kommt es an, daneben gibt es nichts mehr. Hast du vorhin den Fisch beobachtet? Wenn er gut gesprungen ist, hat er sein Leben behalten, und der Hecht, der ihn jagte, muss verhungern. Ist aber der Hecht schneller, so frisst er sich am Leben des anderen Fischs satt. Dieses Spiel geht eine ganze Weile so, bis der Überlebende ebenfalls stirbt, und dann werden wir, du wie ich, zu Erde, aus der dann langweiliges Gras wächst. Ich weiß, dass dir das nicht gefällt.“ Adam pfeift ein fröhliches Lied, reißt Zweige von den Weiden und wirft sie vor sich auf den Weg. Dem Pfarrer hat er recht gut das Maul gestopft, wie meistens.

Allmählich hebt sich der Dunst, das Gegenufer tritt deutlich hervor, hohe Pappeln wachsen dort drüben, um deren Wipfel Möwen segeln. Das Meer ist nur wenige Tagesmärsche entfernt, das graue Meer, das er nie mehr sehen will und das ihn nie mehr sehen wird. Er will tiefer ins Land hinein, will Felsbrocken unter den Füßen spüren und Bäume über sich haben, will Hügel hinauf rennen und über ein Tal blicken. Das Meer ist nichts für ihn.

“Wen haben wir denn da?“, spricht es aus einem Erlengebüsch. „Ich würde sagen, einen von uns“, antwortet eine kichernde Stimme. Adam bleibt stehen. Unter dichtem Gezweig erkennt er zwei Gestalten, die sich erheben und sich aus dem Dickicht her-

aus arbeiten. Ein kleiner, dünner Kerl und ein großer, feister; beide in abgerissenen Kleidern. Dem Dicken brennt eine rote Narbe im bartlosen Kindergesicht. „Wer seid ihr?“, fragt Adam, der sich mit einem Griff vergewissert, dass er sein Messer noch einstecken hat. „Fahrendes Volk“, der Kleine zwinkert ihm kumpelhaft zu. „Kannst dich uns anschließen. Bei uns ist immer `was los.“ „Ich gehe lieber alleine, euch brauche ich nicht“, Adam sind die beiden lästig. „Er mag uns nicht“, sagt der Kleine und grinst höhnisch. Adam erinnert sich an die Büttel jener fernen, heißen Gegend, aus der er kommt, die ihm ähnlich herausfordernd und hochmütig begegneten. Er fasst sein Messer fester. „Wie blass er wird“, der Dicke geht einen Schritt näher auf ihn zu. Wenn sie wüssten, dass sie es mit einer in die Enge getriebenen Ratte zu tun haben, mit einem zu Allem entschlossenen Biest, fährt es Adam durch den Kopf. „Deine Narbe steht dir gut“, sagt er zu dem Dicken. „Ich aber werde nicht so schlecht zielen, mein Hieb wird sitzen.“ Der Dicke wird unsicher. Es ist wie mit dem Hund, denkt Adam, er erkennt seinen Herrn, und die kleine Ratte duckt sich vor der großen. Gefährlicher ist der Kleine, dessen Augen nervös flackern. Zwei Wegelagerer, vielleicht ehemalige Soldaten, womöglich Fahnenflüchtige, verzweifelte, ausgestoßene; sie haben nichts mehr zu verlieren. „Also“, sagt Adam, „ich gehe jetzt weiter, und ihr bleibt hier.“ „Bitte, lass` dich nicht aufhalten“, flötet der Kleine und tritt zur Seite. „Wahrscheinlich sehen wir uns doch noch einmal wieder!“, ruft er Adam, der mit langen Schritten davon eilt, hinterher. „Schließlich wollen wir auch flussaufwärts.“
Ja, das glaubt Adam auch, dass er die beiden nicht so schnell los wird, und dass die nächste Begegnung für ihn gefährlicher sein wird, Galgenvögel wie er, und der modrige Geruch, der von ihnen ausging, ihre abgewetzten, dreckigen Kleider erinnerten Adam an seine Gefangenschaft im Rattenloch des Schiffes. Sie sind wie er, wurden von der Bosheit des Schicksals zu dem gemacht, was sie sind, Halunken und Herumtreiber. Er unterscheidet sich lediglich dadurch von ihnen, dass er ein Ziel hat,

dem er mit aller Macht zustrebt. Und sie wie er waren nicht immer so, wie sie jetzt sind, doch fühlen sie sich in ihrer neuen Haut wohl, und es könnte sein, dass das Jahr auf dem Schiff und der Aufenthalt im Rattenloch sein eigentliches Wesen zum Vorschein gebracht hat.
„Fabelhaft ist das, Pfaffe!", ruft er aus, da die beiden Kerle inzwischen außer Hörweite sind. „Als durch und durch Böser braucht man sich vor weniger Bösen nicht zu fürchten, man braucht keine Angst mehr zu haben." Er hopst wie ein kleiner Junge und schlägt mit der Hand ein paar welke Blätter von den Zweigen. So wohl war ihm schon lange nicht mehr. Einige Krähen krächzen ihm Beifall. Sie tragen ihren schwarzen Sündenkittel von Geburt an und leben ganz prächtig damit. Adam sollte sich im nächsten Ort einen schwarzen Rock besorgen, da er besser zu ihm passt wie der blaue Zwillich; erst im Spessart wird er wieder sein grünes Wams anlegen.
Der Dunst beginnt sich nun völlig aufzulösen und der blaue Himmel schimmert durch die letzten Schleier; darin aber treiben die schwarzen Kleckse der Raben wie die Exkremente von Riesenvögeln. Ja, denkt Adam, spuckt ihnen in die blaue Himmelssuppe, den Pfaffen und Herren mit ihren Bücklingen, verderbt ihnen ihre reine Weste. Und so will ich tun, wenn ich zurück bin. Weil ihr mich nicht umbringen konntet, müsst ihr jetzt ertragen, was aus dem finsteren Loch hervor kroch. Eine Weile lauscht er mit angehaltenem Atem, ob der Pfaffe sich meldet, aber der bleibt stumm, hat sicher genug oder eingesehen, dass er Adam nicht beikommt, weil er, der Wilderer, Recht hat und nicht der gescheite Herr Pfarrer.
Also dann rasch weiter, in die blaue Ferne hinein, die Hügel und Wälder birgt, in denen er sich endlich wieder zu Hause fühlen wird. Adam dreht sich noch einmal um. Von den beiden Galgenstricken ist nichts mehr zu sehen, was aber nichts zu bedeuten hat. Adam wird ihnen früher begegnen, als ihm lieb ist; jedoch weiß er sich ihnen überlegen.

Ein Fuhrwerk kommt ihm entgegen, zwei stampfende Rösser vorneweg, die mit Funken schlagenden Hufen über das Pflaster klappern. Adam weicht zur Seite aus und betrachtet die zwei rotgesichtigen Männer auf dem Bock, die für ihn nur einen kurzen, geringschätzigen Blick übrig haben, Bauern, die prall gefüllte Säcke in die Stadt fahren. Immerhin, denkt Adam, sind es keine Büttel, auch wenn sie glauben, mich verachten zu müssen. Er bleibt noch eine Weile unter den Weiden stehen und sieht ihnen nach, den Ahnungslosen, die von der Welt der Ratten, aus der Adam stammt, nichts wissen, die denken, dass es auf der Erde nichts anderes gibt als ihr Getreide, ihr Vieh und ihre fetten Weiber. Und auch sie würden den Kopf beugen, wenn statt seiner einer der Herren dieser Flussgegend hier stünde, so breite Stiernacken sie auch haben.

Adam pfeift sich ein flottes Lied und marschiert weiter, den Fluss entlang, über dessen Wellen die Möwen gaukeln. Ihr hässliches Geschrei schmerzt in seinen Ohren, während das Krächzen der Krähen ihm wohl tut. Der Himmel ist nun rein und hellblau und hat auch die schwarzen Flecken der Raben getilgt, und allmählich beginnt sich die Luft zu erwärmen. Wie freudig begrüßte er die erste kühlere Brise, die das Schiff erfasste, als sie Kurs auf Europa nahmen, da er von der Hitze der Tropen versehrt war; schnell aber wandelte sich die Erfrischung und Belebung in eine nagende Kälte, die ihm in die Knochen drang und nicht mehr weichen wollte. Daher freut er sich jetzt über die Sonnenstrahlen, die ihm das Fleisch wärmen. Weit kann er den Treidelpfad überblicken, der sich Kilometer um Kilometer am Fluss hinzieht, ein breiter, deutlicher Weg, wie er ihn eigentlich nicht mag; ihm liegen die verschwiegenen Pfade und Wildwechsel, die ein Ungeübter nicht einmal erkennen würde, und noch lieber ist ihm der weglose Wald, in dem er sich bewegt wie ein witternder Fuchs, keiner vorgegebenen Linie folgt, sondern dem, was gerade in Nase, Auge oder Ohr springt. Jetzt ist er Ratte, später wird er wieder Fuchs werden; doch dabei bleibt er immer ein Teufel, sein Mitbringsel von der Reise in

die Tropen. Liese wird große Augen machen, wenn sie es entdeckt.
„Schone sie!“, sagt der Pfarrer. „Ah, da bist du ja, Pfaffe!“, ruft Adam aus. „Ich dachte schon, du sprichst nicht mehr mit mir, oder es hat dich der Gottseibeiuns geholt, weil er glaubt, dass du bei ihm besser aufgehoben bist als oben. Aber mach` dir keine Sorgen. Ich werde Liese zuerst fragen und abklopfen; nur wenn ich ganz sicher bin, dass sie mich hintergangen hat, wird sie den Teufel kennen lernen, dann aber heftig. Spare dir also dein Gewimmer! Es wird sich vollziehen.“ „Sie ist ein junges, dummes Ding.“ „Sie weiß, was sie tut, was sie tat.“ „Du gehst mit ihr strenger ins Gericht als mit dir.“ „Gewäsch. Hast du noch nicht bemerkt, in welches Wesen ich mich verwandelt habe? Was schert es mich, wenn ich ihr Unrecht tue? Ich handele so, wie es mir passt. Ich entscheide und nicht mein Gewissen, das mir unterwegs abhanden gekommen ist, und noch viel weniger richte ich mich nach deinem Gerede.“ Damit hat er den Pfaffen für heute erledigt.
Die Sonne steigt wie seine Laune. Und da sind auch wieder die Krähen, hängen wie schwarze Früchte in einer dürren Pappel. „Rab, rab, rab“, singen sie zu seiner Begrüßung. „Zieht mit mir, Freunde!“, ruft er ihnen zu. „Wenn ich zu Hause bin, überlasse ich euch das Gekröse der Wildschweine und der feisten Hirsche, die ich den Herren vor dem Gewehrlauf wegschießen werde.“ Einige der finsteren Vögel flattern auf und segeln auf die Äcker herunter, die sich jenseits der Weidenbüsche ausbreiten, wo sie stolz aufgerichtet wie Soldaten herum marschieren. Früher hat sie Adam nicht beachtet, nun sieht er sie als Gefährten, die ihn auf seinem langen Weg nach Hause begleiten werden. Im Laufen wird ihm warm, sodass er seine Jacke aufknöpfen muss. Liese wird es freuen, dass er noch warm werden kann, wenn es auch dieses Mal die Sonne ist, die ihm einheizt. In der Nacht, als er neben der Frau lag und ihm plötzlich wieder das Leben zuströmte, wusste er, dass er keinen Schaden nahm, weder im Bauch des Sklavenschiffes, noch in seinem Ratten-

loch. Er schwitzt und freut sich über seine nasse Stirn und die silbernen Schweißtropfen, die ihm von der Nase springen. Rechts von ihm hüpft und hopst sein krähenschwarzer Schatten genauso quicklebendig wie er selbst. Er winkt ihm und der Schatten winkt zurück, er antwortet, so wie der Pfarrer oder Hofmann und manchmal Liese zu ihm reden, und Adam ist selbst dieser Schatten, wie jene ebenfalls er selber ist. Auf diese Weise ist er auf seiner Reise nicht allein, er ist viele. Es ist nicht zu begreifen, und dennoch ist es so; ein guter Einfall, ein Witz. Vergnügt haut sich Adam auf die Schenkel und sein schwarzer Begleiter tut ihm gleich.

Doch hier am Ufer des großen Stroms hat er es nicht nur mit sich selbst zu tun, hier bewegen sich, anders als im Rattenloch, auch wirkliche Menschen, vieren von ihnen ist er schon begegnet und jetzt kommen von hinten andere heran, nicht die beiden Wegelagerer, sondern berittene Uniformierte auf Pferden, die mit Schnalzen und Hopp-Hopp-Rufen ihre Tiere antreiben. Adam steht wie gelähmt. Wollen sie ihn ergreifen? Hat sich seine Rückkehr so schnell herumgesprochen? Fliehen oder verstecken erscheint sinnlos, da sie ihn bereits entdeckt haben und es außer dem schmalen Streifen des Weidengebüschs nirgends Deckung gibt. Daher stellt er sich an den Rand des gepflasterten Weges und sieht den Reitern angstvoll entgegen. Also doch wieder Angst, eine rättische und teuflische ist es dieses Mal; auch der Teufel, lernt Adam, klemmt den Schwanz ein und zittert vor Furcht. Wenn sie ihn wieder auf ein Schiff stecken, wird er sich umbringen, wird sich hier vor ihren Augen in den Fluss stürzen und ersaufen. Lacht jemand höhnisch, der Pfarrer oder Hofmann? Adams Schatten steht bewegungslos wie er. Sie warten, welches Unheil da heran prescht. Der vorderste Reiter scheint den kleinen Trupp anzuführen; vom Maul seines Pferdes fliegen weiße Schaumflocken. Mit einem unbarmherzigen Ruck der Zügel bringt der Mann sein Pferd zum Stehen. „Wer bist du, Bube?“, schreit er und stößt Adam mit einem Peitschenstiel an, um den er in engen Schlingen den Lederriemen geschlungen hat. Adam atmet auf. Sie wissen nicht, wer er ist, sie sind nicht seinetwegen unterwegs; gleichzeitig aber überläuft es ihn heiß. Wer ist dieser auf dem Pferd, dass er ihm einen Pflock unangenehm gegen die Schulter rammt? Wer hat ihm erlaubt, Adam so grob anzusprechen? „Wer spricht mit mir?“, fragt er denn auch und drückt das harte Holz von sich weg. „Ich stelle hier die Fragen!“, herrscht ihn der Mann an. „Also raus mit der Sprache. Wer bist du?“ Noch bevor Adam antworten kann, nehmen ihn zwei Reiter in die Mitte, sodass die mächtigen Leiber der Pferde ihn fast zerquetschen. „Kannst wohl nicht sprechen?“, knurrt sein Peiniger. „Nehmt ihn mit. Wir werden heute noch weiteres Gesindel aufgreifen.“ Ohne dass sich Adam wehren kann, werden ihm mit einem Seil, dessen anderes Ende am Sattel eines Pferdes befestigt wird, die Hände gebunden. Und sogleich geht es unter Hopp und Ho weiter, dass Adam Hören und Sehen vergehen und er nur noch um sein Leben laufen kann, will er nicht zu Tode geschleift werden. „Ich habe niemandem etwas getan!“, schreit er noch, aber niemand kümmert sich um ihn und er muss rennen, wie in seinem ganzen Leben noch nicht; nicht einmal die Hirschjagd verlangte ihm soviel ab.

Wie lange kann ein Mensch einen solchen Lauf durchhalten? So lange er sich unbedingt das Leben erhalten will, fährt es Adam durch den Kopf, also werde ich nicht einknicken. Rechts von sich sieht er, wie die Krähen auseinander stieben, da der galoppierende Reitertrupp sie aufgestört hat, aber dann nimmt er nicht mehr viel wahr, nur noch die tanzenden Kruppen der Pferde und ihre hin und her peitschenden Schwänze, die mit trockenem Fauchen über die Hinterbacken fahren. Gar so schnell wollte er sich nicht auf seinen Spessart zu bewegen, trotz aller, ihn seit Monaten quälender Ungeduld. Durchhalten und nicht sterben, hämmert es in seinem Kopf. Die Peitschenhiebe habe ich ausgehalten und das Rattenloch und die grausamen Stimmen, und jetzt muss ich diesen Höllenritt überstehen. Er gibt seine Schuhe dran, die ihm in Fetzen von den Füßen fliegen, und seine Haut, die von dem harten Pflaster wund geschlagen

wird, und seine Zuversicht und Freude, die ihn an diesem Morgen durchströmte, nicht aber sein Leben, das er zäh verteidigt, ganz die Ratte, in die er sich auf dem Schiff verwandelte, die nicht umzubringen, nicht auszurotten ist.
Endlich halten sie an. Der Anführer wendet sein Pferd und trabt zu Adam zurück. „Wie ich sehe, bist du noch am Leben", sagt er lächelnd. „Also, nochmals die Frage: Wer bist du?" Eine Ratte ist zäh, aber auch klug; einen zweiten derartigen Galopp würde Adam nicht überstehen, daher muss er eine Antwort geben. „Ich bin ein Handwerksbursche." „Deine Kleidung, in die du gewickelt bist, straft dich Lügen." „Ich wurde ausgeraubt, gestern Morgen, zwei Strauchdiebe haben mich ausgeplündert, hier auf diesem Pfad. Deswegen musste ich mir diese Kleidung besorgen." Er wird mein Messer schmecken, denkt Adam. Wenn er mich nicht umbringt, werde ich ihn mit dem Eisen schlitzen, wie ich es schon einmal tat. Der Mann wiegt den Kopf. „Es könnte sein, dass du die Wahrheit sprichst, es könnte aber auch sein, dass du lügst", sagt er, macht kehrt und befiehlt den Soldaten, im Schritt weiter zu reiten.
Es ist entschieden, denkt Adam, ich werde dich töten. Mit schweren Schritten schlurft er über das abgewetzte Pflaster. Der Dunggeruch der Pferde schlägt ihm wohltuend in die Nase, ihre bewegten Hinterbacken und die nervösen Schwänze erfüllen ihn mit Freude. Tiere, große, starke Tiere. Er sieht fliehende Hirsche vor sich und durch das Unterholz pflügende Wildschweine; bald schon wird er sie in der Wirklichkeit beobachten können. Denn er hat den rasenden Lauf überlebt und einen erneuten Beweis erhalten, dass der Tod ihn meidet, vielleicht weil sich in ihm das Leben allzu prall regt. Natürlich ist er erschöpft und zerschlagen und die Lederriemen schneiden schmerzhaft in seine Handgelenke, doch dies alles kratzt nur an seiner Oberfläche, in wenigen Tagen wird es vergessen sein. Nicht vergessen wird er, dass er mit dem Anführer des Trupps noch eine Rechnung offen hat, weil der ihn gebeugt und zu einer Lüge gezwungen hat, obwohl Adam nie mehr den Kopf senken wollte.

Es blieb ihm aber kein anderer Weg offen, wollte er nicht auf der Stelle von den schweigsamen und leer glotzenden Reitern aufgespießt oder zu Tode geschleift werden; sie hasst er fast noch mehr als die Herren, da sie mit sich umspringen lassen, gehorsames Vieh, das blind tut, was man von ihm verlangt. Dafür sehen sie gut genährt aus, ihre auf den Pferderücken auf und nieder wippenden Ärsche sind Adam ein Graus. Aber auch das wird ihn nicht umbringen. Und über dem Acker fliegen auch wieder die Krähen, seine Freunde, und grüßen ihn mit heiserer Stimme.

Der Strom beschreibt eine weite Kurve, der Reitertrupp jedoch folgt nicht weiter dem Ufer und dem Treidelpfad, sondern nimmt einen Feldweg, der geradeaus führt. Auf den abgeernteten Äckern liegt schwarz verfaultes Kartoffelkraut in wirren Haufen sowie zerbrochenes Gerät. Links strecken sich abgebrochene und verkohlte Baumstümpfe in den blauen, lachenden Himmel, der sich über die wüste Landschaft lustig zu machen scheint.

Adam fragt sich, wie lange er noch weiter laufen kann. Seine Füße bluten und allmählich geht ihm die Kraft aus, auf die er sich noch vor kurzem so viel eingebildet hat. „Liese, Liese“, flüstert er vor sich hin. „Zeige dich mir, öffne dein Haar, lächle, breite die Arme aus, Liese, nur ein Lächeln.“ Er stolpert, kann aber einen Sturz gerade noch vermeiden. Liese erscheint nicht, nur Krähen schwirren kreuz und quer über den Acker und schreien aufgeregt, als würde sich gleich etwas Großes ereignen. Adam blickt um sich, doch ist außer den Feldern und dem herum liegenden Unrat nichts zu entdecken. Die Reihe der den Fluss säumenden Weidenbüsche ist schon weit nach links getreten. Vor ihnen taucht ein Wäldchen auf, und dahin führt auch ihr Weg. „Meine Freunde“, sagt Adam und sieht den Flugspielen der Krähen zu. Sind sie seinetwegen so aufgebracht? „Pfaffe, hast du etwas zu sagen?“, ruft Adam. Einer der Reiter dreht sich nach ihm um, betrachtet ihn stumm eine Weile und wendet sich dann wieder nach vorne. Nein, der Pfaffe hat nichts

zu sagen, auch Hofmann schweigt verdrossen. Sie lassen ihn mit seinen blutenden Füßen allein. Immer öfter wird er von dem Pferd, an dessen Sattel seine Fessel befestigt ist, brutal mitgerissen, weil er nicht mehr nachkommt, das Tempo des Tieres nicht mehr halten kann.
Die Sonne ist inzwischen hoch gestiegen und verbreitet eine angenehme Wärme. Adam schwitzt, er braucht Wasser und endlich eine Rast. Und auch Liese, zu der er unterwegs ist, lässt ihn im Stich; Liese ist er selber, demzufolge ist er dabei, sich selbst aufzugeben, wie schon einmal, so kurz vor dem Ziel. Die Krähen haben bereits ihren Totengesang angestimmt. Und jetzt versteht er auch ihre Aufregung. Sie freuen sich auf eine tüchtige Mahlzeit, sie haben ihn als Todeskandidaten ausgemacht, klug und grausam berechnend, wie sie sind. Er ist ein sterblicher Teufel, ein sterbensmüder. Nein, er kämpft sich weiter, lässt sich von dem Pferd ziehen und saugt die warme Herbstluft ein. Nein, so leicht gibt er sein Leben nicht her. Es ist nur die Erschöpfung, allerdings eine außerordentliche, die ihm zu schaffen macht, nicht mehr, keine Krankheit, keine Verwundung. Er muss es nur bis zu jenem Wäldchen schaffen! Wenn er den Bäumen nahe ist, das Laub riecht, mit nackten Sohlen über die glänzenden, am Boden verstreuten Blätter läuft, werden in ihn neue Kräfte einkehren.
Da aber taumelt er und spürt, dass er bald fallen wird, wie er noch nie fiel, doch nicht nur auf die Erde, es ist ein anderer Fall, der ihn bedroht, ein endgültiger. Wenn er gerade noch meinte, dass ihm das Leben fest im Leibe säße, so hat er sich wohl getäuscht, es ist locker geworden und dabei aus ihm heraus zu stürzen wie eine reife Nuss aus einer aufgeplatzten Schale. Er knickt mit dem Fuß um, fängt sich aber noch einmal und das lose sitzende Leben rutscht noch einmal in ihn hinein. „Liese, Liese“, er flüstert ihren Namen, nur um irgendetwas zu sagen; andere würden beten, doch einem Teufel stünde dies schlecht zu Gesicht. „Liese, Liese.“ Doch dieses Gebet ist wie jedes andere auch zwecklos, ein Flüstern ohne Bedeutung, wie das

Krächzen der Raben und das Wischeln des Windes im Weidengebüsch.
„Halt!“, der Anführer hat die Hand gehoben. Sie stehen vor dem Wäldchen; es sind Buchen, stellt Adam fest, dann sinkt er zu Boden. Als er erwacht, liegt er noch immer auf derselben Stelle, wo er nieder stürzte. Die Fesseln hat man ihm abgenommen. Unter den Bäumen brennt ein flackerndes Feuer, um das die Männer lungern. Niemand kümmert sich um ihn. Adam wälzt sich auf den Bauch und drückt sein Gesicht in das gelbe, duftende Buchenlaub. Eine ganze Weile liegt er so, saugt sich voll mit dem Duft der Blätter, bis er in der Lage ist, sich zu erheben. Die ersten Schritte sind noch unsicher, aber da hat er schon einen Baum erreicht, umschlingt ihn mit den Armen und presst sich, so fest er vermag, an den Stamm. Jetzt werden sie auf ihn aufmerksam, stoßen sich an und deuten auf ihn, einige lachen. Der Anführer sitzt abseits auf einen Stein und blickt kurz zu Adam herüber. „Von den Toten auferstanden!“, brüllt einer und kann sich vor Lachen kaum halten. In der Tat, der Mann hat Recht; Adam ist noch einmal davon gekommen. Doch nun spürt er diesen Buchenstamm, seine glatte Rinde, den prallen, mit Leben und Kraft gefüllten Schaft. Liese, der Pfaffe, Hofmann, alle ließen ihn im Stich, er selbst gab sich auf, doch dieser Baum steht unerschütterlich und ist dennoch ein Lebewesen.
Nach einer Weile löst er die Arme und tritt einen Schritt zurück. Einer der Männer steht auf und schlendert auf ihn zu. Der Anführer hat den Kopf gesenkt und scheint zu lesen oder zu schreiben. Das Wäldchen ist vielleicht 150 Klafter lang und genauso breit, aber es ist ein Wald, ein Buchenwald noch dazu; Adam ist fast zu Hause. Und der Baum hat ihm Kraft eingeflößt.
Adam duckt sich, greift in die weiche, schwarze Walderde und schmiert sie sich mit einer wilden Bewegung ins Gesicht. Der Mann, der auf ihn zukommt, schüttelt den Kopf und lacht. Du lachst nicht mehr lange, denkt Adam, springt auf und schlüpft in ein Dickicht junger Buchen, die von Brombeerranken durchzogen sind, schlängelt sich, auf den Boden geschmiegt, rasch wei-

ter durch den aus dem dürren Laub aufsteigenden Wohlgeruch. Hinter ihm wird es laut. Der Anführer brüllt seine Leute an: „Fangt ihn, ihr Blödiane, ihr Gesindel!“ Aber Adam ist in seinem Wald, wie sollen sie ihn da kriegen? Umhalst einen Baum, so wie er es tut, wenn er auf Hirschjagd ist, und verschmilzt mit dem grauen Holz; jetzt könnte ihn nicht einmal das Wild wahrnehmen. Wie dann diese grobschlächtigen Kerle, die herumschreien und kreuz und quer laufen? Aber Adam liegt schon wieder auf der Erde, hinter einem faulenden Stamm, aus dessen morschen Leib Pilze wie große Ohren wachsen, und kriecht weiter unter die abstehende, lederartige Rinde, da drei der Burschen angerannt kommen und, ohne ihn zu entdecken, über ihn hinweg steigen. Ja, beinahe hätte er laut aufgejuchzt. Das Leben ist zurückgekehrt, wenn es sich auch vorhin davonmachen wollte. Sofort ist er wieder auf den Beinen und eilt den Dreien lautlos hinterher, die nicht ahnen, dass der Gesuchte hinter ihnen herläuft. Was für ein herrliches Spiel! Links wachsen auf einer baumfreien Stelle Ginsterbüsche, und schon drängt sich Adam hinein, legt sein Gesicht auf den sandigen, kühlen Boden und hört dem Gepolter seiner Verfolger zu, die von der schneidenden Stimme des Anführers angetrieben werden. Adam schnüffelt, es ist der Geruch eines Dachses, der ihm da in die Nase steigt; sein Bau muss ganz in der Nähe sein. Vorsichtig kriecht er weiter, biegt einige Zweige des Ginsters zur Seite und sieht sich dem Eingang einer Dachshöhle gegenüber; der Schoß der Erde öffnet sich, und Sand und Steine heraus kratzend, um sich Platz zu schaffen, schiebt er sich mit den Füßen voran in den kühlen Leib des Waldbodens hinein. Zum Schluss reißt er noch ein paar Ginsterzweige ab, um sein Versteck zu tarnen. Nun liegt er still und lauscht auf die Rufe der Schergen, auf ihr ungeschicktes Lärmen und Toben im Wald. Sie werden ihn nicht finden. Und wie sollten sie auch? Denn sobald man ihm mit einem Wald in Berührung bringt, wird er wieder zum Meister der Jagd, zum Erzwilderer Johann Adam Hasenstab, der mit den Bäumen eins wird, mit der Erde, mit den Kräutern und den Tieren; dies

ist seine Heimat, hier ist er allen überlegen, und den unbeholfenen, viel zu lauten Bütteln sowieso.
Er liegt bequem, gedeckt vom weichen Boden, den herben, seltsamen Geruch des Ginsters in der Nase und einen Sonnenfleck im Gesicht, der genau auf dem Höhleneingang liegt. Und wie sie hin- und herlaufen, ganz in seiner Nähe, wie sie fluchen und schwitzen – er riecht ihren Schweiß, den Schweiß der Erschöpfung und der Verdrossenheit. Wie sie gegen ihren Anführer murren, der sie mit gellender Stimme weiter hetzt, und wie sie sich gegenseitig anschnauzen. Ja, es geht Adam gut in seinem Erdloch und er beobachtet in Ruhe, wie der Sonnenfleck allmählich weiter wandert, sich verzerrt und blasser wird, weil, wie er vermutet, dünne Schleierwolken aufgezogen sind, wie ein leichter Luftzug mit den Blättern spielt und eine verspätete Hummel vorüber brummt. Er muss nur warten, bis es Nacht wird, spätestens dann werden sie ihre Suche abbrechen und sich wieder an das Feuer setzen. Aber dann wird er sich rächen, nicht an allen, die meisten sind arme Schlucker, die für einen Bissen Brot, einen Schluck Rum und einen Teller Suppe alles tun, auch wenn er sie dafür grenzenlos verachtet; wen er sich aber holen will, ist ihr Anführer, der knochige Mann mit der messerscharfen Stimme, vor dem er sich beugen musste, um sein Leben zu behalten; ihn wird er treffen. Adams Messer hat die lange Seereise unbeschadet überstanden.
Ein kleines Schläfchen wäre nicht schlecht, selten lag er so weich gebettet wie heute, und selten so ungestört. Die Stimmen der Suchenden haben sich entfernt, wahrscheinlich durchkämmen sie den Teil des Waldes, der zum Weg hin liegt, dort, wo sie ihn zum letzten Mal gesehen haben. Ja, das hätten sie nicht gedacht, dass Johann Adam Hasenstab zum Dachs wird, wenn man ihn jagt; und er könnte genauso zum Fuchs werden, zur Eule, zum Schwarzdorn; jedenfalls dann, wenn er sich in einem Wald aufhält. Schlafen wäre nicht schlecht, denn er ist außer Gefahr; den Dachs in seinem Bau werden sie nicht finden. Liese legte ihr langes Haar auf sein Gesicht, um ihm das Einschlafen

zu erleichtern, heute muss er sich mit dem grauen Sand und den Wedeln des Ginsters begnügen. Aber auch sie schläfern ihn ein. Er sieht noch einen starken Hirsch über eine Lichtung ziehen und hört den Ruf eines Waldkauzes, dann ist er eingeschlafen. Die Nacht, in die er hinein erwacht, ist sternen- und mondhell. Über ihm, im Gezweig einer Buche hockt ein gelber Dreiviertelmond; Jagdzeit. Kein Laut ist zu hören, es muss bereits gegen Morgen sein. Behutsam löst er sich aus dem Mutterschoß der Erde und duckt sich an einen Buchenstamm. Von seinen Verfolgern ist nichts zu hören; es ist die Nachstunde, in der die Menschen schlafen. Adam tastet sich durch den Wald, vermeidet dürre Zweige, macht sich zu einem körperlosen Schatten, gleitet unhörbar. Ein rötlicher Schimmer weist ihm den Weg. Bald erreicht er die Feuerstelle am Wegrand. Schwarze, auf dem Boden verstreute Klumpen, kennzeichnen die Schläfer, einige schnarchen, andere sprechen im Traum. Adam zieht sein Messer und huscht von einem zum nächsten. Im Schlaf wirken die entspannten Gesichter harmlos, fast kindlich oder gar lächerlich, aber keiner von ihnen würde zögern, Adam umzubringen, wenn er den entsprechenden Befehl erhielte. Überrascht stößt er auf die beiden Galgenvögel, die ihn auf dem Treidelweg ansprachen, gut verschnürt, mit blutverschmierten Köpfen, eher in einer Ohnmacht gefangen als schlafend. Also wurden auch sie aufgegriffen und im Laufe des Abends zu dem Hauptrupp gebracht. So sieht man sich also doch wieder, denkt Adam. Allerdings sind die beiden fürs erste erledigt; um die braucht er sich nicht mehr zu kümmern. Den Anführer findet Adam am Feuer liegend, den Mund offen, mit zuckenden Augenlidern; er träumt. Adam wird ihm einen Albtraum bereiten und setzt ihm die Klinge an den Hals, mit der freien Hand verschließt er ihm den Mund. Sogleich versucht sich der Mann aufzubäumen und reißt die Augen auf. „Bleib liegen“, haucht Adam, „mein Messer liegt an deiner Gurgel, beim geringsten Laut oder der kleinsten Bewegung trenne ich dir den Hals durch.“ Er nimmt die Hand vom erstarrten Mund des entsetzten Menschen. „Noch ein paar Worte, bevor ich dich aufschlitze. Da liegst du nun, Hundsfott, und dein Leben ist keinen Heller mehr wert, und vor wenigen Stunden saßest du noch auf dem hohen Ross und zwangst mich, den Kopf zu beugen und machtest mich zu einem armseligen Lügner, der seine Haut retten musste. Weißt du, wie es sich anfühlt, gedemütigt zu werden? Hast du das schon erlebt? Du siehst nicht so aus. Eigentlich will ich dich töten. Aber mir kommt gerade eine bessere Idee. Wenn du tust, was ich dir sage, kannst du weiter leben, aber, das ist der Preis, wie ein geprügelter, entehrter Hund. Bist du einverstanden?“ Der Mann nickt. „Du sprichst mir einfach nach, wehe aber, wenn du versuchst, die Stimme zu erheben, um deine schnarchenden Wichte zu alarmieren, mein Messer wird dein Hälschen wie einen frisch gebackenen Striezel zerteilen. Bist du einverstanden? Dann schließe kurz die Augen.“ Der Mann folgt Adams Anweisung. „Nun, dann wollen wir beginnen“, Adam kniet sich auf den Brustkasten des Mannes und bringt sein Gesicht dicht an die Angst geweiteten Augen heran. „Sage, dass du ein dreckiges, feiges Schwein bist, das sich an den armen Schluckern auf der Landstraße schadlos hält, weil es vor echten Gegnern Angst hat. Los, sag´ es.“ Der Mann flüstert getreulich, was Adam von ihm verlangt. „Und dass du nichts lieber magst als meine Spucke.“ Er sagt es, und Adam speit ihm in den Mund. „Schluck´ es ´runter!“ Der Mann tut es. „So gefällst du mir. Und vergiss meinen Namen nicht, Johann Adam Hasenstab, präge ihn dir gut ein. So, und nun stehst du schön langsam auf.“ Adam zerrt den Mann hoch, ohne das Messer von seinem Hals zu nehmen. Neben dem Feuer liegen ein paar Lederriemen; wahrscheinlich sind sie für Adam bestimmt. Adam rafft sie zusammen und geht, seinen Gefangenen vor sich herschiebend, über den Weg in das freie Feld hinaus und läuft so lange, bis von dem Feuerschein nichts mehr zu sehen ist. Dann lässt er den Mann sich hinlegen, reißt ihm ein Stück von seinem Wams ab und stopft ihm damit seinen vom Speichel verklebten Mund, anschließend fesselt er ihn an Händen und Füßen. „Da also liegst du nun“, sagt er.

„Morgen früh werden sich die Krähen über dich freuen. Doch vergiss meinen Namen nicht, Johann Adam Hasenstab, aus dem Spessart, eine Gegend, die du nicht kennst, und die ich bald wieder sehen werde.“ Adam richtet sich auf.

Der Dreiviertelmond ist dem westlichen Horizont entgegen gewandert, doch einige Stunden Dunkelheit werden Adam noch bleiben. Bis die Büttel ihren Anführer gefunden haben, wird dann noch einige Zeit vergehen. Er hat also einen Vorsprung von vielleicht fünf Stunden, den aber muss er nutzen, denn sie werden ihn hart verfolgen, aber das ist er gewohnt.

Er trabt los in südliche Richtung, muss so schnell wie möglich das offene, flache Land hinter sich bringen, braucht Wald und Hügel, um sich verstecken zu können, denn eine erneute Ergreifung bedeutete sein Ende. Der Anführer des Trupps würde kein langes Federlesen mit ihm machen. Doch während er wie ein wilder Eber keine Grenzen achtet, müssen seine Verfolger vor den Grenzen des nächsten Fürstentums anhalten; sie werden ihn nicht erwischen! Aber nur dann, wenn er in die Wälder eintauchen kann. Er fühlt sich frisch, hat immerhin ein paar Stunden im Dachsbau gut geschlafen, im Bauch der Erde. Auf dem steinigen Acker lässt es sich leidlich gehen, und Adam pfeift sich ein fröhliches Lied. Er hat es ihm gezeigt, er hat ihn von seinem Sockel gestoßen und ihn beschmutzt und gedemütigt. Weil es diese Herren nicht anders verdienen, weil es ihr Hochmut verlangt. Weil sie sich mit einem Teufel und einem Wilderer zugleich angelegt haben. Weil sie verhindern wollten, dass er in seinen geliebten Spessart zurückkehrt. Weil sie sich anmaßen, anderen den Nacken zu beugen. Adam ist mit sich sehr zufrieden.

„Pfaffe!“, ruft er. „Hast du gesehen, wie ich Ordnung schaffe. Wie ich für Gerechtigkeit sorge. Heutzutage muss dies der Teufel tun, denn dein Gott hat keine Lust dazu, oder, er erfreut sich an der Ungerechtigkeit, fühlt sich gekitzelt, wenn arme Hunde wie ich gequält werden. Deswegen musste ich eingreifen. Dein Gott hockt auf den Händen und hält Maulaffen feil.“ Der Pfarrer antwortet nicht, denn er kann Adam nicht widersprechen. Und Adam ist gut unterwegs; im Mondschein sieht er, wie bei jedem seiner Schritte Staub aufwölkt. Bis zum Morgengrauen muss Wald auftauchen, sonst gehört er der Katz`. Aber er ist zuversichtlich; nicht zuletzt hat er das Rattenloch und die Hiebe auf dem Sklavenschiff überlebt und ist nur noch zwei, drei Wochen Marsch von zu Hause entfernt; wer sollte ihn da aufhalten? Nein, die Leute in seinem Rücken hat er erledigt. Was er vermisst, sind die Krähen, dafür begleitet ihn der Mond, der sich geneigt hat und zu lächeln scheint; tief im Westen steht ein rötlicher Planet.

„Du hast mir gut gefallen", hört er Liese sprechen. „Ich mag es, wenn du stark bist, wenn du mit einer Hirschkuh über der Schulter in meine Hütte trittst, wenn du die Jagdaufseher narrst. Und in dieser Nacht hast du einen der Herren in den Staub getreten. Du bist schön, wenn du andere besiegst. Ich liebe dich dafür." „Liebst du mich nur als Sieger, oder auch dann, wenn ich im schmutzigen Rattenloch hocke?" „Ich liebe dich, was willst du noch hören?" „Du weißt, wie es ist. Auch wenn es schon oft gesagt wurde, kann man nicht genug davon kriegen." „Also, ich liebe dich, Schöner. Das Mondlicht umschmeichelt dich und du schreitest wie ein starker Hirsch." „Bald bin ich bei dir." „Ich warte." „Mit Ungeduld?" „Mit Ungeduld."

Durch den südlichen Horizont zieht sich ein grauer Strich. Ein Wald? Das Gebirge? Hat er endlich die große Ebene, die hinter der Küste beginnt, durchlaufen? Wenn ja, dann muss er vor seinen Verfolgern keine Angst mehr haben; obgleich er sie ohnehin nicht mehr fürchtet, hat er doch ihren Anführer aus der Mitte seiner Schergen heraus verschleppt und ihm seinen Speichel zum Kosten gegeben. Nein, es sind keine Gegner für ihn. Sobald er Wald riecht und sich an den Stamm einer Buche lehnen kann, werden ihm besondere Kräfte zuwachsen. Und das Laufen fällt ihm so leicht wie lange nicht, und er sieht sich, wie Liese ihn sieht, die er selber ist, sieht sich gehen und im Mondlicht schimmern, Johann Adam, der den harten, grausamen Herren niedergetreten hat wie einen Straßenköter, hebt die Arme zum Sternenhimmel, über den das verschämte Glimmen des Mondes spielt, ist wieder, der er war, in keiner Weise angekränkelt von den zwei Jahren auf dem Meer. Das Leben sitzt ihm wieder sicher in den Knochen und ist so fest verwurzelt, wie eine Mistel, die ihre Wurzeln tief in den Ast eines Apfelbaumes senkt. So schnell wird also keiner das Leben aus ihm vertreiben können. Erst wenn es wie am Vortag sich zu lockern beginnt, muss er sich Sorgen machen; im Augenblick aber besteht keine Gefahr.

„Schön bist du", singt er den Mond an, „auch wenn du unaufhaltsam deinem Untergang entgegen gehst, während ich meiner Heimat zustrebe, endlich wieder." Aber was ihn beflügelt, ist nicht der Mond, sondern die Erde, die staubige, steinige Herbsterde, die er unter seinen Sohlen spürt. Wie konnte er nur auf dem gepflasterten Weg entlang des Flusses laufen? Er braucht weichen, nackten Boden, am liebsten mit Laub bedeckt, der unter den Füßen nachgibt, ein atmender Erdbauch, ein Lebewesen, das man nur behutsam betritt, ohne ihm Wunden zufügen zu wollen. Nur noch ein paar Stunden, dann ist er im Wald, unter den befreundeten Bäumen, und seine Füße betasten die dunkle, fruchtbare Erde. Deshalb ist er in so ausgezeichneter Stimmung, den Geruch des Ackers in der Nase und den grauen, allmählich aus dem Horizont heraufsteigenden Streifen vor Augen. Dass genau darüber der rötliche Stern glitzert, tut seiner Stimmung keinen Abbruch.

„Da siehst du wieder", sagt er an den Pfarrer gewandt, „dass es nur auf das Leben ankommt, je praller, desto besser. Den Mann, den ich da hinten gefesselt in das Feld gelegt habe, konnte ich nur besiegen, weil ich Saft in den Armen, Witz im Hirn habe und mich in einen schleichenden Marder verwandeln kann. Dein Gott nützt mir dabei nichts. Aber ohne das Mark in meinen Knochen und dem Verstand in meinem Schädel hätten sie mich längst aufgespießt. Erde, Pfarrer! Blut, Weiber, Fuchs und Dachs, ein Messer, darauf kommt es an. Nimm deinen Gott und hock` dich mit ihm hinterm Ofen; vielleicht besuchen dich noch ein paar alte Betschwestern aus dem Dorf, die dir zuhören. Und weißt du, warum du mich mit deinem Gott kreuzweise kannst? Weil der nur Worte hat, Predigten, Sprüche, aber kein Leben, fades Gewäsch, verstehst du, Gefasel, Geräusche, schönes Geklingel. Doch hier, hier…“ Er wühlt mit den Fersen die Ackererde auf. „Darauf kommt es an, und auf das hier“, er schlägt sich mit der flachen Hand auf den Oberarmmuskel und greift sich danach ans Gemächt. „Dieses und noch vieles andere, von dem du keine Ahnung hast. Und schau her, wie ich dahin renne, welch breite Spur ich auf dem Acker hinterlasse, auf der mir in wenigen Stunden die Dümmlinge folgen werden, ohne dass sie mich noch vor dem Wald erreichen werden. Und wenn ich an meiner Achsel rieche, stinkt es nach Schweiß, stinkt es zum Himmel, aber das ist Kraft, weißt du, Leben halt, und euer Getue und Gewäsch kann mir gestohlen bleiben.“ Der Pfarrer antwortet nicht. Adam spürt, dass er langsam das Übergewicht bekommt. Überhaupt scheint ihm, dass er, seit er wieder an Land ist, von Tag zu Tag an Gewicht zulegt, dass er sich mit jedem Schritt wieder in den Wilderer zurückverwandelt, der er war, nur böser, dass er im Inneren eben ein Teufel ist, ein rättischer Teufel.

Er lacht, er lacht den Mond aus, der immer weiter, unaufhaltsam dem westlichen Horizont entgegen rutscht; er muss unerbittlich abtreten; Adam aber geht immer weiter auf, wird feister und strammer, je stärker vor ihm der graue Wald herauf wächst, über dessen tatsächliches Vorhandensein keine Zweifel mehr bestehen. Und links von ihm mischen sich in das Nachtdunkel hellere Spritzer wie feiner Nieselregen; die Morgendämmerung kündigt sich an. In einer Stunde, so schätzt er, werden die Tölpel ihren gefesselten Herrn gefunden haben, und damit wird die Jagd beginnen; aber er ist dann bereits im Wald verschwunden. Er lacht erneut auf, dieses Mal über den Haufen Trottel und ihren gedemütigten Anführer, der an dieser Erniedrigung, so hofft Adam, sein Leben lang zu tragen haben wird. Das vertra-

gen die stolzen Herren gar nicht, dass man sie in Schmutz und Schande tunkt. Nur Leute wie er, werden dadurch stärker, stärker und rättischer, teuflischer, weil sie näher an der Erde leben, dichter am Wald, an den Viechern, am Wind und am Wasser.
Nun kann er bereits die raue Linie der Baumwipfel gegen den sich aufhellenden Himmel erkennen, der rötliche Stern ist zu einem bleichen Punkt verblasst, und links, dicht über dem Horizont, wächst eine gleißende Blase herauf. Er dreht sich um, das Feld hinter ihm ist noch finster und leer. Dafür ist er umso voller, in seinem Schädel pocht ein Hammerwerk. Soll er, was einem Teufel wohl gut zu Gesicht stünde, anfangen, Menschen statt Tiere zu jagen? Zweien hat er immerhin im Handumdrehen das Leben geraubt – ihr Blut klebte genauso hartnäckig an seinem Messer wie das der Wildschweine und Hirsche - und den feinen Herren von vorhin brachte er ohne größere Mühe in seine Gewalt und hätte ihn ohne weiteres wie einen Stallhasen erschlagen können. Statt Wilderer also Menschenjäger? An hohen Herren und ihren Schergen herrscht im Spessart kein Mangel. Er wird es sich überlegen und hätte jedenfalls große Lust dazu. Noch aber ist es nicht so weit, noch eilt er über dieses unendliche Feld auf jenen Wald zu, der immer deutlicher zu Tage tritt, ein Laubwald ist es, wie er erkennt, noch belaubt, bunt wahrscheinlich, obwohl im Zwielicht des Morgens alles grau wirkt; außer jenem gelbroten Feuerofen zu seiner Linken, der sich weiter und weiter ausdehnt. Die aufgehende Sonne wird seine Flucht weiterhin erleichtern; im Licht- und Schattenspiel, das sie im Wald aufführt, wird er seine Verfolger, falls sie ihm überhaupt einmal nahe kommen sollten, mit Leichtigkeit narren; und es würde ihm das größte Vergnügen bereiten.
Er rennt, da jetzt die Dunkelheit über den Ackerflächen aufgezehrt und durchsichtig wird. Zwischen den Bäumen vor ihm aber hält sich die Dunkelheit. Nur noch wenige Schritte. Über dem Wald steigen zwei kleine Wölkchen auf, von der aufgehenden Sonne beschienen, zwei Augen, die ihn betrachten. Da taucht sein Leidensgenosse vom Sklavenschiff vor ihm auf, sein

ächzender Gefährte, der sich Igor nannte, dessen Augen wie zwei blicklose Pfützen glänzten, schillernde Tümpel in einem bleichen, teigigen Geicht, über das der graue Schweiß rann. Igor, der in rauer, unverständlicher Sprache redete, immerfort redete, während sie schufteten, den Adam hasste, weil die Qual, die Adam erlitt, sich in Hass ergießen musste, und Igor sein Nächster war, den er aber auch liebte, da Igor ihm aufmunternd die Schulter tätschelte und ihn mit anfeuernden Rufen am Umsinken hinderte, was schreckliche Peitschenhiebe nach sich gezogen hätte. Igors Augen, die keine waren, die einen nicht ansahen, zwei sumpfige, blinkende Stellen. Nun schweben sie über dem Wald, der Adams Rettung sein wird, und endlich geht aus ihnen ein Blick hervor, der freundlich auf Adam ruht, da er nun das Randgehölz aus Holunder- und Weißdornbüschen erreicht, sich hindurch arbeitet, schnell einen der Buchenstämme umarmt, einen starken Bruder, sich nach rechts wendet, dem Waldrand folgt, dann nach links abbiegt, ins Innere des Waldes, in das einzudringen, in die geheimnisvolle, unergründliche Welt, ihm eine Gänsehaut über den Körper jagt, wie immer, wie seit der Zeit, als er zum ersten Mal als kleiner Junge von zu Hause ausriss, um diese lockende Welt hinter den letzten Häusern des Dorfes zu erforschen. Darin ist er sicher, niemand ist in der Lage, ihn hier festzunehmen.
Die großstämmigen Bäume bilden, wie er feststellt, nur einen schmalen Saum um einen niederen Bauernwald aus auf den Stock gesetzten Buchen, die krummschäftig wie ein Quirl aus dem Boden wachsen, tief eingefurchte Wege ziehen sich hindurch. Es ist nicht der Spessart, aber es ist ein Wald, und um seine Verfolger in die Irre zu führen, reicht es allemal. Seine Füße hinterlassen auf dem frisch abgefallenen Laub keine Spuren. Er überquert einen Weg, schlüpft durch eine Dornenhecke, läuft über einen umgestürzten Baumstamm, drängt sich durch das Gewirr frisch abgeschlagener Kronen, wechselt mehrmals die Richtung und geht schließlich zielgerichtet auf die Sonne zu, nach Osten also, um die Reiter, die inzwischen wohl längst

auf dem freien Feld entlang seiner Fährte heranpreschen werden, ein letztes und endgültiges Mal zu täuschen.
„Igor, wie geht es dir?", fragt er in die Stille des Waldes hinein; eigentlich wollte er nicht mehr an ihn erinnert werden, zu lange war er seinem schwitzenden und stinkenden Leib ausgesetzt; sein eigenes Leiden spiegelte sich im gemarterten Körper des anderen wieder. Aber da Igor ihn nun über den Wald hinweg angesehen hat, will er doch mit ihm reden, versuchen, den unverständlich Brabbelnden zu verstehen. Igor richtet seine trüben Augen auf Adam, zwei glänzende Moorpfützen. „Ich plage mich", sagt er plötzlich, „Tag für Tag. Der Peitschenschwinger wundert sich jeden Morgen, dass er mich noch lebend antrifft. Er würde mich gerne verrecken sehen, aber ich halte mich oder es hält mich. Du bist abgehauen, und ich kratze nicht ab; das setzt dem Mann zu, das ist er nicht gewohnt. Dafür aber lässt er mich seine Peitsche umso schmerzhafter schmecken. Aber was sind Schmerzen? Ich kenne nichts anderes mehr. Vielleicht sind sie es, die mich am Sterben hindern. Durch die Luken weht eine schwüle Luft herein; noch immer kreuzen wir auf den warmen Meeren, ohne dass ich sagen könnte, in welchem Winkel der Erde wir herumkriechen. Doch ich halte das aus, das Leben will nicht aus mir weichen, hält stur an mir fest. So packe ich das harte Holz und das raue Tau jeden Tag aufs Neue, lasse die Peitsche über meinen Rücken züngeln und stemme und ziehe und presse und halte aus. Wozu, weiß ich nicht. Denn, was soll aus mir noch werden? Ich bin kaputt, aber das Leben gibt mich nicht her." Seine Augen leuchten wie feuchter Schlamm und schließen sich. Und Igor zerrt weiter mit aller Kraft an einer Leine, sodass ihm die Sehnen weiß aus den Armen treten, und er wird sich noch krümmen, wenn das wurmstichige Schiff längst auseinander gefallen ist; er leidet und er kann nicht sterben, und wenn doch, dann nimmt ein anderer Igor mit erloschenen Augen seine Stelle ein. Die Welt, so scheint es Adam, ist von solchen Menschen bevölkert, sie leiden als Sträflinge in den Kolonien, lungern am

Rand der großen Landstraßen oder treiben im Gewühle der großen Städte.

Adam geht er durch einen Hohlweg, in dem fußhoch der Staub liegt, armdicke Wurzeln ragen aus den Erdwänden der Höhlung, als wollten sie nach ihm greifen, aber er ist nicht zu fassen. Er ist dem Skalvenschiff entwischt, dem Rattenloch und nun den Häschern, die zwar noch hinter ihm her sind, die ihn aber nicht mehr zu Gesicht bekommen werden. Sobald der Hohlweg flacher wird, verlässt er ihn, biegt in südliche Richtung ab, springt über einen Graben, in dem sich noch etwas grün-faulige Nässe gehalten hat, hüpft auf einen großen, weißlichen Stein, der im Wald liegt, als sei er vom Himmel gefallen, ändert wieder die Richtung, und erneut wieder und noch einmal, bewegt sich wie ein Fuchs im Zick-Zack, je nachdem was ihm die Sinne eingeben, auf eine Art, wie sie seine Verfolger nicht nachvollziehen können, die meinen, dass ein Mensch immer nur geradeaus geht; aber Adam ist kein Mensch, nicht mehr, er ist ein Rattenteufel, eine teuflische Ratte; mit einer solchen hatten sie es noch nicht zu tun, daher werden sie bald aufgeben müssen. Und ihr Anführer hat eine Lektion fürs Leben erhalten.

Adam kann sich die Zeit nehmen, um sich hinzusetzen und sein sich auflösendes Schuhwerk zusammen zu binden. Im Sonnenlicht leuchten die gelben Buchenblätter; er ist zur richtigen Zeit zurückgekehrt; noch aber ist er nicht zu Hause, doch wird ihn jetzt keiner mehr aufhalten. Er liebt diese Jahreszeit, das klare Licht, die kühle, durchsichtige Luft, die Stille, in der man das Rascheln fallender Blätter und die Schritte des Wildes hören kann. Er lauscht, kein Laut ist zu vernehmen, außer dem Zwitschern einiger Finken in einer verwachsenen Baumkrone. Inzwischen, so vermutet er, werden seine Verfolger den Wald erreicht haben, dort aber verliert sich seine Spur für sie. Sie werden trotzig in den Wald hinein sprengen, sich vielleicht teilen und in verschiedene Richtungen vorstoßen; jedoch werden in dem unwegsamen Gelände die Pferde schnell ermüden und am Nachmittag werden sie sich wieder zum Waldrand zurückziehen und sich missmutig um ein Feuer setzen. Nur ihr Anführer wird rastlos auf- und abschreiten, seinen Namen auf den Lippen, der sich ihm ins Hirn gebrannt hat, Johann Adam Hasenstab, und die Wunde, die ihm dieser Mann geschlagen hat, wird nicht heilen, sondern bluten und schwären; Adam hofft für ein Leben lang. So wie er gezeichnet ist, durch das Rattenloch und die Sklaverei und zu einem Teufel umgeschmiedet wurde, über diese Verwandlung aber nicht unglücklich ist, nein, im Gegenteil, als Teufel nicht schlecht lebt, weil ein Teufel so rasch nicht zu einem Opfer wird, da er böser ist als die anderen, böser als die harten Herren und ihre Söldner, die nur hart sind, weil sie sich auf die Macht ihrer Lanzen und Gewehre stützen; allein und unbewaffnet werden sie schnell armselig wie der Mann, den er mit dem Messer an der Kehle aufs Feld hinaus führte, der vor Angst schwitzte und dessen Augen in den Höhlen umher irrten wie gefangene Marder in einem Käfig.

„Teufel und nicht Gott", knurrt Adam. „Zu dieser Erkenntnis hat mich meine Lehrzeit im Rattenloch und auf dem Schiff gebracht, Pfaffe. Diese Schule war wirksamer als die Gottesdienste in deiner Kirche samt deiner frommen Sprüche. Ein Frommer hält nämlich dieses Leben nicht lange aus, wird zertreten wie ein Käfer; nur die Bösen und Gesunden überleben, und ich bin beides, teuflisch und vor Kraft strotzend, auch wenn ich monatelang nur Dreck zu fressen bekam. Der Dreck hat mich nicht umgebracht, sondern nur gemeiner und hinterhältiger gemacht."

Inzwischen hat Adam seine Schuhe so weit, dass sie bis zum Abend durchhalten werden. Er springt auf und läuft los, aufs Geratewohl, in irgendeine Richtung, bis er erneut auf einen sandigen Weg stößt. Der Sand gefällt ihm nicht, da er ihn an das Meer erinnert, mit dem er nichts mehr zu tun haben will und das er weit hinter sich weiß. Ihn verlangt es nach festerem Boden, nach Felsen, am liebsten nach dem violettroten Sandstein des Spessarts; doch hier scheint der Untergrund nur aus lockeren, staubig-trockenen Schichten zu bestehen. Der Weg windet sich durch die strauchartigen Bäume und kann sich, gleich ihm, nicht auf eine bestimmte Richtung festlegen; ihm folgt Adam gern, da er in ihm einen geistig Verwandten erkennt, umso mehr, als das Gelände die Schwankungen des Weges keineswegs erzwingt, da die Ackerebene auch unter dem Wald einfach weiter läuft. Adam beschließt sich ganz dem Pfad zu überlassen, soll der hinführen, wohin er mag. So gewunden und plötzlichen Einfällen unterworfen gibt der Weg ein gutes Gleichnis für sein eigenes Leben ab, dem kein bestimmter Plan zugrunde liegt, als allein den Launen des Jagdfiebers zu gehorchen, den im Augenblick und aus einem Zufall heraus geborenen Eingebungen; im Grunde ein teuflisch-witziges Leben. Adam lacht wieder, da er mit sich im Reinen ist und schnuppert und schnüffelt, weil ihm nach Essbarem verlangt, auch ein Schluck Wasser wäre nicht zu verachten. Aber nach einer Quelle wird er auf diesem Sandboden vergeblich suchen. Er muss zu Menschen, in ein Dorf, wo es einen Brunnen gibt und etwas zu beißen. Sein Weg wird ihn richtig lenken.

Über ihm fliegt eine Krähe, ein gutes Zeichen. Der nächste Ort wird nicht mehr lange auf sich warten lassen. Und schon riecht er Holzrauch. Dass es seine Verfolger sind, die ein Lagerfeuer entzündet haben, kann er sich nicht vorstellen. So geht er fröhlich auf den brenzligen Geruch zu, pfeift sich ein Lied und haut mit einer Haselgerte die welken Blätter von den Zweigen. Der Weg macht wieder eine seiner überraschenden Kurven und unversehens steht Adam auf einer Lichtung, in deren Mitte sich eine qualmende Feuerstelle befindet; zwei Gestalten lagern daneben, und Adam durchläuft es warm und freudig, da er in der einen den Alten mit dem Wasserbüffel erkennt, und er winkt, ruft und schleudert den Haselstecken in die Luft, besinnt sich aber gleich wieder, da der Mann am Feuer ein anderer sein muss, ebenfalls alt und dem sonnenverbrannten Mageren nicht unähnlich, aber eindeutig ein anderer natürlich, der sich erhebt und verwundert zu Adam herblickt, sich sein närrisches Gebaren nicht erklären kann. Die zweite Gestalt bleibt unbeweglich

am niedergehenden Feuer sitzen, eingehüllt in ein sackartiges Gewand.
„Wer bist du?", ruft der Alte. „Woher kennst du uns?" „Ich glaube dich zu kennen", antwortet Adam, „obwohl ich dich noch nie gesehen habe. Dafür habe ich deinen Bruder getroffen, in einem ganz fernen Land, nicht deinen leiblichen Bruder, sondern deinen Bruder nach dem Äußeren und vielleicht auch im Wesen. Ich werde es wohl bald erfahren." „Setz′ dich zu uns. Wir wollten zwar gerade weiter, aber wenn du dich am Feuer wärmen möchtest, dann bleiben wir noch eine Weile." „Warm bin ich genug, aber einige Zeit rasten, täte mir gut", Adam setzt sich ans Feuer und betrachtet die bisher stumm gebliebene Gestalt. Unter einer Kapuze blicken ihn zwei traurige Mädchenaugen an. „Deine Tochter?", fragt er den Alten. „Meine Enkelin", antwortet der Mann, der sich ebenfalls niederlässt. „Hast du Hunger?", fragt er noch. „Ja, und Durst", Adam mustert das geringe Gepäck der Leute. „Wir haben noch ein halbes Brot und einen Schlauch voll Wasser. Beides gehört dir", der Alte reicht Adam einen trockenen Kanten Brot und das Wasser; Adam macht sich gierig darüber her. Der Mann und das Mädchen betrachten ihn schweigend. Als Adam das Brot verzehrt und das Wasser getrunken hat, sagt der Alte: „Was ist mit dir geschehen, dass du derart heißhungrig und durstig bist?" „Ich bin vom Ende der Welt bis hierher geflohen", antwortet Adam, „habe wie eine Ratte gelebt und wurde mit Peitschenhieben gekitzelt. Mein Leben aber konnte mir keiner entreißen, im Gegenteil es ist zäher, aber auch böser geworden." „Müssen wir uns also vor dir fürchten?" „Ich glaube nicht. Ich will nichts von euch, will weiter nach Süden, dorthin, wo ich herkomme und hingehöre. Solange ihr mich nicht daran hindert, geschieht euch nichts." „Du wirkst wie ein Mann, dem man sich besser nicht in den Weg stellt." „Und du wie einer, der dies noch nie getan hat." „Du hast Recht, ich versuche die Menschen, denen ich begegne, auf ihren Weg eher zu befördern als aufzuhalten; zumindest dann, wenn sie auf ihrem Weg sind und nicht in die Irre gehen."

„Das hört sich klug an. Der Mann, von dem ich vorhin sprach, dein Bruder, könnte genauso gesprochen haben, und hat es vielleicht auch, nur konnte ich ihn nicht verstehen. Er sprach laufend vor sich hin oder zu mir her, manchmal redete er auch mit dem Ochsen, den er ritt.“ „Wo liegt deine Heimat?“ „Im Spessart.“ „Den kenne ich vom Hörensagen.“ „Nur dort kann ich leben.“ „Ich kann überall leben. Wir ziehen umher und schauen, wo es sich für eine Zeitlang gut sein lässt. Man kann überall anständige Menschen und gastliche Stätten finden.“ „Da geht es mir anders. Doch sei´s drum“, Adam streckt sich aus. Die Anwesenheit der friedfertigen Menschen ist eine Erholung für seine Seele.

Der Alte und das Mädchen flüstern, dann wendet sich der Greis an Adam. „Meine Enkelin möchte, dass wir aufbrechen. Hier liegt noch Holz, falls du das Feuer noch einmal entfachen willst.“ Sie stehen auf. „Warum hast du es denn so eilig, mein Kind?“, Adam erhebt sich ebenfalls. Der Alte sieht ihn eine Weile schweigend an, schließlich geht er einen Schritt auf Adam zu und sagt: „Sie fühlt sich in deiner Nähe nicht wohl.“ Sie hat mich erkannt, denkt Adam. Dann wird auch Liese sofort sehen, was mit ihm geschehen ist. Er beugt sich zu dem Mädchen vor und schlägt ihm die Kapuze zurück. Ein bleiches Kindergesicht, wie es viele gibt, blickt ihn an; auffallend sind aber die großen, braunen Augen, die sich neugierig und ohne Furcht auf ihn richten. Vor einem Teufel sollte man eigentlich erschrecken, doch das Kind tut ihm den Gefallen nicht, zeigt auch keinerlei Ekel vor der Ratte in Menschengestalt. Adam fühlt sich kläglich vor diesen Augen, bloß gestellt, ausgezogen. Soll er sie schlagen? In dieses blasse Mädchengesicht hinein? Und den Alten gleich mit umhauen, damit sie spüren, mit wem sie es zu tun haben? Er ist nahe daran. Aber er lässt die Faust in der zerrissenen Tasche seiner Hose stecken. Mit solchen Leuten kommt er nicht zurecht, schon der Alte auf dem Büffel setzte ihm zu, und diese hier verunsichern ihn genauso. „Dann geht einfach weg“, knurrt er. „Ich halte euch nicht auf.“ Das Mädchen wendet sich ab. Der Alte bleibt aber noch stehen. „Es sollte dir zu denken geben, was die Kleine dir angemerkt hat“, sagt er, „sie täuscht sich selten.“ „Worin täuscht sie sich nicht? Dass ich ein schlechter Mensch bin? Das weiß ich schon länger. Aber das bin ich gerne, verstehst du, damit lebt es sich gut“, Adam lacht. „Ich rede mit dir schon wie mit dem Pfaffen“. „Nein, sie hat etwas anderes gespürt.“ „Nämlich?“ „Du hast es mit dem Tod.“ „Was heißt das: Ich habe es mit dem Tod?“ „ Frage sie!“ „He Kind“, ruft Adam. „Erkläre dich, was hast du an mir wahrgenommen?“ Das Mädchen dreht sich zu ihm um: „Um dich ist der Tod. Mehr vermag ich nicht zu sagen.“ Ihre Worte treffen Adam umso mehr, als sie mit piepsiger Kinderstimme vorgebracht werden. „Was faselst du da, Göre?“ Adam hebt die Hand, aber da fällt ihm der Alte in den Arm. „Warum willst du sie schlagen? Hältst du die Wahrheit nicht aus?“, keucht er. Adam schüttelt ihn ab und geht zum Feuer zurück. „Geht eurer Wege“, brummt er, „und lasst mich in Frieden.“ Die beiden stehen unschlüssig umher. „Macht, dass ihr fort kommt!“, brüllt Adam. „Jetzt, wo du ihr und mir unsere Meinung über dich abgepresst hast, können wir dich nicht so schnell verlassen“, seufzt der Alte. „Warum nicht?“ „Weil einer, der am Tode ist, des Trostes bedarf.“ „Ich des Trostes? Dass ich nicht lache!“ „Lache nur. Dein Lachen klingt wild, aber hohl.“ „Ach was“, Adam wirft Holz ins Feuer, dass es hoch auflodert. Es ist so, wie er dachte, der alte Mann hier und der alte Mann mit seinem Reitochsen sind wie Zwillinge, die ihm auf die Nerven gehen, auch wenn sich beide hilfsbereit gezeigt haben. „Dir geht es schlechter, als du wahrhaben willst“, der Alte setzt sich neben das Feuer und das Mädchen kauert sich an seine Seite, so als wollten die beiden an diesem Tag ihm nicht mehr von der Stelle weichen. „Steht auf!“, Adam fuchtelt mit den Armen, wie wenn er wilde Hummeln vertreiben wollte. Aber der Alte und das Mädchen blicken ungerührt in das flackernde Feuer. Adam lässt die Arme sinken und hockt sich auf die andere Seite des Feuers. Die Flammen springen und lecken in den blauen Herbsthimmel hinein,

Funken fliegen und manchmal zerbirst mit trockenem Fauchen ein Glutbrocken.
Es kann nicht sein. Was Adam spürt, ist Leben und nicht Tod. Er spannt seine Armmuskeln an und sieht, ohne sich recht freuen zu können, wie sich seine Zwillichjacke ausbeult. Erschrocken fährt er herum, der Alte hat ihn beobachtet und lächelt. Soll er ihn erschlagen? Warum ist heute seine teuflische Natur so lahm, so gedeckelt? Das Mädchen kratzt mit einem Ästchen in der Glut. „Wann?", fragt Adam sie. Sie hebt die Schultern, aber dann rückt sie an den Alten heran und flüstert ihm etwas ins Ohr. „Früher, viel früher, als dir lieb ist", sagt der, „überraschend, gerade in dem Augenblick, wo er dir fern erscheint und du nicht an ihn denkst." „Das ist fast immer so." „Meistens, ja. Aber ist das ein Trost für dich?" „Ich brauche keinen Trost mehr; wo ich war, musste ich mich ungetröstet am Leben halten; das habe ich mir nun angeeignet. Ich bin stark." „Daran zweifeln wir nicht. Du bist aber nicht in allem stark." „Ein Teufel ist in allem stark." „Ein Teufel vielleicht. Doch bist du wirklich einer? Du siehst nicht so aus." „Ich will einer sein." Der Alte lacht. „Dann wünsche ich dir viel Erfolg bei deiner Mission."
Hohe Wolkentropfen, gelbweiß wie fetter Rahm schieben sich über den Himmel und dämpfen das Sonnenlicht, tauchen den Wald in einen milchigen Schimmer. In der Ferne rufen Krähen, Adams Freunde. „Das Wetter", sagt der Alte und deutet nach oben. „Es ändert sich, Regen tut not. Das Land dürstet." „Wollt ihr nicht endlich gehen", sagt Adam und starrt ins Feuer. „Das geht nun nicht mehr", antwortet der Alte. „Es ist besser, wenn wir noch eine Weile bei dir bleiben. Auch wenn wir uns – ich sage es dir ehrlich – in deiner Nähe nicht so recht wohl fühlen. Wie ich schon sagte, wir versuchen den Leuten, die wir treffen, nicht im Weg zu sein, sondern sie sanft in ihre Richtung zu leiten." „Und du kennst meine Richtung?" „Nein, aber meine Enkelin hat festgestellt, dass du etwas übersehen hast, dass du wild entschlossen daher stampfst, doch Augen und Ohren verschlos-

sen hältst. Nichts weiter wollten wir dir sagen.“ „Dann könnt ihr ja gehen.“ „Das sollten wir wirklich tun“, der Alte schaut ratlos ins Feuer.
Über den Himmel ziehen sich dicksträhnige Milchschlieren und die Raben schreien noch lauter als zuvor. Adam wühlt trotzig mit einem abgebrochenen Ast in der Asche. Er will nicht wahrhaben, was die beiden ihm offenbart haben. Sitzt nicht das Leben fest verzurrt an ihm, fester als je zuvor? Er schnellt auf die Füße. „Wenn ihr nicht geht, dann haue ich ab. Ein paar Mal, das muss ich dir sagen, Alter, war ich nahe dran, dir den Schädel einzuschlagen, aber vielleicht bin ich doch nicht so teuflisch, wie ich es sein möchte. Doch sei versichert, ich bin auf einem guten Weg dorthin; und falls wir uns noch einmal begegnen sollten, bin ich möglicherweise schon einige Schritte weiter, und dein Leben ist keinen Heller mehr wert und du kommst schneller unter die Erde als ich, den ihr ja schon dem Tod anempfohlen habt.“ „Geh` deiner Wege. Nimm dir unsere Warnung zu Herzen oder lass es sein“, der Alte wendet ihm den Rücken zu. Das Mädchen hat wieder die Kapuze über den Kopf gezogen und sich an ihren Großvater geschmiegt. Adam wiegt den schweren Buchenast in seiner Hand. Mit einem Schlag könnte er den Alten töten.
Aber dann werden die Krähen laut und er macht sich auf den Weg zu ihnen, seinen Freunden, beginnt, sobald der Alte und das Mädchen ihn vom Feuer aus nicht mehr sehen können, zu laufen, damit er möglichst schnell eine große Strecke zwischen sich und die beiden bringt. Was sagte der Alte? Er würde mit verschlossenen Augen und Ohren durch die Welt gehen? Er, der Erzwilderer Johann Adam Hasenstab, der große Jäger, der das feine Rupfen hört, mit dem die Rehe das Gras aufnehmen, der jetzt vor sich in einem noch dicht belaubten Haselgebüsch eine Blaumeise turnen sieht, und ihre schwarzen Äuglein, wie sie sich bewegen und glänzen? Ist der Alte wahnsinnig? Es ist zum Lachen! Was soll er sich um die zwei Verrückten scheren? Er hat Wichtigeres zu tun. Immerhin hat er seinen Bauch gefüllt und

sich am Feuer aufgewärmt. Das Gehen verscheucht überdies alle schweren Gedanken. Wie schön ist es durch diesen, wenn auch heruntergekommenen Wald zu streifen! Endlich wieder! Und die Freude, endgültig, sowohl dem Rattenloch als auch der Sklaverei auf dem Schiff entronnen zu sein, durchströmt ihn erneut. Er duckt sich unter die nieder hängenden Zweige eines Buchenstockes hindurch, folgt einige Zeit den Radgeleisen eines Fuhrwerks, die er aber bald wieder verlässt, da sie langweilig nur immer geradeaus verlaufen und springt über einen niedrigen Stapel Brennholz, den einer mitten im Wald aufgesetzt hat, läuft kreuz und quer, dabei doch im Großen und Ganzen die südliche Richtung einhaltend. An der Sonne kann er sich orientieren, wenn sie inzwischen auch nicht mehr ist als ein verschwommener, gelber Fleck mit roten und violetten Einschlüssen. Sich wie ein Fuchs vorwärts bewegen, wie ein Raubtier. Da soll ihn mal jemand einfangen; und an seine Verfolger denkt er schon lange nicht mehr. Bis zum Abend wird er durchhalten und sich dann in einem Dorf oder seinetwegen auch im Wald verkriechen.

Der Wind lebt auf, fächelt die Blätter und hebt die abgefallenen vom Boden auf. Es ist ein Meerwind, Adam kennt den Geruch genau, Salz und Fäulnis, ein Wind, der Regen bringen wird; viel zu trocken ist der Wald, überall liegen Halden von Sand. Alles Schwere im Laufen abschütteln, vor allem diesen unverschämten Hinweis auf den Tod von jenem seltsamen Kind. Was soll ihm das? „Sie hat Recht“, der Pfarrer mischt sich ein. Auf den hat Adam gewartet, denn die Kleine lieferte ihm das Stichwort. „Den hast du die ganze Zeit über vergessen und dir viel auf deine Muskeln eingebildet, auf deine Gesundheit und Zähigkeit. Nur noch eine kleine Weile werden sie dir erhalten bleiben, einen Tag, einen Monat, zwei Jahre, drei Jahre, vielleicht zehn, aber jedenfalls viel zu kurz. Blut, ein pochendes Herz, zwei starke Beine sind nicht alles, sind nicht einmal viel. Eine Kleinigkeit genügt, ein Stückchen Blei aus einem Gewehrlauf, der Stoß eines Kuhhorns, der Sturz über einen liegenden Baumstamm, und dein strammer Leib ist beschädigt oder ganz hinüber. Halte ein, Adam, bekehre dich!“ Dieses Mal bleibt Adam die Antwort schuldig. Er rennt drauflos, ohne Acht zu geben, Zweige peitschen in sein Gesicht, Staub wölkt auf und weht ihm beißend ins Gesicht; er flieht, erst von dem Schiff, dann vor dem Rattenloch und dem Wahnsinn, der ihn beschlich, später vor den Berittenen und jetzt vor dem Pfarrer, dem Alten und dem Kind, nein, nicht vor ihnen, sondern vor dem, was sie ihm ins Gesicht schleuderten. Auf die Sonne zu, denn Adam vermutet, dass es Mittag ist und sie im Süden steht. Doch was heißt Sonne? Ein verwaschenes, schillerndes Leuchten in einem grauen Wolkenbrei. Das Meer schwappt in das Land hinein. Auch davor ist Adam auf der Flucht, vor dem faulen Wind, dem nassen Hauch und dem Sand, der überall unter dem Laub hervor leuchtet; alter Meeresboden, den sich die See zurückerobern will. Daher will er möglichst rasch tiefer in das Land hinein vorstoßen, um die Erinnerung an das Meer zu tilgen. Was allerdings haften bleiben wird, sind die Worte des Alten und des Mädchens. Warum musste er gerade ihnen über den Weg laufen? Hat er nicht schon schwer genug an dem Pfarrer und an Hofmann zu tragen? Wie seltsam es ist, dass man abwesende Personen nicht los werden kann. Ja, seine Reise hat ihm gezeigt, wie sonderbar die Erde und ihre Menschen sind. Am sonderbarsten er selbst, seine Verwandlung im Rattenloch, seine Zerspanung in viele, seine Angst vor den Worten eines unbedeutenden Kindes. Unerklärlich auch das Ufer eines ausgetrockneten Baches, die hellen und dunklen Schichten aus Sand und Lehm und die daraus hervortretenden Wurzeln einer Weide, der eingedickte Himmel und der Bogenflug eines Spechts. Und dies alles könnte, falls das Mädchen und sein Großvater Recht haben, schon einen Lidschlag später vorbei sein, für ihn vorbei, wenn er über einen Ast stolpert und sich das Genick bricht. Und er wundert sich weiter – wer weiß noch für wie lange? – über die sich schüttelnde Espe und das gelbe Rieseln ihrer Blätter, die wie große Flocken durch die Luft purzeln, wie betrunken und dabei vom Seewind umher geweht werden, sowie über eine dunkelgraue, linsenförmige Wolke vor dem geronnenen Fett des Himmels, und schließlich über Liese, die unruhig vor dem Herd auf- und abgeht und hier und da mit dem Schürhaken in der Glut stochert. Sie streift sich das Haar aus der Stirn, zieht sich die Schürze glatt und befeuchtet die Lippen mit der Zunge. Ahnt sie, dass er schon längst nicht mehr in Gefangenschaft ist, dass er zurückkehrt? Oder rührt ihre Unruhe von einem anderen her? Seine sanfte Liese. Nie hätte er gedacht, dass sie sich auf andere einlässt. Hat sie es wirklich getan? Das, was er von ihr sieht, macht ihn besorgt.

Er beeilt sich, rennt das Bachbett hinauf, dessen Untergrund aus Sand und getrocknetem Schlamm besteht. Ein Hase reißt vor ihm aus, schlägt Haken. Bald werde ich wieder Jagd auf dich machen, denkt Adam, bald, wenn ich nicht vorher zu Tode komme. Alles ist eigenartig an diesem Tag, sogar die Stämme der Buchen schimmern befremdlich graugrün. Es muss an dem durch die besondere Bewölkung veränderten Tageslicht liegen, dass ihn alles mit einem neuen Gesicht anschaut, sogar der Sand wirkt seltsam; und ein vor längerer Zeit am Ufer angeschwemmter nackter Baumstamm erscheint Adam wie ein auf dem Rücken liegendes, die starren Beine in die Luft streckendes, totes Rind. Oder sind es die Worte des Kindes, die die Welt für ihn verändert haben? Dies ist kein Wald mehr, der ihm Zuflucht bietet, sondern eine gespenstische Landschaft, in der Adam immer mehr zu einem Gehetzten wird; der Jäger wird gejagt, nicht mehr von den Männern, denen er am Morgen entrann, sondern vor einer Angst, die, angestoßen durch die Begegnung mit dem Alten und dem Kind, aus ihm selber kommt. Er ist der Quell des größten Schreckens wie der größten Freude; heute ist der Schrecken dran. Es nützt ihm nichts, dass er dem vermeintlichen Rind auf den hölzernen Bauch springt, es bleibt ein Kadaver und die Farbe des Sandes wird auch davon nicht freundlicher, dass er eine Handvoll in die Luft schleudert, um ihn zum Gleißen zu bringen. Er verweht wie ein düsterer Schleier.

Adam läuft, ohne sich noch orientieren zu können, da die Wolken vollends die Sonne geschluckt haben, verlässt sich auch nicht mehr auf seine Spürnase, sondern rennt in Panik dahin, wo die wenigsten Hindernisse zu erwarten sind, aufs Geratewohl, doch seine sonstige Geschicklichkeit, sein Instinkt für den Untergrund haben ihn verlassen, er stolpert, stößt mit dem Ellenbogen an einen Baumstamm, bricht in ein Loch ein, strauchelt und verdreht sich schmerzhaft den Fuß. Endlich muss er anhalten, weil seine Lungen nichts mehr hergeben und lehnt sich an eine vom Sturm oder vom Alter umgebogene Birke. Sein Herz jagt in unregelmäßigen Schlägen. Das alles sollte er nicht halten können? Dieses Holz, den Sand in seinen Schuhen, sein sich bäumendes Herz und den klebrigen Schweiß in seinem Gesicht? Dies alles sollte in einem Nu verschwinden, für ihn verschwinden. Doch was, wenn nicht er, sollte sonst zählen? Natürlich ist er sterblich und hat es schon immer gewusst, aber diese Kröte unter ihrer rauen Kapuze hat es ihn fühlen lassen, sodass es auf ihm liegt wie ein Albtraum, von dem man sich auch tagsüber nicht befreien kann. Und da kann er rennen, so weit und so schnell er will.

Unter seinem harten Griff löst sich die weiße Rinde des Baumes und ein rostroter Mull kommt darunter zum Vorschein, in dem kleine Käfer umher kriechen. Alles ist faul und ausgehöhlt. Sein Fuß schmerzt und humpelnd nimmt er seinen Weg wieder auf, irgendeiner Richtung folgend, einen Wildwechsel querend, der ihn, den großen Jäger, nicht interessiert. Und sogar die Raben, die über ihn hinweg fliegen und ihr wildes Lied singen, gehen ihn nichts an, weil sie für ihn in Kürze ohnehin verschwunden sein werden, und ohne Belang ist ebenfalls eine vom Blitzschlag zerspaltene und geschwärzte Fichte. Einen Augenblick lang stützt er sich gegen das gequälte Holz, um Atem zu schöpfen. So weit ist er nun gelaufen und alles scheint umsonst, weil in allem der Wurm der Vernichtung sitzt, alles nur ein geborgtes Leben hat und morgen schon nicht mehr sein könnte.

Pferdegetrappel! Er sinkt zusammen, wird zu einem Haufen welken Laubs, drückt sich noch rasch mit einer verstohlenen Handbewegung ein paar schmutzige Blätter ins Gesicht und späht vorsichtig zwischen dem zersplitterten Holz hindurch. Sie sind es. Er erkennt sofort seine Verfolger, vorneweg ihr Anführer. Ist er bleicher als gestern? Jedenfalls hält er den Kopf gesenkt und dieser Anblick lässt Adam wieder aufleben, stärker noch als die Verheißung des ewigen Lebens. Er hat ihm das Haupt gebeugt, vielleicht sogar für immer. Sie reiten in breiter Front durch den lichten Wald, und der ihm nächste Reiter wird, wenige Armlängen entfernt, die ausgefranste Fichte passieren. Dennoch ist Adam nicht in Gefahr, noch dazu ist er ein Teil des Waldes geworden und daher für die Augen der Reiter unsichtbar. Ja, hier im Wald, wenn es auch ein trauriger ist, muss er niemanden fürchten. Das Leben kehrt wieder in ihn zurück und er hebt trotzig den Kopf, da ihm jetzt die Reiter ganz nahe kommen. Wie sie starren und blöde umher glotzen und doch nichts sehen. Hier, dieser Komposthaufen, das ist euer Mann, die beiden glänzenden Flecken sind seine Augen, die auf der Erde liegenden Wurzeln sind sein Haar. Adam juckt es, ihnen einen dürren Ast an die dumpfen Köpfe zu werfen, aber das hieße, sein Glück zu versuchen. In den Wipfeln der krummen Buche treibt sich die Rotte der Raben herum, und jetzt versteht Adam, dass die Vögel die berittenen Männer begleiten, da sie, klug wie sie sind, verstanden haben, dass da reichlich Fressen für sie abfällt; Menschenfleisch. Seines aber nicht, seines will er retten und sicher in den Spessart bringen.

Langsam erhebt er sich, obwohl seine Verfolger noch nicht außer Sicht sind, aber diese Männer hat er nicht zu fürchten, hier im Wald nicht mehr, spuckt aus, reißt sich einen langen Streifen aus seinem Hosenbein und umwickelt damit sein Fußgelenk. In einigen Tagen kann er wieder richtig gehen; solche Verletzungen kennt er zur Genüge. Nein, es ist nichts passiert, ihn befiel nur eine schlechte Stimmung wegen des Wetters und wegen des unangenehmen Kindes, das unsinniges Zeug redete.

Eine Ratte lässt sich von einer Laune nicht aus der Bahn hebeln. Aus einem Haselgesträuch bricht er sich noch einen geraden Stecken, der ihm als Wanderstab dienen soll und zieht wieder los. Eine Weile hält er sich an die breite Fährte des Reitertrupps. Nichts Erfreulicheres ist zu denken, als seine Verfolger zu verfolgen; in ihrem Rücken lässt sich vortrefflich leben. Dampfende Pferdeäpfel liegen auf dem trockenen Waldboden und der Geruch der großen Tiere hängt im Gezweig der verbuschten Buchen. Wenn sie wüssten… Ja, das bereitet ihm Freude, da ist er wieder ganz der Alte, der Meister der Jagd, dessen Wohnzimmer der Wald ist. Tief am Himmel schwebt ein weißlicher Dotterfleck, die Sonne, bald wird es Abend werden. Dort ist also Westen. Er muss sich mehr nach links halten, nach Süden, und irgendwann einmal wird er am Dialekt der Leute in den Dörfern erkennen, dass er nicht mehr weit von zu Hause entfernt ist. Vom Ende der Welt hat er es bis hierher geschafft, nun wird er sich nicht mehr aufhalten lassen. Das Laufen mit seinem wehen, rechten Fuß geht mit Hilfe des Steckens leidlich, er kommt voran, trifft wieder auf einen trockenen Wasserlauf und einen ihn begleitenden Weg. Ein Weg führt in ein Dorf, und Adam braucht eine tüchtige Mahlzeit, um seinen Marsch noch bis zum Ende durchzuhalten.

Vor ihm gehen Leute, die Bündel mit Brennholz auf den Rücken tragen; unter der schweren Last beugt sich ihr Kreuz. Vielleicht macht es die lebenslange Schufterei, dass die Bauern so leicht ihre Köpfe vor den Herren neigen, Adam aber ist Jäger, er geht aufrecht, sein Blick ist nach vorne, nicht nach unten gerichtet, er hat ein gerades Kreuz, wenn auch einen beschädigten Fuß, in dem der Schmerz tobt. Dennoch holt er die Lastenträger ein, ein alter Mann und eine alte Frau. Sie grüßen und lächeln, obwohl das Brennholz ihnen kaum die Luft zum Atmen lässt. „Guten Tag, ihr Leutchen“, sagt Adam. „Wie weit ist es noch bis zum nächsten Dorf? Mein Magen ist ein leerer Sack und will endlich wieder gefüllt werden.“ „Eine halbe Wegstunde“, antwortet der Mann. „Wenn wir dir nicht zu langsam gehen, dann komm` mit uns, denn unsere Hütte steht dort. Hast du es aber eiliger, musst du dich nur an diesen Weg halten.“ „Ich habe es eilig, eiliger, als ihr euch denken könnt, aber mein Fuß bereitet mir Kummer, daher will ich neben euch hergehen.“ Der Alte nickt und beugt den Kopf zur Erde, ein menschlicher Maulesel, der, ohne zu klagen, sein Bündel schleppt. Es käme ihm nie in den Sinn aufzubegehren, da es die große Ordnung, in die er sich gestellt sieht, durcheinander bringen würde, und dieses Unheil wäre ihm ärger als sein mühseliges, geplagtes Leben. So stapft er kurzatmig dahin, sein ganzes Leben lang, ohne zu murren. So ist es gut, denkt er, und wenn die Reiter heran sprengen würden, würde er ehrerbietig zur Seite treten und sein weißes Haupt senken. Und genauso demütig nimmt er hin, dass nun Adam neben ihm geht, ein zerlumpter Herumtreiber, eine Ratte, die sich vor dem Tod fürchtet; und ginge der Leibhaftige an seiner Seite, er würde es ebenso dulden, den Kopf nach unten, zur Erde blickend und es dem Schicksal überlassen – er würde sagen, dem Herrgott – ob ihm sein Begleiter niederschlagen und ausrauben oder in die Hölle werfen würde. Euretwegen, denkt Adam, sind die Herren so stark, ihr macht sie übermächtig, ihr seid schuld oder mitschuldig, ihr geduldigen Maulesel. Kann er ihnen böse sein? Jawohl, sehr sogar! Sie verdienen kein Mitleid. Er hasst sie nicht so wie die feinen Herren, doch er verachtet sie; auch diesen weißhaarigen Greis und seine milde lächelnde Frau, die sich auf einen Stock stützt. Adam ist zu sehr Teufel, um sich ihrer zu erbarmen. Liese, Liese, wenn ich nach Hause komme, kann es dir schlecht ergehen, denkt Adam. Aber noch ist es nicht soweit, noch hinkt er durch diesen ungewohnten Buschwald unter einem Himmel, der sich immer weiter zuzieht und inzwischen schon nach Regen aussieht.

Die Raben sind mit den Reitern weiter gezogen, hungrig nach Leichen. Außer den müden Tritten der Alten und seinen eigenen ist kein Laut zu hören. Der Wind macht eine Pause, der Meeresgeruch aber hat sich im Wald verbreitet. Adam wird den Alten ihr Leben lassen, was er braucht ist Essen und Trinken und vielleicht ein Lager zum Schlafen, mehr wird er ihnen nicht nehmen, von ihrem Leid hat er nichts; er ist ganz Ratte, will sich nur den Bauch voll schlagen, ist rücksichtslos, natürlich, aber an Quälereien anderer nicht interessiert; fressen will er und sich fortpflanzen. Ja, das Letztere hat er vernachlässigt; Liese hat noch keine Kinder von ihm; das wird er ändern, auch wenn sie sich mit anderen Männern eingelassen haben sollte; er will Nachkommen, solche wie er, die einen steifen Nacken haben und den Kopf nicht beugen können; Buben und Mädchen, egal, nur nicht solche geknickten Gestalten wie die Alten neben ihm. „Fressen und zeugen“, sagt er zu dem Mann. „Was hältst du davon?“ „Ist nicht das Schlechteste. Doch meistens geht es mit beidem nicht so recht“, antwortet der. Adam haut ihm lachend auf die Schulter. „Dann musst du daran `was drehen, Alter. Freilich, mit deinem Weib ist nicht mehr viel los, aber es gibt bestimmt, sogar in deinem Dorf, noch junges Fleisch genug.“ Die Alte schüttelt missbilligend den Kopf, ohne aber ihr Lächeln zu verlieren. „Und das Fressen nimmt man sich am besten von denen, die genug davon haben. Wenn die aber unangreifbar sind, weil sie ein Heer von Bücklingen bewacht, dann auch von den Armen. Das hier zählt“, sagt Adam, entblößt seinen Oberarm und lässt die Muskeln spielen. „Du redest nicht wie ein Christenmensch“, sagt der Alte. „Ich bin auch keiner, war es wahrscheinlich noch nie. Aber dort, wo man glaubte, mich für einige Zeit aufbewahren zu müssen, wurde mir das bisschen Christentum, das noch in mir wohnte, vollends ausgetrieben. Meinen Pfarrer würde der Schlagfluss treffen, wenn er mich so sähe und reden hörte“, erwiderte Adam.

Die Buchenbüsche rücken immer dichter zusammen und verstellen den Blick, sodass der plötzliche Anstieg des Weges, der einen schmalen Riedel überquert, Adam überrascht. Nun lichtet sich der Wald, und vor ihnen, noch getrennt durch eine Geländevertiefung, liegt eine bewaldete Hügelkette, die nach vorne zur Ebene hin steil abbricht. Adam hat das flache Land, das ihn mit seinem Sandboden so unangenehm an das Meer erinnerte, endlich hinter sich. An den Abhang der Berge geschmiegt liegt ein kleines Dorf. „Da unten“, sagt der Alte und bleibt einen Augenblick stehen. Dort unten also, denkt Adam, fristen sie mit anderen Armseligen ihr armseliges Leben. Er kennt diese Käffer, stammt selbst aus einem. Unter niedrigen Dächern, in feuchten, verrauchten Stuben hocken sie und stieren trübe vor sich hin, wenn sie nicht gerade schuften wie die Tiere. Einem solchen Dorf ist er entsprungen, ja wahrhaftig, er ist entsprungen, hinaus in den wundervollen Wald, der sein Dorf umgibt, nur wenige Schritte davon entfernt, ein Reich der Freiheit und des wilden, ungebundenen Lebens, in das hinein sich aber keiner wagt, weil es Duckmäuser sind, Lastesel, Pflugochsen, die sich mit schmerzendem Rücken in die Kirche schleppen, um sich ihre Strafpredigten anzuhören, dass ihnen nicht nur ein ödes, mühseliges Leben auferlegt ist, sondern auch ein sündiges noch obendrein, und dass sie sich vorsehen müssen, da ihnen hinter jeder Wegbiegung und in vielerlei Verkleidung der Leibhaftige auflauert. Nein, sie verdienen kein Mitleid, und von einer Ratte ist dies ohnehin nicht zu erwarten, am wenigsten von einer hungrigen Ratte.

Der Weg geht jetzt durch abgeerntete Felder, auf denen ein paar Krähen umher stolzieren, Vettern der verwöhnten, die die Reiter begleiten; diese hier begnügen sich mit Spelzen und Kartoffelkraut. „Einen Bissen Brot und einen Becher Sauermilch kannst du von uns haben“, sagt der Alte. Adam nickt. Der Mann kann nicht wissen, dass sich Adam nicht mehr abspeisen lassen will, von ihm nicht und erst recht nicht von den hohen Herren, die das Wild als reserviert für ihre Gewehre ansehen. Von keinem mehr.

Da sie an einem Bildstock vorbeikommen, bekreuzigt sich die Frau. Adam kann ein Lachen nicht unterdrücken. „Was tust du da?“, fragt der Alte kopfschüttelnd. „Ich lache über eure Fügsamkeit und Geschmeidigkeit, mit der ihr euch dankbar unter jede Last beugt und am Ende noch Dankesgebete murmelt über euer jämmerliches Leben. Es ist ein schlechtes Schauspiel, das

ihr da ableistet.“ „Du versündigst dich.“ Was erwartet er von einer Ratte? Adam schweigt aber, weil er gierig ist nach dem bescheidenen Happen, den die beiden ihm anbieten können. Der Alte murmelt unverständlich vor sich hin und die Frau hält zu Adam einen größeren Abstand.
In der Luft liegt jetzt der Geruch von Holzfeuer und nach einigen weiteren Schritten ist das Blöken von Vieh und das Geschrei eines Hirten zu hören; dann schlagen Hunde an. Wie vertraut das alles in Adams Ohren klingt, vertraut und verabscheuungswürdig. Auch wenn es ihn mit aller Macht zu seinem Spessart zurückzieht, um sein Dorf jedoch, aus dem er stammt, wird er einen weiten Bogen machen. Der Gestank der qualmenden Ofenstellen und der nassen Kleidung in den Stuben, die verstockten Wände und die Kinder mit den Fieber glänzenden Wangen können ihm gestohlen bleiben. Wonach ihn verlangt, sind der Wald und die Hütte, die er für sich und Liese errichtet hat, ganz aus duftendem Holz.
„Gleich sind wir zu Hause“, sagt der Alte, „dann können wir uns ausruhen.“ Adam braucht keine Ruhe. Sein Magen verlangt nach Nahrung, nur deshalb wird er diese Rast einlegen. Viel lieber würde er weiter wandern, trotz seines schmerzenden Fußes. Die bewaldeten Hügel vor ihnen erinnern ihn an seinen Spessart. Doch ohne Essen würde er nicht mehr lange durchhalten. Ein paar Köter kommen ihnen kläffend entgegen gelaufen, und unfehlbar erkennen sie Adam, umschnüffeln ihn vorsichtig mit eingeklemmten Schwänzen und traben dann wieder eilig davon. Der Mann blickt Adam an. „Seltsam“, sagt er und senkt wieder den Kopf.
Vor dem ersten der niederen Häuser machen die Alten Halt und werfen ächzend ihre Lasten neben der Tür ab. „Hier sind wir zu Hause“, sagt der Mann, der jetzt aufgerichtet gar nicht mehr so alt wirkt, trotz seiner weißen Haare. „Sei uns willkommen“, meint er noch. Nur immer schön höflich, denkt Adam, bettelarm und elend, aber immer freundlich und gottesfürchtig, auch dann noch, wenn man euch das letzte Hemd raubt. „Tritt ein“, der

Mann hält Adam die Türe auf. Ein düsteres, stickiges Zimmer empfängt sie, neben dem Ofen hockt ein Kleinkind, das, kaum wird es seiner Eltern ansichtig, jämmerlich zu flennen beginnt und die Ärmchen ausstreckt. Das hat er mir voraus, denkt Adam, auf diesem Gebiet bin ich noch nicht Ratte genug. Die Frau nimmt das Kind auf den Arm und beginnt mit der freien Hand in einem Topf zu rühren, der auf dem Herd steht. Der Mann holt indessen ein Brot aus einer Holzschachtel und legt es zusammen mit drei Tellern auf den Tisch. „Wir können gleich essen", sagt er.

Adam überlegt, das Brot würde ihm für drei Tage reichen, er könnte immerfort laufen, ohne sich ums Essen kümmern zu müssen. Er tastet nach seinem Messer. Doch erst will er noch von der Suppe haben, die die Frau in die Teller füllt, außerdem gießt sie jedem noch einen Becher mit Sauermilch voll. Der Mann schneidet das Brot. Ohne ihr Gebet abzuwarten, trinkt Adam schlürfend seinen Teller und den Becher aus, schöpft sich Suppe nach, trinkt ein zweites Mal leer und setzt schließlich den Topf an die Lippen, um sich den Rest der dünnen Suppe in den Schlund zu kippen. Dann steht er auf. „Ich bin nur mit euch gegangen, weil ich euer Essen brauchte. Seht her, hier habe ich ein Messer, und auf deinem Arm hockt ein Kind, Frau. Mehr muss ich euch wohl nicht sagen. Ich nehme mir jetzt das Brot. Falls ihr auf die Idee kommt, mir irgendwelche Leute nachzuschicken, werde ich zurückkehren und euer Kind in Stücke schneiden. Bleibt weiterhin recht fromm und vergesst nicht, euren Gutsbesitzer zu grüßen und schön tief den Kopf zu neigen", Adam klemmt sich den Brotlaib unter den Arm, sieht noch einmal den Mann an, der seinem Blick ausweicht, und eilt dann ohne weiteres hinaus. Einer der Köter von vorhin liegt auf der Straße, als er Adam erkennt, erhebt er sich und schnürt mit schiefem Gestell davon; und nicht viel anders bewegt sich er, der Erzwilderer, an einem Stecken humpelnd und wegen der Schmerzen mit verkrümmten Rücken, als Beute einen alten Laib Brot unterm Arm, doch ohne schlechtem Gewissen, da er

Getretenen nur einen weiteren Tritt verpasst hat, schmerzunempfindlichen Menschen, abgestumpften Kreaturen, die es nicht anders verdient haben und nichts anderes erwarten, als dass man sie weiter in den Staub stößt. Ein Mann mit einer Mistkarre starrt dem Fremden nach, dankbar für die Unterbrechung seines traurigen Lebens, und Adam hebt zum Gruß die Hand, ganz eine höfliche Ratte.

Der Weg beschreibt einen Bogen und steigt dann den waldigen Hang hinauf. Endlich wieder eine Steigung, endlich wieder ein Halt für die Augen, die über die Ebene oder die Meeresfläche hinweg gerutscht waren. Ein feiner Sprühregen setzt ein und geht mit geräuschvollem Knistern auf das Laub nieder. Adam birgt das Brot unter seinem Hemd, damit es nicht aufweicht. Oder sollte er es hier an Ort und Stelle gleich verzehren, bevor es der Regen verdirbt? Er reißt ein großes Stück ab und beginnt zu kauen. Es schmeckt leer und fad, aber stopft immerhin den Magen. Bald wird er fettere Brocken nach Hause tragen, doch bis dahin begnügt sich die Ratte mit dem, was sie zufällig findet; eine Ratte ist nicht wählerisch und könnte sich sogar von Baumrinde und den vertrockneten Weißdornbeeren ernähren, die längs des Weges wachsen. Dahinter ragen mächtige Buchen auf und bilden einen Hochwald, wie er Adam vom Spessart vertraut ist, und sogleich schmeckt ihm das Brot besser. Er ist fast schon zu Hause, denn dieser Wald riecht wie sein Spessart und der steile Hang, den er sich hinauf müht, erinnert ihn an eine bestimmte Stelle bei Altenbuch. Der Regen wird stärker, dafür wird das Getrappel der Tropfen auf den Blättern leiser, da diese inzwischen durch die Nässe aufgeweicht sind. Das Tageslicht ist im Schwinden begriffen, in einer Stunde wird es finster sein. Adam wird sich bald nach einer Bleibe für die Nacht umsehen müssen. Das Brot, das er in seiner Gier fast völlig aufgegessen hat – nur noch ein Rest steckt unter seinem Hemd – hat sich in seinem Magen zu einem schweren Klumpen zusammengeballt, der ihm auf die Lungen drückt. Sein Atem geht pfeifend. Lange wird er nicht mehr durchhalten.

Aus einer Schlucht, an deren Rand sein Weg entlang führt, dringt das Gepolter von Wild; Hirsche, wie Adam sofort feststellt; er bleibt stehen und späht angestrengt in die Tiefe. Es ist aber schon zu dunkel, um noch etwas zu erkennen. Die Pause jedoch tut seinem Körper gut, sodass er beschließt, sich an Ort und Stelle, nach einem Unterschlupf umzusehen. Einige Schritte weiter wachsen zwei niedrige Fichten, aus deren Zweigen er sich ein Regendach bauen kann, wie er es während seiner Jagden schon oft tat. Mit seinem Messer schneidet er einige große, dicht mit Nadeln besetzte Zweige ab und schiebt die Zweige so ineinander, dass sie kein Regen durchdringen kann. In diesem heimatlich anmutenden Wald ist ihm eben alles vertraut und das Leben ist einfach. Er geht mit seinem Schirm ein Stück in die Schlucht hinunter bis zu einem verkrümmten Buchengebüsch, klemmt das Fichtendach zwischen zwei Äste und kauert sich darunter.

Noch einmal regt sich in der Tiefe das Wild. Bald bin ich wieder auf eurer Fährte, denkt Adam, hält seine hohle Hand in den Regen hinaus, wartet geduldig, bis sie gefüllt ist und schlürft das kalte Wasser. Allmählich sinken Nacht und Kälte auf den Wald herab; ihnen zu widerstehen macht Adam nichts aus; mit beiden kann er gut umgehen, weil er sie gewohnt ist. Was ihm zusetzte war die klebrige Hitze am anderen Ende der Welt, wohin sie ihn verbannten und von wo er floh.

Eine sanfte Müdigkeit breitet sich in ihm aus, er lehnt den Kopf an einen knorrigen Ast und schließt die Augen. „Liese“, murmelt er. Ja, er wird Kinder zeugen, sobald er zurück ist, und Liese soll sie ihm gebären, egal was vorfiel, ob sie ihm die Treue hielt oder nicht. Eine Ratte braucht Nachkommen, denn die Bücklinge sind in der Mehrheit und diese noch einmal umzudrehen, ihnen ein gerades Kreuz einzupflanzen, vermag keiner; man kann nur eine neue Rasse gründen, gierige, selbstsüchtige, aber aufrechte Menschen. „Liese“, flüstert er erneut, schon halb im Schlaf, und sieht ihre weißen Brüste vor sich, aus denen seine Kinder bald Milch saugen werden.

In der Nacht erwacht er, weil ein böiger Wind die Baumwipfel zum Knarren und Sirren bringt und den Regen schräg unter die Bäume peitscht. Adam ist aber so müde, dass er bald wieder einschläft. Regen, Wind und Kälte sind keine Bedrohung für ihn. Nur noch ein paar Tage, denkt er, und nimmt die Täler und Berge, die ihn von seinem Spessart trennen, mit hinein in den Schlaf, deutlich stehen sie vor seinen Augen, ihr häufig trübes, regnerisches Wetter, die Nebelfetzen, die sich in den Steilhängen verfangen haben, sieht und schläft gleichzeitig, und sieht besser als im Wachen, überblickt die Entfernung zur Heimat, als stünde er auf einem hohen Berg, unter dem sich das Land bis zum Spessart hin ausbreitet und in dem sich die vor ihm liegende Strecke abzeichnet, ein gewundener Weg, eine Schlange, die aber zielsicher ihren Ort findet. So schläft er, ein zusammengesunkener, welker Haufen unter dem regensicheren Fichtenschirm, schläft, und sieht sich schlafen, bis ihn das hässliche Geschrei eines Hähers weckt.

Gerade hat es zu dämmern begonnen. Adam kriecht unter seiner Haube hervor und streckt seine eingeschlafenen Glieder in den Nieselregen. Der Häher hockt ganz in seiner Nähe auf einem Zweig, äugt aufmerksam zu ihm herüber, besieht ihn erst mit dem linken, dann mit dem rechten Auge. Häher sind kluge Tiere, weiß Adam. Manchmal können sie sogar die Zukunft vorhersehen. „Lebe ich noch lange?“, fragt Adam den Vogel. Das Tier wiegt den Kopf, keine leichte Frage offensichtlich, die ihm Adam da stellt, teilt mit dem Schnabel ein paar Hiebe gegen das herbstlich verfärbte Laub aus, ruckt ungeduldig auf dem Ast hin und her und flattert dann mit lautem Kreischen davon, verliert sich, ein gedämpft graublau und braun gefärbter Fleck in der Tiefe des Waldes. Mit seiner Antwort kann Adam nichts anfangen. Seine Frage war dem Häher sichtlich unangenehm, vielleicht aber auch nur deshalb, weil sie nicht zu beantworten ist, weil eine Kleinigkeit genügt, auch fest gefügtes Leben aus den Angeln zu heben.

Adams Fuß ist dick geschwollen, schmerzt aber etwas weniger stark; es wird gehen. Er isst noch den Rest des Brotes auf, streift ein wenig Nässe von den Blättern, um den Mund anzufeuchten, und macht sich dann auf den Weg. In der Nacht hat er gut geschlafen und angenehm geträumt, ohne dass es ihm gelungen ist, die Traumbilder mit in den Tag zu nehmen, doch eine gute Stimmung ist ihm geblieben; warm und versöhnlich ist es ihm heute ums Herz. Vielleicht wird er Liese verzeihen. Sind dies aber Gedanken einer Ratte? Er muss lachen und rammt den Stecken in die aufgeweichte Erde. In der Ferne lärmt der Häher, noch immer mit seiner Frage beschäftigt, auf die er keine Antwort weiß. Soll sich der Vogel damit herumschlagen, solange Adam damit seine Ruhe hat.
Der Anstieg fällt Adam schwer, weil er seinen Fuß nicht spürt und ihm die Hüfte wegen der schiefen Haltung schmerzt, aber er kommt vorwärts, und auch der kleinste Schritt bringt ihn näher an seinen Spessartwald heran. In einer heftigen Bö schütteln die Waldbäume ihre Häupter und lassen gelbes Laub fliegen. Adam fängt ein Blatt und klebt es sich an die Stirn als sein Wappen, denn er stammt aus dem Wald. Ein Bussard maunzt und wird vom Wind den Hang hinauf geweht. Endlich wieder vertraute Klänge, erst der Häher und jetzt der Raubvogel. Auch in diesem Wald könnte Adam sein früheres Leben wieder aufnehmen, die Bäume und Tiere sind die gleichen wie im Spessart und die nasse Erde riecht genauso wie dort, auch Wild wird es in gleicher Anzahl geben und feine Herren, die meinen, dass die Hirsche ihnen gehören. Doch Adam zieht es dennoch weg von hier, er will an eine ganz bestimmte Stelle unterhalb von Schollbrunn, auf eine von einem Bach durchflossene Wiese, wo zwei Weidenbüsche wachsen, deren Laub im Wind silbern glitzert, und er will dorthin, nur wenige Meter weiter, wo das Wasser in einem runden Schwall über große Steine quillt, und an einen dritten Ort, den nur er weiß, eine finstere Schlucht, in der ein mächtiger Eichbaum wächst, der dickste, den Adam kennt, von dessen Ästen lange Moosbärte hängen und um den sich abends

Rehe sammeln; und zu jenem im Vorfrühling lila blühenden Seidelbast am Waldrand über Altenbuch, wo er stundenlang hockte, Lieses Bild vor Augen, und nicht zuletzt will er die treibenden Wolken über der Lichtung am Tannenkopf sehen. Adam könnte noch hunderte solcher Orte aufzählen, denn der Spessart ist sein Zuhause.

Von links mündet ein breiter Weg in den seinen, der jetzt die Hangkante erreicht hat. Ein Fuhrwerk nähert sich, die Häupter der Zugochsen nicken in einem bedächtigen Rhythmus. Adam bleibt stehen, der Anstieg hat ihn erschöpft. Auf dem Bock des Wagens sitzt ein vierschrötiger Mann, der Adam schweigend mustert und schließlich, da die Ochsen ihren Schritt verlangsamen, stumm mit dem Daumen nach hinten weist, was für Adam bedeutet, dass er aufsitzen darf und sich einen Platz zwischen den Säcken mit Äpfeln und Rüben suchen soll. „Danke, guter Mann!", ruft er. Der Bauer aber zieht statt einer Antwort die Schultern hoch, als wolle er sagen, dass nun einmal nichts daran zu ändern ist, dass Fuhrwerke einen Fußgänger mitnehmen und dass dabei nichts Besonderes sei, genauso wenig wie am Nieselregen und der triefenden Nässe der Bäume, dass man das Leben, da nichts abwendbar, nichts veränderbar ist, auszuhalten habe. So sind diese Bauern, denkt Adam, nehmen alles hin, derbe Klötze, die viel ertragen und immer ihren Gleichmut behalten, ihre nach Nichts schmeckenden Rüben kauen und sich wie Zugvieh vor jeden Karren spannen lassen. Nein, das ist nicht sein Leben, ihm fehlt, zum Glück, ihr Gleichmut und ihre Leidensfähigkeit.

Die Äpfel und Rüben unter Adams Hintern sind hart, und er rutscht unruhig hin und her. Der Fuhrmann würde sich darauf hocken und die harten Früchte entweder nicht mehr spüren oder die Schmerzen, die ohnehin ein fester Bestandteil seines Lebens sind, stumm hinnehmen. Adam bewundert und verachtet zugleich diese Leute, zu denen er aber nicht gehört. Doch zu wem gehört er überhaupt? Ist er nicht ein Ausgestoßener? Und nicht nur, weil er dem Wild des Fürstbischofs nachstellt, sondern, weil

er schon seit Jahren allein seiner Wege geht, und nun umso mehr, nachdem er als eine teuflische Ratte aus dem Schiff hervor gekrochen kam
Er wird auch in seiner Heimat keine neuen Freunde finden können, kann mit Menschen sowieso nicht viel anfangen - daher ist ihm auch der schweigsame Fuhrmann vorne auf dem Bock durchaus recht – vielmehr aber mit Tieren, oder mit den Menschen, die er selber ist, die aus ihm reden und ihn bedrängen wie im Bauch des Schiffes. Liese braucht er zum Zeugen und Hofmann, um sich zu rächen, doch die anderen sind ihm egal. Igor, der Mann auf dem Sklavenschiff, hätte vielleicht zu einem Freund getaugt, doch den wird er in seinem Leben nicht mehr wieder sehen.
“Wo fahren wir hin?“, ruft Adam nach vorne. Der Fuhrmann hebt, ohne ein Wort zu sagen, seine Haselgerte, mit der er die Ochsen lenkt, und deutet auf den Weg. Diese Antwort hat Adam fast erwartet und er rammt vor Vergnügen sein Messer in einen der Säcke, dass der Saft des getroffenen Apfels aufspritzt. Man kann an diesen Menschen verzweifeln, man kann sie verachten, aber man braucht keinesfalls Rücksicht auf sie zu nehmen; sie sind zum Leiden und Dulden geboren und sie fordern dazu heraus, dass er sich ihnen gegenüber wie eine Ratte benimmt, die einige teuflische Züge aufweist. Adam hat eine gute Idee, aber noch will er sich eine Weile erholen, den feinen, silbergrauen Tröpfchen zusehen, mit denen der Wind spielt, und an einen der sauren Äpfel nagen, den er sich genommen hat und der genauso wie die Spessartäpfel schmeckt. Er ist diesen Leuten überlegen, weil sie zu fromm sind und zu dumpf und weil ihm in den langen Wochen im Schiffsbauch die Bosheit der Ratten eingeimpft wurde und weil er in seinen Gesprächen mit dem Pfarrer feststellte, dass es Gott auf keinen Fall, den Teufel aber auf alle Fälle gibt. Er ist böse und frei und lacht sein meckerndes Lachen, dass die Ochsen aufgeregt mit den Ohren wackeln und sogar der Fuhrmann sich am Rücken kratzt. Das Leben fällt leicht, wenn man böse ist, wenn man sich, ganz Ratte, neh-

men kann, was man benötigt, einen Laib Brot, eine Frau, ein Ochsengespann.

Der Mann, der nun mit lautem Schnalzen seine Tiere zur Eile antreibt, ahnt nicht, wen er sich da auf den Wagen geladen hat; durch sein dickes Fell, das ihn vor den Zumutungen seines Lebens schützt, vermag Adams Bosheit nicht zu dringen, eingepackt in sein gesundes, rotes Fleisch spürt er nichts von der Anschlägigkeit seines Fahrgastes. Erst wenn er im Graben liegt, wird ihm ein Licht aufgegangen sein.

Adam wirft den nur halb aufgegessenen Apfel in hohem Bogen in den Wald, wischt sich den Mund und schlüpft nach vorne neben den Bauern auf den Bock. „Ist es dir hinten nicht weich genug?", fragt der und bedenkt Adam mit einem müden Blick. „Mir ist es fast überall recht", antwortet Adam, „so unwirtlich kann ein Ort gar nicht sein, dass ich dort nicht zurecht komme, außer in einem Rattenloch auf einem Schiff. Warum ich aber mit dir rede, ist nur, weil ich dir etwas zeigen möchte." Adam zieht sein Messer. „Siehst du meine glänzende Freundin? Fühle, wie kalt sie ist", er legt dem Mann die Klinge an den Hals. „Was tust du, zum Teufel!", schreit der Mann in plötzlicher Angst. Endlich ´mal eine heftige Regung, denkt Adam befriedigt. „Du rufst genau den richtigen an. Ich sage dir, was du tun wirst. Du gibst mir deine Haselgerte und steigst ab, und gehst den Weg, den du gekommen bist, einfach zu Fuß wieder zu-rück. Folgst du mir nach, werde ich dir ohne weiteres meine kalte Freundin in den Hals stechen. Nun also, worauf wartest du noch?" Der Mann sieht ihn mit hervortretenden Augen an, reicht ihm den Stecken und springt in den mit Binsen verwachsenen Graben neben dem Weg. „Gut so, Mann. Und kehrt marsch!", Adam fuchtelt auffordernd mit beiden Armen. Der Bauer senkt den Kopf und tappt folgsam den Weg hinunter.

Die Ochsen sind unterdessen unbeirrt weitergetrottet. Adam beobachtet noch eine Weile die sich entfernende Gestalt des Bauern, dann wendet er sich nach vorne. Welch ein Spaß! Und wie mühelos es gelang! Und wie angenehm es ist, gefahren zu werden, und wie herrlich, den Muskelbewegungen auf den kräftigen Rücken der Ochsen zuzuschauen. Diese Bauern sind selbst Schuld, wenn man sie betrügt und ausraubt, zu dumpf und zu blöde, zu fromm und kriecherisch. Hast du kein Gewissen, würde ihn der Pfarrer fragen, würde sich Adam selbst fragen. Aber eine Ratte hat kein Gewissen. Die Frage beantwortet sich selbst.

Ein paar Stunden will er mit dem Fuhrwerk fahren und dann die Tiere sich selbst überlassen. Wahrscheinlich werden sie alleine den Heimweg antreten; ein jedes Tier vergisst nicht den Stall, wo es sein Futter kriegt. Doch jetzt sollten sie sich schon ein wenig sputen, und Adam klatscht ihnen die Gerte auf die feisten Kruppen, und mit einem tiefen Stöhnen, dem Stöhnen des gegängelten Viehs, ziehen sie an. Schließlich will Adam ja vorwärts kommen, obwohl ihn im Augenblick keine Ungeduld quält; natürlich will er zu seinem Spessart und er zweifelt keinen Augenblick daran, dorthin zu kommen, doch gerade deshalb hat er es nicht mehr so eilig. Es ist gut, so zu leben, die Gelegenheiten zu nutzen, die er sich selbst geschaffen hat; es rauscht begeistert in seinen Ohren.

„Hüh, meine Schimmel!“, ruft er und lässt die Haselgerte durch die Luft pfeifen. Von einem niederen Ast herunter, sieht ihn ein Häher an, der gleiche, den er am Morgen befragte. „Nun“, spricht er den Vogel an, „hast du dir eine Antwort überlegt?“ Der Häher wendet den Kopf hin und her und betrachtet Adam erneut zunächst mit dem linken, dann mit dem rechten Auge, öffnet den Schnabel zu einem garstigen Schrei und fliegt ins Innere des Waldes zurück. Steht es so schlecht um ihn? Aber, was soll Adam auf das Kreischen eines blöden Tieres geben? Er wird es erleben, wird auf alle Fälle erfahren, wie lange es noch mit ihm weiter geht, er, der das Sklavenschiff sowohl wie das Rattenloch überstanden hat. „Lauft meine Öchslein!“, ruft er. „Bringt mich zum Spessart.“ Und die Tiere geben ihr Bestes, stampfen mit den beschlagenen Hufen den steinigen Weg, der kerzengerade durch den Wald führt, und, wie Adam sich einbil-

det, eine südliche Richtung einschlägt; allerdings ist von der Sonne nichts zu sehen als ein etwas hellerer Bereich im ansonsten grauen Himmel.
Flott und mühelos geht es dahin. Die Hufe der Ochsen schleudern kleine Steinchen nach hinten, und wohlig streckt sich die Ratte auf der Bank. „Es wird dir vergolten werden", meldet sich der Pfarrer, „dieser Raub und der andere, und desgleichen die Entführung und Fesselung des hohen Herrn. Deine Schuld wird aufbewahrt und am Tage des Gerichts musst du dafür bezahlen." „Welche Schuld?", gibt Adam zurück. „Ich wehre mich, ich verschaffe mir Lust, die Lust des Essens, der Rache, des leichten Fortkommens. Woraus soll mir die Schuld erwachsen? Die anderen sind mir gleichgültig, wie ich ihnen gleichgültig bin. Sie sind schwächer als ich, das ist ihr Pech, und dass sie schwach sind, liegt in ihrer Verantwortung. Du kannst mir, Pfaffe, kein schlechtes Gewissen einblasen. Sieh, wie die Tiere traben und die Funken stieben. Das Leben ist herrlich und wunderbar ohne Anstrengung, vor allem für einen, der ein Jahr als Sträfling auf einem Schiff schuftete. Gönne ihm seine Freude, lange genug hat er im Elend gelebt." Der Pfarrer schweigt. Wenn er sich überhaupt noch einmal rührt, dann bringt ihn Adam rasch zum Verstummen. Mit jedem Tag, der über den Wäldern heraufsteigt, geht er in seinem Ratten- und Teufelsdasein immer weiter auf. Wer weiß, vielleicht ist er irgendwann seinem Schicksal noch dankbar, dass es ihn in dem Sklavenschiff ans andere Ende der Welt und später ins Rattenloch gespült hat; denn da wie dort ist er umgeschmiedet worden, zu einem harten und zähen Stahl, an dem zuerst der Anführer der Reiter zerbrach; weitere werden folgen.
Inzwischen sind die Ochsen wieder in ihren gewohnten Trott verfallen. Adam lässt sie; er mag Tiere, ihre Ausdünstungen, ihre sture Kraft und ihre gutmütig nickenden Häupter, als stimmten sie allem zu. „Lasst euch Zeit!", ruft er. „Ruht euch aus, euer Herr wird noch ein paar Stunden brauchen, bis er in sein Dorf kommt. Und falls sich ein Haufen aufmachen sollte,

um mich zu verfolgen, habe ich schon genügend Vorsprung. Abseits des Weges, im dichten Wald, findet mich sowieso keiner. Ich bin der Johann Adam Hasenstab." Er geißelt die nasse Luft mit fauchenden Schlägen des Haselsteckens. Die Ochsen beeindruckt es nicht weiter, sie stampfen mit gleichmäßigem Tempo den Weg entlang, und in die gleiche Richtung wie sie ziehen die Wolken über den Himmel, von Nord nach Süd, wie Adam hofft, vom gräulichen Meer ins Land hinein, in Hügel und Wälder, zu festem, verlässlichem Gestein. Er reibt sich die Hände vor Vorfreude, sieht deutlich die Lichtung mit seiner Hütte vor sich, vor der Tür die wartende Liese, sie hält beschattend die Hand über die Augen und späht zum Waldrand hoch. In einigen Wochen wird er tatsächlich dort heraustreten, weil es niemand verhindern kann, weder der Bauer, dem er das Gespann geraubt hat, noch die ihn verfolgenden Reiter noch der Seewind, der mit seinem Nieselregen vergebens versucht, das Land zu ertränken. Er ist ihnen allen über, hat in seiner Zeit auf dem Sklavenschiff und im Rattenloch die richtigen Lehren gezogen. Ein fröhliches Lied fällt ihm ein, „Überm Dach, unterm Dach fliegn meine Tauben", und pfeift es sich und den Ochsen, die mit ihren haarigen Ohren wedeln. „So ein schönes Lied habt ihr noch nicht gehört!", ruft er ihnen zu und flötet gut gelaunt weiter.

Der Wind, der weit draußen auf dem Meer Anlauf nimmt und auf der großen Ebene von nichts gebremst wird, fährt krachend in die alten Buchen, kleine Aststücke regnen auf den Weg. Adam haut mit seinem Stecken begeistert auf die Deichsel ein, denn er kehrt mit Pauken und Trompeten zurück, und beobachtet, wie zerfasernde Nebelfetzen in die Baumwipfel gejagt werden. Das Wetter wird von hier weiterziehen und später den Spessart treffen und wird dort genauso an den Buchen rütteln und die Nebelgespenster in die Bäume wehen. Nur noch ein paar Wochen, vielleicht nicht mehr ganz einen Monat. Aber es drängt ihn nicht mehr so wie noch vor Tagen, da er sich jetzt sicher auf seinem Weg weiß. Hier ist es eine breite, teilweise sogar mit einem Steinpflaster befestigte Trasse, die schnurgerade in den Wald schneidet, so glatt wie damals sein Messer in die Bäuche der Büttel am anderen Ende der Welt. Es macht Adam nichts aus, daran zu denken; es war notwendig, denn sie hätten ihn fest gesetzt und in einem finsteren Kerker verfaulen lassen. Man muss sich wehren, muss entschlossen zustoßen. Und Adam freut sich noch im Nachhinein über seine sichere Hand und seinen kräftigen Arm. Meldet sich der Pfaffe? Nein, er schweigt, weil ihm nichts mehr einfällt. Adam hat ihn widerlegt und erledigt.

Es geht ihm gut, da er vorankommt, wenn auch die Ochsen immer langsamer werden. Sollen sie. Adam hat nichts gegen unschuldige Tiere, sie sollen sich ausruhen, er wird ohnehin bald absteigen und in den Wald tauchen, so wie er es im Spessart tat, um für Tage zu verschwinden, wie er schon als Kind verduftete, auch für seine Eltern, „mit den Rehen schlief", wie er es nannte. Das ist sein Leben. Und die Herren und ihre Bücklinge wollten es ihm nehmen; doch sie haben sich verrechnet.

Mit einem Grunzen bleiben die beiden Ochsen stehen und blicken sich nach ihm um. Wahrscheinlich vermissen sie ihren Herrn. Nun gut, Adam hat keine Lust, sie mit Schlägen zu traktieren. Er steigt ab, geht zu den Tieren, legt den Arm um den Nacken des einen, lehnt kurz die Stirn an das atmende, warme Fleisch, gibt dem Vieh noch einen Klaps auf die Kruppe und humpelt in den Wald hinein, sieht sich noch einmal nach den Ochsen um, die die Köpfe nach ihm wenden. Sie tun ihm tatsächlich Leid, zwei verlassene Kreaturen, ihre Augen wie Hilfe suchend. Tiere tun ihm Leid, Menschen nicht. Was ist aus ihm geworden? Eine Ratte.

Die Schmerzen im Fuß sind erträglich und mit Hilfe seines Wanderstabes ist er nicht viel langsamer als sonst. Sein Fuß wird wieder heil werden, so wie sein Leben, dem man eine tiefe Wunde beibrachte, doch es ist wieder genesen, wenn auch, indem es sich verwandelt hat; nach außen ist es dasselbe, aber der Mensch, der Johann Adam Hasenstab heißt, ist ein anderer

als früher, wurde gezwungen, um nicht vor die Hunde zu gehen, sich zu verändern, und die Leute, die ihn aus seinem alten Leben herausrissen, werden sich noch wundern, wenn sie ihm begegnen; Hofmann, zum Beispiel. „Dann geht es nicht mehr darum, dass ich dir ein paar Wildschweine abschieße!“, ruft Adam in den Wald hinein. „Dann geht es um deinen Arsch, Hofmann, dann wirst du nicht mehr ruhig schlafen!“ Adam schimpft auf die nass glänzenden Buchen ein und auf das vom Regen durchtränkte Herbstlaub am Boden. Das Gift, das sich in ihm gesammelt hat, muss heraus, sonst macht es ihn krank.
Er stößt auf einen Bach, folgt seinem Ufer abwärts, weil er vermutet, dass das Wasser nach Süden fließt, obwohl die Wolkendecke nunmehr so dicht ist, dass er nicht einmal erahnen kann, wo die Sonne steht. Auch der Wald schließt sich immer mehr um ihn zusammen, sodass ihn trübe Dämmerung umgibt. Niemand kann ihn hier finden und vielleicht dringt er genau deswegen so gerne in die finstersten Wälder ein, weil er dort unauffindbar ist, ihn niemand behelligen kann, selbst ein allmächtiger Fürstbischof hat dort keinen Zugriff, denn seine Schergen sind zu blöde und zu blind, um ihn aufzustöbern, weil nur er den Wald und seine Tiere kennt. Hier ist er ganz für sich, hier ist er frei. Und heute deckt ihn außerdem die Dämmerung noch gnädig zu, damit er ja nicht entdeckt wird.
Wenigstens nicht von Menschen, der Häher hat ihn jedoch erspäht, flattert vor ihm auf einen Ast und quarrt und ruckt, so als treibe ihn noch immer Adams Frage um. „Und hast du mir jetzt etwas zu sagen?“, Adam ist stehen geblieben. Der Vogel sträubt seine Nackenfedern, die Augen blinken im seltsamen Zwielicht. „Sprich mit mir“, fordert Adam ihn auf. Der Häher knickst, nickt zweimal mit dem Kopf und fliegt davon. Adam vermutet, dass er ihn noch öfters sehen wird, bis er endlich mit der Antwort herausrücken wird, bis er sich selbst die Antwort geben wird. Denn wie er im Schiffsbauch gelernt hat, unterhält man sich nur mit sich selber, obwohl man sich verschiedene und

wechselnde Namen beilegt. Er wird sich also demnächst selbst die Antwort auf seine Frage geben.
Das Wasser des Baches ist mittlerweile in seinem eigenen Kies versiegt, denn der Nieselregen vermochte den Mangel der langen Trockenheit noch nicht auszugleichen. Wie schade, Adam liebt das springende und sprudelnde Wasser eines Waldbaches wie der Hafenlohr oder des Kropfbachs. Er muss mit der braunen Dämmerung vorlieb nehmen, die ihn weich einpackt, dass er sich wie ein Kissen fühlt, das durch die Bäume schwebt; selbst sein verletzter Fuß schmerzt nicht mehr. So könnte er tagelang laufen, und muss es auch, wenn er zurück in den Spessart will.
Der Regen verstärkt sich und der ausgetrocknete Boden nimmt ihn gierig auf. Und gierig ist auch Adam, nach Leben, nach seiner Liese, nach Wild und dem freien Leben in den Wäldern, schlägt sich mit den Fäusten gegen die Brust und brüllt in den Regen hinein: „Hier bin ich, Johann Adam Hasenstab!“ Aus der Ferne antwortet der Häher mit einem Krächzen, aber es ist nicht die Antwort, auf die Adam wartet, zumindest vermag er sie nicht zu verstehen.
Der Bachlauf mündet in eine sumpfige Senke, die Adam aber wegen der zurückliegenden Trockenheit ohne Mühe passieren kann. Faulendes Holz glimmt in der Düsternis des Regentages, ein Ort für Hexen. Und wirklich regt sich etwas in einem Weidengebüsch, das einem Menschen nicht unähnlich sieht. „Holla, wer treibt sich hier herum?“, ruft Adam und lässt seinen Stock sausen, in der Gewissheit, dass er keinen zu fürchten hat, nicht einmal eine Hexe. Es ist aber eine junge Frau, die sich aus dem Gesträuch heraus arbeitet und dann abwartend stehen bleibt. Eine Frau. Und es sind erst wenige Augenblicke her, dass Adam fühlte, wie ihn das warme Leben durchströmte. Er geht rasch auf sie zu, die aber keine Angst zeigt. „Ich habe dich schreien hören, vorhin“, sagt sie, noch bevor er sie erreicht hat, „weiß daher deinen Namen.“ „Und wie ist deiner?“, fragt Adam. „Nenne mich Eva“, antwortet sie. „Du nimmst mich auf den

Arm.“ „Vielleicht.“ „Was suchst du hier im Wald, wo er am finstersten ist, an einem Tag, wo man keinen Hund vor die Tür jagt.“ „Du hast es bereits ausgesprochen, ich suche.“ „Was?“ „Wie soll ich das wissen? Ich gehe umher, betrachte, was mir begegnet und finde manchmal etwas.“ „Warst du heute schon erfolgreich?“ „Schon.“ Aus einem Leinensack holt sie eine verwachsene, knotige Baumwurzel und einen bereits in Fäulnis zerfließenden Pilz. „Was willst du damit?“, fragt Adam. „Das weiß ich noch nicht.“ Adam schüttelt den Kopf. „Hast du keine Angst, ganz allein im Wald? Du könntest einen wie mich treffen.“ „Was bist du für einer?“ „Nun, ein Herumtreiber, der vieles erlebt hat, vielleicht zu viel für dich.“ Sie lächelt. „Ich habe keine Angst.“ „Manchmal ist es klug, Angst zu haben.“ „Ich bin klug und ich bin vorbereitet.“ Adam lacht. „Eigentlich habe ich keine Zeit, mich mit dir zu unterhalten, denn ich habe einen weiten Weg vor mir.“ „Niemand hält dich auf.“ „Oder wir gehen ein Stück zusammen. Ich will in diese Richtung“, Adam deutet nach vorne. „Dort liegt nichts, wohin man gehen könnte“, sagt sie. „Ich will über dieses Nichts hinaus, ein ganzes Stück hinaus“, Adam packt sie bei der Hand und als er spürt, dass sie bereitwillig mitgeht, lässt er sie wieder los; eine seltsame Unruhe hat ihn erfasst. Warum will er eigentlich so unerbittlich weiter, wo er doch jetzt, da er sich wieder in bewaldeten Hügeln befindet, alle Zeit der Welt hat. Schweigend gehen sie neben einander her. Überall liegen zusammengebrochene Bäume auf der moorigen Erde und ein Geruch von Moder steigt aus dem Boden auf. „Eine merkwürdige Gegend“, sagt Adam schließlich. „Es liegt an der Erde, sie lässt das Wasser nicht versickern, stauender Ton, bunte Schichten, blaue, violette, ziegelrote, fleischrote. Mit dem getrockneten Lehm kann man sogar malen. Auch wachsen besondere Pflanzen hier“, erklärt sie. Adam blickt sich verwirrt um. „Du musst dich aber nicht fürchten“, sagt die Frau. „Ich mich fürchten“, fährt Adam auf. „Wenn du wüsstest, woher ich komme und was ich überstanden habe.“ Sie mustert ihn. „Es scheint dir aber nicht geschadet zu haben“, sie lächelt seltsam.

Adam fühlt sich nicht recht wohl in der Gesellschaft dieser Frau, obwohl sie nicht hässlich ist, langes, schwarzes Haar umrahmt ihr blasses Gesicht, aus dem zwei grünliche Augen leuchten; ihn zieht es weg von ihr, deswegen konnte er auch nicht länger ruhig stehen bleiben; andererseits jedoch wünscht er sich, dass sie ihn möglichst lange begleitet; er begreift sich nicht. „Wo wohnst du?“, fragt er. „In einem Dorf dahinten“, mit einer vagen Handbewegung bezeichnet sie die Gegend in ihrem Rücken. „Hast du Familie?“, will er wissen. „So wie du es meinst, nicht“, sie bückt sich rasch und hebt eine vertrocknete Ragwurz auf. „Auch damit kann man etwas anfangen“, meint sie beiläufig. „Weißt du, was ich denke“, sagt Adam. „Dass ich eine Hexe bin“, antwortet sie und fährt fort: „Du hast vielleicht sogar Recht. Die meisten würden mich als Hexe bezeichnen.“ „Du bist aber weder alt noch hässlich.“ Sie schüttelt unwirsch den Kopf und sagt: „Ich könnte deinen Fuß heilen. Lass` es mich versuchen.“ Adam zögert. Die Frau beunruhigt ihn, je länger er mit ihr zusammen ist. „Na, was ist? Du wirst nicht sterben, wenn ich deinen Fuß anfasse“, sie hält Adam am Ärmel zurück. „Setz` dich, du bist sowieso schon ganz nass.“ Adam gehorcht und lässt sich auf einen der stockigen Baumstämme nieder. Sie schnürt seine Fußlappen auf, streift das Hosenbein nach oben und besieht sich das geschwollene Fußgelenk. „Nicht schlimm“, sagt sie und betastet vorsichtig die Schwellung. Die Berührung ihrer Hand tut Adam gut; ihre Finger gleiten wie zwei behutsame Schmetterlingsflügel über seine Haut. „Das wird wieder“, sie sieht ihn an. „Wenn alles so einfach zu heilen wäre…“ „Wie meinst du das?“, Adam will seinen Fuß zurückziehen, doch sie hält ihn fest. „Ich kümmere mich nur um deinen Fuß“, sie drückt das Fußgelenk an mehreren Stellen, streicht sanft mit der Hand darüber, bohrt hier und da schmerzhaft mit einem Finger in das aufgedunsene Fleisch. „Morgen schon“, sagt sie, „wirst du wieder halbwegs vernünftig laufen können.“ Da sie ihren Griff lockert, entreißt Adam ihr sofort seinen Fuß, als hätte er in glühenden Kohlen gestanden. „War es so schlimm?“, fragt sie, steht auf und geht weiter, ohne auf Adam zu warten. Adam beeilt sich, seine Fußlappen wieder zusammenzubinden, verwirrt, aber auch seltsam beglückt, und auch, obwohl er es vor der Frau nicht zugeben würde, auf unerklärliche Weise geängstigt. „Warte!“, ruft er. „Du wirst mich einholen“, ihr blasses Gesicht, zu ihm zurück gewendet, leuchtet in der Regendämmerung. Und tatsächlich, bereits bei den ersten Schritten spürt Adam, dass es mit dem Laufen besser geht als zuvor, die Schmerzen sind einem dumpfen, tauben Gefühl gewichen und der Fuß lässt sich beinahe wie sonst abrollen. Mit ein paar schnellen Sprüngen erreicht er sie und fasst sie derb an der Schulter. „Wer bist du?“, fragt er, „dass du eine Verletzung heilen kannst?“ „Und wer bist du?“, gibt sie zurück, sieht ihn einen Moment lang an und spricht dann: „Was soll ich darauf antworten? Ich bin ich. Mehr kann ich dir nicht sagen. Ich kann besondere Pflanzen finden und aus ihnen Medizin zubereiten; du würdest sagen, weil ich eine Hexe bin, und viele werden dir zustimmen. Meinetwegen, ich bin eine Hexe. Für mich ist es aber natürlich, was ich tue, es ist meine Art zu leben. Ich finde Kräuter und manchmal gelingt es mir, Menschen von Krankheiten zu befreien; nicht immer. Es mag daran liegen, dass ich mich im Wald so gut auskenne und weiß, wo bestimmte Pflanzen wachsen, wo der Boden trocken oder nass, lehmig oder sandig ist, wo glitzernde Steine liegen und rote Quellen aus der Erde sickern. Es ist nichts Außergewöhnliches an mir“, sie sieht ihn aufmerksam an. „Und wer bist du, dass du mit abgerissenen Kleidern, einem verletzten Fuß und einem wilden Blick mitten durch den Wald stapfst wie ein einsamer Eber?“, fragt sie. „Ich heiße Johann Adam Hasenstab und komme vom anderen Ende der Welt, weil man mich dorthin verbannte. Doch ich bin ausgerissen und habe mich durchgeschlagen. Jetzt kehre ich heim. Mein Name ist gleich geblieben, aber sonst bin ich ein anderer. Man muss sich vorsehen, wenn man es mit mir zu tun hat.“ Sie lacht. „Wenn du nicht bald kehrt machst“, sagt Adam, „dann schaffst du es heute nicht mehr bis nach Hause.“ „Ich bin es gewohnt, im Wald zu übernachten.“ „Auch bei Regen?“ „Bei jedem Wetter. Wie gesagt, der Wald ist mein Zuhause.“ „Hast du Kinder?“ „Ein Mädchen.“ „Dann hast du auch einen Mann.“ „Ich hatte einen, er war Bergmann und ist bei einem Unglück ums Leben gekommen.“ Adam betrachtet sie von der Seite; er kommt mit ihr nicht zu Rande und daher geht er immer schneller, sodass sie am Ende beinahe rennen. „Hast du es so eilig?“, ruft sie schließlich und hält ihn am Arm fest. Adam bleibt stehen. „Nein, eigentlich nicht mehr, da ich nun weiß, dass ich gewiss ankommen werde.“ „Ist man hinter dir her?“ „Das schon, aber ich glaube, ich habe alle abgeschüttelt. Und wer soll mich hier im Wald finden?“ „Nur eine Finderin wie ich“, sie geht langsam weiter. Wenn sie mich gefunden hat, überlegt Adam, dann will sie mich vielleicht noch länger begleiten, vielleicht bis zum Spessart. Wäre sie nicht die passende Gefährtin für ihn? Eine Waldfrau für den Waldmann. Beim Gehen schleift ihr schwarzer, schwerer Rock über den Boden, Blätter und Ästchen bleiben daran hängen, auch in ihren dichten Haarflechten haften gelbe Lärchennadeln. Jetzt bückt sie sich, um etwas aufzuheben, riecht daran, prüft mit der Zunge den Geschmack und lässt es in den Falten ihres Rocks verschwinden. „Wenn du willst“, beginnt er vorsichtig, „dann könntest du …“ „Mit mir kommen“, ergänzt sie seine Rede. „Ich sehe dir an, was du denkst.“ „Ich glaube, wir würden gut zusammenpassen.“ „Wir kennen uns erst seit einer Stunde.“ „So etwas spürt man sofort.“ Sie lacht wie ein albernes Mädchen. Versteht sie nicht, dass sie in seiner Gewalt ist, in der Gewalt eines im Rattenloch zum Bösewicht umgedampften Wilderers? „Dein Lachen gefällt mir nicht“, sagt Adam. „Und auch deine Antwort gefällt mir nicht.“ Sie wird ernst und tritt an ihn heran. „Du hättest keine Freude an mir, so wie ich keine Freude an dir hätte. Ich war, wie bereits gesagt, mit einem Mann zusammen, das genügt mir.“ Adam versucht sie zu packen, aber sie ist schneller und weicht zur Seite aus. Ihr helles Lachen fängt sich in dem dichten Gezweig einer Buche. Sie bewegt sich wie eine Katze. „Glaubst du, dass du mir entkommen kannst?“, ruft er und wirft den Stecken nach ihr. Sie fängt ihn auf und schleudert ihn in das Geäst eines gestürzten Baumstammes. „Dein Pech, dass du mir den Fuß gesund gemacht hast“, stößt Adam hervor und schnellt sich auf sie zu. Zu seiner Verwunderung aber versucht sie nicht zu fliehen, sondern lässt sich von ihm zu Boden reißen. „Siehst du, jetzt habe ich dich“, keucht er. „Du täuschst dich“, ihre Lippen sind zwei leblose Schnüre und das blasse Gesicht scheint aus Wachs; ihr Atem riecht nach Minze und Kampfer. Was Adam aber da mit seinen Armen umfasst hält, ist ein warmer Frauenkörper. Er vergräbt sein Gesicht zwischen ihren Brüsten und tastet mit den Händen nach ihrem Haar, spürt die feuchten Lärchennadeln und einen krustigen, kleinen Zapfen. Die Frau liegt reglos, ihre Hände hat sie ohne Kraft gegen seine Schultern gelegt. Nach wenigen Augenblicken rollt sich Adam auf die Seite in das nasse Laub und starrt nach oben in den regengrauen Himmel. „Ich weiß mit dir nichts anzufangen“, sagt er. „Dennoch wärest du die richtige Frau für mich.“ Ein Häher landet auf einem schwarz verfaulten Ast des umgestürzten Baums. „Gibst du mir jetzt die Antwort?“, Adam richtet sich auf. Der Vogel sieht sich neugierig die zwei Menschen an, zerdrückt zwischen den Schnabelhälften einen heiseren Laut und pendelt mit Kopf und Hals hin und her, als würge er an einem schwer verdaulichen Brocken. Vielleicht ist seine Botschaft für ihn nicht leicht auszusprechen. „Der will mir etwas mitteilen“, Adam deutet auf den Häher. „Siehst du, wie schwer er sich tut? Seine Nachricht, so fürchte ich, kommt bei mir nicht gut an.“ „Was willst du von ihm wissen?“, die Frau zieht sich an Adams Schulter hoch, sodass sie dicht nebeneinander in dem modrigen Laub sitzen. „Du kannst heilen. Weißt du auch Antworten?“, fragt Adam. „Es kommt auf die Frage an“, sie legt ihr Gesicht an seine Schulter. „Die Frage ist schwierig. Schau nur, wie der Häher daran würgt.“ „So wie du daran würgst.“ „So ist es.“ „Nun, darf ich sie erfahren?“ Adam verscheucht mit einer ungestümen Armbewegung den Vogel, der ihm nicht helfen kann. „Wie lange noch?“, sagt er dann und sieht die Frau wütend an. „Du willst wissen, wann dich der Tod holt?“, der Blick der Frau wandert zwischen seinen beiden Augen hin und her. Adam nickt stumm. „Deine Schultern sind stark und deine Hände fest…“, sie umfasst mit beiden Händen seinen Arm. „Das Leben sitzt noch fest in mir, oder?“, unterbricht Adam sie. „Ich denke schon“, sie lächelt. „Also noch lange?“ „Vielleicht.“ „Warum nur vielleicht?“ „Du hast kein ruhiges Blut, du bist wütend, und deine Wut ist nicht dem Augenblick geschuldet, sondern liegt in deiner Natur, du eckst an, bist stößig. Man wird gegen dich vorgehen, dich bekämpfen. Solche Menschen leben nicht lange.“ „Ach so, das ist es, was du meinst. Da muss ich mich nicht sorgen, denn ich kann kämpfen, bin den anderen über. Soll ich dir erzählen…?“ „Nein“, sie löst sich von seiner Schulter und steht auf. Adam betrachtet ihre schlanke Figur. Diese Frau macht ihm zu schaffen. Er springt auf. „Also, was ist? Kommst du mit?“ „Noch ein paar Schritte.“ „Nein, ich meine für immer, als meine Gefährtin im Spessart.“ „Was willst du von mir?“ „Das weiß ich nicht. Ich weiß nicht, was ich von dir halten soll. Ich will von dir weg und will es auf keinen Fall.“ „Gehen wir noch ein Stück.“ Sie laufen nebeneinander durch den sich abschwächenden Regen. Rechts von ihnen flattert schemenhaft ein Vogel, der Häher, den noch immer Adams Frage umtreibt. Und was hat die Frau gemeint? Dass er nicht sterben wird, sondern getötet wird, von einen der vielen, mit denen er sich anlegt? Dass ihm also nicht mehr viel Zeit bleibt? Hat sie das gemeint?

Die grauen Regenwolken beugen sich immer tiefer über den Wald, auch wenn sie nur mehr feinen Sprühregen entlassen, und schlucken gänzlich das wenige Licht des Herbsttages; es ist fast Nacht. Aber wie lange, überlegt Adam. Ein paar Jahre? Eine Handvoll Wochen? Nur wenige gezählte Tage? Hat es den Häher deshalb so gewürgt, weil die Antwort so bitter für ihn war? „Du glaubst also“, sagt er, „wenn du ehrlich bist, dass ich bald abkratze.“ Ihre Augen glimmen in der Dunkelheit, da sie ihn ansieht. „Es könnte gut sein“, antwortet sie leise. „Du bist keiner, der in seinem Bett stirbt.“ Adam beginnt die Bäume zu zählen, dreizehn, vierzehn, fünfzehn; so viele Wochen? Oder viel weniger? Sind es nur noch Tage? „Niemand weiß es“, sagt die Frau, als hätte sie seine Gedanken gelesen. „Ich glaube“, fügt sie hinzu, „ich werde mich jetzt verabschieden.“ „Wohin willst du, es ist fast Nacht und weit und breit ist kein Dorf zu sehen.“ „Für mich ist der Wald, genauso wie für dich, mein Wohnzimmer, ich kann also überall eine Lagerstatt für die Nacht finden.“ „Es war nicht gut“, sagt Adam, „dass ich dich getroffen habe, auch wenn du meinen Fuß geheilt hast. Du hast mir meinen Seelenfrieden geraubt.“ Er sieht den Glanz ihrer Augen. „Ich verschwinde dann“, sagt sie, geht einige Schritte zurück und wird augenblicklich von der Dunkelheit verschluckt. Adam steht und lauscht, aber außer dem Wehen des Windes und dem feinen Prickeln des Nieselregens auf dem nassen Laub, ist kein Laut zu hören.

Nicht mehr lange also, denkt er und nimmt seinen Weg wieder auf, tapst wie ein alter, einsamer Bär durch den finsteren Wald, ohne auf eine bestimmte Richtung zu achten, einfach nur gehen, weil er nur so seiner Unruhe Herr werden kann. Zweige fahren ihm ins Gesicht und ziehen ihm schmerzhafte Striemen über die Stirn. Schmerzen sind willkommen, denkt er, sie sind ein Zeichen, dass ich noch lebe. Dem Pfaffen allerdings wäre jetzt an meiner Stelle leichter ums Herz. Oder macht er uns nur was vor und klappert vor Angst nicht anders als ich? Er reißt wütend – ja, die seltsame Frau hat Recht, in ihm tobt beständig eine Wut – einen Zweig von einem Baum. Jetzt ist es der Zweig, den er mit den Händen knickt und zerreißt. Tot und bleibt tot, denkt er, es ist für immer aus mit ihm. Warum soll es für einen Menschen anders sein? Leben und später tot, nichts weiter. Später könnte auch bald heißen, gleich jetzt. Er wirft den zerfledderten Zweig auf den Boden und tritt noch ein paar Mal auf ihm herum. Es wäre klug gewesen, sich nicht auf die Frau einzulassen, er hätte sie, sobald er merkte, dass mit ihr etwas nicht stimmte, davonjagen sollen, eine Hexe, ja, eine Hexe, wenn auch ganz

anders, als er sich Hexen vorgestellt hat, denn sie hat ihn geschwächt, er fühlt sich innerlich angefressen und ausgehöhlt, und, obwohl er wieder wie früher laufen kann, krank und ausgebrannt. Und was wollte er eigentlich von ihr? Hat ihn die Gier nach einem Weib die Sinne vernebelt? So wird es gewesen sein, der Dämon hat ihn heimgesucht. Und er läuft schneller, achtet nicht mehr auf die peitschenden Zweige, die ihre Regenlast auf ihn entladen. Sollen sie ihn ruhig peitschen und ihm die Backen zerkratzen, und der Regen soll ihn nässen und ihm Kälteschauer über den Rücken jagen. Und der Wind soll die Äste schlagen und das restliche Laub herunter schütteln. Alles ist ihm Recht, und es kann ruhig heftig zugehen, er wird es schon aushalten, ist nicht zimperlich.
Gerade tritt er, da ihn seine wüsten Gedanken so verwirren, in ein Loch und stürzt nieder, etwas Spitzes dringt heiß in seine Hand ein. Aber er lacht über den Schmerz, wälzt sich zur Seite und zieht den Holzsplitter aus seinem Handballen, leckt sich das warme, rinnende Blut vom Daumen; es rinnt und quillt, weil es sein Herz antreibt, das wild und voller Kraft pocht. So ist es gut, denkt er. Das Blut in seinem Mund schmeckt nach Eisen, sodass er nach seinem Messer tastet und es tief in die Erde rammt.

## 4. Teil: Der arme Adam

Ein gelbes Ahornblatt fällt Adam auf die Hand. Er blickt nach oben in den blauen Himmel, aus dem weiteres Laub taumelt. Es ist Herbst, seine Jahreszeit, Jagdzeit. Seit Stunden hockt er hier, geborgen unter einem Weißdornstrauch und beobachtet die kurz geschorene Wiese mit den zart lila Einsprengseln der Herbstzeitlosen. Er regt sich nicht, liegt wie ein altes Stück Holz, wartet auf die Hirsche, die jeden Tag auf die Wiese kommen, wartet ohne Ungeduld, da er die Tiere kennt und weiß, dass sie erscheinen, atmet den herben Duft des Herbstlaubes ein und den süßlichen Geruch der faulenden Beeren an den Zweigen des Strauchs. Er ist zu Hause, liegt an die Erde gepresst, die Füße in den weichen Boden gegraben, die Hände um die graue Rinde des Weißdorns geklammert; der Stutzen liegt griffbereit daneben. Das ist mein Leben, denkt er, denkt es schon seit Stunden, nur so, im Wald, Teil des Waldes, Holz und Erde sein, Herbstluft sein, und dann plötzlich zum Mörder werden, zum Tierschlächter, schießen, aufspringen und loshetzen, dem rasenden Tier nach, in dem das getroffene Leben zuckt und zappelt, da es sich nicht so einfach vertreiben lassen will. Seines wurzelt noch fest in ihm, unverrückbar, möchte er sagen, und nicht, wie diese Hexe meinte, gefährdet. Manchmal muss er noch an sie denken. Fast ein Jahr ist es nun her. Ihre dunkle Andeutung beunruhigte ihn mehr als er erwartete. Doch noch ist nichts geschehen und nicht etwa, weil er vermieden hätte, sich mit anderen anzulegen. Dummes Gerede einer seltsamen Frau, von dem er sich hat ängstigen lassen. Vielleicht hat man sie inzwischen in einen Kerker geschmissen. Solche Frauen richten nur Unheil an.

Ein leichtes Geräusch lässt ihn aufmerksam werden. Es ist aber nur eine Amsel, die dürres Laub wirft auf der Suche nach Würmern. Und wenn schon, es macht ihm nichts aus, noch bis zum Abend oder auch die ganze Nacht hindurch zu warten, da er dort ist, wo er hin gehört, endlich wieder in seinem Spessart. Ich bin wieder da, denkt er und wiederholt es sich noch hundert Mal, weil es ihm manchmal wie ein Traum vorkommt. Nachts, wenn er aus dem Schlaf schreckt, glaubt er für einige Augenblicke im Rauschen der Bäume das Meer zu hören, das er doch nie mehr sehen will. Aus diesem Wald wird ihn keiner mehr lebendig heraus bringen.

Die Amsel verharrt regungslos, als hätte sie eine Gefahr bemerkt. Doch nirgends zeigt sich ein Feind. Oder ahnt sie die Nähe des Menschen, der dort wie ein abgebrochener Ast am Boden liegt? Wie schlau die Tiere auch sein mögen, der Mensch ist ihnen überlegen. Der Schatten eines Bussards gleitet über die Wiese, aber die Amsel wühlt bereits wieder in den Blättern; dieser Raubvogel stellt für sie keine Gefahr dar. Tiere sind immer wachsam und auch Adam ist vorsichtiger geworden, vorsichtiger, aber nicht ängstlicher oder gar mutlos. Wieder ein Geräusch, drüben, dort, wo Adam die Hirsche erwartet, aber die sind es nicht, es sind menschliche Füße, die durch trockenes Reisig brechen; Adams Jagd wird heute erfolglos bleiben. Waldarbeiter oder Leute aus dem Dorf, die Pilze oder Brennholz suchen. Adam späht gespannt hinüber. Wer da langsam aus dem Schatten des Waldes auf die sonnenbeschienene Wiese kommt, ist aber der neue Förster, Sator, der Nachfolger Hofmanns, der Adam zuvorkam, indem er, wie die Leute berichteten, sich kurz vor Adams Rückkehr mit Fieber ins Bett legte, um nicht mehr aufzustehen. Adam hat sein Grab in Schollbrunn besucht und seinen Stiefelabsatz tief in die weiche Graberde gebohrt, dort wo er vermutete, dass Hofmanns Gesicht lag. Im Dorf gab es deswegen einen großen Aufstand, und ein paar Leute behaupteten, der Abdruck würde von einem Pferdehuf stammen, es sei also der Leibhaftige gewesen, der das Grab des armen Hofmanns heimgesucht habe. Diesen hier, den Neuen, hat Adam erst zweimal gesehen, einmal in einem Wirtshaus, wo er, als Holzknecht verkleidet und einen Schlapphut tief ins Gesicht gezogen, seinen Most trank, und ein andermal, als er so wie heute auf der Lauer lag und Sator an ihm vorbeispazierte. Wie Adam gehört hat, scheint mit dem Mann nicht gut Kirschen essen zu

sein. Doch wie auch immer, er ist schon mit anderen fertig geworden, könnte ihm jetzt mit seinem Stutzen einen tödlichen Schuss verpassen, trifft auf diese Entfernung auf alle Fälle, dorthin, wo sich auf Sators Brust zwei Riemen kreuzen.
Adam zieht lautlos sein Gewehr an sich und legt geräuschlos an, das Korn des Stutzenlaufs steht genau auf dem grünen Wams, Adams Zeigefinger krümmt sich, noch ein Weniges weiter und Sator ist tot; sein Leben liegt in Adams Hand. Abziehen, aufspringen, hinab rennen, dem zuckenden Menschen zusehen, das Messer heraus ziehen und dem Todeskampf ein Ende setzen. Wo ist der Unterschied zur Jagd auf Tiere?
Sator geht langsam weiter. Die Amsel flattert erschrocken davon. Adams Gewehrlauf folgt dem Förster. In der Mitte der Wiese bleibt Sator stehen, bückt sich und untersucht die Spuren der Hirsche vom Vortage. „Du bist in meiner Hand", flüstert Adam und eine plötzliche Hitze schlägt in sein Gesicht. Das Leben dieses Menschen, der seine Nase so hoch trägt, nur weil er das Gewand des Fürstbischofs trägt, hängt von der Krümmung von Adams Zeigefinger ab, den ein Jahr lang das harte Ruderholz der Galeere sowie das unbarmherzige Tau des Segelschiffs marterte. Ein verachteter Sträfling und Wilderer entscheidet über Tod oder Leben.
Jetzt schaut Sator zu Adam herüber, sieht wohl auch im Gestrüpp ein dunkles Stück Holz liegen, erkennt aber nicht, dass dort die Waagschalen seines Schicksals unruhig pendeln. Denn Adam juckt es in seinem Finger, nein, es juckt ihm im Gehirn. Diesen Förster abzuknallen würde einer Ratte wahrlich gut zu Gesicht stehen, diesen Büttel, der sich den Holzknechten und den Dörflern gegenüber zum Herren aufspielt, dem die Macht, die ihm von oben gegeben wurde, zu Kopf gestiegen ist. Ihn am Boden liegen sehen wie jenen, den Adam auf seinem Heimweg von der Küste aus den Reihen seiner Reiter entführte und demütigte. Andererseits würde der Mord eine umfangreiche Verfolgung heraufbeschwören und Adam hätte keine Ruhe mehr, dafür aber seine Seele; doch mit der Jagd wäre es fürs erste vor-

bei. Wahrscheinlich ist es besser, dass Adam seinen Finger gerade streckt und Sator nur beobachtet, der blinzelnd einem Schwarm kleiner Finken hinterher blickt und langsam über die Wiese davongeht. Adam wird noch darüber nachdenken, ob er ihn nicht doch eines Tages abschießt.
Adam legt sein Gewehr wieder zur Seite, unzufrieden mit dem Ausgang der Begegnung; in ihm sitzt ein Stachel, der eitert und schmerzt und nicht heilen will. Eine Linderung würde nur eintreten, so glaubt er, wenn er sich an den Förstern und Fürstbischöfen und dem Pack der Hofschranzen und Speichellecker rächen könnte; aber es ist gefährlich, denn die Herren wissen sich zu schützen.
Unwillig richtet er sich auf, der Auftritt Sators hat ihm die Lust an der Jagd verdorben, an die Jagd auf Tiere zumindest. Selbst wenn er tage- und nächtelang im Wald bleibt, findet er keinen Seelenfrieden mehr. Auch der Tritt in Hofmanns Grab hat ihn nicht befriedigt. Er muss etwas Befreiendes tun. Soll er Sator hinterher laufen und ihn mit bloßen Händen erschlagen? Lust dazu hätte er, aber es wäre wohl doch unklug.
Hinter ihm knistert dürres Laub, Adam fährt herum, ein Hirsch steht unter den Randbäumen der Lichtung, seine Ohren spielen und die geblähten Nüstern versuchen Witterung aufzunehmen. Der leichte Wind aber steht ungünstig für ihn, zudem ist er in der Rauschzeit, also dumm und blind vor Begierde, sich mit den Hirschkühen zu paaren. Adam überlegt nicht lange und legt an. Das kapitale Tier weist ihm die Seite, die Muskeln unter dem braunen Fell zucken. Der Schuss platzt in die Waldesstille, der Hirsch sackt zusammen; Adam trifft zuverlässig. Ein paar Vögel stieben entsetzt durch die Baumwipfel davon. Adam schlüpft durch die Bäume in das Innere des Waldes, schlägt einen Bogen und nähert sich der Stelle, wo der zusammengebrochene Hirsch liegt, sinkt nieder, wird zu einem Haufen welken Laubs und begräbt das Gewehr unter sich, da das Blinken des Metalllaufs ihn verraten könnte. Denn da kommt Sator schon heran geeilt, seine Büchse im Anschlag, mit hochrotem Kopf und erschrocken

umher lichternden Augen, kniet neben dem toten Hirsch nieder, untersucht die tödliche Wunde, erkennt den vollkommenen Schuss, die Handschrift des Erzwilderers Johann Adam Hasenstab und weiß den ganz in der Nähe. Sator springt auf, sieht herüber zu der dunklen Masse unter der mächtigen Buche, ohne zu begreifen, dass dort sein Feind liegt, lässt seinen Blick weiter wandern zur anderen Seite der Lichtung, steht ratlos, lauscht und umklammert krampfhaft sein Gewehr. So gefallen sie ihm, die hohen Herren, ratlos, empört, voller Angst. Adam liegt und beobachtet das Schauspiel eines kläglich verwirrten Menschen. Er wird noch weiter sein Spiel mit dem Mann treiben, wird ihm zeigen, wer der Meister der Jagd und des Waldes ist, wartet, bis ihm der Mann den Rücken zukehrt, ergreift einen dürren Ast und schleudert ihn neben den Kadaver des Hirschen. Sator zuckt zusammen und wirft sich in das Gras. Damit hat Adam gar nicht gerechnet, dass er ihn auf den Boden bekommt, flach auf dem Bauch, den Kopf ängstlich erhoben. So liebt er es, so beruhigt sich sein Blut. Und jetzt warten, so wie nur er es kann, geduldig wie ein Stück Holz, bis der andere es nicht mehr aushält, seine wachsende Angst sehen, seine flackernden Augen. Das tut Adam gut, das ist besser als der schönste Plattschuss und das feisteste Wildbret.
Ein Rotkehlchen stimmt sein Lied an, hüpft arglos neben den Wurzeln der Buche herum, pickt etwas auf, flattert auf einen niedrigen Ast, probiert eine andere Melodie, die dem verängstigten Förster aber keine Freude bereiten wird. Nun stützt der sich auf die Arme, um besser sehen zu können, der Hut sitzt ihm verrutscht auf dem Schädel, sein grüner Wams ist erdverschmiert und von seiner Selbstgefälligkeit ist nicht mehr viel übrig geblieben. Aber es wird noch übler für ihn kommen. Bald wird er versuchen auszureißen, die Stille über der Wiese ist ihm unerträglich geworden. Von der milden Herbstsonne und dem Geruch des Blutes noch einmal geweckt, tanzen eine Handvoll summender Fliegen über dem toten Hirsch.

Da steht Sator schon, dreht sich langsam um sich selbst und geht dann, mit jedem Schritt schneller werdend, davon. Doch so leicht lässt ihn Adam nicht laufen. Denn kaum, dass Sator auf den Beinen ist, erhebt sich auch Adam, folgt im Inneren des Waldes dem Förster und entdeckt, was er braucht, um Sator den nächsten Schrecken zu bereiten, nämlich einen hohlen Baum, schmiegt sich sogleich in die Höhlung und ruft gegen das faulende Holz: „Sator, deine Tage sind gezählt! Ich, Johann Adam Hasenstab bin hinter dir her, bei Tag und bei Nacht. Ich sehe dich, ich sehe deine Angst!" Adam weiß, dass der hohle Baum seine Stimme dumpf und gespenstisch macht und sie wie aus der Erde heraus tönen lässt, sodass Sator nicht feststellen kann, woher die Stimme kommt. Adam späht um den Baum herum und entdeckt einen entsetzt davon rasenden Mann, dem der Hut vom Kopf fliegt, ohne dass er sich darum kümmert, das Gewehr hält er wie einen nutzlosen Stecken in der Hand. Der Name Johann Adam Hasenstab wird ihm nicht mehr aus dem Sinn gehen. Adam reibt sich vergnügt die Hände; so will er sie sehen, als aufgelöst Fliehende, Gedemütigte.
Zu lange aber darf er sich seiner Freude nicht mehr hingeben, denn auf der Wiese liegt eine Menge besten Fleisches, das er nicht den Füchsen und Krähen überlassen möchte. Er wartet noch einige Zeit ab, ob Sator wirklich geflohen ist und geht dann auf die Wiese hinaus zu dem toten Hirsch. Die schwarzen Fliegen haben sich bereits auf der noch schwach blutenden Wunde niedergelassen. Er verscheucht sie und schneidet dem Tier die Hinterkeulen ab, da er mehr nicht zu tragen vermag. Wie er das rote, noch warme Fleisch liebt, in dem es noch zu leben scheint. Die glasig geronnenen Augen des Hirsches sind auf ihn gerichtet. „Ich bin der Stärkere", sagt Adam zu dem Tier, so wie er immer zu sprechen pflegt. „Ich bin dir über, daher musst du daran glauben. Aber ich bin auch den anderen über. Noch lasse ich sie laufen."
Adam nimmt die Schlegel auf und schreitet in den Wald hinein, folgt einem verborgenen Wildwechsel, überschreitet mit schnel-

len Schritten einen Weg, nachdem er sich aus der Deckung heraus vergewissert hat, dass sich niemand darauf befindet, dringt wieder in den Wald ein und hält sich im dichten Buchenjungwuchs. Das Gewicht des Fleisches macht ihm nichts aus; so wie er regungslos tagelang auf dem Boden liegen kann, kann er auch tagelang marschieren und dabei große Lasten schleppen; er kann eine Woche lang auf Nahrung verzichten, ohne dass es ihn schwächt, und er ist in der Lage, stundenlang einer angeschossenen Sau nachzulaufen, ohne zu ermüden. Dennoch erfüllt ihn das Leben in den Wäldern nicht mehr mit derselben Beglückung wie früher; er hat sein altes Leben zwar wieder aufgenommen, aber der es führt, ist ein anderer geworden. Ihm genügt es nicht mehr, den Herren ein Schnippchen zu schlagen und ihnen, wie soeben, das Wild vor der Nase abzuschießen. Dieses Spiel hat seinen Reiz für ihn verloren. Er will nicht mehr spielen, er will ernst machen. Die Düsternis des Rattenlochs ist in sein Herz eingekehrt und von dort nicht mehr zu vertreiben. Im Schiffsbauch, und auch schon vorher auf dem Sklavenschiff hat man ihm die Lebensfreude geraubt. Sie werden es büßen, sie müssen es büßen, Sator und die anderen Förster und all die Büttel, mit denen sie sich umgeben.

Adam watet einen kleinen Bach hinauf, um jegliche Spuren zu verwischen, falls sie doch noch einmal mit Bluthunden nach ihm suchen sollten. Das Rinnsal verschwindet in einem engen Geländeeinschnitt; unmittelbar oberhalb, unter der Krone einer umgestürzten Buche hat Adam aus Zweigen und Grassoden eine kleine Behausung errichtet. Jede Nacht trifft er sich hier mit Liese, die sich heimlich aus ihrer Hütte davon schleicht. Denn Adam befürchtet, dass man sie überwacht, um an ihn heran zu kommen. Aber Liese ist schlau und vermag sich geschickt unsichtbar zu machen; nicht umsonst ist er ihr Lehrmeister. Und was noch mehr zählt, sie ist ihm unbedingt gehorsam. Er wird ihr Gesicht nicht vergessen, als er plötzlich vor ihr stand, Freude und Schrecken wechselten sich ab, weiße und rote Flecken traten auf ihre Haut, und mit einem Blick erkannte Adam, dass er sich nicht getäuscht hatte, als er sie während der langen Monate im Schiffsbauch vor sich gesehen hatte, wie sie erwartungsvoll zum Waldrand hinauf sah, weil dort einer auf die Gelegenheit wartete, sich ihr zu nähern. „Du, sag` mir alles“, flüsterte er und packte sie am Arm; und sie berichtete und winselte, da er sie mit grausamen Griff immer fester nahm. Schließlich, nachdem sie ihre Liederlichkeit vollständig gestanden hatte, riss er sie an sich heran und brüllte in ihr schreckensbleiches Gesicht, dass er ihre vollkommene Unterwerfung verlange und dass er sie, wenn sie auch nur ein Haarbreit von dem Weg abweiche, den er ihr vorgebe, erbarmungslos töten würde. Sie nickte. Danach zerrte er sie aufs Bett.

Und daher wird sie auch in dieser Nacht zu ihm kommen, getrieben von Todesangst, aber auch von Zuneigung, vielleicht auch von Liebe. Sie ist ein dummes, leichtsinniges Ding. Manchmal hat er Mitleid mit ihr. Voller Ungeduld allerdings wartet er darauf, dass ihr Bauch wächst, dass sie ihm endlich ein Kind gebiert, ob Junge oder Mädchen ist ihm egal.

Er bückt sich unter die Zweige der Baumkrone hindurch, wirft die Hirschkeulen ab und sucht dürres Reisig zusammen, um ein Feuer zu entzünden. Liese wird Brot mitbringen, das sie zum Hirschbraten essen werden. Kein schlechtes Leben, denkt Adam, wenn da nicht dieser Wurm an seinem Herzen fräße und ihm das wilde, freie Leben in den Wäldern vergällte. Doch wenn er es gescheit anstellt, wird er den Wurm aus seinem Herzen ziehen können, indem er die Herren leiden lässt, so schlimm, wie er litt, als er an Deck des Sklavenschiffes schuftete und die Neunschwänzige über seinen Rücken züngelte oder als er im Rattenloch im eigenen Dreck lag. Doch dort wandelte er sich in den um, der ihnen nun das Fürchten lehren wird.

Schnell hat er genug Feuerholz zusammen, schichtet es auf, schlägt ein Zündholz an und bald schon flackert ein Feuer, das er klein hält und aus dem so wenig Rauch aufsteigt, dass es ihn nicht verrät. Inzwischen beginnt es auch zu dämmern. Adam säbelt große Stücke von den Schlegeln, steckt sie auf grüne

Haselstecken und hält sie übers Feuer. Nun heißt es warten. Eine Amsel flötet und dazwischen ist das zaghafte Lied eines Rotkehlchens zu vernehmen. Adam kennt jedes Geräusch im Wald, und da hört er auch schon Lieses Schritte, obwohl sie sich noch jenseits der Schlucht befindet. Er ist in der Lage, die Tritte von Männern und Frauen zu unterscheiden, sowie die von geübten Waldgehern und den Tölpeln aus der Stadt, vor allem der Hofschranzen des Fürstbischofs, wenn sie meinen, sich ebenfalls mit einem Gewehr bewaffnen und dem Wild nachstellen zu müssen. Solange Adam wach und bei Sinnen ist, wird ihn in seinem Wald keiner überraschen können.

Nun steigt Liese in die Schlucht hinunter, Adam hört, wie Zweige an ihre langen Röcke streifen, wie sie auf einen Stein tritt, der unter ihrem Gewicht zur Seite rollt, wie sie in die feuchte, weiche Erde am Grund der Schlucht tapst und jetzt, sich mit den Händen an Zweigen hochziehend, sich zu ihm herauf arbeitet. Er blickt nicht auf, obwohl sie vor ihm steht und ihn schweigend betrachtet. „Ich bin gekommen", sagt sie nach einer Weile. „Hast du Brot dabei?", fragt er. Sie legt es vor ihm auf den Boden. „Was macht dein Bauch?", will er wissen. „Er wächst nicht", sie schiebt die Hände unter die Schürze, da er jetzt zu ihr aufschaut. „Es wird schon werden", sagt sie dann lebhaft, setzt sich zu ihm und lehnt sich an seine Schulter. „Meine kleine Katze", er neigt ihr den Kopf zu. Es ist schön, eine Frau zu haben, auch wenn sie ihm nicht treu war, aber sie hat es gebüßt. Es ist vorbei, jedenfalls will er, dass es vorbei ist. Er übergibt ihr die Stecken mit dem Fleisch und bricht sich ein Stück Brot ab. „Was sprechen sie im Dorf?", fragt er. „Sie reden viel über dich, aber auch über die schlechte Ernte. Der Müller hat einen sechsfüßigen Hasen gesehen. Er sagt, es gibt Krieg oder eine große Hungersnot, auf alle Fälle kommt ein großes Übel auf uns zu." „Was reden sie über mich?" „Dass du es zu bunt treibst, die einen, die anderen sehen in dir ein Gespenst, einen Waldgeist, sie fürchten und bewundern dich. Manche trauen sich nicht mehr in den Wald. Der Wirt vom „Krug" meint, dass sie dich bald erschießen werden. Einige grüßen mich nicht mehr, weil sie wissen, dass wir noch immer zusammen sind. Andere wiederum sind viel freundlicher zu mir als früher." „Was halten die Leute von dem neuen Förster?" „Er ist sehr streng, er lacht nicht und redet kaum mit den Leuten. Außer beim Kirchgang lässt er sich nirgends blicken, er geht nicht einmal ins Wirtshaus." „Ich habe ihn heute gesehen und ihm einen Mordsschrecken eingejagt." Liese kichert, sie versteht nicht, was es bedeutet, einen hohen Beamten des Fürstbischofs herauszufordern; Adam dagegen weiß es, deshalb hat er es getan und wird es weiter tun. Das Brot schmeckt gut. Ja, Liese kann man durchaus zu etwas gebrauchen. Sie hockt zu seinen Füßen wie ein unterwürfiges Hündchen. Und genauso unterwürfig schmierte sie sich, als Adam im Rattenloch faulte, an die anderen. Nein, es ist nicht vorbei, es wird nie vorbei sein!

Adam betrachtet sie kalt, wie sie die Stecken eifrig dreht, damit das Fleisch rundherum gar wird und nicht verbrennt. Also, Sator lacht nicht; nun, gelacht hat er vorhin auch nicht. „Muss ich mich vor ihm fürchten?", fragt Adam. „Vor dem Förster? Du? Nein", sie lacht. „Du doch nicht. Manche glauben sogar, dass du gar kein Mensch mehr bist und an mehreren Orten gleichzeitig auftreten kannst. Nur ich weiß, wie du bist." „Du hältst aber das Maul." „Es ist wie zugenäht", sie presst die Lippen aufeinander und zwinkert ihm zu. „Ich muss mich auf dich verlassen können", Adam setzt sich zu ihr und drückt ihren schmalen Körper an sich. Sie schnurrt wie eine Katze. Sanft wie eine Katze und unterwürfig wie ein Hündchen ist sie, und leichtsinnig wie ein kleines Kind. Seine Liese. Das ist Adam am wichtigsten, dass sie sein ist. „Du bist meine", sagt er zu ihr, und sie drängt sich an ihn wie ein Tierchen, das gestreichelt werden will. Was will er eigentlich mehr? Er hat eine Frau, gutes Essen, er lebt frei und ungebunden in seinem geliebten Wald, kann tun, was ihm beliebt, hat keinen Herren über sich, vor dem er sich beugen muss. Aber Adam ist nicht zufrieden, der Stachel sitzt ihm tief im Fleisch. Daher macht er sich energisch von Liese los.

Sie soll ihm endlich ein Kind gebären. Böse sieht er sie an. „Was hast du?“, fragt sie. „Lass` mich! Ich bringe Wasser herauf.“
Er holt aus seiner Behausung einen Lederschlauch und geht zu dem Rinnsal in der Schlucht hinab. Er mag Liese und er hasst sie, er will sie verstoßen und für ewig bei sich behalten, er ist glücklich in seinem Wald und zugleich unglücklich wie noch nie; er kommt mit sich nicht zurecht und zerstampft wütend einen großen Bovist, dass eine bräunliche Sporenwolke aufsteigt. Er wird erst dann Frieden finden, wenn er sich gerächt hat. Er muss wieder ganz die Ratte werden, die er noch vor einem Jahr war, der Teufel, der aus dem Schiff fuhr, als es endlich anlegte. Zu sehr hat er sich von der Jagd, der er nach zermürbendem Warten wieder nachgehen durfte, ablenken lassen, hat sich Lieses weichen Brüsten hingegeben, dem Geschmack des gebratenen Wildbrets und dem Geruch des Blutes. Nunmehr aber muss er sich dem zuwenden, was ihn wirklich umtreibt.
Er hält den Schlauch mit der Öffnung in das fließende Wasser und wartet, bis er gefüllt ist. Etwas Außergewöhnliches wird er tun, morgen oder in einigen Tagen. Danach wird er Ruhe haben vor sich selber und dann wird ihm auch das Leben im Wald wieder eine reine Freude sein. Ja, er hat zu viel Zeit unnütz verstreichen lassen. Mit dem Schlauch voll Wasser über der Schulter klettert er den Hang herauf. Liese sieht ihm mit unsicherem Lächeln entgegen. „Ist alles gut?“, fragt sie. Sie will, dass immer alles gut ist, und für sie ist es auch fast immer so. „Noch nicht“, knurrt er. „Aber es wird werden. Verlass` dich drauf“. „Du machst das“, sie nickt zuversichtlich, ohne zu ahnen, was in ihm vorgeht. Oder soll er mit ihr beginnen? Soll er ihr zeigen, welcher Teufel da aus dem Schiffsbauch kroch? Seiner Liese? Sie hätte es verdient, hundert Mal verdient. Aber er braucht sie noch, sie soll ihm Kinder gebären, und auf ihre Weise ist sie sogar unschuldig, weil sie selbst ein Kind geblieben ist, das seinen augenblicklichen Launen folgt. Er beobachtet sie, wie sie das Fleisch mit seinem Messer aufschneidet und prüft, ob es schon gar ist. „Hast du Salz dabei?“, fragt er. Sie

nickt und deutet auf ihre Schürze. Er greift in die aufgenähte Tasche und fühlt ihre festen Schenkel. Nein, er wird ihr nichts tun und reicht ihr den Brocken Salz, mit dem sie sogleich eifrig das Fleisch einreibt. Dennoch packt er sie bei den Schultern und presst sie auf den Boden. Ihre Zutraulichkeit ist augenblicklich verschwunden, voll Angst blickt sie ihn an. „Was hast du?", flüstert sie beklommen. „Vergiss nicht, wer da vom anderen Ende der Welt zu dir zurückgekehrt ist", sagt er leise. „Wie soll ich das vergessen", sie windet sich unter seinen Händen, um sich zu befreien, doch er hält sie eisern fest, bis sie still liegt, dann ist er zufrieden.

„Wann können wir essen?", fragt er und steht auf. „Jetzt", sie klopft sich Blätter und Halme von ihrem Rock und kümmert sich sodann wieder um das Fleisch. Essen ist immerhin nicht schlecht, denkt er und lässt sich am Feuer nieder. Liese gibt ihm einen Spieß. Adam beißt in das heiße Fleisch, kaut und schlingt und trinkt glucksend Wasser aus dem Schlauch. Danach hat er sich gesehnt, am Feuer sitzen, Fleisch essen, Liese an seiner Seite. Nun hat er, was er wollte, aber es bedeutet ihm nicht mehr so viel, wie er erwartete. Als er noch ganz der Teufel und die Ratte war, als er mit dem Messer den Fuhrmann von seinem Wagen vertrieb oder dem zu Tode erschöpften Ehepaar das letzte Brot raubte, war er vielleicht glücklicher als jetzt, weil er frei war, weil er noch mit dem Schlimmsten rechnete und ein altes Brot wie ein Wunder für ihn war. Mit der Rückkehr in den Spessart aber sind seine Ansprüche gestiegen, jetzt will er glücklich sein, und wer glücklich sein will, ist immer unzufrieden, noch dazu, wenn das Glück, das ihm vorschwebt, nicht einfach zu haben ist und gefährlich obendrein.

Er wirft den Knochen, an dem noch das meiste Fleisch hängt, ins Feuer, wo es zischend verbrennt. „Schmeckt es nicht?", fragt Liese besorgt. „Ich will anderes Fleisch", sagt er und zieht sie an sich, und sie lässt es sich gefallen, dass er sich in sie hinein stemmt, mit all der Wut, die sich in ihm seit zwei Jahren aufge-

staut hat. „Mein Lieber“, flüstert sie. Wer mag diese Worte, außer ihm, noch gehört haben?
Nach einer Weile steht er schwer atmend auf, greift sich den Wasserschlauch und trinkt ihn leer. Das Feuer ist inzwischen in sich zusammen gesunken, die rote Glut leuchtet warm in die Septembernacht hinein. Er legt sich neben das Feuer und ist sofort eingeschlafen.
Er erwacht, da ein dürrer Ast knackend zerbricht. Es ist bereits hell, aus dem fahlen Aschenhaufen neben ihm steigt eine dünne Rauchsäule. Unten in der Schlucht bewegt sich jemand. Es ist Liese, wie er beruhigt feststellt, die zurück ins Dorf geht. Gut, dass sie fort ist, denn er kann sie hier nicht brauchen; erst am Abend wieder. Heute will Adam etwas Großes tun, irgendetwas, das seine Seele wieder glätten soll. Der Teufel in ihm, muss endlich auf seine Kosten kommen, sonst wird er sich gegen ihn wenden und ihn von innen auffressen. Sein Gewehr liegt in der Hütte. Er holt es, säubert es mit einem alten Lappen und streicht auch noch die letzten Rußspuren aus dem Lauf; es darf keinen Fehlschuss geben. Neben dem Feuer findet er noch Lieses Bratspieß, auch sie hat nur einige Bissen verzehrt. Hungrig macht er sich über das Fleisch her, das ihm kalt besser schmeckt als am Abend zuvor. Jetzt am Morgen, wo er endlich handeln kann, ist seine Laune wieder gut. Heute kann er ganz der Teufel sein, der in ihm rumort und ihm in den letzten Wochen den Seelenfrieden nahm. Heute muss es geschehen, was auch immer. Er wird sein Gewehr abfeuern, aber nicht auf Hirsche oder Sauen.
Liese hat das restliche Brot da gelassen. Adam verstaut es in seiner Jacke und macht sich auf den Weg, trinkt einige Handvoll aus dem Bach, erklimmt den Gegenhang und geht durch die dicht stehenden Buchen hindurch auf das Kropfbachtal zu. Dort soll es geschehen, was auch immer; er wird sehen, was sich ergibt. In diesem Tal hält er sich am liebsten auf, und er wird diese eine Stelle aufsuchen, von der er träumte, als er im Rattenloch lag, und dort warten. Die Herbstsonne wirft ihr geflecktes Licht- und Schattenmuster auf den Waldboden, das Fell eines Raub-

tieres. Bei jedem Schritt gleiten honiggelbe Flecken über ihn hinweg und sprenkeln den dunklen Mann mit fließenden Sonnenpunkten. In der Höhe schreit ein Raubvogel; auch er ist auf Beute aus. Ein guter Tag für die Jagd, findet Adam, bückt sich und klaubt einige Bucheckern auf, die er mit den Zähnen zerknackt und aufisst. Die zwei daneben stehenden Steinpilze steckt er sich in die Jackentasche für später. In diesem Wald ist ihm alles vertraut. Eine wispernde Tannenmeise purzelt durch das Gezweig einer Salweide und ein paar Mohrenfalter sitzen auf der blutenden Wunde eine Wildkirsche und laben sich an dem austretenden Saft. Wer soll ihn in diesem Wald aufstöbern, in dem er sich bewegt wie ein Platz- und Haupthirsch? Hier unter diesen vielhundertjährigen Buchen ist er allen überlegen, und den feinen Herren mit ihren Schergen sowieso; er wird es ihnen zeigen, einem von ihnen zumindest; heute schon. Als Junge hat er Hasen und Rebhühnern nachgestellt, als junger Mann Hirschen und Wildschweinen; jetzt, nachdem er auf dem Sklavenschiff und im Rattenloch umgewandelt wurde, ist er auf andere Beute aus.

Er lacht laut auf, dass zwei Wildtauben mit klatschenden Flügelschlägen entfliehen. Sie haben es so gewollt, sie haben ihn zu dem gemacht, der er jetzt ist. So natürlich wie das Wasser bergab fließt und nicht bergauf, so ist er zum Menschenjäger geworden. Sein Stutzen liegt ihm leicht auf der Schulter. Er ist bereit. Das Wetter ist sonnig und klar, und er hat in der Nacht am Feuer gut geruht, nachdem er Liese beschlief.

Er hört Stimmen und das Ritzen eine Säge. Dort, ein paar hundert Meter entfernt, arbeiten Holzfäller. Adam kennt die meisten von ihnen, einfache, umgängliche Typen, die ihn nie verraten würden. Schon oft hat er ihnen ein erlegtes Reh oder ein Wildschwein ans Lagerfeuer gebracht. Aber heute hat er keine Lust auf Gespräche, ihm steht der Sinn nach anderem. Und überhaupt ist ihm nicht nach Gesellschaft, es genügt ihm, wenn ihn Liese abends besucht oder wenn er sich hie und da mit einem der Holzknechte unterhält oder wenn er seine Selbstgespräche führt, mit Hofmann, obwohl der schon tot ist, mit dem Pfaffen, der ebenfalls nicht mehr lebt und inzwischen Adams Worte meistens schweigend hinnimmt, mit dem Alten auf dem Reitochsen, mit dem er sich nun verständlich machen kann, und immer mehr mit der seltsamen Frau, der er auf seinem Heimweg im Wald begegnete, der jungen Hexe, die ihm einen frühen Tod prophezeite, da er ein zu heißes Blut hätte und sich nicht anpassen könnte. „Gehe ich gerade meinem Tod entgegen?“, fragt er sie, „da ich mich an diesem Morgen nach besonderem Wild umsehe? Ist es heute so weit?“ „Es ist der erste Schritt“, antwortet sie. „Du hast gegessen, an Liese deine Lust befriedigt; dein Leib ist gesättigt. Dies verführt manche zu Dummheiten.“ „Es ist keine Dummheit, die ich vorhabe“, erwidert Adam, „und außerdem weiß ich nicht einmal, was ich vorhabe. Du urteilst zu schnell.“ „Es geschieht heute oder in einigen Tagen oder nächstes Jahr, doch es geschieht. Ich durchschaue dich, ich durchschaute dich schon, als ich dich damals im Wald traf. Das Gefährliche an dir ist, dass du an nichts mehr glaubst, außer an deine Rache. Du rennst in dein Verderben.“ Nein, Adam weiß es besser, ein anderer Teil von ihm weiß es besser.

Er rennt hinunter in das Kropfbachtal, seine Beine laufen wie von selbst, und isst im Rennen die Steinpilze. Wie Unrecht sie hat, er springt geradewegs in sein Vergnügen, ins Leben schlechthin, das ihm in aromatischen Wolken aus dem Waldboden ins Gesicht schlägt. Und sie hat nochmals Unrecht, da er doch an etwas glaubt, an die Lust seiner Beine am Springen zum Beispiel, an Lieses feste Schenkel, an die dunklen, glatten Schäfte der Buchen, an den eigenartigen Ruf des Schwarzspechtes, und an die weite Mulde des Kropfbachtales, die sich jetzt vor ihm auftut, an das plätschernde, silbrige Wasser und an die alten Kastanienbäume, die den Weg auf der anderen Seite säumen. Er duckt sich nieder und legt das Gewehr vor sich auf die Knie. Warten und sehen, was sich ereignet. Es ist noch früh am Tag, aber wer weiß. Drei Krähen schreiten über die Wiese, ihr schwarzer Federlack glänzt in der Sonne. „Einen schönen Frack tragt ihr“, flüstert er vor sich hin. „Oder seid ihr schon für meine Beerdigung gekleidet?“ Sie antworten: „Rab, rab.“ Und stolzieren weiter durch das kurze Gras, ihre grauen Augen spiegeln das Sonnenlicht.

„An was du glaubst“, die Hexe lässt ihn nicht in Ruhe, „ist hinfällig, ein Weniges genügt, um Lieses stramme Schenkel zu ruinieren, vielleicht passiert es bei der Geburt, nach der du dich so sehnst, oder eine Krankheit, ein Unfall. Und wie schnell werden deine Beine erlahmen, du bist nicht mehr jung und dein Körper musste schon einiges ertragen. Wie nichtig ist das, woran du glaubst.“ „Aber meine Rache, sie ist voller Leben, sie ist etwas Großes.“ „Du wirst dich hinterher leer fühlen.“ „Du bist eine Hexe und redest wie ein Pfaffe.“ „Ich bin, wie du dich erinnerst, eine Hexe, die heilt, die Leben erhält und die wohltätigen Wirkungen von Kräutern kennt; und daher versuche ich dir klar zu machen, was du dich anschickst zu tun. Schau hin, da kommen noch mehr zu deinem Leichenbegängnis.“ Tatsächlich, ein Schwarm Krähen ist auf der Wiese gelandet. Dabei ist es noch September, die Tage sind warm, vom Herbst und kaltem Regenwetter, bei dem die Krähen sich zu großen Trupps zusammenschließen, ist noch nichts zu spüren. Die Vögel schreiten, picken und äugen zu ihm, obwohl er gut gedeckt unter einem Schlehengebüsch liegt.

Jetzt flattern sie erschrocken auf, denn auf dem Weg tut sich etwas. Zwei Menschen nähern sich, zwei Jagdgehilfen, wie Adam erkennen kann, jeder mit einem Gewehr bewaffnet. Sator wird nach dem gestrigen Vorfall angeordnet haben, die Gegend abzusuchen. Zwei junge Kerle, die sich laut unterhalten, manchmal stehen bleiben, wenn ihr Gespräch besonders heftig verläuft, gestikulieren und sich auf die Schulter schlagen. Adam wartet. Wie leicht es ist, einen Menschen zu erlegen. Sie kommen langsam und gut sichtbar daher, bieten ein stattliches, nicht zu verfehlendes Ziel und sind so unvorsichtig wie es ein Stück Wild niemals wäre. Nach einer Unterbrechung, bei der sie laut lachend irgendeine Begebenheit beredet haben, setzen sich die beiden wieder in Bewegung. Adam nimmt leise sein Gewehr auf und legt an. Die Kerle laufen genau auf ihn zu, auf den Schatten unter dem Schwarzdorn, bieten ihre Brust dem kaltblütig wartenden Jäger. Was sagte die Hexe? Er hätte heißes Blut? Jedenfalls nicht während der Jagd! Nun versteht Adam sogar schon, was sie reden, von der Kirchweih in Altenbuch am nächsten Sonntag haben sie es und von den Mädchen, die sie dort zu treffen hoffen. Dazu wird es nicht kommen.

Die Krähen, die sich auf einer der Kastanien versammelt haben, sind nicht zu Adams Beerdigung, sondern zur Bestattung der beiden Jagdgehilfen gekommen. „So verhält es sich“, flüstert Adam der Hexe zu. „Du hast keine Ahnung.“ Die beiden haben sein Flüstern gehört, ohne feststellen zu können, woher es kam, blicken um sich und verlangsamen ihre Schritte. Ein seltsames Geräusch aus der Erde, das den Tod ankündigt, denkt Adam. Nur noch abziehen. Aus dieser Entfernung hat Adam noch nie vorbei geschossen. Aber es geht nicht, jemand schüttelt den Kopf, der Alte auf dem Ochsen, bedauernd und traurig wackelt sein Haupt. Hat Adam Mitleid mit den beiden Jagdgehilfen gepackt? Keineswegs. Doch es ist zu billig, was er da gleich tun wird, zwei unerfahrene Jungen, die, als sie ihn vor drei Jahren gefangen nahmen, noch harmlose Rotznasen waren; es wäre zu einfach, eine unbefriedigende Tat und nichts weniger als die Rache, auf die er, seit sie ihn nach Holland verkauften, wartete. Nein, er muss es anders anstellen, steht plötzlich, wie aus dem Boden gewachsen vor den zwei Kerlen, in der Tat grüne Jungs, die sich fast in die Hosen machen, da unvermittelt ein wilder Mensch vor ihnen auftaucht. „Wer bist du?“, stammelt der eine. Adam richtet den Lauf seines Stutzen auf sie. „Sagt eurem Sator, dass ihr Johann Adam Hasenstab getroffen habt, der Mann, der ihm gestern den Hirsch vor der Nase weg geschossen hat, und den er genauso wie das Tier in Kimme und Korn hatte und immer wieder haben wird, wenn es ihm so gefällt.

Und richtet ihm aus, dass hier an dieser Stelle, hier vor dem Weißdornbusch, der Ort ist, wo er ihn treffen kann. Er soll sich den Platz gut merken. Hier wird der Adam Hasenstab auf ihn warten, am Tage wie in der Nacht." Nun erwachen die beiden langsam aus ihrer Erstarrung und beginnen mit unsicheren Fingern an den Riemen ihrer Gewehre zu hantieren. Adam schüttelt den Kopf. „Das lasst `mal sein. Ich erschieße euch genauso gut wie zwei Frischlinge oder zwei Kitze, und es würde mich kein Gewissen plagen." Die beiden lassen die Arme baumeln. „Ich werde mich jetzt von euch verabschieden. Vergesst euren Auftrag nicht und seid dankbar, dass ihr weiter leben dürft, denn es fehlte nicht viel, dann hätten sich die Raben dort drüben über eure Leichen gefreut." Sie folgen mit den Augen seiner Handbewegung zu dem hohen Baum, in dessen Wipfel es krächzt und flattert. „Wenn ihr brav seid, werden sich die mit leeren Mägen wieder davon machen müssen. Werft eure Gewehre auf den Boden!" Die Burschen sehen sich kurz an und gehorchen. Klappernd stürzen ihre Waffen auf den Weg. „Drei Schritte zurück!", kommandiert Adam, wartet, bis sie zurückgetreten sind, bückt sich und hebt die Gewehre auf. Zumindest, denkt er, wird es Sator mächtig ärgern, wenn ich seinen Gehilfen die Flinten abnehme. „So, brav habt ihr das gemacht, und jetzt dreht euch um und geht einfach den Weg, den ihr gekommen seid, wieder zurück." Sie zögern, blicken verwirt zu Boden, doch dann gehen sie davon, erst langsam, dann immer schneller werdend, schließlich rennen sie.

Er wird fluchen, wenigstens wird er fluchen, wenn die beiden Kerle bei ihm ankommen, wird sie niederbrüllen, weil sie ihre Gewehre abgeliefert haben und wird gleichzeitig daran denken, dass er gestern ähnlich wie sie geflohen ist, da ihn eine unterirdische Stimme anredete. „Nun, Hexe, was sagst du jetzt?", meint Adam. „Siehst du, wie du dich getäuscht hast?" Sie lacht. „Es handelt sich nur um einen Aufschub, mein Freund. Was zählen ein paar Tage oder ein paar Monate. Blicke zu dem Baumwipfel, deine Gäste hocken noch immer dort, sie verfügen über

eine zähe Geduld und ihr Sinn für ein feines Fressen ist untrüglich. Du wirst sie nicht mehr loswerden.“
Eigentlich sollte Adam zusehen, dass er möglichst schnell verschwindet, aber er steht wie fest gewurzelt und starrt zu dem Baum mit den Vögeln hinüber. Seit er in Hamburg an Land ging, begleiten sie ihn. Sollte die Frau Recht haben? „Du hast einen Tag gewonnen, nicht mehr.“ Das blasse Gesicht der Frau schwebt wie ein Nebelfetzen heran, über ihn hinweg und löst sich auf. „Gefasel“, sagt er leise, aber sein Mund ist trocken. „Das Gefasel eines verwirrten Weibes oder des Teiles von mir, den sie damals verhext hat.“ Er wirft sich die Gewehre der Jagdgehilfen über die Schulter und taucht in den Wald ein, wechselt fortwährend die Richtung, stapft durch kiesige, kleine Bäche und erreicht einen Hang mit verwitterten Sandsteinklötzen, die verstreut zwischen den Bäumen liegen. Hier gibt es so viele Möglichkeiten, sich zu verstecken, dass ihn keiner finden kann. Und wenn sie ihm doch zu nahe kommen sollten, wird er zu einem dieser Felsen oder zu einem vermorschten Baumstamm oder zu einem Eichhörnchen, das in die höchsten Wipfel hinauf turnt. Sie werden ihn suchen und in ein paar Stunden hier sein, Sator, seine Gehilfen und einige Bauern, die sie gezwungen haben mitzugehen. Sator wird sich im Hintergrund halten, denn ihm sitzt der Schrecken noch im Leib, den er davon trug, als ihn Adam aus der Erde heraus ansprach. Und auf diesen Mann hat es Adam abgesehen; nicht, dass er ihn besonders hasst, er kennt ihn ja kaum, aber Sator ist einer der Herren, gegen die sich Adam empört. Nein, im Grunde ist er kein richtiger Herr, er wurde nur vom Fürstbischof dazu gemacht, doch fühlt er sich allemal als ein solcher. Er ist es, ihn nimmt Adam aufs Korn. Dann wird er Ruhe haben und sich noch tiefer in den Wald zurückziehen, und dann wird ihm auch das Leben als Wilderer wieder Freude machen.
Adam lauscht, ein paar Meisen wispern, in der Ferne hört er das Plätschern von Wasser, der Wind flüstert in den müden Herbstblättern, sonst kein Laut. Er hat also genügend Zeit, Teil des

Waldes zu werden, zieht Wams und Hemd aus, greift in den Waldboden und reibt sich mit Erde und welkem Laub ein, Brust, Bauch, Arme, Rücken, damit jeglicher menschlicher Geruch von ihm weicht. Denn sie werden ihn mit Hunden suchen, doch deren Nasen werden ihn nicht mehr vom Waldboden unterscheiden können. Jetzt haftet sein Schweiß und der Rauch der Holzfeuer nur noch an seiner Kleidung. Also wühlt er Wams und Hemd so tief unter das Laub, bis er sicher ist, dass sie auch dem feinen Geruchssinn eines Hundes nicht mehr auffallen. Nun muss er nur noch still werden und warten.

„Du erwartest Seelenfrieden, wenn du einen Förster umbringst", redet ihn die Hexe an – Adam hat schon auf sie gewartet, da, immer wenn es still wird, eine seiner Stimmen zu ihm spricht. „Danach wird es aber erst richtig losgehen, dann werden alle Jäger und Förster des Spessarts hinter dir her sein, sie werden jeden Fleck Erde nach dir absuchen und hunderte von Kötern dir auf den Hals hetzen. Und außerdem werden viele Geister ausfahren und dich zwicken und zwacken, dass du keine Nacht mehr schlafen kannst. Es wird nicht lange dauern, bis sie dich erwischen und sie dich an einer deiner Buchen aufknüpfen. Ich habe es dir vorhergesagt." „Ich habe schon zwei Menschen getötet", antwortet Adam, „und bin ganz ruhig geblieben. Und wie sollen sie mich finden, mich Johann Adam Hasenstab, den es nicht mehr geben wird, der ein Dachs ist oder eine junge Weide oder ein hohler Baumstumpf? Du wirst es sehen, wie sie über mich hinweg trampeln und wie ihre Hunde ihre Schnauzen in einen Reisighaufen stecken und nicht merken, dass ich dieser Haufen bin. Du siehst mich sehr gelassen."

Adam schnuppert an seiner Kleidung und zieht sie wieder an. Vom Kamm des Hügels über ihm dringt das heisere Husten eines Rehbocks zu ihm. Später wird er herunter ziehen, um in der Abenddämmerung auf den Wiesen des Kropfbachtales zu äsen. Liese würde sich über den Braten freuen, aber heute wird sie ihr Versteck unter der Krone der umgestürzten Buche leer finden, sie wird sich an die kalte Feuerstelle setzen und irgendwann einschlafen. Am Morgen wird sie zurückkehren, ein wenig traurig, ein wenig verärgert, wird ihre Arbeit aufnehmen und ihn darüber zum ersten Mal vergessen, wird erschrecken, wenn sie sich wieder seiner erinnert; aber mit jedem Tag, an dem sie ihn nicht sieht, werden die Zeiten, in denen sie nicht an ihn denkt, länger und länger; bald wird sie schon wieder zur Arbeit singen, bis er eines Tages überraschend auftaucht und sich wieder mit Wucht in Erinnerung bringt. Denn Adam kann sich nicht endgültig im Wald unsichtbar machen, er muss Kontakt mit ihr halten, da er sie nicht aufgeben will, kann sie sowieso nicht mehr ändern, auch wenn er sie schlägt, und er braucht sie, wegen der Kinder, die sie gebären soll. Die Ratte will sich vermehren, will den Spessart mit Rattenkindern bevölkern, mit gemeinen, bösen, kleinen Wesen, die sich aber nicht verbiegen lassen, die ein gerades Rückgrat haben und die bissig sind und am liebsten ihre spitzen Zähne in die feisten Waden der feinen Herren schlagen. Daher muss er Liese, so wie sie ist, ertragen. Was soll`s?

Ein Kleiber landet an einem Buchenstamm, läuft kopfüber nach unten, äugt zu Adam herüber, stochert mit dem Schnabel in der Rinde, blickt auf und sucht weiter nach Maden. Adam sitzt ohne Bewegung. Dies hat er geübt, stundenlang sitzen, ohne sich zu rühren, sodass ihn selbst Wildtiere nicht mehr als einen Menschen erkennen. Und wie dann erst Hunde oder gar Menschen? Wenn er so neben einem der großen Steinbrocken hockt, ist er unsichtbar, unhörbar, unriechbar, letztendlich unauffindbar, verschwunden.

Jetzt hört er von unten aus dem Tal ein Geräusch, das nicht in den Wald gehört, kein besonders lautes, Metall schlug an Metall. Es werden Holzknechte sein, die mit Äxten und Keilen arbeiten. Das ist ihm nun klar geworden, dass sein Wald nicht mehr völlig still ist, dass immer mehr Unruhe in ihn vordringt, Holzfäller, Jäger, Bauern, Händler mit ihren polternden Wagen, Soldatentrupps, die lärmend durchziehen. So ganz anders war jener Wald am Ende der Welt, wo er einige Zeit mit den Wald-

menschen lebte und sie einmal auf der Jagd begleitete. Hätte er dort bleiben sollen? Doch auch dort gab es, wie er feststellen musste, anmaßende Herren und gespreizte Büttel. Nein, er wird es hier ausfechten, hier, wo er hin gehört.
Jetzt aber bellen unten im Tal die Hunde. Sie kommen. Und Adam presst sich eng an den schwarz verwitterten Stein, wird selber zu einem finster verwitterten Stück Felsen. So sollen sie ihn `mal finden! Die Gewehre! Fast hätte er sie vergessen! Vorsichtig schiebt er sie unter den Steinblock in die feuchte Erde. Morgen wird er sie hervorholen und reinigen. Der Kleiber ist immer noch mit dem Stamm der Buche beschäftigt; Adams Bewegungen haben ihn nicht aufgestört. Wie sollten sie auch, da sich doch nur der Wald bewegt hat. Ganz anders Adams Verfolger. Ohne Gelärm und Geschrei geht es nicht. Er kennt die großen Jagden, die nur deshalb halbwegs erfolgreich sind, weil riesige Massen an Jägern, Treibern und Hunden aufgeboten werden. Doch heute haben sie es mit einem besonderen Wild zu tun, ein Wild, das schlauer ist als sie und das sich im Wald aufgelöst hat, und das zu töten vermag; nicht wie ein rasender angeschossener Keiler oder Hirsch in blindem Todeskampf, sondern kalt und zielsicher.
Das Gekläff der Hunde wandert den Hang herauf, entfernt sich, wird leiser und nähert sich erneut, zieht sich auseinander und verstummt, um an anderer Stelle erneut laut zu werden. Die Jagd mit Hunden war Adam schon immer zuwider, das Gewinsel und Gewimmer der Meute, ihr hechelndes Durcheinander und vor allem die ungleiche Hatz von zehn Hunden auf einen Keiler, den sie nur auf Grund ihrer Überzahl zu stellen vermögen. Adam liebt die lautlose Jagd und den präzisen Schuss, der unmittelbar den Tod bringt, ohne das Tier lange zu quälen. Tiere stehen ihm näher als Menschen, mit welchen er kaum Mitleid empfindet. Eine Wildsau, an deren schwarzen Kittel die Hunde sich wie übergroße Zecken festbeißen, erbarmt ihn dagegen durchaus. Vielleicht wird er in ein paar Jahren ganz und gar im Wald aufgegangen sein, als Tier unter Tieren. Wenn er an sich

herunter sieht, seinen mit Erde und feuchtem Laub beschmierten Körper betrachtet, dann ist es bis dahin nicht mehr weit.
Nicht mehr weit sind nun auch die Hunde, sogar die Stimmen der Jäger kann Adam unterscheiden; sie haben den Hangfuß erreicht und beginnen jetzt den Hügel herauf zu schwärmen. Der Kleiber läuft noch einmal rings um den Stamm und fliegt dann davon; Adam muss ausharren, denn zu Fuß ist an kein Entkommen zu denken, er muss darauf vertrauen, dass er zu Stein geworden ist und wie Walderde riecht. Rufe tönen herauf und trockene Zweige zerknacken, und jetzt ist das erstickte Winseln der Hunde zu hören, die aus Leibeskräften an den Leinen ziehen und sich fast selbst erwürgen, blöde, gierige Viecher, zu laut, zu aufgebracht, um eine Ratte zu fangen. Und da sind sie, drei Burschen, jeder mit fünf Hunden, zwei der Kerle kennt Adam sehr gut, die werden den Adam Hasenstab nicht mehr vergessen, statt eines Gewehres tragen sie einen langen Holzprügel. Nur schade, dass ein Fels nicht lachen darf. Hinter ihnen kommen Sator und zwei weitere Förster, die Gewehre im Anschlag, Sator wieder mit rotem Gesicht. Dich werde ich mir holen, denkt Adam, heute noch nicht, aber bald, unten im Kropfbachtal am Weißdornbusch.
Die mittlere der Hundemeuten zielt auf Adams Felsen. Der Bursche, aus dessen Gesicht noch immer das Erschrecken über das plötzliche Auftauchen des Wilderers nicht gewichen ist, kann die Bracken kaum halten, sie gieren nach allen Seiten, geifern und keifen sich gegenseitig an, widerwärtiges Viehzeug, und sind so aufgebracht, dass sie keinerlei Witterung aufnehmen können. Adam ist nicht aufgeregt, weil er sich sicher weiß; von diesen Bestien droht ihm keine Gefahr. Und da sind sie schon an ihm vorbei, zwei springen auf einen flachen Felsen, der Bursche stolpert über einen Ast am Boden, rafft sich auf, und dann geht die wilde Jagd weiter den Hügel hinauf.
Doch da steht Sator, blickt sich um. Er fühlt sich nicht wohl, stellt Adam fest; wie er sein Gewehr vorstreckt, wie seine Augen

unruhig umherwandern, wie er fortwährend sein Standbein wechselt, hat der Mann tüchtig Angst. Ahnt er, dass sein Feind ganz in der Nähe sitzt, dass der ihn nach einem schnellen Griff zu seinem Gewehr ohne weiteres würde töten können? Vielleicht. Aber der Zeitpunkt ist noch nicht gekommen. Morgen oder nächste Woche. Auch der Standort ist der falsche; es muss schon der angekündigte Weißdornbusch im Kropfbachtal sein. Jetzt läuft Sator weiter, nachdem er sich noch einmal gebückt und den Boden in Augenschein genommen hat. Da trollt er sich, der feine Herr. Adam wagt es sogar seine Erstarrung aufzugeben und sich nach ihm umzudrehen. Einen Mann sieht er da, der mit steifen, ungelenken Bewegungen den Berg hinaufläuft, seinen Helfern und Hunden nach. Ich bin euch über, denkt Adam, greift nach seinem Gewehr und legt auf Sator an, nur zum Spaß. Zum zweiten Mal hat er ihn auf dem Korn; beim dritten Mal wird es ernst für den Förster werden.
Adam wartet, bis die ganze Gesellschaft verschwunden ist, dann steht er auf, klopft sich das Laub und die Erde vom Körper und stapft in aller Ruhe den Hang hinunter. Wenn er sich beeilt, kann er noch vor dem Abend sein Versteck erreichen und sich dort mit Liese treffen; und er wird sie wieder beschlafen, Nacht für Nacht, damit sie endlich schwanger wird und ihm ein heimtückisches, anschlägiges Rattenkind gebiert, das ihn bald auf seinen Streifzügen begleiten wird. Er muss sich beeilen, denn der Weg zu seinem Unterstand ist weit. Das Abendessen wird allerdings nur aus dem Brot bestehen, das Liese mitbringt, da sich nach dem Heidenlärm, den die Jäger und die Hunde veranstaltet haben, lange kein Wild mehr zeigen wird; zudem würde ihn ein Schuss verraten. Aber lachen kann er jetzt und es bricht heiser und gepresst aus ihm hervor, nicht viel anders als wie das Bellen eines Rehbocks. Ist er etwa schon halbwegs zum Tier geworden? Er hätte nichts dagegen, solange ihn Liese nicht flieht; wobei sie ihm wohl eher aus Angst die Treue hält. Ihm ist es egal, wenn sie ihn nur zu sich lässt und ihm das Essen bereitet.

Der Waldboden ist überall von den Jägern und den Hunden aufgewühlt. Adams Seele aber ist glatt und still, weil er sie ganz aus der Nähe gesehen hat, ihre Angst, ihre Unbeholfenheit und das hilflose, blinde Umherspringen der Hunde. Sie werden ihn nicht kriegen. Adam wendet sich nach links, auf eine Quelle zu, setzt über niedriges Gestrüpp, geht über weiche Moospolster und stakst über eine Halde grober Steine, aus deren Mitte sich die Quelle ergießt. Er beugt sich nieder und schöpft mit der hohlen Hand Wasser, herrliches, reines Wasser, wie er es sich in seinem Rattenloch auf dem Schiff erträumte, trinkt und schöpft und trinkt so lange, bis er müde auf einen der Steine sinkt.
„Und, kannst du dir noch vorstellen, dass mich so ein Tollpatsch wie Sator erwischen kann?“, fragt er die Hexe. „Deine Prophezeiung wird sich nicht erfüllen, sage ich dir. Die sind so tumb und blind, dass ich ihnen jederzeit entschlüpfen kann.“ „Blind und tumb bist nur du“, erwidert die Hexe. „Du vermagst nicht den Schleier, der vor deinen Augen liegt, zu lüften, obwohl du viel erlebt hast und so vielen Menschen begegnet bist. Du trampelst wie ein ungefüges Vieh durch dein Leben und bereitest dir einen frühen Tod. Sieh dich noch einmal um, sieh das gelbe Laub und den blauen Himmel, atme den Geruch des Herbstes ein und lausche dem Klingeln der Tannenmeisen. Bald wirst du aus diesem Wald verschwunden sein.“ Adam springt auf und läuft, so rasch er kann, davon, achtet nicht der Zweige, die ihm Gesicht und Hände zerkratzen und der trocknen Äste, die unter seinen Füßen zerknacken; er will nur weg von dieser Hexe und trägt sie doch mit sich. Sie kauert hinter seinem Ohr und flüstert ihm zu, wie bald schon der Tod nach ihm greifen wird, wie sie ihn unter die Erde bringen werden und er dann wirklich zu einem Teil des Waldes werden wird, als verwesender und zu Erde und Wasser zergehender Kadaver. Adam rennt um sein Leben und wirft die unnützen Gewehre der Jagdgehilfen von sich, die ihn im Laufen behindern. Was hätte er lernen sollen von Jensen, dem Matrosen, der ihm Brot und Wasser ins Rattenloch brachte, oder von dem Alten auf dem Ochsen, der zwar

fortwährend auf ihn einredete, den er aber nicht verstehen konnte? Und was von dem hohen Herrn, den er, das Messer an die Kehle gedrückt, aufs freie Feld hinaus führte; außer dass ihm klar wurde, mit welch erbärmlichen Wichten er es zu tun hat? Er schlägt wütend um sich, um das böse Weib zu vertreiben, aber sie hat sich festgekrallt und haucht ihm weiter ihre giftigen Sätze ins Ohr, dass er sich so viel auf sein Leben und seine Gesundheit einbilde, mit seiner Kraft protze, und doch noch nicht einmal ein Kind zustande gebracht habe, und dass ein Biss eines der Köter oder ein kleines Stück Blei genüge, ihn in Fäulnis übergehen zu lassen, oder sogar jetzt, ein Fehltritt und er schlage mit dem Kopf gegen einen der Steinbrocken, dass es ihm den Hirnkasten wie eine Eierschale eindrücke, und dann sei es von dem einen auf den anderen Augenblick aus mit dem Wilderer Adam Hasenstab, dann sei er erst siech und gleich darauf mausetot. Ja, nicht viel anders sei sein Leben, auf das er so große Stücke gebe, wie das von Mäusen oder Ungeziefer, die so nebenbei bei einem Sturzregen oder einem Hagelschlag zu hunderten oder tausenden sterben. So summt die Frau wie eine Hornisse in sein Ohr, und er kann laufen und fuchteln, wie er will, und kriegt sie trotzdem nicht los und hat inzwischen schon die Schlucht erreicht, an deren oberen Ende sich sein Unterschlupf befindet. Erschöpft hält er inne. Er kann die Frau nicht abschütteln, weil er sich nicht abschütteln kann. Sein gefährlichster Feind ist nicht Sator, sondern er selbst. Er selbst ist es, der sich das Leben verdirbt und es aushöhlt und auffrisst. Warum wendet er sich gegen sich selbst? Kein Förster kann ihm, solange er bei Kräften ist, gefährlich werden, da es sich um Tölpel und Angsthasen handelt; aber er, er ist nichts weniger als das, er ist so gerissen und so gierig wie ein tollwütiger Fuchs; er könnte in der Tat sich selber auslöschen. Adam muss vor sich selber auf der Hut sein. Ist das zu verstehen?

Er hebt die Schultern und geht langsam die Schlucht hinauf, zieht achtlos sein Gewehr hinter sich her, ohne die deutliche Spur, die der Kolben hinterlässt, zu verwischen. Er ist müde,

trotz seines Triumphes über Sator. Ein Häher hüpft vor ihm auf den Boden, stochert in der Streu, hebt seinen grauen, glänzenden Schnabel, wühlt wieder im Boden und befördert eine Eichel zu Tage, knickst und fliegt mit klatschenden Flügelschlägen davon. „Du bist mir noch immer eine Antwort schuldig", sagt Adam lahm und blickt dem Vogel so lange nach, bis er verschwunden ist. Der reden soll, schweigt, und die verstummen soll, brabbelt unaufhörlich weiter, erinnert ihn an die Waldmenschen, an ihre behutsame Art mit ihm und den Tieren umzugehen, an den feucht dampfenden, überschwänglich treibenden Wald, aus dem er so rasch wie nur möglich heraus kommen wollte, kein Auge für die üppigen Blüten und die seltsamen Kreaturen hatte.
Ein Glück, dass endlich sein Unterstand vor Adam auftaucht und dass dort schon Liese an der Feuerstelle kniet und sich bemüht, das Holz, das sie gesammelt hat, zu entzünden. Ein wirklicher Mensch wird den Plagegeist an seinem Ohr hoffentlich vertreiben! Und Adam ärgert sich auch nicht, dass Liese viel zu früh bei Helligkeit gekommen ist, obwohl er ihr einbläute, sich erst nach Sonnenuntergang auf den Weg zu machen. Sie ist vergesslich und leichtsinnig, und wer weiß, welch ein Einfall sie heute frühzeitig zu ihm geführt hat. Wie auch immer, er freut sich, sie zu sehen, und nicht nur, weil sie sein Bettschatz ist. „Liese!", ruft er und winkt, und sie steht auf und läuft mit gerafften Röcken zu ihm herunter. Und sogleich ist der Hexe ihr Mundwerk gestopft; zumindest für eine gewisse Zeit. Wie sie ihm so entgegen fliegt, mit lachendem Mund und wehenden Haaren, auf flinken, nackten Füßen ist sie ausschließlich seine Liese, die Frau, die ihm gehört, ihre Untreue ist nicht vorstellbar. Er nimmt sie in die Arme, drückt sein Gesicht zwischen ihre Brüste und wirbelt sie herum, küsst ihren jungen, festen Leib, ihre roten Lippen und trägt sie den Hang hinauf zu seiner Hütte. „Es ist unvorsichtig bei Tag zu kommen", sagt er dann doch. „Ich hatte nichts zu tun und wollte unbedingt zu dir", sie schmiegt sich an ihn wie ein Kätzchen. „Und wie schaut es in

deinem Bauch aus?", fragt er und schiebt seine Hand unter ihre Röcke. Sie zuckt mit den Schultern. „Ich weiß es nicht. Vielleicht", antwortet sie und zieht einen Schmollmund. „Es wird schon werden", sie kratzt mit einem Ast in der kalten Asche. Adam ist plötzlich verstimmt, sieht ihr eine Weile zu und packt schließlich ihren Arm. „Sollte es so sein, dass auch ich mit meinem Stock in kalter Asche wühle?" Sie verfärbt sich und sinkt zu einem kleinen Bündel Stoff zusammen, aus dem ein leises, ersticktes Schluchzen tönt. Adam starrt auf seine großen, von der Sklavenarbeit auf dem Schiff gezeichneten Hände. Ein paar Meisen purzeln aus den Zweigen einer Buche und hüpfen um die verkohlten Holzreste herum, äugen kurz den grimmigen Menschen an, springen weiter, picken, flattern auf und landen gleich wieder. „Ihr seid fruchtbar", flüstert Adam. „Ihr vermehrt euch, nur mir ist es nicht vergönnt." Das Bündel ist still geworden. Natürlich, Lieses Trauer hält nicht lange an. Sie richtet sich auf, wischt sich ein paar Tränen aus dem Gesicht, schnäuzt in ihren Rock und rückt an Adam heran. Ihre blauen Augen leuchten bereits wieder. „Ich kann doch nichts dafür", sagt sie. „Sie kann nichts dafür", sagt da die Hexe an Adams Ohr. „Du hast es eben mehr mit dem Tod als mit dem Leben. Du kannst töten, aber nicht zeugen, sterben, aber nicht hervorbringen. Du bist ein Wilderer, ein Töter. Unfruchtbar wirst du enden, ein verdorrter Zweig, nichts wird bleiben von dir." „Was hast du?", fragt Liese besorgt. „Nichts, ich habe nur ein Geräusch im Ohr. Seit ich monatelang im Rattenloch lag, zirpt und knistert es in meinem Ohr; es hat nichts zu bedeuten", er versucht zu lächeln. Leben? Wo ist das Leben? Hier neben ihm sitzt es. Liese. Er greift nach ihr, zieht sie an sich, warmes Fleisch, Lippen, Zunge, Brüste, Schenkel. Das ist Leben, denkt er, und ich halte es in meinen Händen, spüre es Haut an Haut, und dringe in es vor, dass es vor Glück und Lust japst. Und ich verstünde nichts vom Leben, hat die Hexe gesagt, nichts von Zeugung, geht es ihm durch den Kopf. „So und so und so", keucht er und die gelben Buchen drehen sich um ihn.

„Von wegen, ich hätte es mit dem Tod", sagt er nach geraumer Zeit. „Was meinst du?", Lieses Blick wird starr. „Ach, nichts", er schiebt sich von ihr herunter. „Ich rede nur manchmal mit mir selbst. Wie vorhin schon gesagt, ich lag zu lange alleine in dem Rattenloch auf dem Schiff, da gewöhnt man sich seltsame Dinge an. Hat es dieses Mal geklappt? Was glaubst du?" „Ich denke jedes Mal, dass es anschlägt. Du musst Geduld haben, Adam. Wir haben doch Zeit." Haben sie das? Die Ohrhexe meint etwas anderes. Doch was ist schon auf Geräusche zu geben. Auch das gelbe Laub raschelt, da gerade eine milde Brise durch den Wald läuft. „Ist es nicht schön auf der Welt?", fragt Liese und richtet ihre Kleidung. „Auf alle Fälle. Es lässt sich leben, und im Spessart allemal. Deshalb bin ich auf dem Sklavenschiff nicht gestorben wie so viele andere, bin abgehauen, habe mich durchgeschlagen und bin im Rattenloch weder verreckt noch verrückt geworden, weil ich diesen Wald noch einmal sehen wollte, einen Herbsttag wie diesen, das ziehende Wild, den blauen Himmel, und wollte den warmen Septemberhauch auf der Haut spüren." „Dann solltest du jetzt glücklich sein." „Ich bin es und bin es nicht. Ich finde keine Ruhe, solange solche Strolche wie Sator mit hoch erhobenem Kopf über die Waldwege laufen. Sie müssen geduckt werden, müssen den Staub am Boden schlucken. Erst wenn ich ihn oder einen anderen auf der Erde kriechen sehe, bin ich zufrieden." „Deine Rede gefällt mir nicht, Adam." „Mir gefällt sie selber nicht, aber wenn ich nicht entsprechend handle, komme ich nicht mehr zur Ruhe. Doch jetzt sollten wir essen." „Eine gute Idee. Schau, was ich dabei habe." Sie springt auf und läuft zu ihrem Rucksack, den sie an einen Ast gehängt hat. „Kalten Braten habe ich dabei, frisches Brot und einen Schlauch voller Apfelmost." Triumphierend hält sie alles in die Höhe. „Nur her damit!", Adam entledigt sich seiner Jacke und breitet sie als Decke neben der Feuerstelle aus. Erst lieben, dann zünftig essen, dann schlafen und am Morgen wieder zur Jagd; so muss das Leben sein.

Doch in Adams Herzen frisst ein hungriger Wurm, nagt und saugt ihm die Lebensfreude aus. Daher wird er sich jeden Tag am Weißdornbusch auf die Lauer legen und auf Sator warten. Und falls ihm ein anderer Förster über den Weg läuft, dann trifft es diesen, aber es muss ein Hochgestellter sein, keiner von den Lakaien und armen Hunden, die Adam zwar verachtet wegen ihrer Speichelleckerei, die er aber nicht hasst und deren Tod ihn nicht befriedigen würde.
Liese zerschneidet Brot und Fleisch und reicht Adam den Most, der den Kopf dumm macht, aber vielleicht auch, wie Adam hofft, die Hexe zum Verstummen bringt, seine brummende Schmeißfliege im Gehörgang. Er trinkt in großen Zügen den halben Schlauch leer, Liese nimmt nur einen Schluck. Sie essen und grinsen sich an. „Wenn man hinterher gut isst", sagt sie, „schlägt es auf alle Fälle an." Sie werden es erleben. „Nein", fällt da die Hexe ein. „Du, Adam, wirst es nicht erleben, deine Liese schon, sie wird feststellen, dass es wieder nichts ist, dass aus Asche kein frischer Trieb wird sprießen können. Einer, der so präzise und zuverlässig wie du töten kann, taugt nicht zum Zeugen. Du wirst sterben und von dir wird nichts bleiben als eine schnell verblassende Erinnerung." Sie kichert. „Was wedelst du mit der Hand?", fragt Liese. „Eine Wespe?" „Ich glaube, es war eine Wespe, vielleicht auch eine große Schmeiße", Adam beißt in das kalte Fleisch. Und wie es ihm doch schmeckt und wie fest das Leben in ihm steckt, wie der Stamm einer Eiche in der Erde. Soll die Hexe geifern, wie sie will. Und wie der Most ihm durch die Kehle schäumt. „Nicht alles auf einmal!", ruft Liese und lacht. Ihre weißen Zähne glänzen und unter ihrem Mieder zeichnen sich deutlich ihre Brüste ab. „Siehst du das?", sagt Adam halblaut zu der Hexe. „Ich sehe es, ich kann es greifen, kann es mit dem Mund nehmen. Ich lebe, und wie ich lebe." Liese vergisst zu kauen und sieht ihn an. „Der Most", erklärt Adam. „Ich bin ihn nicht mehr gewohnt." Beruhigt kaut sie weiter.

Doch da mischt sich auch noch der Alte mit dem Ochsen ein, mit dem üblichen unverständlichen Gewäsch. Nach und nach aber versteht Adam einzelne Worte und schließlich ganze Sätze. „Von meinem Ochsen kannst du lernen“, sagt er. „Er ist nicht das dumme Vieh, für den du ihn hältst, er trägt mich mit seiner großen Kraft, und wenn ich traurig bin, trösten mich seine sanften Augen. Er hat keine Launen, ist ein gleichmütiger, unerschütterlicher Freund, ein Tier, natürlich, wie du es schon zu Hunderten getötet hast, dennoch ein Gefährte, der mich in kalten Nächten wärmt. Hast du damals seinen warm dampfenden Leib bemerkt? Seine empfindlichen, feuchten Nüstern, seinen sorgfältig prüfenden Tritt? Er würde niemals mit seinen Hufen einen Menschen verletzen. Hast du das Spiel seiner starken Muskeln gespürt, als du auf seinem Rücken saßest, und hast du seine stattlichen Waffen bewundert, die beiden ausladenden, gedrehten Hörner? Wo hattest du, Adam, deine Augen? Sie glitten von allem ab, du warst nicht recht anwesend, weder auf der großen Straße noch im Wald bei den scheuen Jägern. Du warst weit voraus in deiner Heimat, der du zustrebtest und weit zurück auf dem grausamen Schiff, von dem du geflohen warst. Und nun bist du wieder nicht da, obwohl du alles hast, was du dir gewünscht hast, eine Frau, gesundes Essen, einen herbstlich verfärbten Wald, darüber einen blauen Himmel. Aber ein Abgrund trennt dich von ihnen. Du zermarterst dir deinen Schädel und bist so aufgebracht und außer dir, wie ein verschrecktes Rebhuhn.“

„Adam!“, Liese rüttelt an seiner Schulter. „Was ist dir?“ „Der Most, nur der Most. Komm`, lass` uns schlafen!“ „Es ist aber noch hell.“ „Ich bin müde, lass` mich meinen Kopf in deinen Schoß legen, auf mein weichstes Bett, dort werde ich für ein paar Stunden Ruhe finden.“ Liese beugt sich über ihn und küsst ihn auf die Stirn. So wird sie meinen Leichnam küssen, denkt er und schließt die Augen, würde auch gerne die Ohren verschließen, aber in seinem Schädel summt und seufzt es durcheinander, die Ratten pfeifen und der Alte spricht mit erhobenem Zeige-

finger. Sollte er Recht haben, sollte Adam wirklich so blind und blöde an allem vorbei gelaufen sein auf seinem Weg vom Ende der Welt bis hierher? Hat er verpasst, vertan?
Er drückt seinen Kopf zwischen Lieses Schenkel und allmählich vertreibt ihre Wärme die quälenden Stimmen und das schläfrige Wispern der Meisen wird wieder hörbar sowie das Flüstern der Blätter. „So ist es gut", sagt er leise, und Liese streicht ihn mit kühler Hand über die Stirn. „Hier bei dir kann ich schlafen", er greift in ihr langes Haar, ohne die Augen zu öffnen. Dich, denkt er, habe ich nicht verpasst, dich habe ich. Doch da erfasst ihn eine schreckliche Angst. Hat er nicht von Leuten reden hören, die vor ihrem Tod träumten, dass das Leben an ihnen vorbei gegangen wäre, dass sie alle sich ihnen bietenden Gelegenheiten versäumt hätten? So wie es ihm gerade eben durch den Kopf ging? Nur, dass er nicht träumte, sondern wach lag. Ein Zeichen, dass die Hexe ihm richtig weisgesagt hat, dass er in Kürze ins Gras beißen wird?
Er reißt Liese an den Haaren zu sich herunter und küsst sie wild auf den Mund. „Was spürst du, Frau?", keucht er. „Zwei warme Lippen, eine quicklebendige Zunge. Was willst du hören?" „Schmecke ich wie eine Leiche?" „Was du nur hast. Du schmeckst wie immer, du schmeckst nach Adam." „Lügst du auch nicht?" „Dazu habe ich zu viel Angst vor dir." „Gut so", er lässt sie los. Wenn es ihm im Rattenloch gelungen ist, dem Wahnsinn zu widerstehen, dann sollte es ihm hier in seinem Spessart erst recht gelingen. „Hast du noch von dem Most?", fragt er Liese. Sie nickt verwirrt und reicht ihm den Schlauch. Ein paar Schlucke noch und er wird schlafen können, bequem gelagert auf seinem Himmelbett. Er trinkt glucksend. „Adam", sagt Liese vorsichtig. „Du machst mir Angst." „Es ist auch beängstigend, was mit mir geschieht. Aber ich habe das Sklavenschiff und das Rattenloch überlebt und werde auch daran nicht zugrunde gehen. Mach` dir keine Sorgen. Dir jedenfalls wird, solange du bei mir bist, nichts geschehen. Jetzt will ich aber schlafen", er schließt die Augen und fühlt die samtige Müdig-

keit aufsteigen, die der Alkohol verursacht. Er wird schlafen und für einige Zeit die Stimmen vergessen können.
Der Mond hängt schief am Himmel, als er erwacht. Neben ihm ruht Liese, ihr leichter Atem weht in sein Gesicht. Es ist kalt; sie hätten sich in die Hütte zurückziehen sollen. Doch das bisschen Kälte kann ihm nichts anhaben; mit so etwas kann man ihn nicht aus dem Leben befördern. Noch zwei Stunden bis Sonnenaufgang, schätzt er. An diesem Morgen wird er sich zum ersten Mal am Weißdornbusch auf die Lauer legen, und er weiß, dass Sator kommen wird, heute oder irgendwann. Adam lauscht. Die Stimmen sind verstummt, ein Käuzchen ruft und unten in der Schlucht poltert Rotwild. Vorsichtig erhebt er sich, um Liese nicht zu wecken; sie soll sich ausschlafen. Er hat genug Schlaf, die Wirkung des Apfelweins ist vorbei. Adam dehnt sich, nimmt leise sein Gewehr und geht hart am Rande der Schlucht ins Tal hinunter. Es wird wieder ein schöner Herbsttag werden, auf die kalte Nacht folgt eine milde Sonne. Während seiner langen Reise hat er kein einziges Mal daran gezweifelt, noch einmal einen September im Spessart zu erleben, so rau ihn das Schicksal auch anpackte. Nun ist er hier. „Ich bin hier“, sagt er zu dem Zweig, der über seine Brust streift und ihn mit seinem Tau nässt, und er wiederholt es zu dem Stein, den er unachtsam losgetreten hat und der in die Schlucht hinab rollt. Sagt es und fasst es nicht. Alles ist, als wäre es nicht. Doch es wird sich ändern, dann nämlich, wenn er Sator in den Staub geschossen hat, wenn sich der wälzt, wenn er zuckt und mit den Beinen schlägt wie eine getroffene Sau. Vielleicht heute schon.
Ein Tier flüchtet vor Adam, wahrscheinlich ein Fuchs. Dir tue ich nichts, denkt Adam, bin so wie du, bin selber ein böses Raubtier und gebe mich erst zufrieden, wenn ich getötet habe. Ich bin Ratte und Fuchs zugleich und außerdem auch ein kleiner Teufel. Sator wird es zu spüren bekommen. Bald schon, heute schon, wenn ich Glück habe. Trotz der Dunkelheit findet er mühelos seinen Weg, weil er den Wald kennt und weil der Mond sein Licht ausgießt, obwohl er mit schiefem Grinsen am

Himmel baumelt. Weit weg bellt ein Hund, jenseits des Hügels in Schollbrunn. Die paar wenigen Dörfer im Spessart sind nicht mehr als kleine Unterbrechungen im unendlichen Wald, in dem sich Adam bis an sein Lebensende verbergen könnte, zumindest solange er stark und gesund ist; und an diesem Tag, möglicherweise ist der Most daran Schuld, fühlt er sich ausgesprochen prächtig. Wehe, wenn ihm Sator heute über den Weg läuft.
Inzwischen ist er dem Kropfbachtal nahe gekommen und er muss sich nun langsamer und möglichst leise vorwärts bewegen, denn es könnten Jäger auf Wild ansitzen. Aber Adam kennt diese Stellen und umgeht sie weitläufig und lacht lautlos, weil sie ihn nicht erwischen werden, weil er in diesem Wald der Meister ist. Nun steht er am Waldrand, vor ihm glänzen die taunassen Wiesen des Kropfbachtals im Mondlicht. Hier wird es passieren. Adam lehnt sich an einen Baumstamm und betrachtet den hell schimmernden Weg, der durch das Tal läuft, die dunklen Schäfte der Buchen und den blinkenden Sternenhimmel. Bald, so hofft er, wird er wieder seine Freude an dem nächtlichen Tal haben; noch aber ist für ihn alles nichts sagend und ohne Bedeutung. Dort, wo der Weg eine Biegung nach links macht, steht der Weißdornbusch, an dieser Stelle wird es geschehen. Zwei Rehe schreiten auf die Wiese heraus und heben die Köpfe, um Witterung zu bekommen. Adam lächelt, ihn kann kein Tier wahrnehmen, denn er riecht wie sie, wie Erde und Laub, wie modrige Streu; er ist einer von ihnen. Beruhigt senken die Rehe ihre Häupter und beginnen zu grasen. An diesem Morgen lässt sie Adam in Frieden, sie sollen sich, anders als er, ihres Lebens freuen.
„Nun hast du es“, flüstert die Hexe in seinem Ohr. „Nicht nur, dass deine Tage gezählt sind, sie sind dir auch ganz und gar vergällt; ein kurzes, mieses Leben.“ „Es wird mir zum Guten umschlagen“, antwortet Adam leise. „Denn wenn ich diesen Sator erlegt habe oder einen anderen dieser Sorte, dann wird mein Leben wieder ein Fest sein, so wie ich es mir im Rattenloch oder vorher als Gefangener auf dem Schiff erträumte.“ Eines der

Rehe spitzt die Ohren; Adam war doch zu laut gewesen. Oder gilt die Unruhe der Tiere dem Hund in Schollbrunn, der den Mond anbellt? „Und außerdem“, Adam ist mit der Hexe noch nicht fertig, „ein mieses Leben ist auch ein Leben, besser irgendeines als keines.“ „Deines ist dreckig und kurz. Du haust im Wald wie ein Dachs und riechst auch so, du wirst gejagt und kannst dich aus den Bäumen nicht mehr hervorwagen, dein Weib ist eine leichtsinnige Metze und dich quälen Stimmen. Es ist ein schäbiges Leben, das du führst, Adam.“ Hat sie Recht? Adam nagt an seiner Unterlippe.

Die Rehe überqueren langsam die Wiese, im Mondlicht glimmt ihr Fell silbergrau. „Wie schön“, sagt Adam, ohne es zu empfinden. Der missmutige Mond schaukelt bereits dicht über den Wipfeln der Bäume, bald wird es Tag werden. Adam fröstelt und zieht die Jacke fester um sich. Lange genug hat er inzwischen den Weißdorn beobachtet und ist nun sicher, dass sie ihm dort keine Falle stellen, denn so lange wie er kann sonst keiner still stehen. Sollten sich in der Nähe wirklich Jäger versteckt haben, dann hätten sie sich längst durch ein Geräusch oder eine Bewegung verraten, Stümper, die sie allesamt sind. So bewegt sich Adam aus dem Dunkel des Waldes auf die helle Wiese hinaus, blickt zum Mond hinauf, dessen säuerliches Lächeln ihn an Hofmann erinnert, den er im Grab den Stiefelabsatz ins Herz gedrückt hat, und geht auf den Weißdorn zu. Ein Rascheln verrät ihm, dass die Rehe flüchten. Einige Meter vor dem Busch liegt ein vermoderter Stapel Holz, der wahrscheinlich als Brennholz für eine hochherrschaftiche Jagd gedacht war, nicht gebraucht und später vergessen wurde. Dass ihn die armen Bauern gut hätten gebrauchen können, interessiert niemand. Es wird Zeit, denkt Adam, dass ich ihnen eins aufbrenne, dass ich einen von ihnen wie eine wilde Sau abknalle, dann wird mir besser sein.

Er klopft sich den Tau von den Hosenbeinen und setzt sich auf das morsche Holz. Von hier aus wird er nicht fehl schießen, wenn Sator am Weißdorn vorbei kommt. „Sein Leben ist kurz,

nicht meines“, sagt er zu der Hexe, „geht vielleicht heute schon zu Ende, meines dagegen wird aufblühen, und ich werde wieder sehen und fühlen und nicht mehr wie taub und blind durch den Wald laufen, und der pelzige Geschmack auf der Zunge wird endlich weichen, dass ich Liese wieder schmecke und den Wildschweinbraten und den Most.“ „Du wirst Erde und Blut schmecken“, raunt die Hexe. „Ach, was“, Adam kauert sich auf den Boden nieder und legt das Gewehr an. Niemals wird er von hier aus daneben schießen. Allmählich aber muss er sich in einen der faulen Holzprügel verwandeln, denn bei Tagesanbruch ist mit Sator zu rechnen. Ab jetzt wird er sich jeden Morgen hier einfinden und warten, da Sator Adams Ankündigung, ihn hier an diesem Weißdorn zu erwarten, nicht unberührt lassen wird.
Jemand kommt, Adam sinkt zusammen. Von rechts, von der anderen Seite, Schritte eines Menschen, noch ein gutes Stück entfernt. Adam kriecht geräuschlos unter das Holz und schiebt sein Gewehr in das welke Herbstgras, damit ihn der blinkende Lauf nicht verrät. Die Schritte zögern und setzen aus. Was ist das? Nun ist es still. An Geduld bin ich dir auf alle Fälle überlegen, denkt Adam und starrt in das sich langsam lichtende Dunkel; über den Wiesen haben sich Nebelschleier gebildet. Jetzt läuft der Mensch weiter, mit kurzen, schnellen Schritten, nähert sich rasch. Kein Mann geht so, nur ein Kind oder eine Frau. Liese. Es kann nur Liese sein. Was will das verdammte Weib hier? Da ist sie schon, nicht viel mehr als ein Nebelstreifen, die Röcke wehen, da sie fast rennt und sich nach allen Seiten umsieht, als suche sie jemanden. Ihn, wen sonst. „Weib!“, ruft er. „Was willst du hier?“ Sie schrickt zusammen, dann springt sie erfreut auf ihn zu, der sich erhoben hat. „Ich will dich!“, keucht sie. „Habe so schlecht, so wirr und finster geträumt.“ Und sie liegt schon an seiner Brust. „Was hast du geträumt?“, will er wissen. „Nichts Gutes, es war durcheinander, alles dunkel und bedrohlich und Geschrei und Gelächter. Ich bin aufgewacht, und du warst nicht mehr da, also habe ich dich gesucht.“ „Du sollst mir doch nicht nachgehen, Närrin“, schimpft er. „Wir schreien hier

herum, wo jeden Augenblick ein Förster auftauchen kann. Komm` hinter den Holzstoß und beruhige dich. Ein Traum, wie kann dich ein Traum derart verstören? Du bist kein Kind mehr." Sie schüttelt den Kopf und lässt sich von ihm hinter den Stapel zerren. „Du musst wieder zurück", sagt er nun leise. „Solange es noch nicht ganz hell ist, musst du wieder im Wald verschwunden sein." „Lass` mich nur noch ein paar Augenblicke bei dir sein, bis ich mich gefasst habe", sie drängt sich an ihn.
„Es sieht nicht gut aus für dich", flüstert die Hexe. „Die bösen Zeichen mehren sich." „Gerede", sagt Adam laut. „Soll ich jetzt gehen?", fragt Liese. „Nein, bleib`", antwortet Adam. „Ich werde es umdrehen", sagt er noch und presst Lieses zerbrechlichen Leib an sich. „Wir werden heute feiern." „Du bist so seltsam geworden", flüstert Liese. „Weil mir seltsame Dinge geschehen sind und noch geschehen. Aber ich werde mich wehren. Wenn es hell ist, gehen wir, du und ich, nach Schollbrunn hinauf und setzen uns ins Wirtshaus." „Aber wenn dich jemand erkennt?" „Ich ziehe mir die Kappe tief in die Stirn. Außerdem habe ich den Leuten dort oben schon manches erlegte Reh an den Türpfosten gehängt. Die sind mir also wohl gesonnen." „Du bist mir unheimlich." „Das wundert mich nicht. Wer lange im Rattenloch liegt, kommt als anderer Mensch von dort wieder hervor. Damit musst du leben." „Ich strenge mich an." Das will er ihr auch geraten haben und drückt sie noch fester an sich, während er mit der freien Hand über ihren flachen Bauch fährt und zu ertasten versucht, ob sich unter der glatten Haut Leben regt. „Noch nichts", flüstert er. „Wer weiß", sagt Liese. „Es dauert ein paar Wochen, bis man es spürt." Umso fester zieht er sie an sich, dass Liese vor Beklemmung zu strampeln beginnt. „Du schnürst mir die Luft ab", stöhnt sie. Er lässt sie los.
Alles festhalten, denkt er, alles an sich reißen, die Zweige des Weißdorns wie den Körper seiner Frau und den milden Morgenhauch, der das Tal herunter weht und den er mit offenem Mund in sich trinkt. Nichts auslassen! Er packt sein Gewehr und

schüttelt es gegen den silbernen Streifen, der sich zwischen den Bäumen nach oben auszuweiten beginnt. Bald werden sie die Wärme der Sonne spüren. Die ersten Vögel machen sich bemerkbar, noch sind nur wenige nach Süden davon geflogen. Noch ist nichts passiert.

„Komm` jetzt!", er hilft Liese auf. „Wir haben ein tüchtiges Stück Weg vor uns." Sie lässt alles willenlos mit sich geschehen, tapst neben ihm über die klitschnasse Wiese und starrt schweigend vor sich auf die blitzenden Tautropfen. Ein verspäteter Waldkauz streicht lautlos über sie hinweg und wendet ihnen sein großäugiges, erstauntes Gesicht zu. Adams trübe Gedanken sind wie weggewischt, heute will er ein Fest feiern, und mit gutem Grund. Er hat ein Weib, wenn auch eines mit flachem Bauch, er hat Sator an der Nase herum geführt und wird ihn zweifelsohne in den nächsten Tagen abschießen wie einen Rehbock, er hat sein Zuhause wieder, den Spessart, und das Wetter ist klar und mild, wie er es liebt. Und deshalb liegt die Hexe mit ihrer Nörgelei daneben. Adam hat alles sicher in der Hand.

Sie tauchen in den Wald. Nichts mag Adam lieber als aus offenem Gelände in den Wald einzudringen, in die geheimnisvolle, grüne Dämmerung. Selbst jetzt, da das Tageslicht noch schwach ist, berührt ihn das bräunliche Licht unter den Bäumen. Ja, es geht ihm wirklich besser, da sie den sanft ansteigenden Hang hinauf gehen, der steigenden Sonne und ihrem immer gelber und wärmer werdenden Licht entgegen. Nach und nach entfalten sich auch die Farben des Laubs, gelb, braun, orange, rot, und das Schwarz der Buchenstämme wird tiefer und der Boden gefleckt und gesprenkelt. „So und so und so", spricht Adam vor sich hin. „So will ich es haben. Wo standen mir bisher die Augen?" „Ich weiß nicht mehr, mit wem du redest, Adam", sagt Liese. „Mit mir oder mit dir selbst?" „Immer mehr mit mir selbst. Doch mache dir nichts draus. Bald werde ich mich beruhigt haben." Nun schiebt die aufgehende Sonne ihre Lanzen aus Licht durch das Laubwerk der Bäume. So ist es gut, denkt Adam und blinzelt hinauf, auch wenn ihm die Augen schmerzen. Die Sonne kann er nicht festhalten, aber er kann ihr Licht und ihre Wärme mit der Haut aufsaugen. Alles mitnehmen, heute will es ihm gelingen, heute ist er angekommen. „Was hast du nur?“, Liese sieht ihn von der Seite an. „An diesem Morgen habe ich endgültig das Rattenloch verlassen“, sagt Adam, nimmt Liese auf seine Arme und trägt sie lachend vor sich her und fragt sich dabei, wie so ein Leichtgewicht jemals ein Kind gebären soll. Doch das soll ihn im Augenblick nicht beschäftigen, dieser Tag ist ein Festtag, ein Festhalte-Tag und daher verlangt es ihn danach, Liese fortwährend zu spüren, sie anzufassen, sie zu umarmen. Nebenher reißt er Laub von den Zweigen, zerreibt es zwischen den Fingern, um den bitteren Geruch zu riechen. „Alles, alles“, schreit er übermütig und schwenkt seine Liese. „Wird es gut gehen?“, ruft sie ängstlich. Plötzlich lässt er sie fallen, packt sein Gewehr und gibt einen Schuss in die Luft ab. Dumpf rollt der Knall den Hang hinunter. „Was tust du?“, jammert Liese. „Sie sollen wissen, wer da zu ihnen kommt!“, schreit Adam überschwänglich. „Nämlich der Johann Adam Hasenstab!“ Schnell hängt er sich das Gewehr wieder über, reicht Liese die Hand und schiebt sie lachend vor sich her, mit seinen von der schweren Arbeit auf dem Schiff zerfurchten Pranken ihre Schultern knetend. „Nur immer weiter“, treibt er sie an. „Heute trinken wir Wein, goldenen Wein und keinen armseligen Most wie gestern und Braten wollen wir essen, Wildschwein; am liebsten das vom Wilderer Hasenstab erlegte“, er lacht lauthals. „Wildererbraten schmeckt am besten.“ Liese stolpert über einen Ast, stürzt und hält sich wehklagend den Fuß. „Es wird nicht gewinselt“, mit einem Griff zerrt sie Adam wieder hoch. „Aber es sticht in meinem Fuß“, jammert sie und humpelt an seiner Hand mühsam neben ihm her. „Nur eine Kleinigkeit, die unsere gute Laune nicht stört“, knurrt Adam. „In ein paar Tagen kannst du wieder springen und tanzen. Tanzen! Wir werden tanzen. Der alte Johann Glaab soll uns mit seiner Fiedel aufspielen, einen Ländler. Liese, wir werden tanzen!“ Sie zieht ein grämliches Gesicht. „Was schaust du so traurig? Dein Mann ist fröhlich!“ Und die Sonne lacht durch die Lücken im Blattwerk. Silberne Fäden schweben glitzernd in der sich erwärmenden Luft, und Adam ist so wohl ums Herz, dass Lieses bittere Miene seine Laune nicht trüben kann; nichts ficht ihn an, nicht einmal die Hexe in seinem Ohr, die von Totentanz brabbelt, von der Raserei vor der Hinrichtung. Er hört sie und hört sie nicht.

Hinauf geht es durch den lichten und Licht durchfluteten Wald nach Schollbrunn, das tatsächlich, wie kaum ein anderes Spessartdorf, oben auf der Anhöhe liegt, ein Ort, wie geschaffen, um dort ein Fest zu feiern. Aufgeregt flattert vor ihnen ein Häher, und Adam wird klar, warum er damals vergeblich auf eine Antwort von ihm wartete. Es ist nämlich, anders als die Hexe meint, noch nicht ausgemacht, was mit ihm passiert, er kann das Schicksal noch zu seinen Gunsten wenden, deshalb würgte und keckerte der Vogel auch so qualvoll, als ihn Adam mit seiner Frage anging. Und wenn einer sein Los zu seinen Gunsten drehen kann, dann einer wie Adam, auf dem das Leben aufgepfropft ist wie ein Mistelzweig auf einem Apfelbaum, einer, den weder das Sklavenschiff noch das Rattenloch umbringen konnte, der dem Wahnsinn widerstand und nur einen Hörschaden davontrug, an den er sich gewöhnen wird. Und daher soll Liese jetzt nicht über ihren wehen Fuß klagen, sondern sich beeilen.

Zwischen den Bäumen sind schon die geduckten Dächer des Dorfes zu erkennen, aus einigen Kaminen kräuselt grauer Rauch. Das größte Gebäude in der Mitte ist das Wirtshaus. „Du wagst zu viel“, sagt Liese. „Wovor soll sich ein Teufel fürchten?“, fragt Adam zurück. Liese blickt auf den Boden und schweigt. Die Antwort aber gibt ihm die Hexe. „Ein halber Teufel wie du hat nichts weiter als sein dreckiges Leben und das ist so empfindlich wie ein Grashalm, den man so nebenher umknickt. Was dich am Leben hält ist nur ein Weniges, das ein jeder auspusten kann. Fürchte dich, Adam!“ Nein, heute fürchtet er sich nicht, nicht vor Hexen und schon gar nicht vor Förstern; heute wird er auf den Putz hauen.

Sie haben den Waldrand erreicht, jenseits einiger abgeernteter Felder und Wiesen, mit den weißen und braunen Flecken einer Hühnerschar, liegt der Ort. „Jetzt sind wir gleich da. Im Gasthaus kannst du deinen Fuß pflegen“, sagt Adam, zieht seine Filzkappe aus der Jackentasche und setzt sie sich auf. Liese murmelt ein Gebet, während er sie an der Hand nimmt und mit sich führt. Sie biegen auf einen Weg ein, der die Felder durchschneidet und geradewegs zum Dorf hinauf läuft. „Ich war schon lange nicht mehr auf einem Stuhl und an einem Tisch gesessen“, sagt Adam, „bin seit Wochen wie ein alter Dachs im Wald umher gekrochen; es wird Zeit, dass ich wieder einmal für ein paar Stunden wie ein Mensch lebe. Und Wein werde ich trinken, aus einem funkelnden Glas, und für dich werde ich einen süßen und scharfen Likör bestellen. Liese!“, er strahlt sie an. Doch Liese murmelt mit blutleeren Lippen ihre Litanei, über ihren wehen Fuß und die Gefahr, in die sie sich begeben. „Du forderst es heraus“, flicht sie rasch in ihr eintöniges Gebrabbel ein. Wer oder was ist *es*? Was soll das sein, das er nicht herausfordern soll? Was meinen die Leute, wen meinen die Leute, wenn sie so reden? Den Sator jedenfalls nicht. Das Schicksal? Aber was ist das? Gott? Den hat Adam abgeschafft, als er im Rattenloch faulte und in Ketten im Unterdeck des Sklavenschiffes schmorte. Wen also soll er fürchten? Höchstens den Teufel. Aber zu dem will er sich selber machen und ist auf dem besten Wege dazu. „Den Tod, den Tod“, flüstert da die Hexe. Aber den sieht Adam noch weit entfernt, sieht ihn nur als einen undeutlichen, fernen Schemen, der ihn noch nichts angeht. Ganz anders Sator, dem folgt er dicht auf den Fersen.

Auf einem Acker hackt ein alter Mann in der zähen Erde, als er die beiden bemerkt, hebt er nur kurz den Kopf und wendet sich dann wieder seiner Arbeit zu. Die Hühner laufen gackernd umher und beäugen sie unter ruckartigen Kopfbewegungen. Aus einer Schmiede tönen erzene, glockenhelle Schläge und mit einem lauten Platsch schüttet jemand Wasser auf die Dorfstraße. „Lauf' anständig!“, Adam gibt Liese einen gutmütigen Stoß

gegen die Schulter. „Die Leute sollen staunen, wer da aus dem Wald zu ihnen kommt." Ein weißhaariger Frauenkopf streckt sich aus einer Türe und verschwindet. Wie schön wieder einmal in einer menschlichen Siedlung zu sein, denkt Adam. In einem Schuppen wird Holz für den Winter gehackt und ein rotgesichtiger Mann fährt mit einer Karre Mist aus seinem Stall. Er bleibt stehen und betrachtet die Herankommenden. „Ist das Wirtshaus schon offen?", fragt ihn Adam. Der Mann hebt stumm die Schultern. „Sie reden erst, wenn ich ihnen Fleisch bringe", sagt Adam zu Liese, aber laut genug, dass ihn der Mann versteht. „Sie sind misstrauisch hier wie alte Krähen. Aber ich werde sie schon auftauen."
Die Läden des Gasthauses sind noch verschlossen. Adam tritt an die Tür heran und klopft mit seiner breiten Faust an das schwarz verwitterte Holz. „He da, Wirt. Mach` auf. Uns dürstet. Wir brauchen Wein. An Geld fehlt es uns nicht." Da niemand antwortet, donnert Adam noch einmal mit der Faust gegen die Tür. In einigen Fenstern in der Nachbarschaft erscheinen neugierige Köpfe. „Ich lade euch alle ein!", ruft Adam und dreht sich um die eigene Achse. Endlich wird die Wirtshaustür geöffnet, der Wirt hält ihm sein unausgeschlafenes Gesicht hin. „Was wollt ihr?" „Das fragst du. Bist du nicht ein Gastwirt? Lass´ uns eintreten, damit wir feiern können, tisch´ uns auf, was du zu essen und zu trinken hast", Adam klopft klingelnd an seine Weste, unter der ein mit Geldmünzen gefülltes Säckchen steckt. „Ich kenne dich", sagt der Wirt, dessen Miene sich beim Klang der Münzen aufgehellt hat. „Aber es ist noch früh am Morgen." „Was soll das uns?", Adam schiebt ihn beiseite und zieht Liese hinter sich her in den dunklen Gastraum, in dem noch die schale Luft der Nacht steht. Eigenhändig, ohne sich das Einverständnis des Wirtes zu holen, klappt Adam die Läden auf, sodass das Sonnenlicht und die frische Herbstluft hereinströmen können. „Hier am Fenster ist der beste Platz, Liese. Komm` setz` dich zu mir. Der Wirt wird uns bald zu essen und zu trinken bringen." „Jetzt um diese Zeit?", der Mann hebt ratlos die Arme. „Diese

Zeit ist genau richtig, weil mir danach ist, und meine schwangere Frau – sie ist es, obwohl man noch nichts sieht – braucht kräftiges Essen und einen Schluck Wein, damit das Kindchen gesund und stramm wird. Also Alter, beeile dich. Wir zahlen gut, dafür musst du uns was Ordentliches auf den Tisch bringen." Der Wirt schlurft in die Küche und ruft nach seiner Frau, der Hasenstab sei da und fordere Essen und Wein. „Da hast du es", flüstert Liese. Ihr sonst bleiches Gesicht ist in der warmen, dumpfen Luft rot angelaufen. „Jeder kennt dich hier. Und wenn nun einer los geht und dem Sator Bescheid sagt?" „Die hier mögen den so wenig wie ich, keine Angst. Und außerdem habe ich ja noch mein Gewehr." „Es wird mit dir nicht gut enden, Adam." Diese Worte könnten auch von der Hexe oder dem Pfaffen stammen, beide schweigen aber.

Adam haut mit der flachen Hand auf die Tischplatte. „He Wirt, was ist mit dem Wein? Schaff' an! Uns brennen die Kehlen. Und ruf' den alten Johann, er soll mit seiner Geige hier aufkreuzen, denn ich will mit meiner Frau tanzen. Also, schick` dich. Geduld habe ich nur, wenn ich auf Wild ansitze." Drei neugierige Bubengesichter tauchen in einem offenen Fenster auf und grinsen verlegen, als Adam sie entdeckt und flüstern sich aufgeregt zu. „Endlich passiert hier was, Kinder, kommt nur herein, vielleicht fallen für euch auch ein paar Brocken ab!", ruft Adam. Die Köpfe verschwinden, und einen Augenblick später steht das kleine Trüppchen, kichernd und sich gegenseitig schubsend, in der Tür. „Wir dürfen nicht herein", wagt schließlich einer zu sagen. „Na, dann wartet dort und schaut euch gut an, was heute geschieht", Adam winkt ihnen fröhlich zu.

Da eilt auch schon der Wirt mit einem Krug und zwei Bechern herein, stellt sie auf den Tisch und schenkt ein. „Ein guter Wein ist das", sagt er, „der beste, den ich habe, von Homburg, drüben am Main." „Mir gleich, Hauptsache, er schmeckt", Adam ergreift die zwei Becher, reicht einen Liese und stößt mit ihr an. „Auf deinen Bauch, Weib!", lacht er und leert seinen Becher in einem Zug. „Nicht schlecht", er schnalzt mit der Zunge. „Und nun, hol` den alten Johann herbei, der Wein gießt mir Feuer ins Blut, mich verlangt zu tanzen." „Er schläft noch, vor Mittag steht er nicht auf. Er ist schon alt und schwach", sagt der Wirt und senkt den Kopf. „Lass` deinen Nacken gerade, Mann!", herrscht Adam ihn an. „Ich mag Bücklinge nicht sehen. Wo hat der Johann Glaab seine Kammer?" „Oben, unterm Dach." „Na, dann werde ich ihn aus seinem Bett heben, du wirst es sehen. Noch einen Schluck Wein", er gießt sich den Becher erneut voll und trinkt ihn wieder leer. „In diesem Wein steckt wirklich Leben", sagt er noch vor sich hin, springt auf, rempelt den Wirt gegen die Tischkante und marschiert mit langen Schritten hinaus in den engen Flur zu der leiterartigen Treppe, die nach oben führt. Gewandt klettert er hinauf und stößt die Klappe auf.

Unter einem vergilbten Bettenberg, der fast die gesamte Kammer ausfüllt, lugt das spitze Gesicht des alten Glaab hervor, sein schnarchender Mund bildet ein schwarzes Loch. Auf den Dachziegeln rucken und trippeln die Tauben. „Hier also hast du dich vergraben", Adam tätschelt die Wangen des Alten. „Auf mit dir, wir brauchen dich, wir wollen tanzen." Der alte Mann schrickt zusammen und sein Mund erweitert sich zu einem tiefen Schlund. „Wer bist du in drei Teufels Namen, dass du mich aus dem Schlaf reißt?", lallt er. „Ich bin der und der, das tut nichts zur Sache. Aber jetzt heraus aus den Federn", Adam kippt die muffige Bettdecke auf den Boden; darunter kommt ein fleischloses Knochengestell zum Vorschein, das nur notdürftig mit einem kurzen Nachthemd bedeckt ist. „Überfall!", kreischt der Alte und strampelt mit seinen dürren, von Altersflecken bedeckten Beinen. Adam presst ihm die Hand auf den Mund, und der Mann wird sofort starr, nur seine Augen fahren wie gefangene Ratten in ihren Höhlen hin und her. „Ich bringe dir Wein herauf, wenn du jetzt das Maul hältst", Adam lässt ihn los, wartet, ob der Alte auch wirklich Ruhe gibt und rasselt dann wieder die Hühnerleiter hinunter.

Unten drängen sich bereits einige Leute mehr in der Türöffnung, grinsen verlegen, einer hebt grüßend die Hand. Adam kennt sie

nicht, und egal sind sie ihm sowieso. Er eilt zu seinem Tisch, wo Liese ihn zusammengekauert und mit angstgeweiteten Augen entgegen sieht, und nimmt den Weinkrug. „Der Alte braucht eine Kräftigung“, wirft ihr Adam hin, ist schon wieder an der steilen Treppe und balanciert den Krug hinauf in Glaabs Kammer. „Hier, mein Freund, zum Wachwerden“, er drückt dem Mann den Krug an die welken, bläulichen Lippen, und der schlürft begierig, sich Kinn und Brust nässend, ein beträchtliches Quantum in seinen mageren Greisenkörper hinein. „Brav, Johann, brav. So wird es noch etwas werden heute Morgen mit uns beiden.“ Aber da bäumt sich der Alte unter einem heftigen Hustenanfall auf und schlägt Adam dabei den Krug aus der Hand, der polternd auf die Dielen schlägt und den Rest des Weins von sich gibt. „Bist nichts mehr Gutes gewohnt, was?“, Adam haut dem Mann kräftig auf die Schulter. „Jetzt zieh` dich an. Wir sind ungeduldig, meine Frau und ich.“ Adam umklammert mit beiden Händen die dünnen Oberarme des Mannes und zerrt ihn aus dem Bett. „Beeil` dich, wir haben nicht ewig Zeit“, sagt er noch, überlässt den Greis sich selbst und klettert wieder über die Stiege in den Gastraum hinunter.
„He, Adam!“, ruft ihm einer der Gaffer zu. „Was hast du vor?“ „Das geht dich nichts an.“ Aber da er jetzt aus der Küche das Aufzischen des Bratfetts hört, lacht Adam dröhnend und schreit: „ Liese, unser Braten wird geschmort. Der Johann ist gleich so weit, und wenn wir gegessen haben, drehen wir uns, bis wir das Glück nicht mehr aushalten…“ Er stockt, weil ihn seine Worte nachdenklich machen. Das Unglück, das man über ihn verhängte, hat ihn zwar zu einem anderen gemacht, aber es hat ihn nicht untergekriegt. Was nun das Glück, das er auf sich zuströmen fühlt, mit ihm anstellen wird, ist noch nicht entschieden.
Er setzt sich neben Liese und drückt sie an sich. „Was schaust du so ängstlich, mein kleines Vögelchen?“ „Die Leute“, flüstert sie. „Ich will nicht, dass uns die Leute zugucken.“ „Lass` sie, sie können uns nichts anhaben und nichts wegnehmen. Ein paar von denen verdanken mir übrigens so manche kräftige

Mahlzeit. Es sind, wenn man so will, meine Freunde. Oder, du da!", er deutet auf einen. „Du bist doch mein Freund?" Der Angesprochene beeilt sich zu nicken. „Freilich, Adam, ich bin dein Freund, was sonst?" „Was sonst?", fährt Adam auf. „Du könntest auch mein Feind sein, oder mein Verräter, das aber würde ich dir nicht raten!" „Das musst du auch nicht befürchten", der Mann ist ganz zappelig geworden. „He Wirt!", brüllt nun Adam. „Wann kommt unser Essen?" „Es ist schon so weit!", ruft es aus der Küche zurück. „Jetzt geht es ans Essen, Feiern und Trinken, und danach verkriechen wir uns wieder im Wald und schauen zu, dass dein Bauch dick wird", sagt Adam leise. Liese nickt. Die Aussicht auf gebratenes Fleisch hat sie belebt und ihr Gesicht gerötet. „Das Fleisch wird dir besonders gut tun", Adam tätschelt Lieses immer noch zu flachen Bauch.

Auf einem Holzbrett bringt der Wirt das dampfende Fleisch herein, stellt es auf dem Tisch ab und zerteilt es mit einem Messer; seine Frau kommt mit Brot und einem weiteren Krug Wein. „So ist es recht", Adam küsst Liese auf den Mund. „So muss es sein, Fleisch und Wein und ein weicher Weibermund." Sie machen sich über das Essen her. Die Leute an der Tür beobachten sie schweigend. Adam isst schnaufend und hastig, so als fürchte er, dass ihm einer das Fleisch wegnehmen könnte, dabei ist das einzige, was man ihm stehlen könnte, sein Leben. Er haut mit der Faust auf den Tisch. Das wird nicht passieren, so feist und drall sitzt in ihm das Leben; und das Fleisch, das er verschlingt, wird es noch weiter mästen. „Nur rein damit", sagt er zu Liese. „Dein Bauch muss stark werden."

Es ist ein Hirschbraten, was ihnen der Wirt vorgesetzt hat, kräftiges Muskelfleisch; vielleicht sogar von dem Tier, das Adam geschossen hat, um Sator bis ins Knochenmark zu erschrecken und um ihm deutlich zu machen, mit wem er es zu tun hat. Umso besser schmeckt Adam nun das Fleisch. Auch Liese lässt es sich schmecken. Fleisch, Brot und Wein, wann gibt es ein solches Festessen?

Der alte Johann tappert herein, das Gesicht hochrot erhitzt vom ungewohnten Weingenuss, in der zittrigen Hand hält er die Geige. „Hock` dich her zu uns“, Adam deutet mit dem Messer auf den Platz neben ihm. „Wir schmausen noch, du kannst solange Wein trinken.“ Adam schiebt ihm den Krug hin und Johann greift sogleich gierig danach, setzt ihn an seine blauvioletten Lippen und lappt wie eine Katze in kurzen, eiligen Schlucken den Wein in seinen klapprigen Leib. „Nur tüchtig getrunken, Alter, umso besser kannst du dann nachher aufspielen“, Adam wischt sich die fettigen Lippen. „Willst du auch einen Happen?“ Er hält Johann ein aufgespießtes Bratenstück vor die Nase. „Nein, nein, mir genügt der Wein“, der Alte kichert und malt mit dem Finger in einer Weinpfütze auf dem Tisch.
Erschöpft lehnt sich Liese zurück. „Ich kann nicht mehr.“ Doch Adam hat noch lange nicht genug, schenkt sich Wein nach und nimmt sich das nächste Bratenstück. Dieses Stück Fleisch esse ich für die Zeit im Rattenloch, als ich den salzigen Dielenboden leckte und den Dreck der Ratten fraß, denkt er, und den Wein trinke ich für Igor, meinem Kameraden vom Sklavenschiff. „Prost!“, schreit er, dass die Leute an der Tür zusammenfahren. Lange genug hat Adam nur Wasser gesoffen, heute an seinem Festtag muss es Wein sein.
Johann schraubt und zupft an seiner Geige und streicht prüfend mit dem Bogen über die Saiten, ein feiner, aber wackeliger Ton schwingt durch den Raum. Das Getuschel an der Tür erstirbt und die Leute spitzen die Ohren. Aber Johann ist noch nicht so weit, er greift nochmals nach dem Weinkrug und nimmt zwei schnelle Schlucke, hebt lauschend den Kopf, als störe ihn irgendein Geräusch, zieht dann jedoch kräftig den Bogen über den gespannten Darm, dass eine feurige Melodie aufklingt. Sofort wirft Adam sein Messer hin und starrt in die Luft, als könne er dort mit den Augen die beschwingte Weise erfassen. „Das ist unser Lied“, sagt er leise zu Liese und fasst sie um die Taille. „Ich glaube“, wehrt Liese ab; „ich habe zu viel gegessen.“ „Nein, nein, aus dem Essen und dem Wein wird uns ein Tanz!“,

ruft Adam. „Und was für einer.“ Johann nickt zustimmend, während er schwankend aufsteht und sogar ein paar Tanzschritte versucht. „Sieh´ den Alten“, Adam ist aufgestanden und hat Liese mit hoch gerissen. Mit der Faust versucht er den Takt des Liedes auf die Tischplatte zu klopfen. „Das ist mein Fest“, flüstert er Liese heiß ins Ohr. „Das wird mir keiner verderben.“ Sie schließt die Augen und lässt sich von ihm auf die freie Fläche zwischen den Tischen führen. Auch von dir nicht, Hexe, denkt Adam, gerade dir und den anderen Flüsterern und Nörglern werde ich es beweisen; das Fest hat heute begonnen und wird so schnell nicht enden, so schnell nicht. Er schiebt Liese vor sich her, die wie eine schlaffe Marionettenpuppe in seinen Armen hängt. Bald aber, da Johann immer feuriger und hitziger spielt, springt die Glut der Melodie auch auf sie über und sie beginnt sich von selbst im Rhythmus zu bewegen, wird in den Hüften biegsam und dreht sich mit dem stampfenden Adam im Kreis, legt den Kopf in den Nacken, schließt die Augen und lässt ihre Haare fliegen. „Ja!“, schreit Adam, dem Schweißtropfen von der Stirn spritzen. „Seht her, Leute, wie der Adam Hasenstab wie kein zweiter zu feiern weiß!“, und schlägt mit den Füßen aus wie ein wild gewordener Maulesel. Und sie wirbeln immer schneller, weil Johann den Bogen immer wilder flitzen lässt, stöhnen und schnauben, sehen keinen Gastraum mehr, sondern nur noch verwischte Flecken und Streifen, bis Liese strauchelt, von Adam aber noch einige Drehungen mitgerissen wird. „Was ist?“, brüllt er. „Ich kann nicht mehr“, sie versucht, sich von ihm los zu machen. „Na, dann tanze ich eben allein“, Adam springt auf den Tisch, stößt mit dem Fuß das Geschirr auf den Boden und gebärdet sich wie ein Verrückter, wirft zuckend Arme und Beine in die Höhe und tobt und schreit, dass es den Leuten an der Tür angst und bang wird und sich manche bekreuzigen. Johann hat sich über die am Boden sitzende Liese gebeugt und fiedelt auf sie ein, während sein Oberkörper im Rhythmus der irrwitzigen Melodie auf und nieder pumpt; sein Gesicht ist jetzt blass und zu einer Grimasse erstarrt.

„Sator und vier Jagdgehilfen kommen!“, schreit es plötzlich von der Tür her. „Adam, du musst verschwinden!“ Johann sackt auf seine Knie, das Lied bricht ab und der Bogen entgleitet ihm. Adam steht schwer atmend auf dem Tisch, seine Augen wandern von einem zum andern, bleiben schließlich an Liese hängen, die ihn wie aus einem Traum erwachend ansieht. „Geh, Adam“, sagt sie leise. „Hier im Dorf bist du ihnen nicht gewachsen.“ Mit einem Satz ist Adam vom Tisch, packt sein Gewehr, drängt sich durch die Leute ins Freie und blickt die Dorfstraße hinunter. Wahrhaftig dort unten kommen sie, fünf Männer, die nicht ahnen, wer da vor ihnen aus dem Gasthaus gesprungen ist. Ob Sator unter ihnen ist, vermag Adam auf die Entfernung nicht zu erkennen. So schnell ist das Fest aus, gerade noch hatte er das Leben fest am Schopf gepackt und jetzt muss er schauen, wie er sich möglichst schnell verdrückt, muss fliehen wie ein furchtsames Kaninchen. Aber es hat keinen Sinn hier einen Kampf mit der Übermacht zu beginnen. Daher trabt er in die andere Richtung davon, nicht allzu schnell damit sie keinen Verdacht schöpfen, aber doch so, dass sich der Abstand zwischen ihnen vergrößert. Noch hat Adam den Geschmack des Bratens und des Weins auf der Zunge und spürt noch Lieses weichen Körper an seinen Rippen, doch er muss Leine ziehen, muss Hals über Kopf von seinem Fest ausreißen. Morgen jedoch wird er es ganz bestimmt fortsetzen.

Er erreicht die Felder und würde am liebsten querfeldein laufen, doch würde das den Verdacht der Jagdgehilfen erregen, deshalb zwingt er sich, auf dem Weg zu bleiben, spürt aber die Blicke seiner Feinde im Rücken, ohne zu wissen, ob sie ihn überhaupt beachten, und macht immer längere Schritte, da er, nachdem er einmal begonnen hat zu fliehen, sich in eine wachsende Hast und Eile hineinsteigert und ihm die Verfolger ins Riesenhafte wachsen. Endlich knickt der Weg an einer Baumgruppe nach links, sodass nun Adam vom Dorf aus nicht mehr zu sehen ist. Jetzt kann er rennen und sogleich hetzt er auch los. Da ist der Wald, sein Zuhause, hier ist er vor jeglichen Verfolgern sicher, seine Wohnstube, wo ihm alles vertraut ist. Zu seiner Linken säumen Holunder- und Schlehenbüsche den Waldrand. Adam springt über einen Graben und taucht in die Büsche, duckt sich und lugt zwischen den Zweigen über das freie Gelände zurück. Vom Dorf kann er noch zwei Dächer und den Kirchturm sehen. Soweit er die Wiesen und Äcker überblicken kann, ist ihm niemand gefolgt. Er wartet noch eine Weile, um sicher zu gehen, dass wirklich keiner hinter ihm her ist, dann kriecht er unter den Büschen hervor und schreitet in den sich anschließenden Hochwald hinein.

Ein Grund mehr, denkt er, mich zu rächen, sie haben mir mein Fest gestört, den kurzen Augenblick, in dem ich fühlte, alles zu besitzen, was mir lieb und teuer ist, mein Weib, das Essen, Wein, den wilden Tanz, in dem mich endlich eine ungeheuere Lebensfreude packte; da hinein sind sie geplatzt, in dieses überströmende Gefühl. Sie werden es büßen müssen; vielleicht heute schon.

Noch hat es nicht Mittag geläutet, der Tag ist noch jung. Auf einer moosigen Stelle wachsen Steinpilze. Adam reißt zwei ab und verschlingt sie roh, um wieder einen klaren Kopf zu bekommen, den der Wein benebelt hat. „Nicht nur der Wein zieht einen Schleier über dich“, flüstert die Hexe, die, solange er aß und trank, geschwiegen hat. „Du bist außer Stande, deutlich zu sehen, warst es noch nie. Wohin du gehst, Adam, wabert der Nebel. Du schreist und trampelst wie ein Ackerpferd, aber du blickst nicht durch, rennst in dein Verderben, da du leere Taschen hast. Bist schon lange auf der Welt und kannst nichts vorweisen, bist nicht klug geworden, nicht reich, hast nicht einmal ein Kind gezeugt – Lieses Bauch rundet sich nur wegen der Völlerei, der ihr euch hingegeben habt. Nichts hast du erreicht, bist fast um die ganze Erde gereist und kommst ausgeräumt wie ein abgeleerter Apfelbaum zurück, hast dir nichts von deinem alten Glauben aufbewahrt. Es sieht traurig aus um dich.“ „Und das Fest, das wir gerade feierten? War das nichts? Hast du nicht gesehen, wie die Leute gegafft haben, wie ihnen das Kinn herunterfiel, da Adam und Liese ein Fest und ein Festmahl gaben? Und der Tanz? War das nichts? Wie ich Liese wirbelte, wie sie sich geschmeidig wie eine Hirschkuh bewegte? So ist das Leben rund und fett, so gefällt es mir!“ Adam pfeift eine lustige Melodie; schräg und verzerrt wird sie von einem Häher wiederholt, der auf einem abgebrochenen Ast eines durch und durch zerlöcherten Spechtbaumes sitzt. „Ah, alter Freund!“, ruft Adam. „Kaust du noch immer an meiner Frage? Sie fällt dir so schwer, ich sage es dir, weil mein Ende in so weiter Ferne liegt, dass du es nicht absehen kannst, bist ja nur ein dummer Vogel, der bittere Eicheln und faule Nüsse frisst. Pfeife nur ruhig dein schräges Lied, ich werde nicht weiter in dich dringen.“ Der Häher neigt den Kopf, lässt einen glucksenden Laut hören und fliegt dann rasch davon, tiefer in den Wald hinein, wohin es auch Adam treibt. Tief in den Wald und hinunter in das Kropfbachtal zum Weißdornbusch, wo er auf Sator warten wird. Niemand kann Adam daran hindern, den Förster zu töten, am wenigsten der Mann selber; die wenigen Male, da Adam ihm begegnet ist, haben ihm gezeigt, dass er es mit einem Beamten zu tun hat, der besser an einem Schreibpult aufgehoben wäre als im Wald. Niemand also. Und erst recht nicht die Hexe oder die anderen kleinen Geister, die sich in seinem Ohr eingenistet haben.

Adam packt einen morschen Ast und schleudert ihn gegen einen Buchenstamm, wo das faule Holz zerschellt. Und nach seiner Tat wird er wieder feiern, wird mit Liese hinüber in den Wald der Grafschaft Wertheim ziehen, wo ihm die Mainzer nichts mehr anhaben können, wird endlich Kinder haben, und wenn nicht, wird er sich eine andere Frau suchen, mag Liese jammern, wie sie will – lange wird ihr Klagen nicht anhalten, da sie ein kurzes Gedächtnis hat und auch schnell einen anderen Mann finden wird. Ja, sein Leben wird wieder so rund werden wie vorhin, als er auf dem Tisch tanzte und Liese sich in seinem Arm bog wie eine Mohnblume im Sommerwind. „So wird es werden!“, schreit er dem Häher hinterher, der wohl bereits unten

im Kropfbachtal angekommen ist. Auf einem nassen, moorigen Grund wachsen seltsame rotstichige Pilze mit blauen Kappen, Giftzeug, das Adam mit dem Stiefelabsatz zertritt, so wie er damals Hofmann mitten ins Herz trat. Das Giftzeug ausrotten, die Förster wie die Schmarotzer in seinem Ohr.
Rasch geht er weiter, sieht in den Lücken des bunten Laubdaches weiße Wolken ziehen. Wer weiß, ob sie nicht vom Ende der Welt stammen, von dort, wo er schon war und von wo er ausriss. Sie haben ihn nicht unter gekriegt. Mich nicht, denkt er und schlägt sich an die Brust. Im Laufen nimmt er sein Gewehr von der Schulter und zielt auf eine Birke, die sich weiß gegen die dunklen Buchen abzeichnet; seine Hände sind vollkommen ruhig, obwohl er nicht gerade wenig Wein getrunken hat, sie zittern kein wenig, und wenn statt der Birke Sator vor ihm stünde, wären sie nicht weniger ruhig. Gerne würde Adam einen Schuss auf den Baum abgeben. Aber warum soll er Sator vorwarnen, falls der in der Nähe sein sollte, unruhig den Ort angehend, wohin ihn Adam durch die Jagdgehilfen bestellen ließ?
Das Gelände beginnt sich zum Kropfbachtal hin abzusenken. Ein paar Blätter segeln zu Boden, Adam fängt eines auf und heftet es sich an das Revers seiner Jacke. Mein Abzeichen, denkt er, ich bin ein Waldmensch, fast so wie jene im feucht heißen Wald auf der anderen Seite der Erde. Wäre er zufriedener, wenn er dort geblieben wäre? Nein, der Rachewurm in seinem Herzen hätte ihn über die Jahre hinweg aufgefressen. Es war richtig, sich im Rattenloch einschließen zu lassen und das Meer zu überqueren. Hier im Spessart muss er sein Leben ins Glück wenden; hier und nirgends sonst.
Von einem Baumwipfel rufen Wildtauben. Adam bleibt stehen und hört ihnen zu. Danach sehnte er sich, als er im Rattenloch hauste, im Wald stehen und den Vögeln lauschen, sich nach Pilzen bücken, den Wolken und den fallenden Blättern hinterher schauen. Eines muss noch getan werden, bis er die Ruhe findet, um dieses Glück zu genießen. Heute vielleicht. Auf einen Tag mehr oder weniger kommt es ihm nicht an, doch bald soll es ge-

schehen; seine Geduld hat er im Rattenloch und auf der Ruderbank der Galeere sowie im Sklavenschiff, aufgebraucht.
Der Boden, über den er jetzt rasch hinweg eilt, wurde in der Nacht von Wildschweinen aufgebrochen und verströmt seinen herben Duft. Noch aber hat er Lieses aufregenden Geruch in der Nase, die Ausdünstungen einer schwitzenden Frau, die ihn lieblicher als jedes Duftwasser umspielten, seine untreue, unfruchtbare, aber von ihm begehrte Liese, von der sie ihn weggerissen haben. Zum letzten Mal. Der Häher begleitet ihn, fliegt voran, lässt sich einholen und flattert wieder davon. Sobald er sitzt, bringt er ein kaum hörbares heiseres Fauchen hervor. Was soll Adam damit anfangen? „Sprich deutlicher", sagt er vor sich hin, mehr zu sich, denn inzwischen ist das Tal nicht mehr weit und dort unten könnte Sator auf ihn warten, „oder schweige. Mit deinem Räuspern kann ich nichts anfangen." Der Vogel verstummt und beäugt ihn neugierig. Adam geht unter dem Ast hindurch, auf dem der Häher sitzt, ohne dass der Vogel flüchtet. Der will wirklich was von mir, denkt Adam, heute will er sich mir deutlicher erklären. Als er sich nach dem Häher umdreht, pendelt der, unter drucksenden Lauten unruhig mit dem Kopf hin und her. „Na, rück′ schon mit der Sprache heraus", Adam ist stehen geblieben. Aber der Häher wird nicht deutlicher, kann es wohl nicht; schließlich schwingt er sich mit ungestümen Flügelschlägen nach oben durch das Laubdach in den von Schäfchenwolken gefleckten Himmel. Das schöne Wetter wird zu Ende gehen, morgen vielleicht schon; morgen aber wird es auch getan sein, und Adam wird hinüber wechseln auf die andere Talseite zu den Wertheimern, und wenn die ihm auf den Leib rücken wollen, wird er einfach wieder hierher zurückweichen zu den Mainzern und beide Herren so lange foppen, wie es ihm Spaß macht. Und Spaß wird es ihm machen, nachdem er sich mit Sators Tod gerächt hat.
Da breitet sich nun das Kropfbachtal vor ihm aus, über den Wiesen schwebt noch leichter Dunst. Jenseits, hinter der Reihe der Kastanien, zieht sich der Weg entlang. Möglicherweise liegt

Sator schon irgendwo auf der Lauer, falls er gar nicht unter den Jägern war, die eben in Schollbrunn auftauchten; wahrscheinlich aber hat er dazu die Zeit nicht, immerhin ist er Förster und muss sich noch um anderes kümmern, als auf Wilderer Jagd zu machen. Dort steht auch der Weißdornbusch, dessen Laub über Nacht braun geworden ist. Oder hat es Adam gestern nur nicht richtig angesehen? Er überlegt, ob er einfach, ohne Deckung, auf die Wiese hinaustreten soll, doch falls sie auf ihn warten, wäre es ein Leichtes, ihn auf dem offenen Gelände abzuknallen. Aber seine Verachtung für sie ist so groß, dass er sich nicht lange besinnt und mit einem großen Satz auf die Wiese hinaus springt. Nichts rührt sich, nur ein paar Elstern fliegen auf. Adam wartet, doch es bleibt alles still. „Traut euch ruhig!“, ruft er jetzt laut, doch niemand antwortet. Also läuft er auf ein Weidendickicht in der Nähe des Weißdorns zu, dort will er auf Sator warten.

Die Luft ist angenehm warm und zehrt die letzten Dunstreste auf. Bevor Adam über einen kleinen Wasserlauf steigt, bückt er sich und trinkt sich an dem klaren Wasser satt; der Braten und der Wein haben ihm Durst gemacht; dieser Durst ist leicht zu stillen. Er sieht sich um. Der Wald steht ruhig, die gelben Blätter hängen schlaff, silberne Fäden, an denen glänzende Tropfen zittern, spannen sich über die Wiese. Das Wasser zu seinen Füßen flüstert. Fern hört er jetzt die Glocken von Schollbrunn läuten; es ist Mittag und sein Fest schon vorüber; dieses Fest nur, andere werden folgen. Adam nähert sich dem Weidendickicht zu, duckt sich, schlüpft hinein und legt sein Gewehr griffbereit vor sich ab. Von hier aus hat er gute Sicht auf den Weißdornbusch sowie auf den Weg. Nun heißt es wieder mit dem Boden und den weichen Zweigen der Weide zu verschmelzen. Sator, so vermutet Adam, wird sich nicht allein hierher trauen, einige seiner Gehilfen wird er schon um sich haben. Aber vor ihnen ist Adam nicht bange. Nein, wenn Sator hier aufkreuzt, heute oder morgen, ist er fällig. Adam streichelt den Lauf seines Gewehrs, das ihn noch nie im Stich gelassen hat,

so wie auch seine Hände in jedem entscheidenden Augenblick noch nie gebebt haben; er hat also Grund, gelassen zu sein. Sator ist verloren.
„Nichts ist sicher“, meldet sich die Hexe – natürlich ergreift sie das Wort, wie immer, wenn es still ist. „Sicher ist nur der Tod, darüber hinaus ist alles ungewiss. Sator lebt noch, und dass du ihm den Tod bringst, ist nicht ausgemacht. Auch wenn deine Hände jetzt noch ruhig sind, ein paar Momente später können sie schon zittern, weil dich, Adam, die Todesfurcht packt, und du schießt kläglich daneben. Oder Sator meidet diese Stelle hier, schickt nur noch seine Leute ins Kropfbachtal und verlässt sein Forsthaus kaum noch. Es ist so vieles möglich, was deine Tat verhindern kann.“ „Rede nur“, antwortet Adam, „ich kann dich ja doch nicht zum Schweigen bringen. Aber zuhören werde ich dir nicht.“ Er summt eine Melodie, ein Kinderlied, das ihm seine Mutter beibrachte, um das Zischeln der Hexe zu übertönen, die unablässig auf ihn einflüstert. Und plötzlich beginnt sie zu schreien, dass sein Mordanschlag schon allein deshalb scheitern werde, weil der Erfolg dieser Tat ganz und gar von ihm, Adam, abhänge und er ja wohl ein äußerst fehlbarer Mensch sei, sonst hätte man ihn damals nicht ergriffen und auf die Galeere verkauft. Was damals geschah, könne sich jederzeit wiederholen. Ihre Stimme wird schrill und überschlägt sich. Und nicht einmal ein Kind zu zeugen, sei er in der Lage, da sehe man es ja schon wieder, dass er nicht so viel tauge, wie er meine, und seine Liese sei ihm untreu geworden, weil sie von ihm enttäuscht gewesen sei, und sie sei nur zu ihm zurückgekehrt, weil sie sich seiner rohen Gewalt füge. Gleich wohin er blicke, zeige sich deutlich, wie schwach und mangelhaft es um ihn bestellt sei. Und da glaube er, dass er den Sator so einfach abknallen könne? Er, durch dessen Leben sich die Fehler und Fehlschläge wie ein roter Faden zögen? Die Hexe lacht und kreischt und ihr bleiches Gesicht entstellt sich zu einer hässlichen Fratze. Adam presst sich beide Hände auf die Ohren, auch wenn er sich damit aus der Vereinigung mit dem Weidendickicht herauslöst – jeder,

der vorüber käme, könnte jetzt erkennen, dass dort ein Mensch liegt – doch vergeblich, das Geifern der bösen Frau wird nur noch durchdringender. Soll er aufstehen und davonlaufen und sein Vorhaben fürs Erste verschieben, bis sich die inneren Stimmen wieder gelegt haben? Aber er muss sie hier und jetzt zum Verstummen bringen, sonst wird er künftig immer mit ihren Attacken rechnen müssen, und außerdem ist zu befürchten, dass sie ihn gerade dann angreifen, wenn er sie am wenigsten brauchen kann.

„Mögest du an deinem eigenen Gift ersticken", sagt er halblaut zu der Hexe. „Möge es sich gegen dich wenden. Die Schwächen, die du mir aufzählst, sind mir wohl bewusst, aber keiner kann mir absprechen, dass ich bestens zu schießen vermag; und dass meine Hände ruhig sind, ist einfach eine Tatsache. Daher ist Sator verloren. Genauso wenig wird keiner bezweifeln, dass ich mit dem Gelände, ganz gleich, wie es gestaltet ist, eins werden kann, mit einem morschen, umgestürzten Baum wie mit einem Laub- oder Reisighaufen: Ich bin ein Meister der Jagd und des Waldes, und außer den Waldmenschen am Ende der Welt, ist mir in diesem Handwerk keiner gewachsen. Da magst du noch so laut girren und kläffen." Er setzt sich auf und nimmt die Hände von den Ohren, um sie den Geräuschen des Waldes zu öffnen, die das Belfern der Hexe dämpfen sollen. Die Elstern schackern, das Wasser plätschert und der leichte Windhauch, der durch das Tal weht, wischt die reifen Bucheckern von den Buchen, knisternd fallen sie auf den weichen Boden. Die Stimmen des Waldes sind die richtige Medizin gegen das Geplärre der Hexe und allmählich gewinnen sie sogar die Überhand.

Der Weg, den Sator herunter kommen wird, ist nach wie vor menschenleer. Adam kriecht wieder unter die niedrigen Zweige der Weiden und wird zu Laub und Erde und Wurzel, behält das helle Band des Weges scharf im Auge und wäre froh, wenn jetzt, da die Stimme der bösen Frau in den Hintergrund getreten ist, Sator auftauchte. Doch was geschieht ihm da? In seinem erhitzten und verwirrten Kopf beginnen jetzt die Stimmen all der

Menschen, denen er in den letzten zwei Jahren begegnete, laut zu werden, als hätten sie geschlafen und seien durch sein ausgelassenes Feiern im Gasthaus geweckt worden. Der Wein! Es muss am Wein liegen, vielleicht auch am schweren Essen, beides ist er nicht mehr gewohnt. Zusammen mit der Hexe, die nur noch wie aus großer Entfernung zu hören ist, melden sich auch der Alte mit dem Ochsen und Igor und Hofmann und sogar der Pfaffe und andere zu Wort, die Adam nicht weiter unterscheiden kann; sie alle stimmen ein vielstrophiges Gemurmel an. Noch kann er keinen von ihnen verstehen und er will auch keinen von ihnen verstehen, aber er ahnt, dass sie bald lauter und vernehmlicher werden. Und dieser verfluchte Sator zeigt sich nicht! Die Sonne hat den Zenit bereits überschritten und verbreitet, von einem der Schäfchenwolken verdeckt, einen seltsamen kupfernen Glanz, unter dem das verfärbte Laub der Buchen wie Bronze schimmert. Die Elstern streiten sich immer lautstärker und mischen ihre Schreie unter den Chor von Adams inneren Stimmen. Nie mehr werde ich so viel Wein saufen, denkt Adam, und so viel fressen. Mein Kopf, mein armer Kopf! Im Rattenloch bin ich nicht wahnsinnig geworden, doch jetzt hier, in meinem Spessart, verwirren sich mir die Sinne. Er starrt vor sich hin in die schwarze, feuchte Erde, die er mit seinen Ellenbogen aufgeschoben hat, betrachtet die bleichen Wurzelfäden des Grases und die armseligen Würmchen, die sich in den Boden zurück krümmen, um nicht von der Sonne tödlich versehrt zu werden. Auch der Morast steckt voller Leben. „Leben will ich“, flüstert er vor sich hin. „Leben ist alles. Und wenn ich töte, ein Wild oder diesen Sator, dann verspüre ich mein Leben umso eindrücklicher. Und ich werde ihn erschießen und mich freuen, wenn er zuckend verblutet und ihm dabei zusehen. Und kein Gefasel, weder das von der Hexe noch von irgendeinem anderen, wird mich davon abhalten können. Auch wenn sie jetzt wieder lauter werden.“
Da, jemand ruft, halblaut und nicht einmal mehr so fern, mürrisch und ungeduldig, einen Namen offensichtlich, den Adam

nicht hat verstehen können. Sie kommen zu mehreren, natürlich; Sator traut sich nicht mehr allein hierher. Sie werden versuchen, Adam zu umzingeln. Endlich geht es los. Fast hätte er vor Lust aufgeschrieen. Links von ihm tut sich etwas, dort arbeitet sich einer durch die Hecken, die den Weg begleiten, heran, ein anderer schleicht den Hang hinauf, um in Adams Rücken zu gelangen, ein dritter, vermutlich nicht Sator, weil der zu viel Angst hat, nähert sich auf dem Weg; noch hört Adam nur seine leisen Schritte. Ja, sieh dich nur vor, Sator, auch wenn du andere vorschickst, ich werde dich trotzdem kriegen, auch wenn du versuchst, mich einzukreisen, Adam liegt unsichtbar verflochten mit dem Weidengezweig, dass ihn keiner sehen kann. Außerdem werden sich die drei eher auf den Weißdorn konzentrieren. Wie täppisch und geräuschvoll sie heranrücken und dabei glauben, dass sie sich lautlos bewegen. „Da hast du es, Hexe“, sagt Adam ohne Stimme. „Es sind Tölpel, die man nicht zu fürchten braucht.“ „Fürchte dich selbst“, die Hexe spricht nun mit klarer, verständlicher Stimme. „Du bist dir der ärgste Feind.“ Recht hat sie, Adam versteht es als eine Anerkennung. Alle anderen sind Schwächlinge, die es nicht besonders zu beachten gilt, er aber ist keiner, er hat mit sich sowohl auf dem Sklavenschiff als auch im Rattenloch gerungen und seine Ängste und seine Verzweiflung besiegt, jetzt, heute, muss er die Stimmen, die ihm zusetzen, mit denen er mit sich selber redet und sich selber laufend ins Wort fällt, fertig werden.

Auf dem Weg ist nun eine sich nähernde Gestalt auszumachen, die immer wieder stehen bleibt, als warte sie auf etwas. Der Mensch, der den Hang hinauf geschlichen ist, steigt hinter Adam bereits wieder hinab; in wenigen Augenblicken ist Adam von seinen Gegnern eingeschlossen. In der Falle aber sitzt er deswegen nicht, da er für sie unsichtbar ist; in ihren Augen wird die Falle leer sein. Doch Adam will sie nicht an der Nase herum führen, sondern er will töten, um sein Blut zu beruhigen. Sator muss eine Kugel haben, und wenn ihn die zwei anderen daran zu hindern suchen, dann kriegen sie seinetwegen auch ihr Fett.

Im Rattenloch ist Adam zur Ratte geworden, wie anders auch, und daher macht es ihm nichts aus, die zwei anderen ebenfalls zu töten.
Der Mensch auf dem Weg kommt nun mit einigen beherzten Schritten näher heran, tritt aus dem Schatten der Bäume hervor, sodass ihn Adam erkennen kann; es ist nicht Sator, natürlich nicht, dem feinen Herrn ist es zu gefährlich ohne Deckung auf den Weißdorn vorzurücken, da schickt er lieber einen seiner Gehilfen, einen jungen Kerl, möglicherweise einer von den Burschen, denen Adam am Tag zuvor die Gewehre abnahm; ganz sicher ist sich Adam aber nicht, da er die Gesichter der beiden wieder vergessen hat. Ein Junge von vielleicht achtzehn Jahren. Dass er höllische Angst hat, ist ihm anzumerken, da er sein Gewehr derart verkrampft hält und mehrmals stolpert. Gefährlich für Adam sind die zwei anderen, der eine, der sich in den Hecken vergraben hat und der andere hinter ihm, der sich durch die Bäume an ihn heran tastet; einer von diesen ist Sator, auf den es Adam abgesehen hat.
Der Junge auf dem Weg ist wieder stehen geblieben und späht ängstlich nach dem Weißdorn. Innerlich wird er Sator dafür verfluchen, dass er die undankbare und gefährliche Aufgabe erhalten hat, während die anderen in der Deckung bleiben können. Doch deswegen wird ihn Adam nicht schonen, er ist ein Büttel wie viele andere auch, der seinem Herrn wie ein unterwürfiger Hund folgt; und manchmal ist Adams Grimm auf die Bücklinge doch stärker als auf ihre Herren. Nein, er hat keine Gnade zu erwarten, auch wenn es ein rotwangiges Milchgesicht ist.
Hinter Adam ist es still geworden, der Mann hat offensichtlich seine Stellung bezogen. Der Bursche auf dem Weg aber zaudert, er weiß nicht, was er tun soll. Einerseits hat er die Anweisung, zum Weißdorn vorzustoßen, andererseits frisst an ihm die Angst, die Angst vor Johann Adam Hasenstab, eine Furcht, die nur zu berechtigt ist. Adam hält sein Gewehr bereits in den Händen. Doch das Gemurmel seiner Stimmen hebt wieder lauter an und nach und nach schält sich das Gebrabbel des Alten heraus,

der wieder von seinem Ochsen redet, als gäbe es kein anderes Thema mehr und das Tier erneut als Freund und Bruder preist. Adam versucht, ihn nicht zu beachten, sondern den armen Burschen ins Auge zu fassen, der nun sich bückt und aus lauter Verlegenheit an seinen Schuhen nestelt, und Adam glaubt zu erkennen, wie dabei seine Hände zittern. „Ein Junge, wie du einer warst“, sagt da vernehmlich der Alte. „Sieh ihn dir genau an, solche Pausbacken hattest du damals auch, und du warst ein Jagdgehilfe wie dieser Junge. Du siehst dich dort noch einmal, nur dreißig Jahre jünger, ein Kerl, der neugierig auf das Leben ist. Der dort ist etwas milder und sanfter als du, denn du hattest schon von Kind an deine Mucken, aber der Unterschied zwischen euch ist nicht besonders groß. Jetzt geht er weiter, noch wenige Schritte, dann ist er in Schussweite. Kannst du ihn wirklich abschießen, dich selber? Habe ich dir übrigens schon von meinem Ochsen erzählt?“ „Halt`s Maul“, zischt Adam unvorsichtig, und sein Wort dringt bis zu den dreien durch, die es auf ihn abgesehen haben. Der Junge auf dem Weg zuckt zusammen, und hinter Adam knickt ein Zweig, verursacht durch eine unbedachte, schnelle Bewegung. Er hat sich verraten. Der Bursche vor ihm steht steif wie ein Stecken, das Gewehr in Sturmhaltung vor sich. Noch ist nichts verloren, denkt Adam, noch habe ich alle Trümpfe in der Hand. „Natürlich hast du sie“, mischt sich der Alte wieder ein, „aber nur, wenn du die Ratte wirklich bist, als die du dich sehen willst. Doch betrachte den Jungen näher, sieh seine blauen, schreckhaft wandernden Augen, die Sommersprossen auf seiner Nase, die glühenden Ohren. Ja, Adam, sieh genau hin, endlich einmal, schärfe deinen Blick!“ „Ich habe bessere Augen als du alter Idiot“, Adam kann sein Flüstern nicht unterdrücken, auch wenn er sich dadurch in Gefahr bringt. „Wäre ich sonst ein so guter Jäger?“ „Deine Augen sind scharf, aber dein Verstand kann mit den Bildern, die sie ihm liefern, nichts Vernünftiges anfangen.“ „Schweig jetzt, ich muss töten, da kann ich dein Gemümmel nicht brauchen.“ Der Junge auf dem Weg ruft Adam an und geht mit beherzten

Schritten auf ihn zu. „He, da, versteckt sich da jemand?" Seine Stimme hat tatsächlich eine gewisse Ähnlichkeit mit der seinen. Adam zieht sein Gewehr an sich. Der Kerl lässt sich nun von nichts mehr aufhalten, wagt schlechterdings sein Leben. Weil er jung ist und weil er meint, dass ihm schon nichts passieren wird, trotz seiner Angst, wie es alle jungen Männer glauben und für sicher wissen; da sie es sich nicht anders vorstellen können, dass das Leben unverrückbar in ihnen steckt, wie der Schlussstein in einem Torbogen. Und der Junge stürmt weiter vor, den Mund offen, keuchend und schwitzend. „Sieh dieses Mal genauer hin", mahnt der Alte. „Schau, wie er den Gewehrlauf umklammert, dass ihm die Fingerknochen weiß unter der Haut hervortreten. Es ist einer wie du, nur viel jünger und noch nicht in eine Ratte verwandelt." „Er ist ein verdammter Speichellecker wie die anderen auch", knirscht Adam. Der Junge stürzt blindlings auf das Weidendickicht zu, aus dem er Adams Stimme hört, sehen kann er ihn noch nicht, da Adam nach wie vor am Boden geschmiegt liegt, verstrickt in das Wurzelwerk des Gebüschs. Jetzt muss Adam handeln, springt auf, reißt sein Gewehr hoch und legt an. Der Junge brüllt und versucht ebenfalls im Laufen sein Gewehr auf Adam zu richten. „Wie er um sein Leben brüllt, damit es nicht aus seiner Haut fährt", flüstert der Alte, als stünde er unmittelbar hinter Adam. „Aber es sitzt so locker wie deines." Adam versucht mit eine ungeduldigen Armbewegung den Alten abzuwehren, um endlich mit dem Töten beginnen zu können, da hört er ein seltsames Klatschen und sogleich wird ihm warm und weich, und er spürt, dass er wieder in den Zweigen der Weide liegt. Grün und gelb ist es vor ihm, durchkreuzt von dunklen Strichen, jemand spricht, der Alte oder der Junge oder die Hexe. Adam ist es gleich. Die Wärme, die ihn umfließt, ist angenehm und dringt allmählich über den Hals in seinen Kopf vor. Es ist vorbei, denkt er erleichtert und blickt noch einmal auf das gelbgrüne Durcheinander, das milchig zerfließt. Eine Weile noch sirren und wispern die Stimmen über Adams Leiche, dann verstummen auch sie.